リサ・マリー・ライス／著
上中 京／訳

明日を追いかけて
Pursuit

扶桑社ロマンス
1177

担当してくれるすばらしい編集者カレン・コズトリニクと、敏腕エージェント、イーサン・エレンバーグに感謝します。

明日を追いかけて

登場人物

シャーロット・コート――――――――コート財閥の跡取り娘

マシュー(マット)・サンダース―――元海軍少佐

ロバート・ヘイン――――――――――コート・インダストリーズ社のCEO

マーティン・コンクリン――――――――コート・インダストリーズ社の警備責任者

バレット――――――――――――――殺し屋

レニー・コーテス――――――――――ダイビング・ショップ店主

モイラ・フィッツジェラルド――――――コート屋敷の使用人

トム・ライチ――――――――――――警備会社のオーナー

ママ・ピラール・ガルシア――――――メキシコ人の食堂店主

ペリー・エンズラー――――――――――画商

プロローグ

ニューヨーク市郊外、ウォレントン
二月二十日

八十億ドル。

巨額の金がすぐそこにある。手を伸ばせば届くところまで来た。ところが膵臓癌《すいぞうがん》で死にかけの老人と、その娘が目の前に立ちふさがる。コート財閥の当主フィリップ、そしてその跡取りのシャーロットだ。あの女、お高くとまって人を見下しやがって。あいつら親子さえいなくなれば、金は手に入る。そう、あと一時間もすればすべては丸く収まる。

そんな思いにふけりながら、ロバート・ヘインは仮契約書の文言を指でなぞってみた。相手は国防総省《ペンタゴン》。文字と数字の両方で書かれた契約金額は、単にレーザープリンターのインクが描き出した図形にすぎないのに、ヘインの手は紙の表面に吸いつけられたように離れなかった。

ヘインは夢ばかり追い求めるような人間ではない。実際、抜け目のない現実主義者であり、そのおかげで今日の地位を築くことができた。しかし八十億と書かれた数字が指を温めてくれるような気がする。

八十億ドルなのだ。五月三十日に。あと三ヶ月もすれば、自分も億万長者の仲間入りだ。もちろん正確に言えばその金はヘインのものではない。厳密な意味合いでは、コート・インダストリーズ社に入る金額であり、さらに本来ならばそれはフィリップ・コートとその美しいひとり娘、シャーロットのものということになる。シャーロットがヘインと結婚していれば、その金は法的にもすんなりヘインのものになるはずだった。そういう計画だったのだ。彼女の愛を得るため、慎重に考え抜いてさまざまなことをしてきた。しかし何をしても、まったく成果がなかった。高価で趣味のいいプレゼントをした。花を贈り食事に誘い——すべてにべもなく断られた。

それでもヘインは会社のCEOだ。そしてプロテウス計画はヘインのもの、自分のアイデアから作り上げた、言わばかわいい我が子も同然。彼がプロジェクトを産み落とし、会社のオーナーである二人の反対にもめげずここまで育て上げた。

ヘインはレインメーカーになったのだ。雨水のごとく金を降らせ、巨額の報酬を得る人物。数十億もの契約は伝説となる。十桁《けた》の金額を稼ぎ出し、その資産をすべて現金で運ぼうとすれば貨物列車を連ねなければならない。

もうあと戻りはできない。この機会を失ってなるものか。

私はもう金持ちなんだ。

ヘインは、金持ちでいることが得意だ。金持ちらしく振る舞うにはどうすればいいか心得ている。コート家の二人、父親のほうも娘も、そういうことはまったくだめだ。朽《く》ち果てていくあの一族は、何世代にもわたって金を持ち続けてきた。何代前にさかのぼるか、当主の数を考えてみたら、子どもの頃へインが温かい食事にありついた回数より多いだろう。想像もつかないほど昔からのはずだ。フィリップはいつもくたびれたような身なりだった。カジュアルな服に骨董品《こっとうひん》のような靴、あの靴などイギリスのへたくそな靴職人が千年ほど昔に修繕したものに違いない。前に一度フィリップから、今着ているぼろぼろのツイードのジャケットは彼の父のものだったと自慢されたことがあった。それを聞いてヘインは絶句した。

コート親子は築三百年にもなるレンガ造りの邸宅を川べりに所有している。コート屋敷と呼ばれるこの大邸宅は、過去五十年間、何の改装もされていない。屋敷のすべてがみすぼらしい。「居心地がいいから」と二人は言う。この言葉にも常識を疑う。邸宅の壁にはシャーロットの描いた水彩画が飾られているが、その隣に掛けられているのはウィンスロー・ホーマーの絵、シャーロットの曾祖母《そうそぼ》が画家から直接買い上げたものだ。ホーマーの絵画は控えめに見積もっても二百万ドルはする。そのすぐ隣にあるシャーロットの絵の価値はゼロだ。彼女は画壇にデビューすらしていないのだから。それにもかかわらず、ホーマーとシャーロットの絵が同じ壁に並べて掛けてある。シャーロットが望めば、どんな宝石だって買うことはできる。しかし彼女が普段身につけるのは母と祖母から贈られた指輪だけだ。

そしてシャーロット本人はと言えば……冷たいグレーの瞳《ひとみ》でじっとこちらをうかがい、心の内をさぐりあてる。彼女のすべてを欲しがるヘインの気持ちを見透かしてしまう。

ベッドに迎え入れてくれさえすれば、ヘインはシャーロットにブルガリの指輪でもダミアーニのブレスレットでも浴びせるほどに与えただろう。しかしあの小娘ときたらヘインに鼻も引っかけないという態度を取るだけだった。何をしようが、彼女の関心を一分以上ヘインに留めておくことはできなかった。彼女にとってはヘインなど無害な犬と変わらない存在なのだ。ヘインは、シャーロットのために彼女の所有する会社を危機から救った。それなのにヘインのこととなると、彼女は一分も待たずにあくびをするというわけだ。

ヘインがどうあがいても、シャーロットに褒めてもらえることはなかった。倒産寸前だった会社の実権を握ったヘインが、五年ですばらしい業績を上げるまでに建て直した事実など、彼女にはまるでどうでもいいことらしい。一族が一八五四年以来綿々と受け継いできたコート・インダストリーズ社がゆっくりと終焉《しゅうえん》を迎えるところを、ヘインがこの数年間一日十八時間働き詰めに働いた結果、最先端技術を持つ精密機器の会社に生まれ変わらせたのに、そんな事実にもいっさい関心はない。ヘインがコート一族の失敗の尻拭《しりぬぐ》いをしてやったのに、その一族たる本人たちは、そのことに気づいてもいない。フィリップ・コートは人工呼吸器につながれ危篤状態にあり、シャーロット・コートは父のこと以外はまったく頭にない。

会社が倒産したところで、あの女は屁《へ》とも思いはしない。あの女にはこれから一生食うに困らないじゅうぶんな資産があるからだろう。シャーロットにはシカゴに住んでいた裕福な叔母とやらからの遺産もあり、それにはまだ手もつけられていない。あのかび臭い屋敷の中にだって、この百年のあいだにため込まれたがらくたがうなっている。そう、あのミス不感症は貧困にあえぐ生活とは無縁なのだ。トレーラーハウスに住むこともなければ、人間がどこまで落ちぶれ果てるかということも知らない。一生そんな暮らしを知ることもない星の下に生まれてきやがった。

ところが、あの女は、自らの手で不運を呼び込んでしまったというわけだ。

まずヘインとの関係をにべもなく断ったとき、シャーロットはヘインの野望の障害物となった。そしてペンタゴンとの契約を拒否することで、ヘインの前に立ちふさがる壁になった。

これまでの人生をヘインは、一歩先、さらにその先を読んで、自分の思いどおりにものごとが運ぶようにエネルギーを傾注してきた。世間の人々が、結果の予測もせずに、つまり先を読まないで行動することはヘインにとって驚きでもあった。ヘインは戦略ゲームに長《た》けている。

フィリップ・コートは間もなく死ぬ。ヘインは腕時計を——ユゲのいちばん薄型のものだ——見た。あと二十分。実際、殺人ですらない。自然の時間の流れを少し速めるだけだ。

この仕事は人に任せることにした。マーティン・コンクリンが率いる会社の警備部だ。コンクリンから三十分もしないうちに電話があり、任務の第一段階が終了したと報告を受けることになる。フィリップ・コートが集中治療室で死にました、と。この部分は簡単だ。モーツアルトが流れる贅沢《ぜいたく》な個人病院で、膵臓癌で長く苦しんだ患者が息を引き取った、その死体を検死するという無駄な行為をしたい人間などいるはずもない。そこで人の声色を真似《まね》るのが得意なコンクリンが、シャーロットに電話をかける。〝ミズ・コート、こちらはパークウッド病院のセバスチャン・オービスです。悲しいお知らせがあります〟そのあとコンクリンは急なカーブになっている崖《がけ》の上まで車を走らせる。そこでシャーロットの人生は終わる。

ヘインは集まった人々の前でどう話をするかリハーサルを始めた。厳粛な面持ちでウォッカ・マティーニを口にして、悲劇を伝えよう。

まあ、みなさんもシャーロットの最近の取り乱しようをご存じでしょう？　病室に住み込んでいるのも同然でしたからね。彼女みたいな若くてきれいな女性が病人と四六時中一緒にいるのはよくないですよ。当然、悪い影響も出ます。彼女は父親を大切にしていましたが、疲れたんですよ。おまけにあの崖の路面です。あのカーブは実に危険でね、先日私も運転中ハンドルを取られて、ガードレールにぶつかってしまうところでした。シャーロットは運転がうまくはありませんでしたし。スリップしてどうすることもできなかったんでしょう。実に残念です。悲劇としか言いようがありません。コート・インダストリーズ社がどうなるかですか？　そうですね、フィリップなしで私が何とかやっていくしかないでしょう。それが彼の希望でしたし、シャーロットも同じように思っていたでしょうから。

コンクリンがシャーロットの車を道路からうまく押し出してくれるのは間違いない。あの男は車を使った攻撃の訓練を受けており、そういう技術は確かだ。

電話が鳴って発信者を見たヘインは、顔を曇らせた。コンクリンが連絡してくるには、まだ早い。

「何だ？」ヘインはいつもこう言って電話を受ける。けっして名乗らない。携帯電話でも、一般電話でも同じだ。

「問題が起きました」携帯電話の接続が怪しく、音声が途切れてよく聞こえない。いや、コンクリンが息を切らせているのか？

「どうした？」落ち着いた口調だったが、ヘインはうなじの毛が立つのを感じた。簡単に済むはずだった。大騒ぎすることもなく、通りの向こう側に渡るようなものだったが……。

「あの女が先に来てたんです」

ヘインの体じゅうの毛が逆立った。

「あのくそあま、点滴スタンドで殴ってきやがったんです。看護師が邪魔したんで、そいつも殺すことになりました。コートの娘に弾《たま》は当たりました。たぶん肩をぶち抜いたはずです。血を流しながら病院から逃げたもんで、あとを追ったんですが、見失ってしまいました」

ああ、もう、ちくしょう！

しかしそのとき、ヘインの頭に完璧《かんぺき》な筋書きが浮かんだ。

「これから警察に行かなきゃならん。向こうで落ち合えるか？」

「はい、でもあと始末が大変です。老いぼれの病室はひどいありさまで、部屋のすぐ外には看護師の死体があるんです」

ヘインの頭がすばやく回転した。コート・インダストリーズ社の警備部門には十名のスタッフがいる。採用にはヘインがじゅうぶんな下調べをした。全員が会社にではなく、ヘイン個人に対して忠実に動く。

「それについては心配するな。バンナイク、オークリー、ライアンも一緒に警察署の前で待っててくれ。シャーロットが警察署内に入るのは、何としても阻止するんだ。必要ならどんな手段を取ってもいい。絶対にあの女を警察に入れるな」こう言えば、コンクリンは何をすべきかきちんと理解する。「残りの人間はコート屋敷に向かわせろ。あの女を中に入れるな。看護師を撃った銃だが――出所のわからない銃だろうな?」

「当然ですよ」そんなことを確かめられること自体、コンクリンには信じられないらしい。

「で、銃は?」

「スミス&ウェッソン九〇八です」

完璧だ。その銃なら七百五十グラム足らず、グリップも小さい。いかにも女性が持ちそうな拳銃《けんじゅう》だ。

「指紋を残さないようにしろ。マガジンに弾をこめるとき、私の言ったとおりにしただろうな?」

「ラテックスの手袋を使えってことですか?　ええ」

よし。これで銃からコンクリンの指紋が出て身元が割れることはない。次はシャーロットの指紋に結びつければいいだけ。その指が頭とつながっていようが、いまいがそれはどうでもいい。

ヘインは新しいゲームの戦略を練り始めた。ブリジンスキ署長と地元テレビ局のニュースキャスターのために筋書きを用意しておいてやろう。新しく来たあの美人キャスターは何て名前だったかな、いいケツをした女、確かアンナとか、そうアンナ・ロレンゼッティだ。

かわいそうにシャーロットは、とうとう……持ちこたえられなくなったんだね。何らかの兆候があったはずだから、私がもっと注意していたらと悔やまれて……。二ヶ月ほど前に彼女から言われたんだよ、誰かにあとをつけられてるって。周りじゅう敵だらけで、こっそり銃を手に入れたことまで話してくれてね。もちろん違法な武器で、えっと、スミス&ウェッソンだとか言ってたかな、確か。すごくおかしな行動が目立つようになっていてね、何ヶ月もほとんど眠れないって。見るからにひどい様子だったんだ。

でも、まさかこんなことまでしてしまうなんて、とても想像できなくて。

フィリップがどうしているか気がかりで、うちの警備部の者を病院にやったんだ。

会社に彼の姿がないのは寂しくてね。するとシャーロットが父親を窒息死させようとしているところにコンクリンが出くわした。父親がこれ以上苦しむところを見るのに、彼女、耐えられなくなったんだな。

あの看護師を撃ったのは、シャーロットも動転していたからに違いないよ。あまりにストレスが強くて、自分を失ってしまったんだろうね。

そしてゆっくり遺憾に堪えないというように首を振る。悲しくてもの思いに沈む表情。

何とひどい話だろうね、アンナ。まったく悲劇としか言いようがない。

すばらしいニュースねただ。うまく伝わるはず。特にブリジンスキ署長には気に入ってもらえるだろう。一ヶ月前に、ヘインはブリジンスキに対して定年退職後にコート・インダストリーズ社で年俸二十万ドルの職を用意しておくという意味のことを匂《にお》わせておいた。何もかもうまくいく。

あと足りないのは、シャーロットの死体だけだ。

「あの女を殺《や》るんだ、コンクリン。屋敷の中にはうちのスタッフを待たせ、敷地周辺には警察官を張り込ませておけ。うちの者には、あの女の姿を見かけたらすぐに撃ち殺せと言っておくように。必ず警察官より先にうちの人間を女の死体のそばに行かせて、手にその銃を握らせろ。銃に指紋がつくようにしっかり持たせるんだ。女が銃を向けてきたからこちらも発砲した、正当防衛だと主張するんだからな」ヘインは言葉を切り、状況を考えてみた。ちょうどいいのはどれぐらいだろう? やる気にさせるのにじゅうぶんでなくてはならないが、余計な詮索《せんさく》をされるほど多くてはいけない。

「君の部下に言え。女を殺った者には三十万ドルのボーナスだ」

ヘインは電話を切り、着替えを始めた。雪の中を外出するのだ。一瞬ためらったが、アルマーニのカシミアのコートではびしょ濡《ぬ》れになってしまう。ボアのついたシープスキンのほうがいいだろう。

1

ニューヨーク州ウォレントン
二月二十日

「満タンでお願い!」

シャーロット・コートは乗っていたＳＵＶのウィンドウボタンを慌てて押し、窓越しに叫んだ。この大型の四輪駆動車は屋敷の手伝いの女性のものだ。吹きさらしのガソリンスタンドでは、風に負けないよう大声を出さなければ従業員に聞こえない。ショック、苦悩、悲しみ、さまざまな感情が押し寄せてきて、ダウンジャケットを着ているのに体が震える。ウィンドウが開くとみぞれ混じりの雨が刺すように顔を打った。

ジャケットの下では銃創にあてたガーゼ代わりのティッシュから血がにじみ出してきている。しかし父の死を悲しむ心の痛みに比べれば、体の傷など何でもない。父はロバート子飼いの軍隊のひとりに殺されて、病院のベッドで冷たく放置されたまま。

この二時間ショックの連続だったが、そのことがいちばん心を切り裂く――父が死んだ。

早く安全な場所に避難しなければ。ロバートの手の者が警察署にいた。自宅も彼らに囲まれていた。暮れゆく薄明かりの中に、屋敷の門にたむろする男たちの姿が見えた。何が起きているのかはよくわからないが、ロバートから逃げなければならない。そして傷の手当をしてから、父が殺され、自分も襲われたことをＦＢＩに通報しよう。モーテルに行くのが賢明だろう。これはお手伝いのモイラの車だし、車のグラブボックスには発行されたばかりのアメリカのパスポートまであった。チェックインするときもモイラ・シャーロット・フィッツジェラルドとして通用する。ホテルに着いたら、電話で……。

伸び放題のひげ面《づら》が助手席側の窓にぬっと現われ、シャーロットはびくっと飛び上がった。「七十ドルになります」風に負けないように男が声を張り上げる。

バッグを取ろうと手を伸ばしたとき反対の肩をドアにぶつけてしまい、シャーロットは痛みに気を失いそうになった。鼻からゆっくり息を吐き出し、強烈な痛みが少し収まるのを待つ。黒い服を着ていてよかった。傷から出てくる血が徐々にジャケットにもしみ出して肩の当たるドアに赤く濡《ぬ》れた部分ができ始めていた。

クレジットカードは使えない。ロバートの目的が何かはわからなくても、クレジットカードの支払い記録で、行き先をたどることぐらい彼にはできる。シャーロットは手持ちの現金をほとんどすべて店員に渡し、スタンドの裏手に車を回した。

トイレは駐車場からはずっと離れたところにあった。ジャンクフードばかりの棚、飲み物売り場、地図、映画雑誌、まだ先だ。薬品売り場はどこ？　市販のアスピリンを何錠か飲めば、少しは痛みも感じなくなるはず。イブプロフェンがあれば、もっといいのだけれど。

父の名前が聞こえてまた悲しみがぶり返し、その場でがっくり膝《ひざ》をついてしまいそうになった。もう二度と父に会えないのだと思うと、涙がわいてきて、胸が痛くなる。

しかしそのとき別の名前が聞こえて、シャーロットは我に返った。

誰かが自分の名前を呼んでいる！　恐ろしくなって身がすくみ、どこかに逃げようと思ったのだが、気づくと店の中にはうんざりした表情の若い女の子がｉ－Ｐｏｄの音楽に合わせて首を上下に振っているだけ、他には誰もいない。

どうして……？

自分の名前は壁に据えつけられたテレビから聞こえてきた。画面には髪を派手にふくれ上がらせたキャスターの女性が映っている。そしてシャーロットの写真が左隅に囲ってある。

警察はシャーロット・コートさんの行方を追っています。コートさんはコート・インダストリーズ社の跡取りで、父である同社オーナーのフィリップ・コート氏のパークウッド病院での死亡に関与しているとみられ、ならびに同病院の終末医療センター看護師、イメルダ・デルガドさん射殺の重要参考人として出頭が求められています。コートさんは武器を持っているとみられ、近寄るのは危険なため、警察ではコートさんを見かけた人はすぐに捜査当局へ通報するようにと注意を呼びかけて……

ああ、神様！　私は殺人事件の容疑者として指名手配されている。シャーロットはすぐに事情をのみ込んだ。ロバートやその手下から逃げるだけでなく、警察にもつかまらないようにしなければならなくなった。武装して危険。つまり、姿を現したらその場で射殺される可能性が高い。さらに悪いのは、ロバートは警察署長と仲がいいことだ。逮捕されれば、必ずロバートの手に落ちてしまう。

パニック状態になったシャーロットは息もたえだえに車まで戻った。凍《い》てつく路面が許す限りの速さで駐車場から出て、西へと車を走らせた。気を失う前に、ともかく州境を越えねばならない。

夜の闇《やみ》が迫ってくると、ロバート・ヘインは落ち着きをなくし部屋を歩き回るようになった。家政婦が夕食をいかがでしょう、と言ってきたのも苛々《いらいら》と手を振って追い払った。

あの女が逃げやがった。どうやって逃げたのかはわからないが、シャーロットの姿がふっと消えてしまった。

しかし、遠くまで逃げることはできないだろう。シャーロットはコート屋敷には戻っていない。手持ちの金はたいしてないはず。彼女がクレジットカードを使った瞬間、すぐに尻尾《しっぽ》をつかまえられる。

ヘインは今日の午後警察署で時間を過ごした。殺人容疑のかかった、武装して危険な人物としてシャーロット・コートに対する手配書がすでに各地に配られていた。州警察は警戒態勢に入っているが、ヘインはコンクリンのチームのほうを信用していた。あのチームは全員が優秀だ――行動は迅速で、容赦なく相手を追い詰める。コンクリンたちが先に彼女を見つけ、死体を届けてくれることになるだろう。

それもそのうちすぐだ。シャーロットは傷を負って逃走中、つまり捜査の対象となったわけだ。

もっと正確な言い方があるな、と思いついたヘインの顔にゆっくり笑みが広がった。女狩りだ。

カンザス州のとある場所
クレスト・モーター・イン
二月二十四日

シャーロット・コートはひび割れた浴室の鏡に映る疲れた顔をぼう然と見つめた。肌は紙のように鈍く白い色になり、頰《ほお》にはまだらに高熱による赤みが差している。今の体温がどれぐらいかは知りたくもない。ただわかるのは、ひどく熱があることだけ。血管を通じて体じゅうに熱がこもり、頭がぼうっとして幻影さえ見える。一瞬白い顔のシャーロットが二人映った。裏面のメッキがはげて黒いしみだらけの鏡は、左半分がほとんどただのガラスになっているため、映る像が二重に見えたのだ。

この状況にいい面を見出せるとすれば、これからどぶさらいを始めるようにしか見えない鏡の女性と、二日前までどこのテレビでも大々的に報じられていた女性の写真は似ても似つかないということだけだった。テレビをつけると赤十字主催の慈善パーティに出席したときの自分の姿が映り、地球上のあらゆる放送局でその写真が流されているのではないかと思えた。あの日はパーティが始まるまで一日がかりで五番街にあるエリザベス・アーデンのビューティ・サロンでエステをしてもらった。今、鏡の中からこちらを見返す女性のどこを取っても、洗練され、派手に髪を結い上げ、宝石をいっぱいつけて、ばっちりとメイクを決めた写真の女性の面影はない。

シャーロットは写真より十歳は老け、五キロは体重が減り、そして一千万ドルは財産が少なそうに見えた。昨夜はイリノイ州のどこかで過ごしたが、そこで片手だけで髪を洗った。モーテルのドライヤーは故障していたので、髪が濡れたままベッドに入った。今の髪は、ピエールに作ってもらったふわふわの凝った髪形とは、宇宙ひとつ分ぐらい異なった様子になっている。ピエールはあのふんわりした感じを出そうとパーティの直前まで午後じゅう苦労してくれた。

赤十字のパーティのときの写真は、この四日間で新聞紙面上をあちこち移動した。最初の日は大きな見出しをつけたニュースとして一面の上部にあった。そして一面の下段に、さらには社会面だけの扱いとなり、写真もカラーから白黒になった。そしてついにはその他のニュース記事に埋もれて一般の関心を集めなくなり、新聞からは消えていった。

シャーロット・コート、二人を殺害というニュースは、シャーロットがシカゴにたどり着いた頃には、かなり沈静化していた。

ときおり防犯カメラを目にすることもあったが、特にどうということはなかった。この状態ではうつむく気力しかない。さらに手持ちのお金もなくなっていた。

何とかウィラ大叔母さんの屋敷のある通りに着いたとき、シャーロットはほとんど一文無しの状態だった。ウィラ大叔母さん、あなたのおかげよ。シャーロットは去年のクリスマスに全財産をシャーロットに遺して亡くなった大叔母に感謝した。屋敷を処理されるのが嫌で、父にではなくシャーロットに何もかも遺した彼女は大金持ちで、さらにかなりの変人だった。それが今回役に立った。大叔母はいつも手の届くところにかなりの現金を置いておきたがった。よく、〝使えるお金がないとね〟と言っていた。

ウィラ大叔母の屋敷、今は正確にはシャーロットの家になるわけだが、その鍵《かぎ》をシャーロットは持っていた。父の容態が安定すれば、すぐにでもシカゴに飛んで家を見ておこうと思っていたのだ。結局、容態が安定することはなかった。

午前中いっぱいを使って大叔母のへそくりを探すと、現金で五万ドル近くにもなった。靴箱に四つに分けて入れてあった。靴箱はクローゼットにあったのだが、その場所そのものが、四人家族が楽に暮らせるような広さがあった。

大邸宅をあとにするとき、シャーロットは心に誓った。汚名をそそいだら、必ず戻ってきます、と。そして、貧困地域に向かった。こういう移民の多い場所の郵便局でやっておかねばならないことがある。移民たちはなけなしの賃金を貯めては故郷の家族に送金するのだ。シャーロットはいちばん退屈そうにしている、いちばんみすぼらしい様子の係員がいる送金窓口へ向かった。

九千ドルの送金が、モイラ・シャーロット・フィッツジェラルドから、ニューヨーク州ウォレントンにいるモイラ・シャーロット・フィッツジェラルドに対して行なわれるのに、疑われることもなかった。そこから数ブロック先の銀行の送金窓口も同じだった。そうやってシャーロットはモイラに全部で一万八千ドルを送った。モイラがSUVを手にするためにこれだけの金額を支払っていたことをシャーロットは知っていた。

モイラの自慢の車だった。彼女の楽しみをそのまま黙って奪ってしまうことなどとてもできなかった。モイラはこの黒いモンスター・マシンを買うために、二年間こつこつとお金を貯めた。モイラに代金を支払わないままでは、生きていけない。

送金が終わると、シャーロットは現金受け取り用の書類を封筒に入れ、筆跡を変えてモイラの自宅に送った。これだけのことをすると、すっかり疲れてしまった。

そのあとリサイクルショップでずどんとした形のくるぶしまであるフードつきの大きなダウンコートと、黒のウールの帽子、顔の大部分が隠れる黒のサングラスを買った。それらを身につけると、父でもシャーロットとはわからないほどで、少しはほっとした。

最近ではどこに行っても防犯カメラがある。それは知っている。しかし、この格好なら偶然どこかのカメラに映ってしまっても大丈夫だ。ずんどうのコートをフードまでかぶりサングラスをした、八十歳の老女のようによたよたと歩く女性でしかない。この姿でシャーロット・コートだとわかるはずがない。

時間が経過するにつれ、ウォレントンから離れるにつれ、目の前の危機からは遠ざかることになる。さらに肩の傷で体が弱ったせいもあり、莫大《ばくだい》な財産を持つ社交界の花形、シャーロット・コートには見えなくなっていく。

ここまではいい話だ。悪いことは、傷が化膿《かのう》してきたことだった。化膿した傷は、回復の兆しがない。

疲労で足元がおぼつかなくなり、シャーロットは汚らしい洗面台の縁《ふち》をつかんだ。シャワー・ブースはカビで真っ黒だったので、シャーロットはスポンジで体を拭《ふ》くことにした。水道の蛇口をひねると、ごごっという音がしたあと、茶色くて生ぬるい水が出てきた。体がきれいになる頃には、シャーロットは立っているのもやっとの状態だった。

ああ、神様、お父さまに会わせてください。もちろん、こういった状況で父が何かの役に立つわけではない。フィリップ・コートは、どうしようもなく実際的なことが苦手な人だ——だったが、彼のそばにいれば心がやすらいだ。銃創の手当をしたり、警察の追跡をまいたりというようなことはだめでも、人生のどんな場面で、どの本を読めばいいかをすべて心得ているように思えた。父に抱きしめられただけで気分が晴れ、紅茶をいれてもらえばそれで落ち着いた。

鏡に映る青白くやつれた顔にはらりと涙がこぼれた。だめだ。このまま父のことを考えていたら、エネルギーを使いきってしまう。寝る前にもうひとつしなければならないことが、まだある。しかし、何をするかを考えただけでも口の中に苦いものがこみ上げてくる気がした。

シャーロットは浴室に裸で立った。冷たく湿ったタイルに足先が縮まる。

背中を見ると、朝は真っ白だったガーゼが血で赤く染まっていた。ここは覚悟が必要だ。初めてガーゼの交換をしたときのことは忘れられない。凝固した血をえいやっと引きはがしたのだが、それから気を失って三十分浴室の床に倒れたままだった。気づいたときには、頭に大きなこぶができていた。

それでもこれまでの経験で、ひと息に引きはがしたほうが楽であることを学んだ。右手を左肩の上に持ってきて、いっきに血で固まったガーゼをはがす。激しい痛みで悲鳴が漏れそうになるが、歯を食いしばってこらえる。焼けつくような衝撃で、頭がくらくらして、胃がせり上がってくる。吐き出すものが胃の中に何もないのは幸運だった。

昨日よりもさらに痛い。肩を鏡に近づけて傷口をもっと観察すると、やはり――状態は明らかに悪化している。傷口は完全にふさがっておらず、膿《うみ》を持って腫《は》れており、じわっと出血が続いている。かさぶたのできている部分もあるのだが、その下から膿汁が出ているのも見える。皮膚はえぐれたまま赤くただれ、熱を持って触れると痛い。恐ろしいのは、中の筋肉が見えることだ。

ここまでのところ、何とか縫わずにやってこられた。しかし傷口にばい菌が入って、どうしようもない状態になっている。抗生物質を何とか手に入れようと考えたシャーロットは、以前飼っていたコリー犬のイエーツのために抗生物質を買ったことを思い出した。イエーツが狩猟用の罠《わな》に前足をはさまれて怪我《けが》をしたとき、農薬を扱う店で特に不審に思われることもなく、すんなり家畜用の抗生物質を買うことができた。そこで今朝、イリノイ州の穀倉地帯にならどこにでもある町の農薬販売店に立ち寄り、体重二十七キロのコリーが怪我をした話をでっち上げて抗生物質を手に入れた。自分用には、感じのいい店主が教えてくれた量の倍、薬を使えばいいだけだ。

そのあとスーパーでお菓子とジュースを買ったが、かごには包帯といちばん大きなサイズのジップロックも入れた。今、買ってきたその巨大なジップロックのひとつを開き、消毒用オキシドールをひと瓶たっぷり満たした。このプラスチック瓶に入ったオキシドールは薬局で三本購入した。

覚悟を決めて、オキシドール入りのジップロックを肩より少し高いところまで持ち上げ、流しの上に体を倒す。袋の隅をホテルの部屋にあった鉛筆の先でつつくと、すぐに袋からオキシドールが出てきて傷口を洗浄していく。皮膚にわっと泡が立ち、強烈な痛みが走って、シャーロットは大声で叫びたくなったが、まさかそんなことはできない。自分に何らかの注目を集めるようなことをしてはならないのだ。

真っ赤に焼けた鉄火箸《てっひばし》で肩を突き刺されたような感じだった。実際、撃たれたときの痛みより激しかった。あのときは興奮状態でアドレナリンに突き動かされていた。自分の父が殺害されるところを目撃して強い怒りを覚え、コンクリンが自分も殺すつもりだと知ってパニックになり、自分の肩を銃弾が撃ち抜いたこともほとんど感じなかった。

しかし今、世界中の痛みの感覚が火の玉となってシャーロットに襲いかかった。彼女の肩に居座り、動こうとしない。

汚らしい洗面台をつかんでいた左手が、血でぬるぬるして滑る。シャーロットはぐっと力を入れ、こぶしが白くなるぐらい洗面台の縁を握った。両手で袋を持ったほうが簡単に量を調節できるのだろうが、片手は洗面台をつかんで体を支えておかなければ倒れてしまう。シャーロットはもう一度オキシドールを袋に入れ、肩の上に掲げた。鏡に映る顔は灰色になり、額《ひたい》には玉の汗が吹き出ていた。また身構えて消毒をする。悲鳴を出さないように歯を食いしばると、喉元《のどもと》が波を打つ。

これを何度も繰り返していくうちに、傷口から出る液体が赤いものから薄いピンク色に変わっていった。

痛みで目が眩《くら》む。消毒し終わる頃には、手も脚も震えていた。立っているのもやっとだが、まだやっておかねばならないことがある。

犬用の抗生物質の粉薬の包みを開け、傷口にたっぷりふりかけた。自分の体が生理的に犬とたいして変わらず、細菌感染を抑えてくれることをシャーロットは祈った。傷口にガーゼを貼《は》り、絆創膏《ばんそうこう》で留めると、もう体の震えがひどくて立っていることもできなかった。

しかしまだひとつ仕事が残っている。この血まみれの浴室をきれいにしておかねばならない。部屋のタオルを使って血を拭くのは問題外だ。シャーロットはトイレットペーパーをまるひと巻き使って血の跡を拭《ぬぐ》い去り、それを便器に捨てて流した。

警察の鑑識専門家がこの浴室を調べれば、DNA検査でシャーロットがいたことはすぐにわかるのだろうが、おとなしくして人の注意を引くことでもしない限りは問題ないだろう。明日になればホテルの清掃スタッフがやって来て、漂白剤を使って掃除し、シャーロットがいた痕跡《こんせき》はすっかりなくなるはずだ。

すべてが終わると疲労が激しかった。汗をかき、ベッドの汚いシーツより白い顔になって、シャーロットは何か食べておかねばならないと思った。温かくて腹持ちのいいもの、いや紅茶とかミルクのような温かい飲み物でもいい。ただ、そんなものが手に入る見込みはない。外に食事に出かけることなどとてもできないし、またファストフード店でハンバーガーを食べたら、間違いなく吐き出してしまう。そしてこの古ぼけたモーテルにはルームサービスといったしゃれたものはない。このモーテルを選んだのはこのあたりでいちばんうらぶれた雰囲気が漂い、周りに何もないからだった。

幸運なのは、浴室からベッドまでの距離がこのモーテルでは近いこと。ベッドの横まで来ると、体じゅうの細胞がしみだらけのベッドの上掛けに身を横たえることを拒否してきて、シャーロットは少しためらった。しかし何千人ものセールスマンが使ったベッドで眠るか、床に寝転ぶか、選択肢は二つ、汚さではどちらもいい勝負だろう。

シャーロットは枕《まくら》に頭を乗せると、部屋の中を見回した。枕の中身が塊になって頭の下がごろごろする。色あせた壁紙、樹脂のテーブルは傷だらけ、背もたれの壊れた椅子《いす》。テレビはあるが映る局は三つだけ。これまでシャーロットが泊ったモーテルは四つともみんなこんな感じだった。よりひどくなっているかもしれない。

ここはいったいどこ？　カンザス州のどこかだということぐらいしかシャーロットにはわからなかった。町の名前も知らないし、この町がどのあたりにあるのかもさっぱりわからない。シカゴからここまでの道のりは、全国チェーンのファミリーレストラン、モーテル、そのあいだに中古車販売店があるという風景が繰り返された。今カンザスにいるとわかるのも、州境に『ここからカンザス州』という大きな看板が立っていたためでしかない。

まだシャーロットはこれといった計画を思いつかなかった。ただ交通量の多い州間高速道路を避けながら、南へ向かおうとぼんやり考えただけだ。中西部を震え上がらせている大寒波からは離れたほうがいいと思ったからで、体が弱って熱が高く、記録的な吹雪《ふぶき》の中にいたら死んでしまうと、本能的に感じたのだ。

カンザスなんかにいるのは嫌、シャーロットの心が叫んだ。どこにも行きたくない、ただ家に戻って父の看病をしたいだけ。

どうせ叶《かな》わぬ望みなら、今ではなくて五年前に戻りたい。あの頃は母も生きていた。シャーロットはまだ美術専攻の学生で、この世に悩みごとなど何もなかった。そして母が自動車事故で亡くなり、そのあと父が病に倒れた。

シャーロットはベッドに仰向けに横になり、焼かれるような肩の痛みに震えながら耐え、ただ天井を見つめた。あまりに疲れて涙も出ず、体に力が入らないので身動きもできない。

今夜はなぜか痛み止めが効くのが遅い。肩を見下ろすとぽつんと小さな血のしみが見えて、絶望的な気分になり目を閉じた。もう血がにじみ出してきた。あと二時間もすれば絆創膏の上からでも血が滴り落ち、ベッドが血の海になる。もう一枚ガーゼをあて、何かで覆っておかなければ明日掃除に来た客室係に気づかれる。客室係はおそらくベッドが血だらけだったことを忘れないだろう。何かのことで警察が宿泊施設をしらみつぶしに捜索したとき、質問された客室係は何百人もいたただの宿泊客を覚えてはいなくても、血のついたベッドをきれいにしなければならなかったことは思い出して話すはずだ。

起きなければ。今すぐに。頭はそう命令し、何としても行動を起こさせようとするのだが、体はマットレスに沈むばかりで動かない。

疲労と出血と絶望で、シャーロットの体からいっさいの力が抜けていた。頭の中では無力感が羽根を広げる。

このモーテルは高速道路からも近く、前の道路は交通量も多いので窓からは車の音が聞こえる。今日は雨降りで、水しぶきを上げていく鋭いタイヤの音までわかる。遠くではサイレンが鳴っている。隣の部屋では男女が激しく言い争っていた。

この野郎、許さないからね！　隣の部屋で女性が叫んだ。ヒステリックな鋭い声だった。人がこれほど醜い感情をむき出しにしているのを実際に聞くのも、シャーロットにとっては初めてだった。

何かがベッドの後ろの壁に、向こうからどすっとぶつかる音がこちらの部屋にも響いた。

シャーロットにとって、これは未知の世界だ。行き場のない暗く絶望に閉ざされた世界。深い井戸に落ちて、人間らしさから切り捨てられてしまった気がする。シャーロットは今までの人生をすっかり切り取られてしまったのだ。

ロバート・ヘインのせいだ。彼が何もかもを奪い、シャーロットのすべてを否定した。父とイメルダ・デルガドを殺すように命じたのも彼だ。あの笑顔のかわいいフィリピン人の看護師は、父に親切にしてくれたのに。そしてその罪をすべて、ロバートはシャーロットにかぶせた。コート親子が彼の野心の邪魔になった、すると彼は計算ずくで冷酷に殺人を行なった。

お金のせいだ。そうとしか考えられない。ロバートがここまでのことをするのは、お金のため。そしてセックスだ。

彼はしつこくシャーロットをベッドに誘ってきた。

父の看病に忙しかったため気にも留めなかったが、本来ならロバートを辞めさせるよう取締役会に働きかけるところだった。しかし彼には経営手腕があり、会社の株価が上がって取締役会はその業績に満足していた。シャーロットは日に日に衰えていく父を目の前に、ロバートの処遇にまでは気が回らなくなった。

そして永遠に父を失うことになってしまった。父の葬式に出席することさえできなかった。ロバートに奪われた大切なことがまたひとつ増えたわけだ。

助けを求めることは不可能だ。ロバートは血に飢えた状態にある。父をためらいもなく殺し、シャーロットに銃を向けたのだから、誰かに助けを求めれば、躊躇《ちゅうちょ》なくその人も殺すだろう。頼れる人はいない。

父を失った心の痛みが消えない。頼れる人が誰もいないという状況も、シャーロットには初めてのことだった。彼女が今どこにいるか、誰も知らない。

ふと気づいたことがあった。これまでずっと、シャーロットが手を伸ばせば常に自分を愛する誰かがいた。生まれてから今まで、両親や友人は電話さえすれば話ができた。誰とも連絡が取れないという状況にいちばん近かったのは、二年前カリブ海に船旅をしたとき、数時間電波の届かない海域に入ったときぐらいだ。

シャーロットのこれまでの人生には、いつも愛情の絆《きずな》が存在し、周囲の人たちの気遣いに見守られてきた。現在入り込んでしまったこの世界は……荒涼として、人とのつながりが見当たらない。地獄とはきっとこんな場所なのだろう。違うのは、ここはひどく寒いというだけ。

そう思って、シャーロットはぶるっと震えた。部屋が寒いせいもあるが、体がひどく熱を持っているせいだ。

隣の部屋の喧嘩《けんか》はさらに激しくなってきた。どしん、ばたん、と物がぶつかる音がして、叫び声に怒りがこもる。聞こえてくる言葉も悪意に満ちたものだ。二人が何を言い争っているのかまではわからないが、そういう問題ではない。声の調子が野蛮で荒っぽいのだ。また何かが激しくぶつかり、壁が揺れる。ぶつかったのが何かの備品ではなく、女性の頭だったらどうしようとシャーロットは心配になった。

警察を呼ぶことも、フロントに連絡することもできない。そんなことをすれば、覚えられてしまう。しかしガラスの割れる音までして、シャーロットは起き上がった。きっと机の上にあった安っぽい陶器のスタンド台だろう。突然女性が泣きわめく声がした。追い詰められた動物の出す絶望的な悲鳴に、シャーロットの体じゅうに鳥肌が立った。

緊急通報は、必ず逆探知される。テレビの犯罪ドラマでそんな場面は何千回も見てきた。しかし通報しないと、このままでは――。

騒々しかった怒鳴り声が、ぱたっと止まった。シャーロットはどきどきしながら、女性が頭を打って意識を失っているのか、それとももっとひどいことになって死んでしまったのかと気をもんだ。

また隣で音がするのに、シャーロットはすぐ気がついた。この十五分ほど聞かされてきた音とは明らかに種類の違うもの、低いうめき声と、はあ、はあという……。

隣の部屋のベッドが規則正しいリズムで軋《きし》み始めた。やがて、ベッドの頭板が壁に乱暴に打ちつけられるのが伝わってきて、ぴしゃっぴしゃっと叩《たた》く音と、満足そうにあえぐ声がした。

ああ、いいわ、あなた。そう、もっと、もっと、もっとよ。女性のくぐもった声。

なるほど、暴力が暴力的なセックスに発展したということだ。

隣の部屋の女性の心配をして、シャーロットは肩の痛みをしばらく忘れていたのだが、女性の身に危険はないとわかったとたん、痛みが洪水のようにいっきに押し寄せてきた。痛みという生き物が同じ部屋にいるかのように、その存在をはっきり意識する。

シャーロットは痛み止めの薬を手にした。怪我をしていない側の手に容器を置いてゆっくりと蓋《ふた》を回す。子どもが誤って口にしないよう、開けにくくなっている。色鮮やかなラベルには、この薬は歯痛、しつこい頭痛、生理時の不快感からくる痛みを和らげると書かれている。

もちろん銃で撃たれた傷の痛みをどうこうできるとは、ひと言も書いてない。

シャーロットは水なしで三錠を一粒ずつ口に入れ、また横になった。プラスチック容器を片手にしっかり握ったまま、心臓がゆっくり音を立てるのを聞いて薬が効いてくるのを待つ。容器を握っているとプラスチックが手の中で暖かくなっていくのがわかった。シャーロットはふと、薬がまだ容器にいっぱい入っていることに気づいた。この小さな容器に入っている薬を全部飲めば、永遠に痛みを感じなくていいのかもしれない。今、こんなに大変な目に遭っていることも、握りしめた手の中にある小さな白い容器がすっかり解決してくれるのかも。

きっと簡単なはず。治る気配のない傷を抱えて逃走するより、一日十時間も脇目《わきめ》もふらずに運転するより、ずっとずっと簡単だろう。そこまでして危険から逃げたって、行くあてなど何もどこにもないのだ。

シャーロットはプラスチック容器を目の前に持ってきて上下に振ってみた。三十グラムあるかないかという薬容器を持つだけでも手が震える。どこでも買える市販薬なのだから、普通の人がひと瓶丸ごと飲んでも自殺できないように成分は調整されているはずだ。しかし、体が弱って出血がひどく、薬の成分を吸収できる食べ物が胃の中にはまったくない今の状態ならどうなのだろう？　しかも、シャーロットは平均的な人よりかなり体重も少ない。

うまくいくかもしれない。

錠剤をすべて飲み込んで静かに横たわり、命とともに痛みが消えていくのを待てばいいのだ。

シャーロットがなじんできた人生というのは、何にせよもう終わっているのだから。父が死んだ。ロバートとその手下が自分を殺そうと狙《ねら》っている。殺人容疑をかけられていて、警察にも保護を求められない。ロバートが作り上げた偽の証拠は強力なものだったに違いない。でなければこれほど大掛かりな指名手配を短時間にできたはずはない。

いろんなことを考えると気が萎《な》える。どうしようもない。シャーロットの前に広がる未来は、暗くて恐ろしくて暴力に満ちている。

片手で蓋を開け、シャーロットはもう三錠薬を口に入れた。飲み込むときにその一錠ずつが喉を通る感覚を意識した。ちゃんと喉を通そうと少し体を起こすと、肩から焼けつくように激痛が走る。うっとうなって、体が飛び上がり、その拍子に薬がすべて汚い上掛けにこぼれ出てしまった。痛みに涙がにじみ、泣いてしまったことが腹立たしくて、シャーロットは手の付け根で涙を拭った。

隣の部屋で男性が大きな声を上げ、ベッドの打ちつけられる音がやんだ。するとすぐに鋭く殴る音、女性の悲鳴が続く。「この野郎、何でそんなことすんのよ！」

いやはや、この二人にはうっとりと余韻を楽しむということはないようだ。

シャーロットは天井を見つめた。端から端まで亀裂《きれつ》が入っている。薄暗い明かりしかないので、よく見えなかったのだ。亀裂の先は一方で何本かの筋に広がっている。

シャーロットはいつまでもその亀裂をながめ、ひとつずつ薬を手に取った。三十三粒。これだけあればじゅうぶんだろう。たぶん。

十回に分けて飲み込めばいい。気持ちのいいものかもしれない――肩の痛みも薄れこの部屋の汚らしさも忘れ、ぼんやりした気分で暗闇の世界に引き込まれていくだけ。

ゆっくりとやさしく、波が引くように意識は遠のいていくのだろう。そして最後に安らぎを迎える。

しかし、そんなことをすればロバートが勝つことになる。罪を償うことなしに。父を窒息死させた罪、シャーロットに銃を向けた罪から逃れてしまうのだ。コート・インダストリーズ社を自分のものにする方法を見つけ、幸せに暮らしていくだろう。あのぞっとするチタン製のゴルフクラブを自慢し、ポルシェを乗り回しヒューゴ・ボスのシャツを見せびらかして。

ロバートの思いのままになる。シャーロットが死ねば、彼の野望の手助けをすることになる。彼のために厄介ごとを解決してあげるようなもの。

シャーロットはゆっくり起き上がった。急いで体を動かすと肩に誰かが乗っかって肉を嚙《か》みちぎるような痛みに襲われるため、そろそろ体を起こし、また薬を一粒ずつ手にした。

ロバートになんか負けるもんか、それだけは嫌。

ひとつずつその感触を確かめながら容器に戻す。薬が容器の底に当たるたびに乾いた音がして、静かな部屋にうるさく響く。三十三。

シャーロットは涙の乾いた瞳《ひとみ》で天井の亀裂を見た。やがて闇の中に意識が遠のいていった。

2

カンザス州レヴンワース、
退役軍人病院
二月二十四日

シャーロットのいるモーテルから百キロ近くの場所で、マシュー・サンダース少佐は目を開いて天井を見据えた。緑のペンキは誰かのへどみたいな色だし、大きなひびも入っている。

目を開いて天井を見つめるというのが、マットの最近身につけた新たな技術で、意識不明で横たわっていた状態からすれば、大きな進歩と言えた。マットは先月までまったく意識もなく、ただ仰向けに横になっているだけだったのだ。さらに当初の危篤状態を考えれば格段の進歩であり、それこそがアフガニスタンの高原でたったひとり太陽に焼かれるままのマットの状態だった。

四ヶ月前、マットの心臓は止まった。部下とともにヒンドゥークシュ山脈のふもとにある洞窟《どうくつ》をしらみつぶしに捜索しているときのことだった。五百トン近い弾薬を使えなくしたあと、脱出するためヘリコプターとの待ち合わせ場所まで必死で走った。マットは懸命に十二人の部下を走らせた。ヘリに乗せて安全な場所に逃がさねばならない。五人、六人、七人、頭の中で部下を数えた。最後の兵士を確認して、自分もヘリに足を乗せたとき、すっと血が引いていくのをマットは感じた。

丘の向こうに何人もの敵が体を伏せていた。こげ茶色の大地から次々に体を起こすと土や石を蹴《け》散《ち》らしながらこちらに向かってくる。あと六百四十メートル。しかし、マットがぞっとしたのは丘の上にいる敵の姿だった。マットの視力はすぐれていて、ヘリコプターが巻き上げる砂埃《すなぼこり》の中でも、痩《や》せたテロリストの肩にあるのがRPG－7であるのがわかった。ソ連が開発したロケットランチャーだ。

ヘリコプターというのはすばやく軽快に動けるため、攻撃される可能性があるのは二つの場合——離陸時とホバリング時——に限られる。今このヘリはマットの部隊を全員乗せるためにホバリング中だ。

部下はまだヘリのカーゴデッキ部分に入り込む最中で、最後の兵士が席について離陸するにはあと二分かかる。そこからやっとヘリはランチャーの射程距離から出られる。RPGは九百メートルを超える距離にある標的に対しては役には立たないが、このままだとヘリが射程距離を出るまでに撃ち落とされてしまう。

マットは以前、ファルージャで親友たちが乗ったブラック・ホークがＲＰＧで撃ち落とされるところを目にした。もう二度とあんな場面を見たくない。自分がそれを防げるのならそんなことはさせない。自分の部下をあんな目に遭わせてたまるか。俺の目の前で。

「ロレンツオ！」マットは肩越しに部下に怒鳴った。「おまえのＳＲ－25を」

ドミニク・ロレンツオ軍曹は部隊の名狙撃手《そげきしゅ》だった。命令されたロレンツオは反射的に自分の重たい自動式狙撃ライフルをつかみ、そのままマットに差し出した。マットがライフルを手にしたときに、ロレンツオも事情がのみ込めたらしく、驚きに目を見張った。

激しく揺れるヘリから、これほどの距離の標的を狙《ねら》うことはロレンツオにはとてもできない。

ヘリに最後の兵士が乗り込むと、マットは機体をばん、と叩《たた》いた。

「すぐにここから飛び立て！　遅い、遅い、遅い！」マットはエンジン音に負けないように叫びながら砂地に片膝《ひざ》をついてライフルを構え、照準器リューポルドＶＸ－Ⅲをのぞいた。昔はマットも優秀な狙撃手だった。狙撃技術というのは生鮮食品のようなもので、使わないと腕は鈍るが、マットは衰えさせないよう技術を磨いてきた。

戦闘が始まるといつもそうなのだが、時間がスローモーションのように流れた。マットが照準を合わせるうちに、砂埃と騒音が遠ざかり、やがて消えていった。この一発が大切だ。人生最後の一発になるかもしれない。やるからには完璧《かんぺき》でなければ。昔から狙撃手が常に口にする言葉がある。一発必中。

狙撃するときは、二発目を考えることは許されない。今回は特に、二発目を撃つチャンスはない。

角度高低の規則だ、とマットは自分に言い聞かせた。自分の部下の新兵に口を酸っぱくして言い続けてきた狙撃の鉄則で、上に向かって撃つ場合は高いところに照準を合わせ、下に向けて撃つときは、低い位置を狙う。今は上に向けて撃つ。

ここまで全速力で走ってきて、心拍数が１４５に上がっており、モーターにたとえるならこの回転数では危険な状態であることはわかっている。技術が通常より落ち、聴覚も低くなり、視野が狭くなる。こういった場合にどうするかという訓練も受けてきたし、何をすべきかはわかっている。ただそんなことをしていると時間がかかる。今にも銃撃を始めようという敵と、ゴールを目指して競争だ。

心拍数は80まで落とさなければならない。それも今すぐ。マットは肩をぐるっと回して二度深呼吸し、大きな筋肉から力を抜いてライフルを構えた。

不利な状況だった。訓練のときや射撃練習場でなら、これぐらい簡単だ。脳の指示に即座に体が従うよう、今まで訓練を受けてきた。しかし、脳幹部、もっとも動物的な本能は、名誉や義務より自分の生存が大切だと考えてしまい、頭は混乱する。動物的な本能が、この体は今死ぬところだということを察知し、そんなことは嫌だと抵抗する。そんな本能を鎮めるため、マットは貴重な二秒間を使わねばならなかった。

ゆっくり呼吸するんだ、ひと呼吸ごとに、心拍数を20ずつ下げるんだ。鼓動と呼吸のタイミングを見計らって、銃弾を放つ。

今だ！　マットはゆっくり息を吸って吐いた。吸って、吐いて。吸って。もう一度。吐いて。吸って、引き金に力を入れ――吐いて。

六百四十メートル先で、小さな人影が両手を上げ、後ろに飛ばされた。RPGも一緒に飛ぶ。丘にいた残りの十五名が銃を構えた。

マットが覚えているのはそこまでだった。その後三ヶ月意識が戻らず、さらに一ヶ月病院のベッドで天井を見上げてひびとしみの数を数えて過ごした。

あとで聞いたところでは、フレッド・ピアス、山羊《やぎ》ひげというあだ名でテキサスの農場育ちのカウボーイの男が、地面に崩れ落ちるマットを輪投げの要領でロープを使って引っ張り上げたということだった。ヘリのパイロットが必死でバランスを取り、戦闘地点から脱出するあいだ、マットは意識もなく血を流してヘリコプターからぶら下げられたままだった。ぐったりしたマットの体は、ヘリに引き上げられたときには五発の銃弾を受け、おびただしい出血でショック状態にあり、何の反応もなかった。最初の一分で失った血は九百ccを超え、衛生兵のモリスンが手当を始めたときには心肺停止状態だった。

モリスンはあきらめることを拒否した。マットを絶対に死なせないと言い張り、AEDを使って心臓を動かし、血漿《けっしょう》を四パック使って何とか状態を安定させ、基地まで帰りついた。基地からマットの体はドイツのラムシュタインまで空輸され、アメリカ軍病院で外科医たちが十八時間ぶっ通しの手術を行ない、きちんと生存反応を示すようになったところでマットはまた飛行機に乗せられ、この間もずっと意識はなく、そしてこの退役軍人病院まで運ばれたのだった。

やっと目を開けたのは、一ヶ月前のことだった。低い、ばた、ばた、ばた、というヘリのローター音が今も耳に残る。心電図計が立てるぴっぴっという信号で目が覚め、部屋の外の廊下でモップをかける老婦人のやさしいブルースの歌声が耳に入った。

自分が生きていて病院にいることがわかるのに、しばらく時間がかかった。最初はここは地獄で、地獄には緑のへどをまいた壁とひびの入った天井があるのか、自分は消毒剤まみれでその中に捨てられたんだと考え、たっぷり冷や汗をかいた。

病室にはマットの他にもうひとりいた。包帯でぐるぐる巻きにされ、ひと言も発しない男で、頭から続く包帯は二つの脚までつながっているのだが、胴体から二十センチほどのところでぶつりとその先がなくなっていた。包帯から出ているのは鼻と指先だけ。看護師からは海兵隊員だと聞いた。イラクで自爆テロの犠牲になったのだそうだ。脚を二本とも切断した。マットの意識が戻って以来、彼はほとんど生命の兆候を見せず、夜中に弱々しいうめき声を上げるぐらいだった。

「おい相棒、どうしてる？」マットは静かに海兵隊員に呼びかけた。意識が戻ってから毎朝そうやって声をかけている。これがマットの新たな二つ目の技能だった。話すことだ。意識が戻った最初の日は言葉を明瞭《めいりょう》に発することができなかった。言葉は頭には浮かぶのに、喉《のど》から出る音はかすれた動物のようなうなり声でしかなかった。言葉が出ないのは、指先とつま先以外、体を動かすことができないのと同じぐらい、怖かった。

今朝もいつもどおり、隣のベッドの白い塊は何の返事もしない。彼には複雑な機械がつながれているのでもなく、ただ包帯の巻かれた腕に透明の液体が点滴され、カテーテルから体液が排出されているだけだ。白いのを入れて、黄色いのを出すというわけだ。

マットは病室を共有する友人のことを看護師にたずねたことがあった。あの海兵隊員はいつから意識がないのだ、と。看護師の答は、彼は意識がないのではなく、臨床的には鬱《うつ》状態にある、ということだった。いや、その……そりゃそうだろう。病院にいて落ち込まないやつなんているのか、とマットは思った。

マット自身は鬱状態に打ち勝った。今日は、大きな、大きな野望がある。野心あふれる大それた計画だ。自分でベッドから起き出して、二本の足で立てるところを神様に見ていただくのだ。今は、自分の足で立つと考えるだけで、どうしようもなくわくわくする。疲れきった精神がこれほど高い野望を抱けるとは思ってもいなかった。

部隊ではマットは戦略・戦術立案の専門家だった。行動を起こすときは、常にその先を何パターンか考え、目の前の目標に向かいながら次の計画を練るのが得意だった。次のステップ、さらにその次を読むことができ、水晶球で未来を見ているのではないかと揶揄《やゆ》されるほどだった。あらゆる細部まで徹底的に筋書きを立て、実際の任務が始まるとそのとおりに行動した。頭の中に筋書きはすっかり叩き込まれていた。

今は違う。三四七号室の硬いベッドに横たわった状態ではそうはいかない。マットが計画できるのは今日のことに限られ、その毎分毎秒が痛みに支配された。今までは何を計画するのも不可能だった。計画というのは自分以外の誰かが考えることでしかなく、病院のベッドで動けない人間には計画など無関係なのだ。

ふん。また前の生活を取り戻すさ。マットはそう決めていた。病院のスケジュールはすっかりわかっている。黒いへどろのようなオートミール、脱脂粉乳、焼いてから何日も経ったようなデニッシュ・パンの朝食が出る。戦地で食べざるを得ない非常食よりさらにひどい代物だ。生きていくためには口にするしかないというところでは、どちらも同じだ。

　退役軍人協会はマットの入院生活をさらに思い出深いものにしようとあらゆる努力を惜しまないようで、彼の担当としてサディストとしか思えない看護師をつけた。マットは『カッコーの巣の上で』の映画に出てくる看護師を思い出して、彼女をひそかにラチェッド看護師と呼んでいた。食事になるとラチェッドはベッドの上半分を起こし、彼がデニッシュの最後のひとかけらを飲み込むまでベッドのそばから離れない。段ボールを食べるのと変わらない味だが、マットは何とかコーヒーでそれを飲み込む。このコーヒーもまたひどいもので、ルーテル教会の地下室コーヒーと呼び名がつく代物だった。つまり多くの人に無料でコーヒーを配るため、大なべでぐつぐつ炊き出されるたぐいの味ということだ。

　ラチェッド看護師の本名はドリス・バーネス、ぺたんこの胸につけられた名札では正規看護師である。彼女があと三十分もすれば部屋に戻ってきて、マットの体を洗う。毎日耐え忍ばねばならないはずかしめの儀式だ。ラチェッドの扱いときたら、肉の塊を扱っているのも同然、彼の体には何の関心も持たない。病院では恥ずかしいことだらけで、自分の力のなさがその代表だ。いや、違う。そんな状況を今日こそ変えるのだ。あと三十分ある。うまくすればラチェッド看護師が戻ってきたとき、自分の足でしっかり立って、りっぱな男だというところを見せてやることができる。

自分ひとりでベッドの下に置いてあるしびんを取って、焼き捨ててやる。いや、しびんはプラスチック製だから、窓から投げ捨てるほうがいいかもしれない。

頭の中ですっかりその計画ができあがった。まず上掛けをさっとほうり投げ、頭上の手すりをつかんで懸垂の要領で体を起こし、脚をベッドの右側に下ろす。ベッドの端をつかんでバランスを崩さないようにゆっくり立ち上がる。

理論としてはそうで、戦略でもあり任務でもあった。脚をベッドから滑らせ、床に足を置いて立ち上がる。時間は三十分。

今だ！

マットは顔に決意をみなぎらせ、上掛けをはぎ取った。いや、はぎ取ろうとした。いまいましい上掛けめ、やけに重いじゃないか。三度続けてしくじってしまった。こんな簡単なこと、どんなまぬけにだってできるはず。上掛けをつかむ、つかんだ手を上げ、円を描くように腕を回して、手を左側に下ろす。どうということではない。なのにマットが握る力は弱すぎて上掛けをうまくつかめず、腕は途中でへなへなと下に落ちる。そのうちにシーツと毛布と薄いコットンの上掛けのあいだに体が絡まってしまった。

これぐらいのことをするだけで、マットはひどく疲れて息が上がり、苛立《いらだ》ちが募った。ああ、くそ！　俺にはできるんだ！　マットはまた何度も腕を振り回し、その結果シーツと毛布と上掛けに完全に脚が絡まって膝が動かなくなってしまった。腹が立って、マットはベッドからまとめて毛布などを蹴り落とそうと足をばたばたさせ、さらに身動きが取れなくなった。

足を動かすのをやめ、息を整える。腹立たしくてパニックになりそうだった。ここは計画の中でも簡単な部分だったはず。これは立ち上がるための、最初の部分でしかない。毛布をどけることもできないとすれば……。

やめろ！　マットは否定的なことを考えてしまう自分を叱《しか》りつけた。つまらないことを考えずに、やり直すんだ。もうすぐ力を使いきってしまう。

何てことだ。ベッドから出るだけなのに。こんなに大変なことだったのか？　マットは三十四歳でベッドから起き出すことなど、今までに一万二千回ばかりもしてきたはずだ。どんなまのぬけたやつでも、ベッドから出るぐらいはできる。

まのぬけた人間はできるのだろう。しかし、どうやらマットはできないらしい。

マットは病室のベッドにつけられたボタンを押し、モーターが静かな音を立てるのに耳を澄ました。するとベッドの上部が持ち上げられていった。これ以上は無理というところまで、ベッドの上半分を立てる。上半身を起き上がった状態にすれば簡単になるのではないかと考えたのだ。上体を起こすというのも、また新たに身につけた技術のひとつだった。病院のベッドはうまくできている。体を起こすと仰向けに寝ているのとはまったく違った新しい世界が開けた。昨日は水のようなスープを自分で飲むことすらできた。

やったぜ、ついてるじゃないか。

足元を見るとシーツと毛布が絡み合っていた。頭にきて、これをどうするか戦術を変えた。ゆっくり脚を曲げ、毛布の塊から足先が出るまで膝を立てる。そしてベッドの中央部に足をしっかり置いた。それからシーツと毛布をベッドの下のほうへと足の裏で押していく。おまえってやつは、頭がいいな、サンダース。マットは自分を褒めてやりたい気分になった。

隣のベッドの白い塊が目に入る。彼は一生、二度と自分の足で立つことができない。マットは心の中でつぶやいた――おい、相棒、これはおまえのためだぞ――そして体をねじって足を伸ばし、ベッドの片側にぶらんと下ろした。体を動かすと激痛に襲われ、普通に呼吸するのにしばらく時間がかかった。はっはっとマットの荒い息が静かな部屋に大きく響く。やがてぐらつく視界が元に戻り、痛みも治まってきたので、マットはベッドの端に腰を落ち着け、規則正しく呼吸をして次の行動に移る準備をした。

ラチェッド看護師が現われるのも間もなくだ。血圧と体温を確認し、抗生物質を注射しに来るまで、あと十五分。彼女が来たときに自分の足を踏ん張って立っていたい。

プライドの問題だ――プライド、それに――そう、くだらないと言われようが、男としての意地だ。男ってのは、自分の二本の足で立つもんだ。

マットは腰かけたまま、じっとリノリウム張りの緑の床を見据えた。床を這《は》う深緑の線が、人類が何世紀にもわたって悩み続けてきた難問を読み解く鍵《かぎ》でもあるかのようにひたすら見つめた。自分がそうしていることにも、マットは気づいていなかった。マットは感情的な行動をする男ではない。昔は忍耐強く自己抑制ができる人間として評判だった。しかし裏を返せば、辛抱強く、頑固な男なのだ。一度こうと決心すると即座に行動に移り、最後までやり抜いた。

患者用のスモックを着てお尻《しり》をむき出しにしたままこうやってベッドに座り、はだしで足をぶらぶらさせている男など、マットには自分だとは思えなかった。

さっさとやっちまえよ！

両手で体を支え、マットはベッドの端ににじり寄った。スモックは背中が打ち合わせになっているので、お尻がさらにあらわになる。ふん、構うもんか。隣のベッドの相棒は目を閉じたままだし、ラチェッド看護師はマットの尻など毎日見ている。情けないことに、毎日尻を拭《ふ》いてもらわなければならないのだから。マットはそろそろとベッドの端に近寄り、足の裏を床につけた。足がシーツ以外のものに触れるのは四ヶ月ぶりだった。

目を閉じ、おきまりの兵士の祈りの言葉を心につぶやく——無事にできますように。これができるだけでいいんです。これができれば、いい人間になります。急いで祈ったあと、マットは立ち上がった。

そしてばたっと顔から倒れてしまった。膝に力を入れ、頭では自分が立っているところを思い描いても、脚が言うことを聞かない。一秒ももたなかった。木が切り倒されるように、ばたっと倒れ、うつ伏せで床に体が伸びてしまった。

痛みを覚えたが、それは問題ではない。体の痛みを感じるのはいいことなのだ。マットは痛みには強いし、それに痛みを感じるというのは生きている証拠だ。痛みはおまえの友だちだ、これがＳＥＡＬになったら頭に叩き込まれる言葉なのだ。マットが耐えられないのは床に腹ばいで伸びたまま、どうやって起き上がればいいかもわからないという情けなさだった。首を左右に動かし見上げると、ベッドがエベレストのようにそびえ、とても手の届かない高さのように思えた。

マットは顔の横に両手をついて、頭を上げようとしたがそれすらできなかった。ただ、無理なのだ。腕に力をこめ床を押してみても、結局疲れてぷるぷると手が震えるだけだった。顔からも背中からも汗が流れ、呼吸が荒く短くなっていった。

マットはしばらく体を休めた。手を床について、腕立て伏せの姿勢だ。

十五年前のことをマットは思い出した。ああ、大昔のことのように思える。ＳＥＡ

Lに入るためのBUD《バ》／S《ズ》と呼ばれる過酷な訓練の初日だった。ブラッキーという名の鬼教官が訓練生に怒鳴り続けていた。ほら、やめちまえ、弱虫め！　あの声は今もマットの耳に残っている。

あの選考訓練の初日、マットは他の訓練生たちと四百五十セット腕立て伏せをやった。その夜、吐いて、手のひらの皮がむけ血が出たが、それでもちゃんとやってのけた。あのときのマットは若くて健康で強かった。最高の状態だったのだ。

あの若者はどこにいったのだろう？　強くて健康な男はすっかり消えてしまった。そしてマットの軍でのキャリアも。今残っているのは大男の抜け殻、いや男ですらない、ただのモノだ。そのモノは床から立ち上がることもできない。ラチェッド看護師がやって来て、尻をむき出しにして床に突っ伏しているところを見られると思うと、情けなくてたまらない。この状態をマットはどうしようもないのだ。

顔からしょっぱい液体がリノリウムの床に落ち、ぽたっと音がした。それが汗なのか涙なのか、マットにはわからなかった。マットにとっては、どうでもいいことだった。

3

メキシコ、
バハ・カリフォルニア・スル州、
サン・ルイスの町
三月三日

死の淵《ふち》を見て、生き返った人。その男性を見ながら、シャーロットは自分と同じだわ、と思った。

かつてシャーロット・コートであった女性は、大柄な男性が砂浜をゆっくり移動するのを見ていた。シャーロット同様、男性は痛々しい姿だった。背が高く、骨格はがっしりしているのに、体じゅうに傷ややけどの痕《あと》があった。痩《や》せ衰え、幅の広い肩の骨が尖《とが》って目をそむけたくなるほどだった。大きな肋骨《ろっこつ》の上にはほとんど肉がなく、あばらの一本一本がくっきり見える。足を引きずり、一歩ずつゆっくり痛みをこらえて進んでいく。

シャーロットはやっと見つけた小さな隠れ家のテラスにいた。三日前にここに着き、そのあと二十四時間眠り続けた。悪い夢もみず続けて眠ったのは、何日ぶりだろう？　そんなのは思い出せない昔のことという気がした。

メキシコの西、アメリカのカリフォルニア州から突起したようにつながるバハ・カリフォルニア半島の南端、スル州サン・ルイスの町。この町がシャーロットを見つけてくれた。彼女が町を見つけたのではない。

穏やかで小さな町にたどり着いたところで、ガソリンがなくなって車が走らなくなった。町には明るい色合いにペンキを塗った木造の小さな家々があり、人なつこいメキシコ人の他に、かなりの外国人が滞在していたためシャーロットでも目立つことはなかった。ここにいるアメリカ人は昔ヒッピーだった中年の人たち、芸術家、浜辺でうろうろするだけの若者、年金生活者などで、ゆったりとした生活を楽しむ寛容な人種ばかりだった。詮索《せんさく》好きな人はおらず、シャーロットがここで何をしているかと興味を持たれることもなかった。おそらくシャーロット同様、何かから逃げている人たちも中にはいるはずだ。

サン・ルイスの町には小さな食料品店がいくつかあって、新鮮な果物や野菜が手に入り、すばらしい料理を出してくれる食堂《カンティーナ》もたくさんあり、さらには画材を売ってくれる店まで数軒あった。シャーロットが必要なものは何でもそろう。さらに、どこまでも続く海岸線には美しい砂浜があった。

国境を越えよう。カンザス州で目覚めたとき、シャーロットが最初に思ったのはそのことだった。メキシコか、カナダか。

中西部を一九三一年以来という猛寒波が襲い、新聞の一面はその話題でいっぱいだった。

メキシコね、絶対。シャーロットは空気と同じぐらい太陽の光が必要だと感じた。骨の髄まで凍《こご》えていた。国境を越えるときの大変さを考えるとさらに身は縮まったが、太陽を浴びられると思えばそれも我慢できそうだった。メキシコに入国する際、国境警備兵がモイラ・フィッツジェラルド名義のパスポートとシャーロットをじろじろ見比べるので、心臓が止まりそうになった。またテロ攻撃があると警報が出て、通過する車のスポットチェックが行なわれていたのだ。

シャーロットはガーゼに血が噴き出すのを感じた。朝、シカゴ郊外のスーパーで十枚一組で買ったTシャツの上に安物の薄いセーター一枚だけを着て出発した。そしてセーターが肌にちくちくして、よく考えもせずに脱いでしまった。この調子ではすぐに、白いTシャツに赤い染みができてしまう。国境警備兵にきっと気づかれる。肩がうずく。もう血がにじんでいるかもしれない。

シャーロットは感情を顔に出さないようしつけられてきたので、はた目にはリラックスした様子で、おそらくはうんざりした雰囲気までうまくよそおえているはずだった。そうわかってはいても、綿《めん》のTシャツの下では心臓が速く打っていた。こめかみに冷や汗が浮かんだが、拭《ぬぐ》ったりはしない。国境警備兵は、暑さに慣れない典型的なアメリカ女性だと思うだろう。

警備兵が片腕を運転席の窓枠に置き、パスポートをじっくり見て、それからシャーロットを見つめた。

パスポートの写真の女性、お手伝いのモイラは、シャーロットとはまるで似ていない。写真の女性は丸顔で、髪は茶色っぽい濃い金色だ。シャーロットはずっと痩せているし、銀色に近いプラチナブロンド。しかし警察の人間は、女性が髪を染めたり、体重が変わったりするのに慣れているだろう。いいかげんに見たところでは、モイラとシャーロットの見かけ上の共通点は多いはず——若く、健康で、魅力的で、身ぎれいにしている。

写真の女性のように見せかけるため笑みを浮かべようとしても、シャーロットには無理だった。どうしても笑顔になれないのだ。笑顔をどうやって作ればいいのかもわからなかった。仕方なくシャーロットは四輪駆動車のハンドルを握ったまままっすぐ前を見て、国境警備兵が自分の将来を決めるにまかせた。

「グアパ」警備兵がそうつぶやいて、パスポートを返してくれた。美人ですね。シャーロットは硬くハンドルを握りしめていた手を緩めた。

お世辞を言われたのだ。

シャーロットはふうっと息を吐き、パニックが消えていくのを感じた。普通なら警備兵を見て、笑顔を向けるものだろうし、何か言い返すのが礼儀というものだろう。お世辞を言われたのだから。今後二度と顔を合わすことのない男女が交わす、罪もない軽いやりとりだ。

警備兵は魅力的な若者だった。つややかな黒髪、健康そうなオリーブ色の肌、きらきら輝くこげ茶色の瞳《ひとみ》。

シャーロットはうまくお世辞を返すことができなかった。ただじっと警備兵を見る以外、何もできない。しばらくそのまま時間が経ってから、警備兵は車から離れ屋根を軽く叩《たた》いた。行ってよし。

シャーロットは地獄の扉が開くのを待ちかねていたこうもりのように車を出した。どきどきしたまま九時間、砂漠の中を走り、疲れてふと気づくと海辺に出ていた。夕《ゆう》闇《やみ》迫る海岸線をぬって車を走らせていたのだ。もうこれ以上は運転できない。事故を起こしてしまいそうだ。高速道路の次の降り口を出ると、そこがサン・ルイスの町だった。どこまでも続く入り組んだ湾岸線にある小さな町。

そして奇跡が立て続けに起きた。

サン・ルイスの夕暮れは見事だ。沈みゆく太陽が茜《あかね》色にやさしく輝き、崩れかけたような建物さえ美しく照らす。大きくて真ん丸の太陽が赤く太平洋に隠れていき、やがて見えなくなる。シャーロットは、砂浜を見下ろす町の中心部の広場で車を停めた。

幸運食堂《カンティーナ・フォルチユナ》。飲食店の外に木の看板があり、幸運を告げていた。なるほど。私に必要なのは幸運だわ、とシャーロットは思った。

カンティーナは陽気なメキシコ人の家族経営の店だった。店の主人は何もかもお見通しだよ、とでも言いたげな黒い瞳の小柄な老婦人で、彼女はシャーロットをひと目見るなり何も言わずに席に着かせ、食べ物をどんどん目の前に置いた。タコス、ボカデヨス、ブリトス、アルボンディガス。メキシコ料理が次々に運ばれてくる。

最初シャーロットは山のような食べ物をぼう然と見つめるだけだった。湯気が立ち、おいしそうな匂《にお》いがして、お腹《なか》がぐうっと鳴った。

「コメス、ムヘール」老婦人がやさしく促し、シャーロットの手にフォークを持たせてくれた。〝お嬢さんや、お食べなさいな〟ということだ。シャーロットは少しブリトスをかじってみた。胃がどういう反応をするか怖かったのだ。今まで食べた中でいちばんおいしいブリトスだった。

胃だけでなく体全体が熱烈にこのブリトスを歓迎した。温かい家庭料理というものを最後に味わったのはいつのことだろう。逃げるあいだずっと、ファストフードばかり食べてきたのだ。

老婦人は向かい側に座って、シャーロットが食べる様子をうかがっていたが、そのうち家族の誰かが店に入ってきたのでそちらを向いた。「アユダーメ、アブエリタ」手伝ってよ、おばあちゃん。シャーロットは高校で習ったスペイン語を突如思い出した。知識としてはあったのに使っていなかった言葉が、出番だと飛び出してきた感じだった。

おばあちゃん《アブエラ》は引っ込んではまたシャーロットのところに戻ってきた。ちゃんと食べ物を口に入れているかチェックしているのだ。シャーロットが食べているのがわかると満足して何かつぶやき、また奥に消えていく。

シャーロットが食べ終わり、お腹いっぱいでもうこれ以上は食べられないと思ったとき、おばあちゃんがまた、大皿にトロピカル・フルーツを山盛りにしたワゴンを押して現われた。マンゴー、グアバ、パイナップル、パッションフルーツ、パパイアがある。部屋の向こうにワゴンが見えたときから、甘い南国の香りがシャーロットの嗅覚《きゅうかく》を刺激した。よく熟れておいしそうだが、これ以上はひと口も入らない。

「ごめんなさい」背の低い老婦人を見上げてシャーロットは言った。「ありがたいのだけれど、これ以上はもうとても——」

「あとで食べればいい」老婦人の英語はほとんど訛《なま》りのないきれいな発音だった。「明日の朝食にしてもいいさ。今晩はサン・ルイスに泊るんだ、そうだろ？」老婦人が窓の外を顎《あご》で示した。「もう暗くなったからね。次の町まではたっぷり一時間も車を運転しなきゃならないよ。あんたは疲れてて、もう車に乗っちゃだめだ。今晩泊まるところが要るね？」

そこまで先のことをシャーロットは考えていなかった。しかし、言われてみればそのとおりだ。ここまで自分の体に鞭打《むちう》つようにして逃げてきたけれど、少し気を抜くのもいいだろう。今夜運転するのはどう考えても無理だ。疲労の波に押しつぶされそうになっているのがわかるし、倒れる寸前だった。

「ええ。今夜泊まるところが欲しいの。どこかご存じ？」小さな町なので、ホテルというようなものはないだろうが、ペンションとか民宿のような場所ならあるかもしれない。

「どれぐらい滞在なさるつもりだね？」老婦人が聞いた。

シャーロットはあたりを見回した。温かくて居心地のいい場所だった。ここにいると、穏やかな気分になれた。親しい人同士のおしゃべりの合間に聞こえる波の音が心を和ませてくれる。老婦人の黒い瞳をのぞき込むと親切心が見え、思わず目頭《めがしら》が熱くなった。ずっと危険に追われてきたシャーロットが久しぶりに出会うやさしさだった。

「永遠に」ふとそんな言葉がシャーロットの口をついて出ていた。

「よろしい《ブェノ》」本当のおばあちゃんのような、きっぱりした言葉が返ってきた。「荷物を取っておいでなさい。案内するから」

シャーロットは立ち上がったが、脚に力が入らず、椅子《いす》の背につかまらないとその場に崩れそうになった。足元がしっかりするまで動けずにいると、たくましい腕が腰に回され、シャーロットの体を支えてくれた。しっかりするのよ、と自分に言い聞かせ、シャーロットは老婦人にお礼を言った。「グラシアス」シャーロットの小さな声におばあちゃんはうなずき、そして腕を離した。

シャーロットの車は店のすぐ外にあった。荷物が安っぽいナップサックだけだと知っても、老婦人は顔色ひとつ変えなかった。中には、雑貨店で買った洗面具、パジャマ、下着の換え、それにシカゴの大叔母の家から持ち出した現金が入れてあった。

カンティーナの横の石段を上がり、右に折れ、舗装されていない路地へと案内された。道は狭くて自動車が通れる広さはない。老婦人はさらに石段を上がり、小さな家のドアを開けた。家には大きなタイル張りのテラスがついていた。テラスは海に面しており、目の前に暗く大きく広がる太平洋の遠いかなたに水平線が見えた。老婦人がドアのそばのスイッチをひねると、宝石のような鮮やかな彩りがシャーロットの目にまぶしく映った。

「お入りなさいな」中からやさしく声をかけられる。

とまどいながらもシャーロットは足を踏み入れた。

家は小さくて、木製のシンプルな家具が必要最小限に置かれているだけだった。部屋の隅には織機があり、その織機が紡ぎ出したとみられる織物が床に敷かれ、ソファの背にかけられ、さらにはタペストリーとして壁に飾ってあった。すべてが鮮やかな色調のアステカ風の模様だった。細い戸口にアーチがつき隣の部屋へとつながる。陶芸室だ。中央にろくろが据えてある。明るい青に塗られた木製の棚が一方の壁面全体を覆い、そこにびっしり並べられた陶芸作品はひとつとして同じではなかった。

その瞬間、シャーロットの心が躍った。ここは芸術を愛する人の家、何かを創造する場所だ。家の所有者が、ちょっと新鮮な空気を吸いに外に出ているだけ、家にはそんな気配があった。

「すてきなお家《うち》だわ。どなたのお住まいなの？」

「親友のジャネットのものだった。ジャネットはここに十年住んだんだけど、先月亡くなった。それからは誰も住んでない。あんたさえよければ、これからはあんたの住まいにすればいい」

また涙がこみ上げてきたが、弱さをさらけ出してはいけないとシャーロットは思った。一度涙がこぼれれば、堰《せき》を切ったようにあふれてしまう。シャーロットは大きく目を見開いて、涙がこぼれないようにした。子どもの頃からやっている、涙を止めるちょっとしたこつだ。「こちらに住まわせてもらえれば、うれしいわ」
「じゃ、決まりだね《デ・アクエルド》」シャーロットの静かな言葉を聞くと、老婦人は小さな家の中をさっさと歩き出した。「ここを抜けると寝室だ。きれいなシーツやタオルもクローゼットにある。それからキッチンにはまだコーヒーや食料品も残ってるはずだよ。孫にすぐ果物を持ってこさせるから、明日の朝はそれを食べるといい」そして分厚く荒れた手をシャーロットの腕に置いた。「おやすみ《ブエノスノーチェス》、お嬢さん《ムヘール》」それだけ言うと去っていった。

　数分後、にこにこ顔の十二歳の少年が玄関をノックした。手には果物を載せた大皿があった。皿をテーブルに置くと、熟した果物のかぐわしさが、部屋に満ちた。

　シャワーを浴びようと服を脱いでしまってから、シャーロットはやっと夕食代を払っていなかったことに気づいた。老婦人はお金のことなどいっさい口にしなかった。

　シャワーは昔風の簡単なものだったが、ちゃんとお湯が出た。ガソリンスタンドのトイレで換えた肩の絆創膏《ばんそうこう》に水がかからないよう気をつけながらも、温かいお湯を浴びると、今日一日の汚れ以上にいろんなものが洗い流されていくような気分になった。くたびれ果てて、パジャマを着るのもやっとだったシャーロットは、何とか鮮やかな緑と赤の手作りのベッドカバーの下にもぐり込み、すぐに死んだように深い眠りに落ちてしまった。

そのまま二十四時間眠り続けた。

そのあと二日間、シャーロットは眠り、食事をし、また眠るというのを繰り返し、三日目の昼近くになって、やっと小さな町の探索に出かけた。町じゅうを歩いてもたいした時間はかからなかった。もうしばらくして夏になれば、観光客も増えるようだが、今のところはサン・ルイスの町は漁村であり、芸術家たちの共同体がある町でしかなかった。水彩画や陶器を売るギャラリーも多く、食料品や新鮮な魚介を売る店と同じぐらいの数があった。

シャーロットは基本的な画材を購入した。そしてパンやチーズ、鮮やかなピンクのニットのセーターも買った。

少し散歩に出ただけなのにすっかり疲れてしまって、シャーロットは家に帰ると肩の絆創膏を換え、そのあとまたベッドに突っ伏して、一時間ばかり眠った。目が覚めると体の力は入らなかったが、午後の空気が新鮮でさわやかな気分だった。

抜けるような真っ青の空が寝室の窓の向こうに広がり、わずかにピンク色の太陽光が射し込む。微妙な色合いがあまりに見事で、シャーロットはその色をつかまえておきたい衝動に駆られた。これまでアメリカ大陸の端から端までをぎりぎりの状態で逃げてきた。生き延びるのがやっとの毎日で、絵を描いたり、さらには美しいものを美しいと感じたりすることさえあとまわしだった。今、つかの間ではあるかもしれないけれど、安全が確保され休息も取ったので、絵を描きたいという欲求はどうしようもなくふくれ上がっていた。

キッチンの横に食料庫として使われる納戸《なんど》があり、そこに白ワインがあった。シャーロットはグラスにワインを注ぎ、スケッチブック、油彩絵の具を用意した。準備完了だ。そして道具を手にテラスへ出た。

そのときだった。シャーロットの目に男性の姿が飛び込んできた。

途方にくれ、ぼろぼろになった人。自分と同じだ、と彼女は思った。

男性が松葉杖《まつばづえ》をつきながらゆっくり砂浜を海に向かっていくあいだに、太陽は水平線へと傾き始めた。男性の歩みはひどくのろのろしたものだった。松葉杖に頼りきった状態で柔らかな砂地を進むので、一歩ずつ砂に埋まった杖を引っ張り出さねばならないのだ。男性は足を持ち上げる力もないようで、ずるずるっと足を引きずり、砂を蹴《け》るようにして一歩前に出す。

男性はぼろぼろのカットオフジーンズとサンダルを履いただけ、夕方になって冷え込んできたのにも気づかない様子だ。

大きな男性だったが、一歩ずつのろのろと踏み出すため水際までたどり着くのに永遠とも言える時間がかかった。水際に着くと、疲労で男性の体がよろめいた。

どこまでも続く青い海を背景に、男性の姿がシルエットで浮かび上がる。痛々しいほどひどい様子だ。シャーロットのいるところからでも、男性の広い肩に傷痕が赤く浮かび上がっているのが見えた。最近外科手術を受けたばかりなのだ。骨ばった背中全体に傷の縫い目があるのがはっきりわかる。

ところがそこで男性の取った行動に、シャーロットは驚いた。男性はサンダルを蹴るようにして脱ぎ、松葉杖を放して海に入っていったのだ。シャーロットはワイン、スケッチブック、油絵の具を持っていたことも忘れ、思わず身を乗り出した。

男性はゆっくり海水に体を沈めた。広い砂浜には人がおらず、さざ波が打ち寄せるだけ。

シャーロットは椅子から身を乗り出したまま、傷ついた大柄の男性が水に消えていく光景を目にした。胸が締めつけられる気がして、呼吸するのも苦しい。傷だらけの大きなシルエットは燃えるような夕陽を浴びて赤く浮かび上がり、太陽へと向かっていく。シャーロットは海に向かって走り出そうと立ち上がった。

だめ、そんなことをしてはいけないわ！

シャーロットは男性のほうに向けて、必死でメッセージを送った。生きていくのがどれほど辛いか、絶望感がどれほど深く心をさいなむか、シャーロットにはわかっている。あの傷が彼の痛みのひどさを雄弁に物語る。あれほどの怪我《けが》を負えば、いつまでも深く傷つくはず。あれは心にも魂にも傷を残すものだ。

海水が男性の胸元に達して、シャーロットは浜辺につながる階段に走り出た。シャーロットはたいして泳げない。赤十字の初心者水泳コースに合格するのもやっとだった。男性は大柄で、ひどく痩せてはいてもかなり体重はあるだろう。彼がどうしても自殺する気なら、助けられるという自信はシャーロットにはない。しかし、やってみなければ。

浜の右側には木製の船着場がある。地元の漁師たちが夜のあいだ釣り船を係留しておく場所だが、船はまだ海から戻っておらず、人影もなかった。男性の姿が水面から消え、シャーロットは慌てて走り出そうとしたのだが、また頭が浮かび上がった。男性の黒い頭が船着場の先端まで進む。

その動きを見ていると、彼は泳ぎが達者なのがわかった。海水の中でゆったりと優雅に動き、水泳のコーチと同じような泳ぎ方だった。

ゆっくり船着場の先まで泳ぐと、男性は向きを変え、船着場の周囲を岸に向かって泳ぎ出した。自殺するために沖に向かっているのではないのだ。シャーロットはほっとして、また腰を下ろした。

男性がもう一度船着場の周囲をゆっくり泳ぐのを、シャーロットはいぶかしげに見守った。さらにもう一周。また一周。

そうか。シャーロットにも男性のしていることがやっとわかった。彼はトレーニングしているのだ。水泳選手がプールを何往復もするのと同じだ。船着場を一周するのが一往復、ときちんと決めているのだろう。十周泳ぐと、男性はまた岸まで戻ってきた。

立ち上がった男性が、ひどく疲れ、顔面が蒼白《そうはく》なのもシャーロットのところから見えた。苦痛に歯を食いしばりながら水から上がると、男性は砂浜に向かって歩き出した。そこでシャーロットはまた仰天した。松葉杖にすがって足を引きずり町のほうへ帰るだろうと思ったのに、男性はがくっと膝《ひざ》をつき、顔面を砂に埋めた。

シャーロットはまた立ち上がり、いつでも彼に手を貸せるように準備をしたが、男性は固い砂地に両手をつき、上体を起こした。ゆっくり、本当にゆっくりと、男性が体を持ち上げる。痛々しいくらい少しずつ。見ているだけでも、体に痛みを覚えそうな光景だった。男性の痩せた体がぶるぶる震え、夕方で寒くなってきたのに額《ひたい》は汗びっしょりだ。また体を下げると、男性は顔から砂地に突っ伏して、十分以上もそのままの状態でぜいぜいと息をした。そして、もう一度上体を持ち上げる。腕立て伏せをしているのだ。

もう一回。

そして、もう一度。

男性が十回の腕立て伏せを一セット終えるのに、一時間かかった。筋肉がぶるぶる震え、その動きは息をのむほどゆっくりだった。

これほど勇気づけられる光景を見たことはないとシャーロットは思った。

太陽が海のかなたに沈んでいく中、シャーロットはテラスでずっと男性を見守った。心の中で男性を応援し、その心が通じますようにと祈った。どうしてかはわからないが、男性がやってのければ、シャーロットも最後はうまくいくような気がした。太陽の光が空から消える頃、男性はやっと腕立て伏せを終え、本当に砂に体を横たえた。呼吸をするために胸が大きく上下し、肩も背中も汗に濡《ぬ》れていた。

男性がふと顔を上げ、シャーロットをまっすぐに見た。暗い瞳が突き刺すようにシャーロットを見つめ、歯を食いしばっているため、口の両側のしわが深く刻まれた。

そして突然、男性がにやっと笑った。勝利の笑みだった。

急に涙があふれ、シャーロットは自分の口の端が上がっているのを感じた。ほほえみ返していたのだ。

笑顔になれるのは、なんてすてきなことなのだろうとシャーロットは思った。

4

ウォレントン
四月二十五日

シャーロットに逃げられてから丸二日、ヘインは気持ちを鎮めることができなかった。四十八時間、眠ることも食べることもできなかった。胸が鉄の枷《かせ》で締めつけられているような気がして、息をするのも苦しかった。

ヘインがパニック状態にあったことは誰にも知られなかった。やるべきことをやるべく行動したからだ。何もかも計画どおり。じっくり腰を落ち着け、自分の手の者がシャーロットの死体を届けるのを待てばいいだけだった。

ところがそうならなかった。

シャーロットには手持ちの現金もなく、傷を負っている。あの女、いったいどこに行きやがった？　二ヶ月も姿をくらましたままでいられるのはなぜだ？

ヘインは自宅の暖炉の前で、フランク・ロイド・ライト自身の手による肘掛《ひじか》け椅子《いす》に座り、メールのプリントアウトを見て顔を曇らせた。ペンタゴンの接触先である、ナット・ローレンスから届いたメールだった。

プロテウス計画への支持が揺らぎ始めている。ローレンスが伝えてきた。計画推進のため、ローレンスは大佐ひとりと准将二人に数十万ドルもの袖《そで》の下を渡していた。すべて順調だった――ところに、このとんでもない事態が起きた。

コート・インダストリーズ社の社内体制が問題とされ、ペンタゴンはプロテウス計画への資金提供を無期限延期とした。社を挙げて計画に取り組む環境が整っていることを証明しなければ、予算は下りない。

これだ。

ヘインは切り札を出すことにして、受話器を取った。最後の手段だ。

サン・ルイス
四月二十五日

あれ以来、シャーロットは毎日男性を見守った。スケッチブックを持ってテラスに出て、男性がこつこつと努力し徐々に自分を取り戻す様子を見ながら絵を描いた。男性が浜辺にいるあいだは、シャーロットもテラスを離れなかった。彼の姿を必ず視界の中に入れるようにした。考えてみればおかしなことではあるが、そうやっていれば男性が無事でいるような気がした。

二日目の午後には、男性は水泳を十五往復して、腕立て伏せを十五回した。これだけするのに二時間半かかった。最後に松葉杖《まつばづえ》を手にした男性は、激しい痛みをこらえているのかひどくゆっくりとしか動けなかった。

マット、彼の名前だ。マシュー・サンダース。彼は、海岸べりの先にあるアメリカ人がやっているダイビング・ショップに居候《いそうろう》している。ショップのオーナーも彼も元軍人、海軍だった。マット・サンダースはアフガニスタンでひどい怪我《けが》を負った。勇敢な行動で受けたメダルを飾ると胸いっぱいになるらしい。まだ意識が戻らないあいだにも表彰された。退役軍人病院に四ヶ月いた。二月末に退院したばかり。

こういった情報は、調べなくてもシャーロットの耳に入った。シャーロットがカンティーナ・フォルチュナでコーヒーを飲みながらメキシコ風のショートブレッド・クッキー、ポルヴォロンを楽しんでいると、ときおり彼についての噂《うわさ》が伝わってくる。青果店でオレンジやレモンを買ったり、画材店でイーゼルや絵の具を求めたりするときにも、ふっと彼の話を耳にした。

彼――マットのことをたずねる気はシャーロットにはなかった。彼に紹介されたくもないし、話をしたくもなかった。知りたいと思うことはもうちゃんと知っていた。彼は地獄のような日々を味わい、それを乗り越えた。シャーロットと同じだ。

二人のあいだには言葉を交わすこともないのに、日常のパターンというものができあがった。シャーロットは椅子に座って、体を鍛える彼の様子を見守り、心で彼を励ました。一ヶ月すると彼はたいていの男性よりもりっぱな体つきになったが、それでもなお、彼の鍛錬は厳しさを増していった。二ヶ月が過ぎると、シャーロットが見たことのないほどたくましい体になった。運動選手でもこんな見事な体はしていないと思った。

ある夕方、日課にしている水泳に出かける彼が、手に銛《もり》を持っていた。水平線に向かって泳ぐ彼を見て、シャーロットはあの銛で何をするのだろうと思った。近頃では、彼は毎日一時間、かなり沖合まで泳ぐ。それでも滑らかに動く彼の頭をシャーロットが確認できるところまでで戻ってくる。その日戻った彼は、銛に三尾魚を刺していた。

翌朝、シャーロットは鯛《たい》が二匹入った籐《とう》の編み籠《かご》が玄関脇《わき》に置かれているのを見つけた。

その翌日には、野の花をいっぱいに活けたスープの空き缶があった。

シャーロットは花に顔を近寄せて、その香りを吸い込んだ。草の中にはローズマリーとセージの芽が出始めた茎があり、うっとりするようないい香りがした。野の花はかわいらしく、繊細な様子が春を告げていた。

春だ。

冬を生き延びたのだ。

シャーロットは鼻歌を口ずさみながら、その日ずっと絵を描いて過ごした。陽光を浴びる空き缶に活けられた野の花を水彩画にした。シャーロットは光線の変化に伴い、八枚続けて描いた。けれど、どれがマットにふさわしいのかはちゃんとわかっていた。最初に描いた作品、早朝の光がまぶしく、希望を感じさせるものだった。

暗くなってから、シャーロットは歩いてダイビング・ショップまで行き、ドアの下から絵を中に滑り込ませた。帰り道ずっと、シャーロットはにこにこしていた。

それから二日後、シャーロットの家の玄関脇に巻貝が置かれていた。シャーロットの手ほどもある大きな貝は、ピンク色で見事な巻きだった。完璧《かんぺき》な貝だ。貝に耳を寄せると、寄せては引く波の音が聞こえる気がした。

今度は油彩画にしようと決め、シャーロットは二日間、絵にかかりきりになった。完成してテーブルに置き、後ろに下がって全体像を見ると、我ながらほれぼれする名作だと思った。シャーロットが今まで描いた中で最高の作品であるのは間違いなかった。絵の中の巻貝は部屋じゅうの光をとらえ、暗い色合いのテーブルに映えて輝いて見えた。あまりに美しく、胸に迫るものがある。

その夜、油彩画で厚みがあるためドアの隙間《すきま》から差し込むことはできないので、シャーロットは絵をダイビング・ショップのドアの横に立てかけておいた。マットか、ダイビング・ショップのオーナーである彼の友だちがこの絵を見つければ、それでいい。もし誰かが盗んでいったとしても、何かきれいなものが誰かの手元に渡ることになるから、それでもよかった。

そんなことはどうでもいいのだ。

静かに清らかな気持ちで絵を描き、自分だけの傷だらけの兵士を見ている毎日を繰り返すことで、シャーロットはまた力がわいてくるのを実感した。いつかきっと、どうにかして自分の汚名をそそぎ、父を殺した罪を償わせることができるのだと思えた。

そんな日が続いたあるとき、突然寒くなって海の色が暗くなった。海も白い波が三角に立つほど荒れてきた。

マットは岸沿いをいつまでも走っている。完璧な戦闘服に身を包み、コンバットブーツを履いた状態で、何度も浜辺を往復するのだが、背中には濡《ぬ》れた砂を詰めたバッグを背負っている。ずいぶんしんどそうだし、そんなことをする意味もシャーロットにはわからなかったが、それでもその様子を見守った。あの人がそうしたいのなら、がんばってほしい。速く走れますように。

午後になると空までどんより曇ってきて、波しぶきが大きくなった。マットが船着場まで戻ってきたが、何を思ったのかそのまま波に飛び込んだ。フル装備で、ブーツを履いたまま。

私があんな格好をして海に落ちたら、石と同じだわ、とシャーロットは思った。彼女ならどぼんと沈むだけだ。しかし、マットは頭をひょこっと波間に出すと、力強く泳ぎ始めた。

普段はこの時間穏やかに夕陽が輝く水平線には、黒雲がむくむくと頭をもたげ、分厚い雲を突き抜けて稲光が見える。

マットはそのままずんずん沖合へ出て行った。腕が規則正しくしっかりと水を掻《か》いていく。

雷がごろごろと不気味に響き始め、ドラゴンの舌のように黄色い稲妻が海面へとちろちろと走る。

あたりが急に霧に包まれ、空がますます迫ってくる。シャーロットはどきどきしながら、マットの黒い髪が一定の速度で沖に向かうのを見つめた。

波が高く、潮が渦巻くので、マットの姿を追うのが困難になってくる。テラスに出るのはあまりに寒かったので、シャーロットは家の中からマットを見ていたのだが、ふっとどこにも彼の姿が見えなくなった。心配になった彼女はテラスに飛び出した。

マットがどこにもいない。水平線のほうまで見渡してみる。今までも彼の姿を見失うことはあったが、通常は必ずすぐに海面に頭が見えた。しかし今日は、どこまで見渡してもマットが見当たらない。

シャーロットはセーターをつかむと慌ててテラスから砂浜に駆け出した。その間も必死で海を見回し、濡れた砂浜に足をとられながらも長く続く海岸線を探した。泳いで岸まで戻っているのかもしれない。こんな天気の日に沖まで泳ぎに出るのはどうかしている。

湾の両端は霧で見えない。浜辺には誰ひとりいない。さらに目の前でうねりを上げる海にも、人の姿はない。

マットがこんな形で命を落としてしまうことなど、絶対許せないとシャーロットは思った。あの人は大変な目に遭ったあと、ものすごく努力してやっとここまで回復したのだ。今になって死んでしまうなんて、考えたくもない。

そんなことになったら、シャーロット自身耐えられない。マットには生きていてもらわなければならない。

海はますます高くうねり、波の先が白く尖《とが》って見える。浜辺に立って、マットの姿を見つけられる可能性はない。高いところに昇って、あのほっそりときれいな黒い頭が水平線の方向に見えないか探す必要がある。

シャーロットは船着場へ走った。踏み段を上がり、突き出した桟橋を先のほうまで急ぐと、板が大きな音を立てる。いちばん先まで行って、シャーロットは身を乗り出しながら、どこかにマットの姿が見えないかと目を凝らした。涙があふれてくるが、よく見えるように必死で拭《ぬぐ》う。泣いたって何の助けにもならないのだ。マットを助けるには、涙なんか要らない。涙を拭って目をしっかり開き、落ち着いて考えなければ。

マットはどこにも見当たらなかった。ほんの数メートル先に雷が落ち、空を切り裂いて稲妻が走った。すぐにばちばちっと音がして、雷のごう音で何も聞こえなくなる。ああ、どうしよう。こんな天気で海に入って、助かる人などいるはずがない。

「マット！　マット！」シャーロットは声を張り上げたが、強い風で声がかき消される。「マット！」

シャーロットは古い木製の手すりに体を乗り出し、霧と風に吹き上げられる水しぶきの中、必死でマットを探した。水平線のほうを何度も何度も見るのだが、白い波と暗い海しかない。

シャーロットがさらに手すりにもたれかかったとき、またばきっと音がした。しかし、今度は雷ではなかった。シャーロットは暗い海に落ちていき、硬い海面に体が叩《たた》きつけられた。そのまま波にのまれて息ができなくなり、同時に、自分の体が海底に沈んでいくのを感じた。

何も見えない。息ができない。どれほどもがいても、体は浮かんでいかず、海面からも空気からも遠ざかるばかり。右脚が動かない。ズボンが折れた桟橋の分厚い板に絡まり、下に引っ張られているのだ。シャーロットがいくらもがき、水を掻いても、板とともに体は沈んでいくばかりだった。

シャーロットは必死で水と闘ったのだが、海水は氷のように冷たく、体が徐々に麻《ま》痺《ひ》していった。どんどん体が沈む。シャーロットはもう動くこともできなくなり、海の暗く冷たい水の中で自分が死んでいくのだと実感した。

何もかも無駄だった。父の死の無念を晴らすことも、自分の汚名をそそぐこともできなかった。あれほど痛い思いをこらえここまで逃げてきて、やっと自分の生活を取り戻せたのに——すべてが無駄に終わる。これでおしまい。太平洋の底に沈んだままになる。結局、ロバート・ヘインが勝ったのだ。

シャーロットの体から力が抜け、沈む速度がさらに増した。

何か大きなものが水中をすばやく動くのが、シャーロットの視界に入った。あぶくが上がり、何か硬いものが腰をつかんだと思ったら、シャーロットの体は海面に向かい始めた。猛烈な速さで浮かび上がってはいるのだが、それでもシャーロットの肺が酸素を求めて痛みを訴えた。やっと海面に顔が出ると同時に、シャーロットは大きく息を吸った。

逆巻く波を突き進む何かが、シャーロットの体を浜へと引っ張ってくれる。シャーロットは息をしようとしては、水を飲んでむせ返った。空気が要る。喉《のど》が痛い。肺が大きくふくらむのに、喉が詰まって酸素が入ってこない。

冷たい海水に代わって、シャーロットは冷たい大気を肌に感じた。海から出たことを理解するのに、少し時間がかかった。シャーロットは冷たく濡れた砂にうつ伏せに寝かされ、強い力が一定のリズムで背中を押すのを感じた。

激しく咳《せ》き込むと、つんとしみるような海水が喉元に上がってくるのを感じ、吐き出した。ぶるっと震えて、そっと息を吸ってみる。硬い手が、背中をどん、と叩く。シャーロットはまた吐き気を覚えて、海水を吐いた。

まだ喉は痛んだが、やっとむせることもなく息を吸うことができたところで、体がふわりと空中に浮かび、力強い腕に抱きかかえられるのがわかった。震えて涙がにじみ、シャーロットは自分を抱き上げてくれたその体に夢中ですがりついた。その体の感触は初めてでも、本能的にこれが誰の腕かはわかっていた。

「来てくれたのね」シャーロットはそっとつぶやいた。

そして深みのある彼の声をシャーロットは初めて耳にした。「あたりまえじゃないか」

マット・サンダースは心臓が止まったかと思った。人生で二度目のことだった。マットをいつも見守ってくれる、彼だけの守護天使が荒波の逆巻く冷たい海に落ちるところが見えたのだ。

彼女は泳ぎが得意ではない。それはわかっていた。彼女が恐る恐る浜辺で海に足を入れるところを、丘の上からよく見ていた。彼女は岸から離れたところにはけっして出ないし、足のつくところでぱしゃぱしゃと水遊びをしてすぐに海から上がるのだ。その彼女がうねりを上げる氷のような暗い海に落ち、桟橋の重い板にズボンをとられて沈んでいくのを見て、マットは自分の心臓がまた止まったかと思ってしまった。ヒンドゥークシュの山で止まったときと同じ感覚だった。

マットは自分だけの守護天使をしっかりと腕に抱き、浜辺から町のほうへつながる段を急いで上がった。天使はマットの首に腕を巻きつけた。「来てくれたのね」びしょ濡れの体を震わせ、マットの耳元に彼女がそっとつぶやいた。

「あたりまえじゃないか」マットは腕の中で彼女の位置を変え、不安になった。重さをまるで感じない。彼女が細いのはわかっている。しかし、抱きかかえるとあまりに繊細で、今にも壊れそうなのだ。さらにひどく震えて、これでは骨が折れてしまうのではないかと思える。マットはさらにしっかりと彼女の体を引き寄せた。マットもびしょ濡れではあるが、体が大きいので自分の体温で少しは温められるだろう。

マットの守護天使は細い腕を上げ、石段のほうを指差した。「あっちなの。右側」つぶやきも、舌がもつれるように聞こえる。歯の根が合わないようだ。

マットはうなずいたが、彼女の住まいを教えてもらう必要はなかった。それぐらいわかっている。暗闇《くらやみ》の中、転ばないように気をつけながら石段を上がり、マットは夜の静けさを彼女の家へと急いだ。マットがこの小さな家のドアの外に立ちつくしたことも、一度や二度ではなかった。そう、もちろん、君がどこに住んでるか知ってるさ。俺の大切な、悲しい瞳《ひとみ》の天使。

シャーロット・フィッツジェラルド。きれいな女性にふさわしい、きれいな名前だとマットは思った。この二ヶ月間、彼女はずっとマットを見守ってくれた。がんばれと心で応援してくれた。マットが自分の体を取り戻すことができたのは、彼女のおかげだ。これまでの人生、マットは強い男であり続けた。ほとんど瀕死《ひんし》の状態から生き返ったとき、これまでよりもっと強い男になると心に決めた。しかしサン・ルイスに来て最初の日、そんな決心がくじけそうになった。強い男だった自分が、これほど弱くなってしまったことを知って、どうしようもなく恐ろしくなった。

そのときマットは、この美しく悲しそうな女性がテラスから自分を見ていることに気づいた。彼女から無言の励ましが波のように送られてくるのを感じた。マットの毎日は厳しい困難の連続で、こんな華奢《きゃしゃ》な美人がその大変さを知っているはずもないのに、それでも、彼女自身がそんな大変な思いを乗り越えてきたかのように、自分のことをわかってもらえている気がした。マットががんばりとおせるために、彼女が自分のすべてをこめて、心で応援してくれているように思った。

男のプライドなどくそくらえだ。マットも頭では、自分はもう一度生きるチャンスを得ただけだとは理解していた。あの病院で別の人生を与えられたのだ。しかし、実際それがどういう意味を持つのか、この女性に会うまで心の奥底できちんと受け止められてはいなかった。そしてマットは彼女を〝俺の守護天使〟と呼ぶようになった。自分だけの守護天使が見守ってくれる中、マットは少しずつ、本当に少しずつ、自分の強さを取り戻していった。

「ここ」彼女の家のテラスまで来ると、つぶやく声が聞こえた。マットは少し体を倒して、腕に彼女を抱えたままドアを開けた。中に入ると、マットはここが生まれ育った我が家のような気がした。なぜかはわからないが、彼女をどこに横たえればいいかすぐにわかった——色鮮やかな毛布が背もたれにかけてあるソファだ。さらにバスルームがどこにあるかもわかったマットは、すぐに分厚いタオルを手にソファのところに戻ってきた。

ソファの前にかがみ込んで、タオルで天使の体を乾かそうとしたマットだが、彼女の激しい震えは止まらない。その様子を見て心配になり、マットは彼女の腕をこすった。マットはSEALであり、海軍でダイビングをしっかり習った。低体温症になった人も見たことがある——海軍の兵士にとってもっとも恐ろしい危険のひとつでもある。だから、低体温症に陥った人間があっという間に命を奪われることも知っている。

マットは険しい表情で、彼女の手首を取り、心拍数と体温を測った。脈は弱く遅い。体温は三十三度ちょっと。体重のある男性なら、問題なく回復する。しかし、彼女は細い。体重がなければ、熱はすぐに奪われる。

この濡れた服を今すぐ脱ぐ必要がある。冷たく濡れた衣服は体温を著しく奪う。彼女の体を乾かして温めなければならない。そのあと温かく糖分のあるものを飲ませるのだ。

「シャーロット」マットはできるだけ落ち着いた声で話しかけた。彼女の反応は鈍かった。

「はい」しばらくしてからそうつぶやくと、彼女が顔を上げた。マットが彼女の名前を知っていたことにまで、頭が回らないのだ。

徐々に彼女の目の焦点が合ってきた。よし。警戒心を持ったようだ。ただ、ぼんやりとした動作で、がたがた震えている。

「君の服を脱がさなきゃならない。濡れているから、体温を奪うんだ。そのままでいると危険だ。俺が手伝ってやるから。毛布を巻いてあげよう。着替えの服を持ってくる」

彼女はうなずいたが、わかった、というよりただ頭を上下に少し動かしただけだった。マットがコットンのセーターの裾《すそ》をつかんで引っ張り上げると、彼女は素直に従って腕を上げた。濡れた生地が細い手首から離れ、マットはセーターを手にして、ブラを外すために後ろを向かせようとした。そして、動けなくなった。

その場に凍りついてしまったのだ。彼女の肩を見つめたまま、マットは息をするのも忘れてしまった。

低体温症で感覚が鈍り、いろんなことに気が回らなくなっていたシャーロットも、やっと何が起こったかに気がついた。マットに何を見せてしまったかがわかったのだ。マットがショックを受けた理由が彼女の思考に届いていくところが、そのまま外側からも見えるようだった。

顔は真っ白になり、唇さえも色を失い、体が一度激しくぶるっと震えた。そしてシャーロットはマットを振り払おうともがいた。

淡いグレーの瞳が、暗いマットの視線とぴたりと合った。衝撃に彼女の瞳孔《どうこう》が開いて中心部が点になり、周囲の青い部分が銀色に光った。震える手が口元を覆った。

ひどい恐怖に怯《おび》え、マットの存在そのものが死を意味するようにこちらを見る。実際そうだった。人間も基本的には動物であり、死をもたらすほどの怒りがマットの体から発せられていることを、彼女は感じ取っただけなのだ。ここに死が存在する。彼女をこんな目に遭わせたやつは、必ず殺してやる。

マットは兵士であり、この傷痕《きずあと》がどういう意味を持つかがわかったのだ。こういった傷は今まで何百回見てきただろう。マット自身、こういう傷痕はいくつかある。

俺の守護天使を誰かが銃で撃ちやがったんだ。しかも、最近。

5

ウォレントン
四月二十五日

その男の名前は風の噂《うわさ》に聞こえるだけ。夜の闇《やみ》に紛れ、明かりを落としたウイスキーのある場所で、警戒や口が緩むときに。ヘインもさまざまな伝説を耳にしたことがあった。その話は少しずつ形を変え、アトランタでも、サンフランシスコでも、マイアミでも聞いた。

話す相手が誰かによって、その男は元CIAの工作員だとも、元SEALだとも言われた。あるいはレンジャー部隊にいた兵士であるとか、究極の特殊部隊デルタ・フォースに在籍したはずという噂もあった。さらに相手によっては、身長二メートル近いブロンドだとも、百七十二センチしかない黒髪の男だと言われることもあった。黒人だ、ヒスパニックだ、いやアイルランド系だとも聞いた。

男は獲物《プレデター》を狩る肉食動物である自分の本性を隠し、目立たぬように生活できるどこかで、ひっそりと生息する。政府は十二年にもわたって男を訓練し、芸術的な殺人者を作り上げた。政府はこういうことにかけては得意なのだ。男は政府から金をもらい、教育を受け、必要な武器を手にした。そして男はなるべき人物になっていった。生まれついての殺人機械だ。

政府はそんな機械を作り上げておきながら、ボタンを押せば停止させられると考えた。しかし男はそんなボタンを持って生まれてはこなかった。今では極秘扱いになったいくつかの事件を起こしたあと、男は不名誉除隊を告げられた。軍法会議にかけるとなると、大騒動になることがわかっていたからだ。

ヘインは男をあだ名で知っているだけだった。バレットだ。男の姓がバレットだったためではなく――彼が元々どういう名前で生まれてきたのかを知る者など誰もいない――男が見事に使いこなす小型ミサイルのような五〇口径の狙撃《そげき》ライフルの名前から来たものだった。

名前はどうでもいい。この男には何ができるかが重要なのだ。

バレットは問題を解決する。自分が望むものの前に立ちはだかる障害があれば、バレットが始末してくれる。もちろんその代価は払わねばならない。

二年前のある夜、ヘインはダラスの会員制高級クラブで仕事を得ようとジェリー・

ダンという男のぼやきに飽き飽きしながら付き合った。ジェリーは離婚訴訟の真っ只中で、どうしようもない最低女というその妻に身ぐるみはがされるまで慰謝料を取られる運命にあった。妻には悪魔の再来かと思うほどのすぐれた弁護士団がついており、ジェリーは我が身の破滅に直面する予定だった。やがてジェリーが声を落とし、芝居がかった調子で身を乗り出した。酔った顔にずるそうなまのぬけた表情を浮かべ、彼はバレットに頼んで問題を解決してもらうつもりだと打ち明けたのだ。

ヘインはどきどきする胸の内を隠し、何気なく、どうすればバレットに連絡が取れるのかとたずねた。五分後、クラブの革のソファに酔っ払って寝そべるジェリーはいびきをかき、ヘインは自分の胸ポケットに方法を書き記した紙を忍ばせていた。

ヘインはその紙を今取り出し、パソコンに向かった。

バレットは利口な男だ。仕事の依頼はeメールでしか受け付けない。メールは特別のサイトを経由して受け取られる。依頼人とバレットは同じアドレス、パスワードを持ち、ひとつのアカウントにアクセスする。

ヘインはそのアカウントにログインして、メッセージを書いたが送信はしなかった。一時間後、バレットがログインしてヘインのメッセージを読み、それを消去したあと、返事を書いてきた。ヘインがその返事を読み、そして消去する。文章は下書きの段階で実際に送信されることがないため、サーバーにはコピーが残らない。完璧《かんぺき》だ。

どこにも漏れることはなく、証拠はいっさいない。

いくらだ？　最後にヘインがたずねた。

四十万。バレットが書いた。二十を今すぐ、二十を完了時に。経費は別。

ヘインはキーボードに指を置いたまま、しばらくためらった。手が震える。自分にはストック・オプションがある。九月になれば、これを投資に回す予定だ。プロテウス計画が承認されれば、コート・インダストリーズ社の株価は一株あたり七十ドルに跳ね上がるだろう。つまりヘインの年収は二千四百万ドルになる。金を作るには金を使え。格言でもそう教えているではないか。昔からある経済の原則だ。

了解。ヘインはキーを叩《たた》いた。

明日真夜中までにはそちらに伺う。バレットが書いてきた。

サン・ルイス

ショック状態になると、人間は神経系統を遮断する。末梢《まっしょう》部位に血液が流れなくなり、体の中心となる心臓と肺を守ろうと最後の努力をする。ショック状態にある人間は目も見えず、耳も聞こえず、口をきくこともできない。まったく無防備な状態で、どんなことにも反応できなくなる。

厳しい戦火をくぐったマットは驚くことがあっても、それに反応してはいけないことを学んでいた。マットはショックを受けることはないし、何が起きても彼の反応速度が鈍ることもない。

マットは自分の部下たちにも、現実のショックにどう対応するかを教え込んだ。部下たちは数千発の銃弾が頭のすぐ上を飛び交う訓練を受け、閃光弾《せんこうだん》のショックにさらされた。閃光弾を浴びると、二百万ルーメンの光の束と百八十デシベルのごう音で普通の人間は完全に動きが止まってしまう。マットは閃光弾にさらされても数秒後にはショック状態から抜けられるように、自らも部下の男たちも厳しく鍛え上げた。

しかし彼の天使は戦士ではなく、数秒でショックを脱する訓練も受けていない。彼女は女性で、しかも美しく、銃で撃たれた過去がある。傷口から判断すると、九ミリ口径の銃だろう。

あまりに守護天使とはそぐわないが、間違いなく戦傷だ。きちんとした処置も受けず、雑な手当をされただけだった。銃で撃たれた傷がこんなにひどい痕《あと》になってしまったのをマットが見たのは、戦場でも前線にいて病院から遠く離れた場所にいるときだけだった。そんな場合にでも衛生兵が少なくとも傷口を縫い合わせるぐらいのことはしてくれた。

マットの戦友のひとりが軍を辞めてセントルイスで警察に入った。一緒にビールを飲みほろ酔いかげんになったとき、彼が銃創について簡単に説明してくれたことがあった。そのため傷を見ただけで、マットには何が起きたのか手に取るようにわかった。

マットの天使は、きわめつきの幸運に恵まれたのだ。銃弾は骨と動脈をよけるようにこの細い体をわずかにかすめ、さらに急所を突き破ることなく貫通した。マットも上腕部の筋肉に銃弾を受けたことがあるが、筋肉量が多いので出血が多く痛みがひどかった以外にはたいしたこともなかった。銃弾がシャーロットの上腕部に当たっていたら、その衝撃で骨が砕けていただろうし、そうなれば腕を切り落とさねばならなかったはずだ。きちんとした医学的処置が施されなければ壊疽《えそ》を起こしていただろう。この傷から見たところ、銃弾は左肩の軟らかい皮膚組織を貫通しただけのようだ。

撃たれたのはおそらく一メートル以上離れた場所からで、至近距離から撃たれたのなら残るはずの点々とつく弾薬の飛び散ったやけどがない。病院などで医師の手当は受けていない。傷はもう化膿《かのう》していないが、長期間化膿して大変だったのだろうということはわかる。若い女性が銃創を抱えて病院に行かなかった理由はひとつしかない。

マットの守護天使は追われる身の上なのだ。

彼女が何から、あるいは誰から逃げようとしているのかは、マットにはさっぱりわからなかったが、この地に来て今のところは、逃走しなくていいようだ。これ以上逃げる必要はない。誰かが彼女を傷つけた。ひどく。誰ひとりとして、今後いっさい、二度と彼女を傷つけさせはしない。

シャーロットはまだ完全にショック状態で、何の反応もできずにいた。顔からも手先からも、血の色が失せていた。今どこかを切っても、血も流れないのではないかと思えるほどだった。瞬間的に防御態勢に入った体が、主要な器官に血液を集めてしまったのだ。

マットが敵だったとしたら、今の彼女は敵の思うままだ。マットは敵ではないが、彼女はそのことを知らない。そんなことがわかるはずもなく、おそらくマットの外見は恐ろしい敵のように見えるだろう。

シャーロットはマットの姿にひどく怯《おび》えている。息もろくにできないのだ。こんな状態の人間には、何を言っても無駄だということをマットは知っていた。目の前にいる人間が何者かということさえ、今の彼女にはわからないだろう。今のシャーロットにとっては、マットは大きくて力の強い危険な男でしかない。男の手がどれほどの暴力を引き起こすかを知った彼女にとって、すぐ手の届くところにいる脅威の存在なのだ。

マットはぴたりと動くのをやめた。マットの体で動いているのは呼吸を続ける胸だけだ。これは戦場で学んだやり方だった。まったくの無表情になり、視線をそらして後ろのほうを見る。こうすれば彼女も他人がすぐそばにいることを意識せずに済む。実はマットは視野が広く、視界の隅でもよく見えるのだが、シャーロットはそうとは知らずに自分がじろじろ見られているのではない、と感じるだけだ。

　効果はあった。シャーロットの頬《ほお》にも唇にも、少し色が戻ってきた。一分近くも止めていた呼吸をまたし始め、ふうっと大きく息を吐いた。恐怖のせいか、あるいは凍《こご》えるような海に落ちたせいか、体はまだひどく震えている。

　この体のほうの処置を急ぐ必要がある。シャーロットはずぶ濡《ぬ》れで氷のように冷たくなっていて、この状態が長引けば、それだけ危険も大きくなる。精神的なショックのほうはあとで何とかしよう。ともかく今は体を温めてやらなければ。できるだけ早く。

「今すぐ着替えないといけないんだ。君はあったかくて濡れてない服を着る必要があるからな」マットは感情をこめないように、淡々と話した。まるで天候を話題にしているような口ぶりだった。今日はいい天気だね。でもあとから雨になるらしいよ。その濡れて冷たい服じゃ、低体温症で心臓がもたないな。今すぐ脱がないと死んでしまうね。マットは鮮やかな色の毛布の端をつかんで両腕を大きく広げ、シャーロットの体の前に立てて目隠しにした。

　シャーロットは白い顔をしてしばらくマットを見ていた。彼女の濡れた服を無理やり引きはがすようなことを俺にさせないでくれ、とマットは神に祈った。もちろん、他に手段がなければ無理にでも脱がせるつもりでいた。しかし今のシャーロットはパニック状態にあり、この精神状態では無理に服を脱がされれば襲われたと考えるだろう。幸運にも、シャーロットはぎこちなくこくん、とうなずき、毛布を巻きつけた下で服を脱ぎ始めた。ブラが滑り落ちたあと、ずぶ濡れのズボン、パンティが足元に山になった。男性の目の前で服を取り去るのにずいぶん勇気が必要だっただろうとマットは思った。彼女はマットと二人きりでこの家にいるのだから。

銃で撃たれるようなことがあり、シャーロットは男性に対して完全に信頼を失ってしまったのだろうが、それでもこの二ヶ月をかけ、彼女とマットとのあいだには何か特別の結びつきができていた。そしてその絆《きずな》がこの状態でももちこたえた。シャーロットはマットを信じたのだ。少なくとも毛布の下で服を脱ぐぐらいのところまでは。

威圧感を与えないように、マットはこころもち退いた。表情も動きもスムーズにしたが、そうするのは人生でもっとも困難な作業のように思えた。

マットは大声で咆《ほ》え叫びたい気分だった。壁にこぶしを打ちつけたかったし、手当たりしだいにものを投げつけて、それががしゃんと割れる音を聞きたかった。そいつを殺してやると思った。そいつとはもちろん、シャーロットを傷つけた男だ。いったいどこのどいつかはわからないが。

相手の気持ちを思いやって感情を隠すというのは実に難しい作業だ。兵士というのは、躊躇《ちゅうちょ》することなくするべき仕事を遂行する。そういう生活に慣れていて、強い感情を持つこともめったにない。ましてや、自分の心の内が相手を怖がらせるかもしれないと心配することはない。これほど激しい憤りをコントロールするのは、マットにとって大変な作業だった。

「君の服はどこに置いてある？　取ってくるから」聞かなくても寝室がどこかはわかったが、マットに教えることでシャーロットも少しはこの場の決定権を持っているのだと感じてもらおうとしたのだ。

シャーロットはうなだれたまま、警戒の目を向けてきた。細い手がもぞもぞと毛布の中から出てきて、震える人差し指が一方向を示した。「あっち」小さくて、心もとない声だった。しかしそれだけ聞くと、マットはさっと寝室に向かった。

クローゼットにはたいした数の服がなかった。これほどの美人にしては珍しい。過去の経験からマットは、女性はきれいであればあるほど、外見へのこだわりも強いと考えていた。しかしシャーロットは一般的な女性の虚栄心とは縁のない暮らしをしているようだ。寝室のクローゼットには日常生活にどうしても必要な服がわずかに数点あるだけ、すべてきれいに洗濯してアイロンをかけて、整然と並べてある。マットはウールのズボンと薄いコットンのセーター、さらに分厚いウールのセーターを選んだ。

布を何層にもして体を温める必要がある。引き出しのほうには、きれいに折りたたんだ白の下着があった。フリルのついたようなものはなし。レースも伸縮素材もなければ、Tバックだのセクシーなものもない。ただシンプルな白い木綿だ。ブラ、パンティ、暖かそうな靴下を二足選んだあと、隣のバスルームからマットはもう一枚大きな乾いたタオルを持ってきた。

マットが戻るところをシャーロットは目を見開いて見ていた。大きなグレーの瞳《ひとみ》を不安に曇らせ、警戒するように見つめてくる。

なんてきれいなんだ、マットは思った。しかし美しさというのは彼女に惹《ひ》かれる感情のほんの一部でしかない。マットは以前にも美人とベッドを共にしたことがあり、いや、もちろんシャーロットのこの世のものとは思えないほどの美しさはないものの、それでも何の感情も残さずベッドをあとにした。シャーロットには何か特別のものがある。不思議な浮世離れした雰囲気、手の届かないところにいる、いつか手に入れたいと憧《あこが》れる人という感じだ。

シャーロットのことを知ろうと、マットはサン・ルイスの町をあちこち動き回った。しかしほとんど何もわからなかった。ある日突然町に現われたということで、それはマットがやって来る数日前のことだった。到着したのは夜だったらしい。これはカンティーナ・フォルチュナという食堂を切り盛りするママ・ピラールが話してくれた。

しかしそのわずかな情報を伝えたあと、ママ・ピラールは完全に口を閉ざし、マットが持てる限りの魅力を撒《ま》き散らしても頑として口を割ろうとはしなかった。そのとき、ママ・ピラールはシャーロットを守ろうとしているのではないかということには薄々気づいたが、今その理由がわかった。シャーロットはここに着いたときには、ずいぶん体調も悪かったはずだ。

そのときマットは、シャーロットに近づくことはできなかった。ぼろぼろの体で、将来に何の見込みもない職のない男という状態を完全に抜け出せたと自信を持てるまではだめだと、自分に言い聞かせていた。サン・ルイスに来た当初、マットは傷のため体の自由も利かない、退役した海軍将校でしかなかった。収入といえばわずかばかりの年金だけ、仕事もなくこれから職に就けるあてもなく、未来を築いていける健康な体さえなかった。

だからマットはじっと待った。そうしているあいだに、嵐《あらし》の海で彼女を失ってしまうところだった。

ふん、やっと俺の女を見つけたんだ。もうこれ以上時間を無駄にはしないぞ。マットは心に決めた。人生をやり直すチャンスを与えられた。その新しい人生はシャーロットと一緒に送りたい。

シャーロットはソファに座って、マットを見ている。ショックの影響が薄れてきて、震えも和らいできたのがわかり、マットはほっとした。海水にいた時間が長くなかったのは幸いだった。体を乾かして熱くて糖分のあるものを飲ませてやれば、すぐに回復するだろう。

しかし、マットが彼女の秘密を知ってしまったショックから回復できるかどうかは疑問だった。座っていても、今にも飛び出しそうにソファの前のほうにちょこんと腰を掛けているだけだ。マットに襲われるとでも思って逃げる準備をしているのだ。そんなことは考えるだけでもばかばかしくて、こんな状況でなければ笑い転げてしまいそうだった。

マットは乾いた服をきちんとたたんでシャーロットの膝《ひざ》の上に載せた。その際も彼女の体に直接触れないように気を遣った。「ほら、持ってきた」

シャーロットは服に片手を置くと、口を開いた。「ありがとう」穏やかな声だった。

「体を完全に乾かしてから、着替えろ」マットの得意技をひとつ挙げるとすれば、言葉だけで人を従わせられることだ。シャーロットはうなずいた。

マットはキッチンに行って紅茶を用意したが、シャーロットを見るつもりがないとわかってもらうために、ゆっくり時間をかけた。キッチンは寝室と同様狭いがきれいに片づけられていた。食料品はたくさん買い込まれていなかったが、新鮮な果物や野菜はきちんとそろえてあった。マットが湯気の立つ紅茶の入ったカップを手に戻ると、シャーロットは着替え終わり、髪もほとんど乾いていた。ひどかった体の震えもほぼ収まっていた。

見た目よりタフな女性なんだな、俺の守護天使は。マットはそう感心した。

「さ、たっぷり飲んで。できるだけ早く体の芯《しん》を温めるんだ」

シャーロットはマグカップを受け取ったが、まだ手がかじかんでうまく動かないようだった。カップが揺れたのでマットは自分の手を添え支えてやった。「さあ、飲むんだ」

シャーロットはひと口すると、突然口の中に熱さが広がったためか顔をしかめた。しかし飲み終わると真っ白だった顔に色が戻った。あの顔色を見るだけで、マットは死にそうに怖くなった。

マットも自分用にいれた紅茶を飲んだ。食器棚で見つけたウイスキーをたっぷり注いだので、力がわいてくる感じがした。

シャーロットはマットの視線を避けたが、うつむいてばかりだった顔は上げた。表情を硬く引き締め、官能的なピンクの口の横の線がくっきり白く見えた。そしてささやくような声で告げた。「お話しできないの」

マットはゆっくり首を縦にした。今の言葉を当然だろ、という調子で受け止めた。「オーケー」マットは彼女を怯えさせないように、無表情を装った。シャーロットは今にも逃げようか、あるいは戦おうかと椅子《いす》の縁《へり》に腰かけている。逃げることはないんだ、戦うこともないよ、マットは心でつぶやいた。そんなことはさせないから。

普通の人は、兵士というものは野蛮で、怒りに任せて力に訴え、アドレナリンに駆られて走り回ると考える。マットはその手の兵士ではない。タフさというのは、いろいろな形で現われる。忍耐強さというのはそのひとつだ。昔マットは敵の野営地を通過するのに、三日間ほふく前進を続けたこともあった。三十キロを超える戦闘具を背負ったまま一時間に数センチずつ進む。その間、何も食べず水を数滴飲むのも四時間おきだった。

今は、黙ってじっとしていることが何よりも大切だ。そう考えたマットは何も話さず、身動きもしなかった。

6

ウォレントン

バレットはきっかり真夜中にやって来た。

暖炉の上のフィリップ・スタルクの時計が十二時を告げたとき、玄関のベルが鳴った。

ネクタイをまっすぐに調えようと、ヘインは玄関ホールの窓際にしつらえた鏡を見た。冷静な表情を作ってから、扉を開ける。玄関口に立つ男の姿をヘインはじっくり見た。

誰の話も正しくなかった。

夜の闇《やみ》でささやかれる噂《うわさ》はすべて、プレデターの雰囲気のある非凡な男、冷徹な殺し屋というものだった。しかし目の前の男は会計士とか、市役所の下級職員といった感じだ。何か非凡さを感じさせるところを強《し》いて挙げれば、無駄な肉のいっさいない鍛え上げられた細身の体軀《たいく》だけだろう。オリンピックの陸上選手とか、自転車競技でツールドフランスを戦う選手という感じだ。それ以外にはまったく普通の男性。ごく普通の行儀のいい男だと思って気にも留めず、目をそらした瞬間この男のことを忘れてしまう。

ただし、眼差しに恐ろしい力があった。感情のない、薄い青の瞳《ひとみ》は暗がりでは白っぽく見えた。

仕事の話にとりかかるまで、少なくとも十五分ぐらいは世間話をするものだろうとヘインは考えていた。最初に「私の名前はどこで聞いた?」とたずねてくるだろうと。しかし男は無駄話などしなかった。使い古した革のスーツケースを手に中に入ると、暖炉の前の肘《ひじ》掛《か》け椅子《いす》に座って、ヘインが話し出すのを待った。顔には何の表情もない。

これはヘインが慣れ親しんだ通常のビジネスではないのだ。ヘインは自分が生まれながらにプレデターの性質を持っていることを知っていた。だからこそ、ビジネスで成功を収めることができた。しかしヘインが仕事をするのは、穏やかな商取引の環境で、誰かをやっつける、というのはとことん金を搾《しぼ》り取るという意味でしかなく、砕けた骨や飛び出した内臓があとに散らばるという状況ではなかった。

これはまったく違う世界のビジネスだ。

メイドがおこしておいてくれた暖炉の火が夜のあいだずっと赤々と燃え続けた。今は残り火となり、嵐《あらし》の夜にはその暖かな輝きがありがたかった。ヘインはグレンフィデックを入れたクリスタル・グラスを二つ用意し、ひとつをバレットに渡した。二人は肘掛け椅子に腰を下ろし、向き合った。一方は非常に鍛えられた体をしているが、それ以外はまるで目立たない男。男二人は黙ってスコッチ・ウイスキーを飲んだ。

「誰だ?」バレットが口を開いた。声を聞くのはこれが初めてだった。

ヘインは身を乗り出し、ジオ・ポンティのデザインによるサイドテーブルに置いてあったファイルに手を伸ばした。ファイルは二つあり、あらかじめ用意しておいた。

「この女だ。名前はシャーロット・コート。現在はおそらく偽名を使っているだろう」

「期限は?」

ローレンスのメールの最後に書かれていた言葉のひとつひとつをヘインははっきり覚えていた。

ノートン将軍の言葉を伝える。もし六月末までにコート・インダストリーズ社が契約を進める態勢を整えられないのであれば、この話は終わりだ。契約はサウス・カロライナのメイソン技術工業と交わされることになる。

「六月一日」ヘインは答えた。「六月になるまでには、女の死体が発見されていること」

役員会を片づけるのに、それから一ヶ月は必要だ。フィリップとシャーロットという邪魔がなくなれば、つまり法的に死亡が認められれば、役員を説得するのはたやすい。そうすればヘインは一生にあるかないかという契約を結ぶことになる。ペンタゴンとの契約が先に進む。

バレットはうなずいてファイルを開いた。「ではすぐにとりかかったほうがよさそうだ」

バレットが慎重にファイルを読むあいだ、ヘインは座ったままウイスキーを飲んだ。ファイルは分厚いもので、最初の書類は二年前にさかのぼる。シャーロットがイタリアのフィレンツェから帰ってきた。向こうで絵の勉強をしていたのだが、フィリップが膵臓癌《すいぞうがん》と診断されて戻ったのだ。

そのとき、ヘインは有頂天だった。これほどの幸運はないと思った。フィリップ・コートはコート・インダストリーズ社のオーナーであり筆頭株主だが、体が弱り、くだらない学術論文を書くことにしか興味がなかった。自分の先祖が築き上げてきた二百年の歴史を誇る会社のことなどどうでもよくなって、すべてをヘインに任せ、会社はヘインの思いどおりに経営されていた。そしてフィリップの娘が現われた――彼女自身、かなりの株式を所有していて、すごい美人だった。

完璧だ。娘と結婚すればいっさい金を使うことなく、会社の株が自分のものになる。

そうヘインは考えた。プロテウス計画もこのまま推進できる。ヘインは大金持ちになれるのだ。会社のＣＥＯとしても多額の収入を得ることはできるが、プロテウス計画によって株価が上がったら、給料としての収入などは比べ物にならない。

今まで女に誘いをかけて失敗したことは一度もなかった。ベッドの中でも外でも、何をすればいいかをヘインは心得ていた。ところが一ヶ月経つと、シャーロットはヘインの姿を見るなりつんと鼻を上に向けて部屋から出て行くようになった。そして、シャーロットをベッドに誘うことは無理だと認めざるを得なくなった。ヘインのいるベッドには彼女は来ない。

ただ、シャーロットとの結婚をしぶしぶあきらめることになるまでの段階で、ヘインは彼女のことを研究しつくした。会社の事業計画書を調べるのと同じやり方だった。シャーロットに関するファイルは、これ以上ないほど完璧なものになった。

ただし写真を手に入れるのは難しかった。シャーロットは人前に出ることを嫌がり、社交欄で取り上げられることも少なかった。コート・インダストリーズ社の跡取り娘なのだから、もっとゴシップ誌に取り上げられても当然なのに。さらに望めばどんなものも手に入れられるはずなのに、彼女の希望はただ絵画の勉強をすることだけだった。

写真の多くはヘインが自分で撮影したものだった。そのほとんどにヘイン本人が写っており、シャーロットはうんざりしたような、あるいは不愉快そうな顔をしていた。インターネットからダウンロードした写真もいくつかあった。シャーロットが支援していた慈善団体のパーティのときのものと、花嫁の付き添いとして出席した結婚式が三回あり、そのときに撮影されたものだった。そういった写真の彼女はまばゆいほどの美しさだった。

「人目を引く美人だな」バレットがファイルを繰りながら言った。

「ああ」ヘインの口調はため息まじりだった。シャーロットを誘惑するのをあきらめなければよかったのかもしれないと、後悔の念がわいた。

「人目を引くほどの美人は、隠れるのが難しい」バレットはファイルを閉じて手を離した。

二つ目のファイルはニュース記事の切り抜きばかりだった。この二ヶ月集めたものだ。最初の数日は十を超える記事があったが、日が経つにつれ数が少なくなっていった。新しい話は何もなく、コート家にかかわるニュースは人々の関心を失い、別のニュースが巷《ちまた》にあふれた。一九三一年以来最悪の寒波が襲った。高校の吹奏楽部員でいっぱいだった飛行機がタンパ近郊で墜落した。下院議員のスキャンダルが発覚した。

バレットは注意深く丹念に記事を読んだ。五分以上も身動きせず、薄いブルーの瞳は瞬きもせず、何度も何度もファイルを見ていった。

バレットが事件の経過について、警察の報告書と新聞の報道を読み比べているのがヘインにはわかった。どちらもヘインから話を聞き、経過を推測して作り上げられたものだった。

二年以上介護をして、精神的に疲れ果てたシャーロット・コートは枕《まくら》で父を窒息死させ、フィリップを見舞いに病院にやって来たコート・インダストリーズ社の警備部長マーティン・コンクリンに殺害現場を見られて驚いた。点滴スタンドを振り上げてマーティンの頭蓋骨《ずがいこつ》を叩《たた》き割ろうとしたあげく、逃げようと必死になったシャーロットは銃を発砲し、ICUの看護師、イメルダ・デルガドを殺害した。

シャーロットは、誰かに狙《ねら》われているからどこかで銃を調達しなければならないとコート・インダストリーズ社のCEOであるロバート・ヘイン氏に以前話していた。ヘイン氏に対して何度か事情聴取が行なわれ、ヘイン氏は「シャーロットがあれほど強いプレッシャーを感じていた」ことに気づかなかった自分を責めた。

警察はすぐにシャーロット・コートを指名手配したが、彼女の姿は地上からふっと消えてしまった。彼女の友人たちは事件を知って一様にひどく衝撃を受けた。長く患う病人の介護にシャーロットがストレスを感じていたのは全員が認めたが、彼女が自分の父と看護師を殺したとは誰も信じようとはしなかった。

新聞には、この分野の専門家の意見さえ紹介された。

スタンフォード大学心理学部、ノーバート・レオナルド・リフキン教授は、近著『追い詰められる介護者』の中で介護人のストレスについての研究を発表した。この著書で教授は、介護する者の精神がいかにして崩壊していくか、それを防ぐにはどうすればいいかを紹介している。リフキン教授は「明らかにシャーロット・コートは、表面上何事もないふりをすることはできたのです。しかし二年に及ぶ介護がもたらすさまざまな重圧は、精神崩壊につながります。私たちは介護をする側の人たちを『隠れた患者』と呼んでいます。私たちは介護者のストレスを和らげる特別チームを作り、私がそのチームを指揮しています。チームは四千人を超える介護者の血液テストを行なったのですが、介護が始まって二年目にはコルチゾールというホルモンのレベルが四〇パーセント上がることがわかりました。コルチゾールは副腎皮質ホルモンの一種で、感情と突発的な行動をコントロールする脳の活動を阻害します」と述べた。

バレットは読み終えると視線を上げた。「どうやって逃げた?」

これを聞かれると、今なおヘインは悔しい思いに駆られる。ヘインは懸命に顔に血が上るのを抑えた。「まあ、読んだとおりのことだ。あの女は、その、点滴の台をつかんで、マーティン・コンクリンの頭めがけて投げつけた。コンクリンは不意をつかれてどうすることもできなかったんだ。記事にちゃんと書いてある——」

「違う」バレットは落ち着いた口調できっぱり言った。「シャーロット・コートは機転の利く女性だ。そんなことをたずねたんじゃない。つまり、どういう手段を使ってウォレントンの町から出て行ったのかを知りたいんだ」

「警察は空港の出発口を見張った。長距離列車も、バスも見張りがついたし、うちの手の者も目を光らせた」

バレットはふっと視線を外し、またヘインを見た。どこか遠くを見ているような、ひとりごとを言っているような、ちょっとしたトランス状態にあるような雰囲気だった。やがて口を開き、目の前で流れる説明画面を読み上げているようにゆっくりと話し出した。「彼女は公共交通手段が使えないことは承知していた。コート一族というのもあるが、慈善活動のせいもあり、ウォレントンじゃ有名人だ。それに公共交通ならどこかで終点になる。どこで乗ったかわかれば、どこで降りたかもたどれる。どこかで飛び降りたとしても、少なくともその場所を捜索できる。だから彼女は自分用の輸送手段が必要となる。どうやったかはわからないが、誰に見とがめられることもなく、彼女は逃げおおせた。だからあとで警察に連絡してくる人間もいなかった。可能性のひとつとしてはプライベート・ジェットだ」薄いブルーの瞳が、しっかとヘインを見据えた。

　よかった、とヘインは思った。この質問になら答えられる。ヘインは首を横にした。

「その夜はひどい吹雪《ふぶき》だった。あらゆる航空機は午後五時以降、離陸を禁じられた。定期便も個人用のものも飛び立てなかった。マーティンが殴られたのは五時十五分だ」そのことを思い出すたび、ヘインは怒りに体が震えた。あの女に対してもだが、コンクリンに対してもだ。警備部長にしてやったのに、あの男はぶざまに任務をしくじった。今こんな冷たい水色の瞳をした殺し屋にヘインが仕事を頼まなければならなくなったのも、そのせいだ。この殺し屋にはとんでもない金額をふっかけられるだろう。そもそもコンクリンが自分の仕事をきちんとできていれば、こんなことをする必要もなかったのだ。

　バレットは顎《あご》を上げ、背の高い肘掛け椅子の背もたれに頭を預けた。その瞳がまた遠くを見るようになった。「では車を使うしかないな。四輪駆動のSUV車があれば、吹雪でも町を出られる。主要道路は除雪してあっただろう」

「問題は、あの女はSUVを持ってないってことだ」ヘインは歯ぎしりしたい気分になった。あの女は排気量の大きいSUVを禁止するとかいう運動に関係しやがった。それもヘインが6リッターのシボレー・タホを気前よく買った次の週だった。巨大な車を走らすことの危険性と環境破壊について説教されたあの冷たい口調が、今でもヘインの耳に残る。「あの女はプリウスを運転してる。青のトヨタ・プリウスだ」

「じゃあ、彼女はどうやって病院まで行った？」

「わからん」ヘインは苛立《いらだ》たしく肩をすくめた。みんながこの質問をした。自分の計画がうまくいかないのではないかと思い、背筋も凍る気がした。コンクリンは淡い青のプリウスをずっと見張っていたし、車のナンバーも知っていた。天気が悪くなると、通り過ぎる車を運転している人間の見分けはつかないだろうし、プリウス以外の車に乗っている人間を探すつもりはなかった。「タクシーではない。警察が調べたんだ。誰かに乗せていってもらったのかな？」

「かもしれない」また心ここにあらずの雰囲気がバレットに戻っていた。「違うかもしれない。誰かの車を借りたということもある。誰かの車を運転して病院まで来て、おたくの手の者が、彼女の父親を殺すところを目撃した。コンクリンってやつが撃とうとすると、彼女はコンクリンを殴って逃げたわけだ。で、コンクリンの銃弾は彼女の肩をかすめただけだった」

「そうだ」悔しくてたまらないが、ヘインはバレットの言葉を肯定した。恥ずかしくて恨めしくて、胸くそが悪い。何の感情もない落ち着いた顔でバレットにじろじろ見られると、心の中までのぞかれそうでじっとしているのが辛い。ヘインは暖炉に薪をくべた。

「ということは、彼女は乗ってきた車を使って、出て行き……警察に向かった」バレットが静かに言葉を続ける。「論理的にはそう考えざるを得ない。しかし、彼女は警察に現われなかった。なぜか？　どうして目撃したばかりのことを警察に通報しなかったんだ？　理由は――」バレットはまた目を閉じた。「理由は、あんたが先に警察に着いていたからだ。おたくの手の者も何人か連れていったんだろう。警察署長に話をつけてる最中だった。たぶん彼女は、おたくの手の者に見覚えがあった。連中は銃を持っている、そんなところに姿を現すのは危険だと彼女は思った。どういう事情かを察知して自分の家に帰ろうとする。しかしそこにもおたくの手の者が張り込んでいた」バレットが目を開けた。最後の言葉は質問ではなく、そうだと確信しているのだ。

ヘインはうなずいた。ここまで事件の成り行きを読まれると気味が悪い。バレットもあの場にいて、実際にどうなっていたのかをその目で見ていたように話す。

「彼女は傷を負い、血を流し、人目につかないように逃走中だった。早くこの町から脱出する必要がある」バレットはそのまま五分近くも何も言わなかった。黙って指先を肘掛けにとんとんと打ちつける。向こうの壁にある暖炉で、ぱちっと薪が弾ける音がした。積み上げた薪が崩れ大きな火花が上がって、ヘインはびくっとした。バレットはそんな中でも、微動だにしない。目を閉じていたら死んでいるのかと思ってしまうほどだ。

「コート屋敷の中を見る必要がある。彼女の思考をたどるんだ。何が好きで何が嫌いかを知らなきゃならない。彼女にはどんな手段があったのか、どこか逃げるあてはあったのか、調べたい。屋敷に入るのに、問題はないだろうな?」バレットが感情のない視線をヘインに向けた。

シャーロットが戻ってくることを考え、コート屋敷は警察の管理下にあった。しかし、これぐらいの頼みなら署長は聞いてくれるだろう。

ヘインはうなずいた。「ああ、鍵《かぎ》を手に入れるよ。君がよければいつでも屋敷に行ける」

「では今すぐに。彼女の持ち物を調べるのに、二時間ばかり必要だ。彼女の人となりを知れば、どこに行ったのかがわかる」

「よければ私が運転していくが」

「俺は自分の車で行く。さて、条件を話しておこう」

「わかった」ヘインは背筋を伸ばした。「私が欲しいのはシャーロット・コートの死体だ。六月一日までに死体が彼女であると断定されなければならない。死因は事故に見せかけること。検死をしても、事故で通るようにしてくれ。いいな?」

「もちろん」バレットは重々しく一度だけうなずいた。「俺のほうからの条件だ。即金で二十万ドル、仕事の完了時に二十万ドル。プラス経費だ。時間がないから、経費は高くつくぞ。ずいぶん高い買い物だ」バレットが厳しい顔つきでヘインを見た。

くそ。ヘインは自分がこの男の言いなりにならざるを得ないのを実感した。

ヘインがうなずくと、バレットはしなやかな身のこなしで立ち上がった。運動選手らしい優雅な動きだった。「これであんたは、非常に美しい死体を買ったわけだな、ヘインさん」

サン・ルイス

寒い。シャーロットは、もう二度と自分の体が温まることはないように思った。

マットに言われて、温かく乾いた服に着替え、ものすごく甘い紅茶を飲んだ。これだけ一度に砂糖を摂取すれば急性糖尿病で気絶するのではないかと思うほどだった。その結果、確かにぼんやりしていた頭も元に戻ったが、体に温かみを感じるところまではいかなかった。押さえようもない痙攣《けいれん》のような震えは止まったが、まだかすかに全身がぶるぶる動く。体の芯《しん》が温まらず、突き刺されるような冷えを感じる。心臓が氷漬けにされたような気がする。

彼に知られてしまった。

彼なら当然、気づいたはずだ。この黒い瞳には知性が宿り、細かいことも見逃さないだろう。いろいろ考え合わせてみたはずだ。彼が必然的な答を出すところが、見ているシャーロットに伝わってきた。そのあいだ、また逃げなければならなくなるのだろうかと考えてシャーロットの心臓は激しく脈を打った。

　しかし理由はわからないものの、マットから逃げおおすことは絶対に無理だとシャーロットは思った。ヘインやその手下の警備軍団から逃げ出すのも大変だった。しかし、マットというのはまったく彼らとは異なる生き物だ。静かで強く、細かいことに気づき、体の隅から隅まで戦士そのもの。こんな男性に太刀打ちできるはずがない。

　ロバート・ヘインの作り上げたばかばかしい警備軍団のトップ、マーティン・コンクリンはいつも本物のタフな男を気取っていた。周りじゅうに、自分は軍隊上がりであることを宣伝していた。

　コンクリンは映画の『パットン大戦車軍団』を何百万回も観たのだろうが、ジョージ・C・スコットに強く影響され、あのふんぞり返った歩き方を真似《まね》していた。足りないものと言えば、象牙《ぞうげ》の持ち手のついた拳銃《けんじゅう》だけだった。彼の部下も同様で、いかにも警備担当者です、と言わんばかりの格好だった。頭蓋骨の形がはっきりわかるほどサイドの髪を短く刈り上げ、『マトリックス』に出てくる人みたいな真っ黒のサングラスをかけて走り回り、耳にはイヤホンをつけてそこからくるくると巻かれたワイヤが伸びて襟の中に入る。全員が軍隊用語を使って手首のマイクに向かって話をする。通常は「了解」とか「よし」という言葉しか使わない。

そんなことのすべてがばかばかしいとシャーロットは思った。会社の経費をこんな警備軍団を雇っておくために使うのは、ひどい浪費だとも考えた。父もそう言っていた。まだ会社経営への興味を持っている頃には、父は何度となくロバートにそう言った。

あいつらのことに関して、自分は正しかったのだと今になってシャーロットは思った。警備スタッフの能力はたいしたことはなかったのだ。結局、シャーロットはマーティン・コンクリンからも、彼の部下からも逃げおおせたのだから。

しかし、マット・サンダースが襲ってきたら、逃れるすべはない。彼は威張り散らして自分がタフであると世間に知らせる必要がない。本物だ。マットのタフさ、強さをシャーロット自身が目にしてきた。肉体的な面だけでなく、精神的にも本当に強い人だ。魂の底から骨の髄までタフなのだ。あらゆる意味合いで、負けることを知らない男性だ。

マットは黙って、身動きひとつせずシャーロットを見ている。黒い瞳だけが生き生きとして、注意を怠らない。この目がなければ、これは蠟人形《ろうにんぎょう》かと思うほどじっと動かない。シャーロットは頭の中まで彼に見透かされているような気がした。シャーロットが何をしても無駄だ。隠れるところなどないし、逃げる場所もない。シャーロットが逃げようと思った瞬間、マット・サンダースにはそのことを知られてしまうだろう。シャーロットが飛び出そうと思うより早く、彼にはそのことが伝わり、目の前に立ちふさがってその先へは行けなくなる。

しかし今のマットは、大変な努力をしてシャーロットを怖がらせないでおこうと気遣っている。あまりにじっとしているので、彼は呼吸すらしていないのではないかと思ってしまう。しかし、シャーロットの傷痕《きずあと》を見たときに、あの暗い瞳に何か恐ろしいものがきらめくのが見えた。何か凶暴で抑えることができなくなったもの。

銃創のある、しかも明らかに医師の手当を受けていない傷痕のある人間というのが意味することはひとつだけだ。その人間は誰かに追われ、逃げ隠れているということ。「お話しできないの」シャーロットは同じ言葉を繰り返した。「何も言えないわ」シャーロットの口から言葉がほとばしった。厳然たる事実だった。シャーロットは、それ以上は言うまいと手を口に当て、体を震わせた。次はどうなるのだろうと思った。二人は言葉もなく、見つめ合った。自分の体に血が勢いよく流れ、アドレナリンが噴き出して、指先やつま先をずきずきと刺激するところまでシャーロットには感じ取れた。体は逃げる準備を始めている。しかしそんなことをしても無駄だと体は知らない。逃げるところなどどこにもないのだ。

たっぷり一分以上そのままの状態が続いた。その間シャーロットの心臓は激しく脈を打ち胸が痛くなるほどだった。そしてマットが視線を下げシャーロットの首筋、激しく脈打つ血管を見てから、また目を合わせてきた。一度だけ重々しくうなずき、シャーロットの言葉を了承したと意思表示した。

シャーロットは深く息を吸い込んだが、そのときになって自分が一分近くも呼吸を止めていたことを悟った。人生すべてを懸けた一瞬のような気がした。

マット・サンダースは軍隊の将校だった。つまり警察などの法執行機関の人間であるのと似たようなものだ。もし彼に素性を知られれば、アメリカの捜査当局に身柄を引き渡されるとしか思えない。

だめだ、自分が何者かをマットに告げることはできない、シャーロットはそう結論づけた。

「そいつ、生きてるのか？」マットが張りのある声で静かに言った。

「生きてる？」シャーロットの心臓もようやく落ち着き始めた。息も普通にできる。

「誰が？」

「君を撃った男」ぶっきらぼうな言葉が静かな部屋に響いた。

シャーロットは暗く力強い彼の視線をまっすぐ受け止めた。その瞳の奥でどんなことが考えられているのか、シャーロットには想像もつかなかった。

ほんの一瞬、シャーロットは彼に真実を打ち明けたい衝動に駆られた。ここで重荷を下ろしてしまいたい。自分の抱える大きな問題を、この大きくて、どんなことでも叶《かな》えてくれそうな腕に押しつけてみたい。あまりに強い誘惑だった。自分が背負う重圧を他の人にも少し助けてもらい、楽になりたいと猛烈に感じ、言葉が口から出ないように、シャーロットは唇を嚙《か》みしめなければならなかった。

本当のことを言ってしまうと、取り返しのつかないことになる。しかしマットに対して嘘《うそ》はつきたくないと思ったシャーロットは、一度だけ軽くうなずいた。「ええ」震える声でささやくように告げた。「その人は生きてるわ」

マットの口の両側のほうれい線が、ぐっと深くなった。大きな手に力が入り、一度強く握られたあと、またこぶしが緩んだ。マットの動きはそれだけで、これまで以上に体が動かなくなった。「今後誰ひとり、君を傷つけることはない。シャーロット、俺が約束する。さて、俺はこれから君の隣に座るけど、いいな？」

まあ、どうしましょう！　マット・サンダースは今数メートル先に座っているのに、そこからでも磁場のような力が出ているのを感じる。すぐ隣に座られたら、磁石に引き寄せられるように、あの腕の中に吸い込まれてしまいそう。そう思いながらも、彼の言うことを拒否するだけの勇気が出てこなかった。

「いいわ」

マットは直接シャーロットに触れることがないよう、かなり離れた位置でソファに腰を下ろした。小さくて安っぽいソファのクッションが彼の重みで沈み込む。ずいぶん距離があるので、触れようと思えばかなり手を伸ばさなければならないのだが、これだけ離れていてもマットの体温がシャーロットに伝わってきた。彼もあの冷たい水の中にいたはずだし、服もまだ湿っているのに、この大きな体は熱を放つことができるのだ。

「手を出して」シャーロットが驚いて彼のほうを見ると、大きくて力強くて陽に焼けた荒れた手が差し出されていた。マットはそれ以上何も言わず、ただ静かにそこに座っている。大きな手は手のひらを上にしてシャーロットを招いていた。

しっかりと頼もしい手が、じっとそこにある。抗いがたい誘惑だった。

男性の感触を意識するのは、いつ以来のことだろう？　最後にデートに出かけてからでも、もう二年以上経つ。

ずいぶん久しぶり。すごく昔のこと。

シャーロットが最後に触れた男性の手は父のものだった。父の手は骨と皮だけになっていた。薄くてかさかさの皮膚が張りつき、濃い老人斑《はん》が手の甲にあった。最後のほうには、点滴を入れるためにいくつもあざができ、紫色のまだらになっていた。

マットの手は父の手とまるで違う。力を約束してくれるのだ。その強さにシャーロットはすがりつきたくなる。そして温かさと安心感がある。

彼の手に触れるのは、ひどい間違いだとわかりながら、シャーロットは突然、その手に触れたくてたまらなくなった。この手に触れることが何よりも必要だ。マットの強さと頼もしさは、実際に目《ま》の当たりにした。あの強さと頼もしさに、どうしてもつながりを持ちたい。

シャーロットはマットの目を見ながら毛布から手を出した。シャーロットを見つめるマットの顔には、何の表情もない。近づこうとはせず、ただ辛抱強く大きな手を広げて、シャーロットの手がそこに置かれるのを待っている。

ゆっくりシャーロットは手を伸ばした。周囲に空気より重いものがあるようにもどかしく。時間と絶望と恐怖が凝縮された空間を突き抜けて、シャーロットはマットのほうへと手を動かした。届く寸前のところで手が動かなくなり、指が震えた。マットはじっとしたまま、ただ待っていた。このまま永遠に待っていてくれそうだと思ったシャーロットは、やっと彼の手のひらに自分の手を預けた。ためらいがちな手が、彼の大きな手の中でぶるぶる動いた。寒かったから。疲れていたから。そして、怖かったから。

マットがつながれた手を見下ろした。色も大きさも驚くほど対照的だった。マットの手はシャーロットの手の倍ぐらいの大きさで、陽焼けして黒かった。形も質感も違う。別の生き物の手のようだ。マットが視線を上げ、シャーロットと目を合わせた。やがてゆっくり時間をかけて、マットは指を折りシャーロットの手をしっかりつかんだ。シャーロットが嫌なら抗議したり手をどけたりする機会を与えてくれているのだ。そして嫌がる気配がないのを見て、マットは反対の手を上からかぶせて、シャーロットの手をすっぽり包み込んだ。温かくてやさしい感覚だった。

包んでくれる彼の手はあまりに温かく、シャーロットはやけどをするほどの熱さを感じた。冷えきった指先がじんとしびれる。極度の緊張で息が詰まっていたのだが、胸を押さえていた締め金が緩んでいった。そして海に落ちてから初めて、肺がいっぱいに開いて空気を吸い込んだ。

手が、暖かくて小さな丸い玉に包まれている感覚だった。骨までしみ込んだ氷のような悪寒《おかん》を追い払ってくれるには小さすぎるが、温もりとはどういうものだったかと思い出させてくれた。海に落ちたことと、秘密を知られてしまったことによる二重のショックで、これまで感情も凍りついていた。しかし暖かなものに触れたことで氷のようなショックに麻痺《まひ》していた感覚が緩み、シャーロットが今まで抑えていたものも一緒に溶け出していった。必死でこらえようとしたのだが、シャーロットの頬《ほお》をはらりと涙がこぼれ落ちた。

何か非常に強い感情がマットの顔をよぎり、頬の下が波打った。

「ああ、まいったな」低音の声がやさしく静かに響き、マットはぐっと腕を伸ばしてシャーロットを抱き上げた。こうしてもいいかとたずねることもなく、シャーロットの体をつかむこともなく、ただひょいと持ち上げたのだ。シャーロットは彼の膝《ひざ》の上に乗せられ、腕にしっかり抱きかかえられていた。マットは毛布でシャーロットの体を包み込んでくれたが、彼の腕を感じて彼女は体を震わせた。

「だめ、私はこういう――あなたが――」何も言えなかった。涙をこらえようとして、体があまりに激しく震えたためだった。

泣いたって何にもならない。泣いたってお父さまは生き返らない。泣いたって元の生活に戻れるわけじゃない。泣いたって、自分の無実を証明するために何をすべきか、方法が見つかるわけじゃない。

それぐらいシャーロットにはわかっていた。骨身にしみて理解していた。しかし二度も死にそうになったショックと、今こうやってマット・サンダースの温かさに包まれ、たくましい腕に守られていることで、シャーロットはすっかり弱虫になり、今まで胸の中に熱い塊としてためていた涙がいっきにあふれてきた。

マットはそっとシャーロットの頭を支えて自分の肩にもたれさせた。顔にかかるまだ濡れた髪を払いながら、やさしく頭を撫《な》でてくれる。

「いいんだ」深く響く声が、マットの胸に反響するのをシャーロットは感じた。

シャーロットは鋭くかぶりを振った。だめ。よくない。いいことなんて、きっと二度とないのだ。

マットは海の香りがした。男性的でたくましさを感じさせる。まだ湿って冷たい服を着ているのに、彼の体から放たれる熱が生地越しにシャーロットに伝わる。マットの体は触れるところみんな温かい。シャーロットは額《ひたい》を彼の首に預け、右手を胸のちょうど心臓の真上に置いて体を支えた。右手に伝わる鼓動は力強く、ゆっくりリズムを刻む。運動選手の脈の打ち方だ。

温かくて安心できる。シャーロットがこんな感覚を持ったのは、あの恐ろしい事件の夜以来初めてだった。

マットは少し腕を動かして、さらにしっかり毛布でシャーロットを包み込んだ。するとシャーロットのヒップが何か硬いものを感じた。しばらく何かわからなかったシャーロットも、やがてそれが彼のペニスであることに気づいた。彼の勃起《ぼっき》したペニス。いや、彼のきわめて大きく勃起したペニスだ。シャーロットは驚いて顔を上げ、マットの目を見た。彼の口の端がわずかに持ち上がった。

「いいんだ」マットは同じ言葉を口にした。

毛布に繭《まゆ》のようにくるまれて、ほとんど身動きもできなかったシャーロットは、ヒップの位置だけを少し変えた。するとその動きに反応してペニスがむくりと起き上がるのを感じた。二人とも服を着ているのだが、それでもさらに大きさが増したのがわかった。

シャーロットの体の奥が、応じるように熱を波のように送り出した。そんな感覚に、シャーロットはすっかり驚いた。官能的な熱を感じるのはほんとうに久しぶりだったため、それが何かと気づくのに、少し時間がかかった。お腹《なか》の下のほうで太陽が顔を出し光が広がっていくような感じだった。暖かさがすぐに体じゅうに伝わっていく。シャーロットがほんの少し動くだけでも、マットの体が反応するのがわかる。マットは腕に力を入れ、きつくシャーロットを抱きしめた。するとペニスが強くシャーロットのヒップを押す。

マットは何も要求せず、意図して自分のものを押しつけてきているのではない。この状況をただ受け入れているだけ——俺は興奮しているが、だからといってどうこうするつもりはないからな、と。

シャーロットも、どうこうするつもりはなかった。さっと広がった熱は遠い昔の残り火のようなもので、その昔にはシャーロットも普通の若い女性だった。今の生活には普通のところなど何もない。こういう状況になったとき、どう反応していいかさえわからないのだ。何かしようと思ったところで、どうすることもできない。思いもかけなかった熱いものが体に命じるままに行動したところで、それが何かもわからない。

普通の生活とは縁を切ったのだ。魅力のある男性に女性としての健全な反応をすることさえ忘れてしまった。デートに誘われる、付き合ってみる、セックスを楽しむ。そんなことすべてが、別の惑星に住む人のためにあるもの。シャーロットの世界とは関係ない。

　地球では男女が出会い、強く惹《ひ》かれ合ってそこから行動を起こすのだろうが、シャーロットの住む場所ではそんなものは存在しない。二ヶ月前に彼女は自分だけの惑星に移り住んだのだ。ここは遠い宇宙のどこかの星。たぶん冥王星《めいおうせい》あたりか。大きくて暗くて音がなくて、息もできないところ。

　けれど、今この星は暖かい。乾いた服を身につけ、毛布にくるまれ、硬く温かい男性の筋肉に囲まれている。しっかりと。シャーロットはこの二ヶ月緊張し続けていた自分の体がほぐれていくのを感じた。体を動かしてすっかり彼の腕の中に落ち着く場所を見つけ、大きな肩に顔を預けると目を閉じた。

7

ウォレントン

　五千キロ近く離れた場所で、バレットと呼ばれる男がロバート・ヘインの豪華タウンハウスから姿を現した。男は頭を垂れ、身を切るような夜の大気を吸い込む。早く夏になってほしい。あと少し、もうちょっと我慢すればカリブ海の太陽にこの体を暖めてもらえる、男はそう自分に言い聞かせた。ニューヨーク市から北に広がる郊外の都市を二度と見ることがなくても、いっこうに気にはならない。

　バレットは視界の隅にあるものでも、きちんと認識できる。動作感知システムのついた防犯用の監視カメラが自分の動きを追っているのもちゃんとわかっている。こういうカメラに対して顔をどうすれば隠せるかも心得たものだ。高価な防犯システムをつけたことで、ヘインは自分の家は難攻不落だと考えているらしい。このばか、何もわかってないんだな、とバレットは思った。現在の彼の最大の武器は、バレットM82

ライフルではない。H&K-G3ライフルでもなければ、プラスチック爆弾セムテックの一・八キロ分でもない。こういったものはすべてホテルの部屋に置いてきた。スーツケースの秘密の仕切りの中に隠してある。

バレットのたった今の武器は、シャツのポケットに入っている。外からでも見えるはずだ。i-Podに見せかけたデジタルレコーダーで、声に反応して録音を開始する。ホテルに戻ったら、録音したものをデジタル処理してラップトップ・パソコンにダウンロードする予定で、自分が話している部分は音声を変え、ヘインの声だけをよく聞き取れるようにする。さらにシャツの第三ボタンに仕込んだ高性能小型カメラで撮影した映像を付ければ、国じゅうのどこの検事に提出しても五分以内にヘインに対する起訴状が出るはずだ。

バレットはおとなしく車を出しながらほくそえんだ。つい監視カメラに向けて挨拶《あいさつ》したくなったが、気持ちをかろうじて抑えた。

ひとりやるのに四十万ドル。これでバレットはアメリカ一高い報酬を得る殺し屋になる。今でも銀行にじゅうぶん預金はあるが、そこに四十万ドルが加われば、今まで目標としてきた五百万ドルの貯蓄残高を軽く超える。

しかしヘインが用意してくれるバレットの個人年金制度は、まだその先がある。

バレットは証拠をきちんと整理し、ワシントンDCのFBI本部の目の前にある銀行の貸し金庫に預けておくつもりだった。自分の身に何かが起きたときは、この証拠をFBIに提出すること、と指示しておく。そして、これだけの準備ができていることをヘインに知らせる。

そう、完璧《かんぺき》だ。ヘインのおかげで年金生活も楽しいものになりそうだ。ヘインがペンタゴンとの大きな契約を結べるよう、バレットも手を貸すつもりだった。契約が成立すれば、ヘインからは毎年軽く百万ドルを出させることができるだろう。

バレットにはこれと似たような整理された証拠があと二十個ほどあった。

こういうのは401k確定拠出型年金よりも、ずっと確実だ。

しかし今のところ、バレットの仕事はこの女性を見つけ出すこと。シャーロット・コート。ここがいちばん大変な部分で、殺すのは簡単だ。

サン・ルイス

シャーロットはふっと息を吸ったと思ったら、もう眠っていた。子どもみたいだなとマットは思った。身近に赤ん坊がいたわけでもなく、弟も妹も、いとこさえいなかったので、子どもの世話をした経験があるわけではないが、軍隊仲間で結婚した友人から聞いたことがあった。子どもたちは大騒ぎで走り回っていると思うと、次の瞬間には深い眠りに落ちるらしい。ときには走っている途中でも、ばたっと崩れ落ちることがあるそうだ。

シャーロットもまさにそんな感じで眠りについた。あっという間に体から力が抜けた。

手首で脈を確かめると、ゆっくりと打っていたが、これはいい兆候だ。人間は体温が三十二度以下に下がると、心臓が血液を送り出さなくなる。現在のシャーロットの体温は三十五度ぐらいだろう。一時間もすれば三十五度五分を超え、翌朝までには表面の体温は三十六度六分、体内温度は三十七度まで戻るはずだ。そうなるまで必ず自分で見守ろうと、マットは固く決めていた。

シャーロットが子どものように眠り始めたのは、ショックのあとで疲れていたせいもあるが、安心だと感じたからだ。これまでずっと怖い思いをしてきたため、感覚が研《と》ぎ澄まされていたはず。獲物として追われる身の動物は、追う側の動物より鋭い感覚を持つ。そうでなければ生き残れないのだ。

シャーロットは戦闘態勢で、あらゆる感覚を常に張り詰めた状態にしてきた。手当もろくにされていなかった傷の状況から考えると、おそらく二ヶ月ぐらいはずっとそうやって暮らしてきたのだろう。戦闘によるストレスと毎日向き合うよう訓練を受け、実戦慣れした戦士でも、二ヶ月ぶっ続けで常に命の危険にさらされると体がもたない。そんなふうに警戒を緩めることができずにいると、必ずどこかがダメージを受ける。ましてや彼女は、緊張状態を持続するための訓練経験がまるでない若い女性だ。

シャーロットがどうやってここまで生き延びてきたのか、マットには想像がついた。ほとんど眠らず毎日を過ごしたのだ。周囲の状況に絶えず気を配り、少しでも何かおかしな動きを察知すると、すぐに逃げる。そうするには、アドレナリンのレベルを非常に高く保っておかねばならず、そうなるとコルチゾールホルモンという副産物が体内に蓄積され、そのうち腎臓に障害が出る。

マットの部下たちは志願して、最悪の状況に自分の身を置くことを選んだ。実際、部下のほとんどが、危険な状況でこそ実力を発揮する男たちだった。

特殊部隊のことを知らないと、こういう種類の男たちを雇い入れ、アドレナリンを高い状態に保たせておくのは難しいのではないかと思われがちだ。SEALになれるような兵士は、生まれながらに狩りの素質を持っている。ストレスを受けて実力を発揮し、通常の人間なら致死量にもなるぐらい高くアドレナリンを上げても、平気だ。難しいのは、その戦闘モードを切ることだった。

生き延びるために必死で戦う人間は、ただの動物になってしまう。野生に戻って本能ですばやく行動する。しかし、どんな動物も、そういった強いストレスにさらされたまま生きていくことはできず、戦闘態勢を取らなくてもいいときにはそのスイッチを切る能力が必要となる。シャーロットの脳のいちばん原始的な部分が、本人の思考より先に、マットといれば安全なのだと体に告げたのだ。今、彼の腕の中で眠るシャーロットの体が、マットを信じたことを伝えている。

お話しできないの。

シャーロットの頭は、マットを信じてくれなかったということだ。今のところは。しかし、そのうち信じるようになる。必ずそうさせてみせる。マットのさっきの約束は、完全に本心からの言葉だった。生きている限り、自分の息のあるうちは、誰ひとりとして、絶対彼女を傷つけることは許さない。

その約束を守るためには、彼女を怯《おび》えさせる危険が何なのかを知る必要がある。何も知らないままでは、何から彼女を守っていいのかわからない。頭のほうもすぐに体に追いついて、シャーロットは何もかも話してくれるだろう。事件がいつ起きたのかは、本人が気づかないうちに体が教えてくれた。体が伝えてくることは、頭脳からの難解なメッセージよりはるかにわかりやすい。特に女性の頭脳が訴えることに関しては、マットは理解できたためしがない。

彼の体も訴えている。大声ではっきりと。これ以上うるさく、はっきりとしたメッセージもないだろう。マットの体はこの女性を求めている。細胞のすべてが、彼女を欲しいと伝えている。彼女は危険な状態にあるのだと知って、求める気持ちをいっそう強く意識することになった。

マットは腕の中の女性を見下ろした。

何とまあ、きれいなんだ。

髪はまだ海水で湿っており、べったりと頭に張りつき、いつもより濃い色合いに見える。しかし乾けば、この髪が銀色に輝くブロンドであることをマットは知っている。太陽を浴びると月のように光るのだ。

まだ青い顔をしているが、海から助け上げたときのようなまったく血の気のない蠟《ろう》のような色ではなくなった。柔らかな唇もわずかにばら色が差し、さっきの青緑色は消えた。鼻の軟骨も縮み上がって透明に見えることはない。浜辺に上がったときは、恐怖で心臓が止まりそうになった。一瞬、彼女が死んだのかと思った。今ではただ疲れ果てているだけで、何ともなさそうだ。確かに、ひどく打ちのめされてはいる。しかし大丈夫そうだ。

マットはシャーロットの目鼻立ちを覚え込もうとするように、しげしげとその顔を見たが、これ以上その顔立ちを覚える必要など本当はなかった。今までにこの顔はマットの記憶にしっかり刻み込まれ、しょっちゅうこの顔を思い、また夢にもみた。

しかしこれほど近いところで彼女を見たのは初めてだった。だから思う存分見ておきたかった。

こんな美しい女性を自分の腕に抱いたことなどない。こんなきれいな人は映画で見るものだ。あるいは誰かの奥さんで、たいていは金持ちの夫に何でも最高のものを与えられて暮らしている。シャーロットのような女性は、マットのような男には手の届かない存在だ。

たいていの女性はどこかに欠点がある。何と言っても、人間なのだから。化粧や髪型を工夫することで、ほとんどの欠点は隠れる。昔知っていた女は、野良犬と比べれば少しはまし、という顔だったのに、女性だけが生まれながらに持つ芸術的な才能を使って完全に人の目を欺き、ゴージャスに変身した。すると、実際よりはるかに美人に見えてしまう。バーの暗がりで出会って、こいつは美人だなと思った女が、翌朝ベッドで目覚めるとまったくの別人だったということが何度もあった。バーなどで、そういう女性は美人として振る舞うし、光線の加減、化粧、態度で男は魔法をかけられ、美人だと信じ込まされてしまう。

目の前にはそんな魔法はいっさいない。シャーロットはまったくの素顔で、バスルームを見た限りでは、口紅が一本あった以外にはメークアップ用の化粧品も持っていないようだ。

この美しさは、生まれながらのもの。繊細な顔の形、鼻筋が通って、完璧な肌。化粧のように洗い流されてしまうものではない。死ぬまでこのままだ。

死ぬまで。マットは顔を曇らせた。シャーロットはもう二度も死にそうな経験をした。マットがすばやく助けなかったら、今日、溺《おぼ》れ死んでいた。そしてあの銃による怪我《けが》——まったく偶然のいたずらが生んだ幸運だった。あと数センチ左だったら肩の骨が粉々に砕けていただろうし、数センチ右なら大動脈を傷つけていた。約四分で失血死する。少し低いところに当たっていたら、心臓を貫き、即死だったはずだ。

俺と同じだな、とマットは思った。彼女はうまく死をかわしたのだ。

もし彼女が銃で撃たれて死んでいたら、二ヶ月前に冷たい死体になっていたら、マットは今日のような生活ができていただろうか？

たぶん無理だっただろう。

夜のしじまの中、長い時間マットはそのことをまじめに考えた。シャーロットは彼の腕で深い眠りに落ち、かすかな寝息しか立てないので、毛布も動かない。

サン・ルイスに着いた日、マットは精神的にかなりまいっていた。アフガニスタンで死ぬことはなかった、病院でも死ななかった。全身の力をふりしぼって、マットは死に立ち向かった。呼吸するのもやっとだったが、それでも必死で戦った。死というものを、親の敵《かたき》みたいにして懸命に戦い、敵に向かって手当たり次第何でも投げつけてやった。負けるのは絶対に嫌だった。

しかしあの日、サン・ルイスに到着した最初の日、マットは真剣にこのまま沖へ力の続く限り泳ぎ出そうかと思った。もう岸に泳ぎ帰る力の残らないところまで行こうと。マットは今までもずっと海を愛してきた。海にこの体を奪ってもらえるなら、それもいいのではないかと思えた。人生で初めて、あの日マットは自殺を考えた。もう、終わりにしようと。きっと簡単だろうと思った。

病院にいるときですら、マットは希望を失わなかった。毎日少しずつ、ちょっとした新しいことができるようになった。死から一歩ずつ遠ざかっていく実感があり、やがて退院することができた。

病院という環境から離れて初めて、マットはどうしようもなく怖くなった。病院には障害を補助する設備が整っている。人間の体ができなくなったことを補うように設計されている。病院の外に出てやっと、マットは普通の男として体を動かせるまで、まだまた遠い道のりがあることを悟った。本当に体を動かせるようになるかもわからなかった。

昔の部下だったレニー・コーテスという男が、メキシコのバハ・カリフォルニア・スル州にあるサン・ルイスという町でダイビング・ショップをやっていて、こっちに来てくださいと、何度も誘ってきた。太陽の光にあふれ、空気はきれい、そして海がある。レニーはこの三つを約束してくれた。この三つがまさにマットが必要としていたものだった。

　そこでマットは最初の問題にぶつかった。他の場所に移動することができなかったのだ。どうやって移動しようかと悩むのは生まれて初めてだった。それまでずっと、どこかに行く必要があれば、ただそこに行くだけだった。それについて深く考えたりもしなかった。ジャングルの中へ、北極へ、砂漠を越えて、どこへでも行った。車輪のついているものすべて、さらには戦車も含めて車両ならほぼ何でも運転できた。ボーイング707より小さい飛行機なら、すべて操縦できた。ヘリだってもちろん飛ばせる。駆動力のついた輸送手段が使えない場合でも、必要なら歩いた。どこかに行けるという自分の能力に疑いを持つことはなく、移動したいときにはいつでもどこにでも行くことが可能だった。

　ところが退院してすぐ、情けない骸骨《がいこつ》のような自分の体をカンザス州レヴンワース退役軍人病院からバハ・カリフォルニアまで、どうやって移動すればいいか途方にくれた。レニーは脾臓《ひぞう》と片方の耳の聴力を地雷に吹き飛ばされて失っていたので、マットがどういう状況かを理解してくれた。何を説明する必要もなかった。レニーがサンディエゴ行きの飛行機の切符を送ってくれた。サンディエゴ空港まで彼が迎えに来て、そのまま車でここまで連れてこられた。

　着いたときのマットは疲労困憊《こんぱい》という状態だった。飛行機での移動と車に揺られたことで力を使いきったのだ。今までの人生、いつも丈夫で強い体だったマットは、この弱い男という新しい生活にすっかり自分を失ってしまった。こんな男は自分ではない、今入り込んだ新しい世界が何なのかもわからないと思った。

次の日の午後、海辺まで行こうと砂浜を歩くのさえ、大変な挑戦だった。途中でやめて帰ろうかと思った。

沖に向かっていくと、このまま力尽きるまで泳いで行きたいという思いに駆られた。そうすれば戻ることはできなくなる。誘惑は強烈だった。そしてそのときだった。マットは彼女の姿を目にしたのだ——俺の守護天使。

砂浜の先にある家のテラスに美しい女性がいて、マットを見ていた。その視線に悲しさがあり、わかっているのよ、と伝えてきた。マットが考えていることはすべて、その女性に知られている気がした。そんなはずはない。マット自身が、この頭の中にあることなどわからないのだから。ただはっきりと心がつながる感じがした。磁石のような波が送られてきて、二人の力がひとつになり、絆《きずな》が生まれた。

海の中で、このまま沖に泳ぎ出してしまおうと考えていたマットは先に進むのをやめ、その場でしばらく立ち泳ぎをしながら、後ろを見た。女性は手すりに腕をかけ、今にもマットを助けるために飛び出してきそうだった。マットに自殺する気があったのは間違いない。そのとき実際に、ふうっと深く息を吸い込む必要があったからだ。

謎《なぞ》の美女は今にも浜辺を突っ切ってきそうだった。こんなつまらない男の、しかももう捨ててしまおうと考えていた命を助けるために、海に飛び込む気なのだ。

あとになって、彼女が海に入っているのを初めて見たとき、マットはうなじの毛が逆立つのを覚えた。彼女はほとんど泳げなかった。さらにマットより五十キロ近く体重が少ないだろう。もしマットがあの日自分の弱さに負けて死のうとしていたら、マットを助けようとして彼女も死んでいたはずだ。

美人な上に、勇気があるんだ。

マットは自分の腕の中の女性を改めて見つめた。眠っていても、何かに悩まされているように見える。いや、彼女こそが悩みそのものだ。この美しい体の頭の先からつま先まで、どこもすべてが厄介ごとだ。彼女の周囲には、問題があるぞ、という空気が漂う。今になってやっと、マットにもその原因がわかった。なぜ彼女には影のように悲しさのオーラがつきまとうのかが。

どういう事情だったのか、詳しいことまではわからない。しかし基本的なことは手に取るように理解できる。誰かが彼女を殺そうとした。今もなおサン・ルイスに留まっているということは、まだ身を隠しているわけで、それはつまり、まだ誰かが彼女を殺そうとしているということだ。

この人は歩く厄介ごと、しゃべる難問そのものだ。

しかしマットは難問を前にして、引き下がったことなど一度もなかった。

シャーロットが、うーんとつぶやいて体を動かした。顔をさらにマットの肩に強く押しつけ、小ぶりの乳房をマットの体にこすりつけた。マットは歯を食いしばって耐えた。彼女に触れたくてたまらなかった。その体をやさしく撫《な》でたいという気持ちがあまりに強く、押しつぶされそうな気がした。

このまま抱いていたい気持ちは強いのだが、自分のベッドで休んだほうがシャーロットの体は楽だろうと考え、マットは彼女を抱いたまま立ち上がり、寝室へと運んだ。簡素なクイーンサイズのベッドに寝かしつけるとき、マットの腕は彼女の体から離れることを嫌がった。シャーロットの細い手がマットの腕をつかみ、その手を放すのには大変な意志の力が必要だった。

毛布の下にシャーロットの腕を入れたあと、マットは居間に移動した。受話器を取り、静かな声でレニーと話し、そっと電話を切った。レニーはすぐに来てくれるだろう。ダイビング・ショップの裏にあるレニーと共有の小さなアパートまで戻って、自分で荷物を取ってきてもよかったのだが、少しのあいだもシャーロットをひとりにしておきたくなかった。彼女が突然目を覚まし、誰もいないとわかったらどうする？さっきもう少しで死ぬところだったんだ。体も弱って、何がどうなったのかもわからないはず。怖いと思うだろう。

だめだな、とマットは思った。レニーに頼んだほうがいい。あいつの訳知り顔を我慢すればいいだけのことだ。それにマットが今夜ここに泊まることはレニーにはすぐに知られる。明日の夜もここにいるのだから。みんなに知れ渡るだろう。サン・ルイスの人々は寛大な心を持ち、少々のことは見過ごしてくれる。しかしだからといって、他人の噂話《うわさ》をしないということではない。

マットは何としても、この家に移り住むつもりだった。そしてシャーロットの人生の中にも入る決意でいた。

レニーを待つあいだ、マットは家の中をじっくり見ていった。シャーロットを最初に運び入れたとき、居間の様子はだいたい見て取った。しかしそのときは彼女の体のほうが心配で、マットの脳の前頭葉はそれ以外のことにはほとんど使われなかった。今そういった心配もなく、じっくりと部屋を見ることができた。

シャーロットが才能あふれる芸術家だということはわかっていた。きれいな水彩画と息をのむほどすばらしい巻貝の油彩画をもらっていたからだ。ある朝目が覚めると、店のドアの下から水彩画が滑り込ませてあり、その絵のすばらしさに衝撃を受けた。こんな見事なものをマットにくれる人はひとりしかいない。絵を手にした瞬間、それが誰かがわかった。こんな繊細でみずみずしい絵を描けるのは、彼女しかいないと思った。そして巻貝の絵——ドアの横に立てかけてあった小さなキャンバスを見たとき、その才能の前にひれ伏したい気分になった。絵は今、マットの部屋の粗末なベッドの上に掛けてある。メキシコ人が十字架を掛けておく場所だ。

この家に来て、シャーロットが信じられないほど才能豊かな画家であることが、はっきり認識できた。家にはデッサン、水彩画、パステル画、油彩画の載ったイーゼルがいっぱいあった。

その中でもひときわ目立つ大きな肖像画のほうへ、マットはゆっくり近づいた。目の前にすると、瞬間的に周りのものがまったく目に入らなくなった。戦闘に入るときと同じだった。その絵はそれほど見る者を圧倒した。

マットの視界には平板な四角いキャンバスしかなかった。それは白髪の老人が背筋を伸ばして、りっぱな肘掛《ひじか》け椅子《いす》に座っている実物大の肖像だった。老人は古びてくたくたになった上着を身につけ、まっすぐマットを見返していた。本当に生きていて、今にもこちらに向かって話しかけてきそうだった。興味深い人物でもあった。上品でしわだらけの顔は、頭の回転が早そうで知性にあふれている。白髪は若い頃プラチナブロンドだったのだろうと思わせる色で、虹彩《こうさい》は水色がかったグレー。シャーロットをそのまま男性にしたような顔立ちだ。彼女の父だろうか？　おじいさん、伯父さん？

老紳士は絶妙の光と影の中に描かれているが、その後ろには本がぎっしり詰まった書棚が見える。影になった椅子のそばのテーブルには、本が乱雑に積み上げられている。紳士の右肘《ひじ》はまた別の本の山に乗せられている。肖像画は生命感にあふれ、マットはこの紳士と自分も知り合いだったような錯覚に陥った。老紳士の心の奥底まで見えるような気がした。この男性はきっと楽しいことが好きなはずだ。本を愛し、もったいぶったところがない。図書室がこれだけ乱雑で、古い上着がしわだらけのところから、それははっきりわかる。

この男性はどういう人なのだろうと、マットが肖像画に描かれた紳士の素性を考えていたとき、玄関のドアを叩《たた》く音がした。

レニーが上がり口に立っていた。百九十センチ以上もある体を持て余すようにしている。雨合羽《あまがっぱ》のフードからぽたぽたと水滴が垂れる。マットはレニーを中に通した。

「持ってきたっす」レニーはそう言って、荷物を差し出した。中にはきれいなスエット上下、パジャマがわりに使える古いスエット、ジーンズ、タートルネックのセーター、きれいな下着、濡《ぬ》れていない靴、石鹸《せっけん》、かみそり、そしてマットのグロック19が入っているはず。マットは無防備な状態でいることが、嫌なのだ。頼んだものがちゃんと入れてあった。レニーは命令に忠実に従う。「実際、ひどい天気ですよね」

レニーの言葉としては、笑い話だ。彼はマットの部隊で北極の氷の下を潜り、熱帯地方特有の激しいモンスーンの中、バニヤンの木の下でまったく動かずに二日間過ごしたことがある。テロリストを攻撃する機会をそうやってひたすら待ったのだ。

「すまん」マットは元部下の背中を叩き、それとなくドアのほうに向かわせようとした。しかしうまくいかなかった。レニーは突然、壁みたいに動かなくなった。たっぷりの筋肉としっかりした骨のある壁だ。フードを頭から外し、あからさまに興味を持って周囲を見回した。「何とまあ、レディは本物の芸術家なんすね」

「しずくが落ちてるぞ」マットは遠まわしに出て行けと告げた。これで効き目があるかもしれない。

「まあまあ、問題ないっすよ」レニーは雨合羽を脱ぎ、ドアノブに掛けた。そしてじろじろ家の中を見ている。帰りたくないというはっきりした意思表示だ。

なるほど……遠まわしでは効かないか。

マットはうんざりした顔をしてみせた。「どっか他に行くところでもないのか、おまえは？」

「ないっす」レニーは朗らかにそう言って、フルーツが盛ってあった皿からりんごを手にした。「天気が悪すぎるんすよ。これじゃスキューバしようなんて客も、船をチャーターしたい人もいない。隊長だって知ってるくせに。外を見てくださいよ」

確かに。それはマットも知っていた。しかしもうひとつ確信していることがある。レニーに消えてもらいたい。「言ったものは全部あるな？」

レニーは返事さえしなかった。当然だ。すべてそろっている。ばかげた質問をしたことは、マットもわかっていた。

レニーがマットの視線をとらえた。「どういうことなんすか?」

マットは元部下の詮索《せんさく》に耐えた。「夕方、彼女が溺れかけた」

レニーは、『彼女って誰です?』とたずねることさえなかった。レニーの明るいブルーの瞳《ひとみ》がじっとマットの目をのぞき込んだ。「はーん、そいつは悪いめぐり合わせでしたね。でも、だからっていつまでここにいるんです?」

「低体温症になりかけたんだ。俺はここに残って、彼女が大丈夫か様子を見る」

「なーるほど」レニーは部屋をぐるりと歩き始めた。壁やテーブルに飾られているあらゆる作品を鑑賞していく。「隊長が彼女のベッドにもぐり込もうと必死だってことは、関係ないんすよね?」

「レニー……」マットは脅しつけるように言った。

「まあ、まあ」レニーは眉《まゆ》を上げた。「お使いに来ただけの白やぎさんを殺すことはないでしょう?」

「お使いに来ただけなら、さっさと消えろ。今すぐだ」

レニーは大げさに手を胸に当て、傷ついた格好をした。「何とまあ。俺にはいてほしくないなんて、本気ですか?」

「まさに」

「残念でしたあ」レニーは屈託なく言うと、部屋の探索を続けた。水彩画に手を置き、パステル画に触れ、いくつかある油彩の肖像画のすべてを難しい顔をして見ていく。マットは苛々《いらいら》しながら、黙ってその様子をながめた。

「あれ？」レニーの大きな手が一枚のデッサンの上で止まった。「このかわいい顔はぺぺだ。ママ・ピラールの孫の。知ってますよね、あのやんちゃ坊主は？」

マットはレニーのところまで歩き、大きな画用紙を見下ろした。「ああ、こいつはぺぺだな」

少年はかわいいのだが、マットがサン・ルイスに来てからでもさまざまな騒動を起こしていた。クマ蜂《ばち》の巣をシャベルで掘り返した。カンティーナ・フォルチュナの周囲のフェンスに頭を突っ込んで身動きできなくなり、溶接工を呼ぶはめになった。さらには二週間前捜索願が出る騒ぎまであった。町じゅうの人々が少年の姿を求めて通りにあふれ、「ぺぺ！　ぺぺ！」と叫ぶ声がれんが造りの壁にこだました。やがて少年は車の下で寝ているところを発見された。そばには溶けたアイスクリームがあった。

さっと描いただけのデッサンだったが、いつも何かをしている少年の雰囲気を見事に伝え、生命感にあふれていた。どうやってこんなことができるのか、マットにはわからなかったが、シャーロットは画用紙の上に腕白少年の姿をとらえ、その絵はまさにぺぺそのものだった。少しでも心ある人間なら、このデッサンを見れば必ずほほえみを浮かべてしまうだろう。スケッチブックの次のページに描かれていたのは、まだ何本かの線でしかなかったが、それでもママ・ピラールの肖像であることがわかった。「すげー、本物の才能ですね」レニーは信じられない様子で首を振り、りんごを最後にひと口かじりとって芯《しん》だけにすると、片手でゴミ箱に投げ込んだ。「女ピカソだ」レニーは知識があるところをひけらかしてうれしかったのか、くっくっと笑った。ビールとテキーラの臭《にお》いがマットのところまで漂ってきた。

マットにとってレニーは実の弟のようなものだ。しかし彼を見ていると、どうしようもなく不安になることがある。自分も気をつけないとレニーのようになってしまう。怪我で除隊を余儀なくされたとき、レニーは生きることをあきらめてしまった。バハ・カリフォルニア・スルにやって来て自分の店を開いたものの、船先案内をしたり、スキューバの道具を貸したりしてただ毎日をやり過ごすだけ。店を大きくしようという気もなく、他のことをしてみようともしない。マットが見たところ、レニーの目標と言えば、次はいつビールを飲めるか、ということだけだ。

マットは本来、目標に向かって努力する人間だ。明確なゴールを設定し、それが達成可能だと信じ、達成のための計画を立てる。そういう暮らしに慣れてきたので、はっきりとした目標がなければ生きていけない。

特殊部隊の戦士というのは、みんながそういったやり方を叩き込まれている。少なくとも、今までそう信じてきた。そうでなければ訓練をこなすことはできないし、SEALになるための最後の訓練期間、〝地獄の一週間《ヘルウィーク》〟をくぐり抜けることは絶対無理だ。自分の全存在をかけて、どうしてもSEALになりたいと願い、それ以外の何も見えないほどゴールに集中する。そういった強い意志というのは生き方にもはっきり現われる。完全に体が回復したらどういう仕事をするかということについて、マットはまだ何も決めていなかったものの、レニーのような生き方はしたくないと思った。レニーはダイビング・ショップを持ちボートを貸しているが、本腰を入れてやっているとはとても言えず、できるだけ仕事をしないようにして、ただその日を生きていくための最低限の稼ぎがあればいいと考えている。店の宣伝すらせず、客の口コミで店の評判が伝わるだけでじゅうぶんなのだ。

日々をやり過ごすだけのそんな生活はしないぞとマットは決心していた。バハの太陽に焼かれ、ビールを飲み、金持ちが釣果を自慢できるように釣り船を案内するだけの暮らし。地に足のつかない生活なんてまっぴらだ。何かがしたい。しかし、それがどんなものかがわからなかった。

頭をよぎるさまざまな思いを払い落とそうと、マットは首を振った。だめだ、今の目標はレニーを追い払うこと、それからシャーロットの様子を見て、やっとシャワーを浴び着替え、シャーロットの様子を見て、何か食べ物を口に入れ、シャーロットの様子を見て、目を閉じて横たわり――その前にもう一度シャーロットの様子を見ること。

レニーは木製のイーゼルに置いてあった油彩の小品を食い入るように見つめていた。マットもさっきその作品には気づいた。ピンダドスに落ちる夕日だ。ピンダドスはここから二キロほど先にある岩だらけの岬《みさき》で、海に突き出すように立っている。そこの風景のすばらしさにはマットも何度も感動を覚えた。早朝泳ぎに出るとその美しさを眺めた。

シャーロットは大海原の雰囲気を完璧なまでに描き出していた。マットは今まで多くの時間を海で過ごし、泳ぎに出た時間がどれぐらいになるのか想像もつかないほどで、海のことはよくわかっている。シャーロットがマットのように海を知るはずはない。なのに、彼女はあの瞬間を見事に理解していた。夜明けと共に凪《なぎ》が訪れる。そのとき人間の存在など忘れてしまう。地球という星が巨大な海だけになって、暗い宇宙で回転しているところが頭に浮かぶ。

シャーロットはそんな瞬間のすべてをとらえたのだ。自然の不思議な静寂、畏敬《いけい》に満ちた瞬間。どうしてこんなことが彼女にわかったのだろう？

「きれいっす」レニーが言った。

きれいではない。そんなくだらない言葉は、この絵の前に何の意味も持たない。油彩画はすべてを吸い込むような力を持ち、魔法のようで……マットは唇を嚙《か》んだ。そんな言葉もこの絵にはふさわしくない。

「彼女、こういうの売ってるんですかね？　すごく稼げるはずですよ」レニーはイーゼルを置いて、別の作品を取り出した。「何と、これ隊長っすよ。すげえ似てるな。彼女、隊長に気があるんすね。絵のほうが実際より筋肉がついていい体ですよ」

その絵を見たマットは、首筋がざわっとするのを感じた。確かにマットだった。素朴な色合いのパステル絵の具がわずかに塗られているだけの描線画だったが、マットの横顔が描かれている。海に飛び込もうと浜辺で動きを止めた瞬間だった。背景は沈みゆく太陽。おそらくテラスでスケッチしたのだろう。水着のマットが銛《もり》を構えているところ。あの日だ。鯛《たい》を三尾つかまえた。そのうちの二尾をここの玄関口に置いた。

シャーロットはマットの本質を見抜いていた。夜明けの戦士といった雰囲気で余計なものは何もない。絵にこめられた感情に、マットはみぞおちをがつんと殴られた気がした。

マットはぐっと唇を嚙んだ。こんなのはだめだ。シャーロットのものにレニーの無骨な手が触れられるのが我慢ならない。彼女の作品にはたくさんの感情がこめられている。あの肖像画の老紳士に対するあふれんばかりの愛情、ぺぺとママ・ピラールをいとおしむ気持ち。そしてマットについては……憧《あこが》れ、だろうか？

誰かの日記を盗み読みしているような気がした。それほど心の中を吐露したものだった。マットはレニーの無骨な手から自分の絵を取り上げ、テーブルに伏せて置いた。

「ほんとにシャワーを浴びなきゃならん。俺はレディを海から助け上げるのに、すっかりずぶ濡れになったんだ。寒くて服はまだ湿ってる。しかも腹が減ってるし……」

「しっし、ってことですね」レニーは屈託なくそう言って、大きな肩をすくめた。

「了解っす」そして手を胸の前に上げて人差し指と親指でピストルの形を作り、マットに狙《ねら》いをつけた。「何かあったら電話してください。どんなことでもいいですから。何でも俺がすぐやります」

「わかった」マットはほっとした表情を何とか隠して、レニーの雨合羽を取り、渡した。もう水滴は落ちていないが、床にたっぷり水溜《みずたま》りができてしまった。知らん顔はできない。これを掃除するのはマットの仕事だ。シャーロットの家はきれいに片づいている。雑巾《ぞうきん》がけはお気に入りの作業というのではないが、海軍時代そういう仕事もたっぷりやらされ、基本的な掃除ぐらいはできる。

マットが物置から雑巾とバケツを探し出して居間に戻ると、レニーの姿はなかった。居心地がよくなった気がした。雑巾を絞り掃除にとりかかろうとして、マットは気がついた。レニーがこの家にいるといろんな意味で落ち着かない感じがしたのだ。何だか……間違っているような。土足で入り込まれた感覚。この家はシャーロットと自分のためにあるように思え、レニーがいると勝手に侵入された感じがする。

雑巾とバケツを元どおりにきちんと片づけ終わってから、マットは自分の荷物の中をさぐって銃を取り出した。置いてきた状態のまま、きれいで油の匂《にお》いがする。

銃を持ち上げると、手に伝わるどっしりとした重さが心地よかった。この銃を何千回、何万回も使った記憶がマットの手の筋肉に刻み込まれている。

レニーがいなくなった。自分の銃が手元にある。

そう思うと、マットはいくぶん緊張がほぐれるのを感じた。そしてきれいな下着とスエットの上下を手に、バスルームに向かったが、シャワーの前にシャーロットの様子を見るため寝室をのぞいた。

シャーロットはマットが横たえたそのままの状態で寝ていた。ぴくりとも動かず、深い眠りに入ったままで、気絶しているのかと思うほどだ。マットにはわかっていた。どうしてわかったのかもわからないが、シャーロットはこれまでほとんど眠っていなかったのだ。近づいてみると、目の下にうっすらと青黒いくまがあった。こんなくまは消してしまいたいとマットは思った。眉間《みけん》に刻まれた小さな二本の縦じわも消し去りたかった。グレーの瞳に浮かぶ不安そうな表情も見たくなかった。

シャーロットの頬《ほお》にカールした髪がかかっていたので、マットはそっと指でその髪を耳の後ろに払った。マットの指の背がふと滑らかな頬に触れる。あまりに柔らかくて、自分と同じ人間の頬だとは思えなかった。完璧なノン・レム睡眠状態にあるシャーロットは、まぶたも動かない。マットは目を凝らして、毛布がかすかに上下するのを確認した。息をしている。けれど、今日はもう少しで死んでしまうところだった。

あと二十秒遅かったら、本当に死んでいた。そう考えると、マットの背筋に冷たいものが走った。

シャーロットはマットを探していたのだ。マットは自分を必死に呼ぶ声に、ふと海面を見上げた。天気はあまりにひどくなってきて、マットでさえもう泳ぎはやめて岸に帰ろうと思い始めていた。そのときシャーロットが叫ぶ声が風に乗って聞こえた。彼女は危なっかしい桟橋に立ち、身を乗り出して海面をのぞき込み、マット、と叫んだ。彼女が落ちたところまで、マットは自己ベストを更新するスピードで泳いだ。あれほどの速さで泳げなかったら、シャーロットは今頃、美しい生身の女性として眠ることなく、とびきりきれいな水死体になっていたはずだ。

マットは毛布をさらにたくし上げて、シャーロットの肩までしっかりかぶせた。そして少しのあいだ、マットの手が華奢《きゃしゃ》な肩を覆った。しばらくしてから、マットは体を起こし、それからまたかなりの時間その場に立ちつくしたまま、シャーロットの眠る姿を見つめた。

自分が求めているものが何か、マットにはわかっていた。しかしそれを手に入れるつもりもなかった。ともかく、今のところは。

ふうっとため息を吐いてから、マットはシャワーに向かった。

8

ウォレントン
四月二十六日、真夜中すぎ

ここには金がある。ロバート・ヘインのあとをついて、コート屋敷の広々した石段の玄関口を上がりながら、バレットはそう感じた。うなるほどの富、何代も受け継がれた財産。そして、以上のものがあってこそ手に入れられるもの、気品だ。

ヘインはこの屋敷のことをよく知っているらしいな、ともバレットは思った。ヘインは最初から、敷地の入り口にある門扉の鍵《かぎ》を持っていた。この門も錬鉄の凝った造りのもので、屋敷はそこから三十メートル近くも入らなければならなかった。ヘインは今度、別の鍵束を取り出している。これがオーク材の大きな正面扉を開くものだろう。

ヘインの手が震えている。バレットにそんなところを見られたくないらしく、体の向きをずらして扉の鍵を開けるのに二度失敗したのを隠そうとした。それぐらいバレットはもちろん気づいている。細かいことに気がつくからこそ、今日のバレットがあるのだ。

ヘインはプレッシャーに押しつぶされそうになっている。落ち着きのない心の動きを何とか努力で隠してきたものの、コート屋敷の正面玄関を上がってくることで、神経がすっかり張り詰めてしまったのだ。

さらにヘインに独特の臭《にお》いを感じ取ることもできた。高価なコロン、カシミアのバージンウールで編まれた洗濯したてのセーターの下から、はっきりと漂う。コロン、カシミア、恐怖の汗、この組み合わせをバレットは何年にもわたって嗅《か》ぎ取ってきた。ヘインはひどく怯《おび》えている。

やっと鍵が外れ、ヘインが重々しく扉を開いた。巨大な広さを誇る玄関ホールにつながる入り口部分で明かりのスイッチを入れると、ヘインは腕を広げてバレットを促した――お先にどうぞ。バレットが中に進み、ヘインがそのあとを歩き出した。しかしバレットは突然、腕をまっすぐ横に突き出した。鉄の閂《かんぬき》ができたのも同然だった。驚いたヘインはその腕をどけようとしたのだが、勝ち目があるはずもない。

ヘインの体にあるのはスポーツジムで作った見せるための筋肉、バレットの体には実戦で鍛え上げられた戦闘用の筋肉がついている。

「だめだ」バレットは振り向きもせずそう告げた。「ここでは、ひとりにさせてもらう」

精神を集中させ、余計なことに煩わされない状態でいなければならない。体じゅうのすべての感覚を動員して、この屋敷が教えてくれるシャーロット・コートについての情報を感じ取る必要がある。獲物には狙《ねら》いをつけなければならない。これから二、三時間、いやもっとかかるかもしれないが、バレットは自分の体を記録ロボットに変えるつもりだった。どんな細かいことでも記録に留め、狩りの狙いを絞った際には、その記録を取り出してあれこれ考察することになる。

戦闘における第一の鉄則――戦場を偵察せよ、だ。そのためには、ひとりでなければならない。このまぬけ男がそばにいたのでは、とても集中できない。

ヘインは愚かにも、さらにバレットの腕を押してきた。押せばこの腕をどけられるとでも思っているのだろうか。そうすればバレットと一緒に家に入れるとでも考えたのだろう。

そこでバレットは顔だけを後ろに向け、じろっとヘインを見た。ただ見るだけ。

「わかった」ヘインはやっとそう言って、降参の印に両手を上げ、一歩退いた。「わかった。でも何も動かしたりしないでくれ」不機嫌そうな口ぶりで、無理な要求にしぶしぶ折れたとでも言いたそうだ。

バレットは静かに扉を閉め、ヘインをぴしゃりと追い出した。コート屋敷。夜明けまでしなければならないことは、いっぱいある。

ヘインは二時間もコート屋敷の庭をぐるぐる歩き回るはめになった。そうでもしなければ、気持ちを鎮めることができなかった。玄関ホールの向こう、バレットの腕越しにちらっと目にした大きなリビングルーム。それだけでヘインの胸が苦しくなった。ホールに面した扉が開いていて、シャーロットのお気に入りの肘掛《ひじか》け椅子《いす》が見えた。薄い黄色のシルクが張ってあり、いつもと同じように暖炉のそばに置かれていた。

コート屋敷は自分のものだ、ヘインは改めて思った。そして屋敷にはコート・インダストリーズ社とシャーロット・コートがついてくるべきだった。

初めてこの大邸宅に足を踏み入れたとき、これこそが自分の夢だったとヘインは悟った。ここは自分の住みか、自分のために用意された場所だと。今までずっと必死に働いてきたのは、まさにこれを手に入れるためだった。そしてフィリップの娘としてシャーロットを紹介され、ああなるほど、とすべてのことに答が見つかった気がした。スロットマシンをやると、さくらんぼの絵が並び始めることがある。もうすぐ大当たりが出るサインだ。そしてジャックポットが出る。

これまでの人生が矢印のようにまっすぐこの屋敷に向かって進んできたのだなと、

ヘインは思った。大企業、大邸宅、そして跡継ぎ娘――こういったものを手に入れるためだけに、ヘインは人生のすべてを捧《ささ》げてきた。

自分の生い立ち話も、うまく作り上げた。この話をフィリップにして、そのあとシャーロットにもしたのだが、彼女はまるで無関心だった。弁護士資格まである母は専業主婦として献身的に家庭を支えた。ところが公認会計士だった父は、若くして突然この世を去った。この筋書きは完全にヘインの頭に刷り込まれているので、いちいち考える必要もない。語るときには、心臓麻痺《まひ》のため四十二歳の若さで亡くなったすばらしい父のことを思い出してうっすらと目を潤ませ、しかし懸命に涙をこらえているふりまでできる。

実際のところは、ヘインの父は昨年ノースダコタ州のうらぶれた田舎町の酔っ払い収容施設で死んだ。自分の吐しゃ物を喉《のど》に詰まらせ、自分で漏らした糞《くそ》まみれで発見された。

どうしようもない男だった。あんなやつがどこで死んだって、ヘインには無関係だし、実際、地元の警察から連絡を受けなければ知ることもなかった。ヘインがコート・インダストリーズ社のＣＥＯに任命されたという新聞記事の切り抜きを父親がジーンズの尻《しり》ポケットに入れていたため、ノースダコタ州のど田舎の警察官がヘインに電話してきたのだった。

ヘインは冷たい声でスチュアート・ヘインなどという男は知らないと告げ、電話を切った。冷静な声で受け答えはしたが、手が震えるのがわかった。あのどうしようもないくそ野郎のことを思い出すだけで、あんなにも動揺してしまった。

だめだ。ヘインは首を振って気持ちを切り替えた。あんなのは遠い昔の話。もうすっかり別の人間に生まれ変わったのだ。子どもの頃のヘインは、ひびの入ったプラスチックのテーブルで、一生懸命勉強しようとした。父が飲んだビール瓶の散乱するテーブルでは、ゴキブリを潰すのが大変だった。あのときのひ弱な少年はもうどこにもいない。

ヘインは、自分の才覚だけを頼りに行ける限りのところまでのぼり詰めた。しかしこの古くて大金持ちの一族を自分のものにすれば、それ以上の運命が手に入る。それは本来ヘインに与えられるべき人生だった。消滅を待つだけのビジネスはヘインが手腕をふるうことで持ち直す。あとは由緒ある大邸宅を現代風に改修するだけ、ヘインの感覚が加えられるのを屋敷は待っている。中も外も徹底的にやり直して、誰にだって自慢できる屋敷にしよう。

シャーロットもまた、ヘインのものになるために生まれたはずだった。初めて彼女と会ったとき、ヘインはそう感じた。若くて美しく、品がある。これこそヘインが自分の妻たる女性に求めたものだ。

シャーロットが自分を避けるようになってくると、ヘインは強い苛立《いらだ》ちを覚えた。もちろん彼女のことだから、慇懃《いんぎん》な受け答えは返ってくる。しかし常に無関心、つんと鼻先であしらわれるという感じだった。どこかばかにされているような気もした。

その間へインは、コートー族の尻拭《しりぬぐ》いをすべく、馬車馬のように働いたのに。

当時のことを思い出すだけで、脈が速くなり、胸が大きく上下する。すべてがこの手の中に入るところだった。その何もかもが、あの冷淡な女のために奪われてしまった。

バレットの体の向こうに大きな玄関ホールが見えた。シャーロットの姿がそこにあるような気がした。

最初のうち、ヘインはあらゆる口実を使ってコート屋敷にやって来た。表向きはフィリップと仕事の話があると言って、実際はシャーロットに会うためだった。

玄関ホールに入ると、扉の向こうにシャーロットの姿を見ることができた。雲が重く垂れ込める吹雪《ふぶき》の日など、彼女は暖炉に火をくべ、あの黄色の肘掛け椅子に丸まっていた。ウォレントンの冬には、そういった吹雪の日がよく訪れた。

こんなことになるはずではなかった。こんなことはすべて、何もかも、シャーロットがヘインと結婚していたら起こらずに済んだのだ。

すべてはあの女のせいだ。

ヘインは怒りに体を強ばらせ、コート屋敷の裏手に立ちつくした。目の前には装飾的な彫刻の施された柱がきれいに並ぶ美しいバルコニーが見えた。

あまりの憤激に血が上り、バルコニーも赤く見えるような気がした。シャーロットの気を引こうと慈善団体の資金集めパーティには、ヘインも何度も出席した。そのどこかのパーティで出会った医師に言われたことがあった。血が上って目の前が赤くなるというのは比喩《ひゆ》的な表現とばかりは言えないそうだ。激しい怒りが大きくなりすぎると、眼球の毛細血管が破裂して赤く見えることがあるらしい。その説明が納得できる気がした。ヘインの体じゅうの毛穴から怒りが波のように吹き出し、細胞すべてが怒りに震えているのを感じることができた。

ヘインは、シャーロットのものを何か無性に壊したくなった。何でもいい、あの女が大切にしていたものだ。すると茂みの中でがさごそと音がした。はっと体を向けると、艶《つや》やかな真珠色の毛並みが見えた。ふわふわの尻尾《しっぽ》を優雅にぴんと立て、そのあと月桂樹の木立に消えていった。シャーロットの猫だ。あのペルシャ猫に、ヘインは数々の苦い思い出があった。シャーロットが猫を膝《ひざ》に乗せ、背中を撫《な》でる指が官能的にゆっくり動くあいだ、ヘインは必死で自分に注意を向けさせようとした。そして完《かん》璧《ぺき》に無視された。シャーロットは猫を撫でながらその黄色い瞳《ひとみ》を見つめてやさしく笑みを浮かべるのに、ヘインのほうに振り向く瞬間その笑みが消えた。

はっきり口に出して言われたのも同然だった。シャーロットはあのいまいましい猫を見ているほうが、ヘインを見るよりずっと楽しいのだ。

ヘインはポケットナイフを取り出し、ぱちんと刃を出した。

猛然と猫に飛び掛かって猫の首筋をつかむと、ヘインの手から猫の体がぶらんと下がった。激しく抵抗する猫は、ふーっと威嚇《いかく》したり、鳴きわめいたりして、前足の爪《つめ》をヘインの手首に立てた。浅く引っ掻《か》かれただけだったが血がにじみ、ヘインは自分の血を見ていっそう激昂《げっこう》した。

ヘインはナイフの長い刃を猫に突き立てた――と思ったら、猫は体をひねってヘインの手から茂みの中に逃げていった。ますます頭に来て茂みに逃げる猫を追いかけるが、つかまえたと思った瞬間、ほんの数十センチ離れたところで、黄色い瞳が冷たく自分を見つめているだけなのがわかった。千五百ドルもするエルメネジルド・ゼニアのグレーのシルクの綾織《あやおり》のズボンが茂みの小枝に引っかかるのもかまわず、ヘインは猛然と猫を追い始めた。ふわりと逃げていく猫の真珠色に輝く尻尾が、シャーロット本人のようにヘインをあざ笑っていた。

9

サン・ルイス
四月二十六日

シャーロットはゆっくりと目を覚ました。天国から降りてきた霧に包まれたような気分だった。これほどきちんと眠ったのも、やさしく目覚めたのも久しぶりだった。いつ以来のことだか思い出せなかった。そして意識がはっきりしたとき、シャーロットは笑顔だった。

太陽がまぶしく射し込んでいる。閉じたまぶたの裏側が温かなピンクがかった金色に染まっている。モイラはきっともうスコーンをオーブンに放り込んで、今コーヒーをいれてくれているに違いない。スコーンはすてきだし、コーヒーは……だめね。シャーロットがイタリアやフランスから輸入した特別の焙煎《ばいせん》のものも、モイラはかならず焦がしてしまう。古い靴の革を絞ったような味にしかならないのだ。一族の伝統なのね。だってモイラの前に家事を手伝ってくれた彼女の叔母も同じようにコーヒーは焦がしてたもの。

でも午後のお茶の時間にモイラのいれてくれる紅茶は最高だから、コーヒーが上手にいれられなくてもお釣りがくるぐらい。まあ、何といってもモイラはアイルランド人なんだし。おいしい紅茶はＤＮＡに刻み込まれているのね。

お父さまは夜明け前には起きてらっしゃるはず。シャーロットは夢うつつの状態でそう思った。少しばかり良心がとがめる。お父さまったらあんな本に夢中になって……。シャーロットの父は八年もの年月を費やして『十七世紀の旅する随筆家たち、新世界より』という作品を執筆中だった。世界中でこんな本を読む人間は三人ぐらいだろう。そのうちのひとりがシャーロットだ。あーあ。シャーロットはあきらめ気味にため息を吐《つ》きながら目を開けた。

そのとき世界がどこかに飛んでいった。ここは自分の部屋ではない。窓の外のまぶしさは、ウォレントンの陽射しのはずがない。

自室のパステル調の淡い黄色の壁紙とぎっしり本の詰まった書棚が見えるはずが、壁はくすんだようなピンクに塗られ、むき出しのままだ。大胆なデザインの素焼きのプレートが真鍮《しんちゅう》の鎖で吊《つ》るしてあるだけ。

お父さまは死んだ。シャーロットの心の中で悲しみがわっとふくれ上がったが、すぐに唇を固く閉ざし悲痛な思いを外には出さないようにした。過去数ヶ月、危険と隣り合わせの生活を送ったため、弱みを出してはいけないと体が反応したのだ。しかし悲しみはシャーロットの心の中に溜《た》め込まれ、いつでも飛び出そうと待ち構えていた。そんな悲しみに不意打ちをくらって、シャーロットは驚いてしまった。父はシャーロットにとってとても大切な人だった。シャーロットの今日を作り上げてくれた人であり、父が亡くなってもなお人生を送っていかねばならないと思うと心が張り裂けそうだった。心臓をナイフでえぐり取られ、その傷は永遠に消えることがないように思えた。

「おはよう」太い声が耳元で響き、シャーロットははっと現実に戻った。体の左側を下にして横向きにベッドに寝て、頭はたくましい上腕二頭筋を枕《まくら》にしていた。暖かなレンガを枕にしているのと変わりはないはずなのに、不思議に快適だった。もう一方の腕がシャーロットの体を抱えるように覆い、大きな手がお腹《なか》に置かれている。そして何か温かくて巨大な――。

シャーロットはぎくっとして動けなくなった。背後からマットの大きくてたくましい体がくっつけられている。その筋肉質の体の細部までを背中に感じる。マットは背が高いので、シャーロットの体はすっぽり覆われていた。頭のてっぺんで彼の吐く息が髪を揺らし、足の裏に硬い向こう脛《ずね》が当たる。

そしてシャーロットは裸で、彼も裸だった。

彼は裸であるだけではなく、巨大なまでに勃起《ぼっき》していた。

マットの胸毛が背中にくすぐったい。つまり背中もむき出しだということだ。彼の硬い胸筋を覆う柔らかな毛の感触がある。何もかもすべて感じ取れる。筋肉質の腿《もも》がシャーロットを守るように胴体のほうに上げられているところ。そしてその周囲の腰のくぼみに重さを増してどっしりと載る彼のもの、彼の大切な部分の毛が裸のヒップに当たって、ざらつくところ。

「私――どうして――」シャーロットはしどろもどろになったが、マットは太い腕をシャーロットの腰にいっそう強く巻きつけるだけで、うろたえることもなかった。シャーロットは首をねじって後ろを見上げた。にやついた男性の顔がそこにあるだろうと思っていた。

女性を裸にしてベッドに連れ込んだ男性の、いかにもといった満足げな表情がマットの顔にはいっさいなかった。あの表情を見ると、シャーロットはなぜか非常にむかつくのだが、マットは普段以上に厳しい顔つきでしかなかった。

マットは謝ることもなく、黒い瞳《ひとみ》がじっとシャーロットを見返してきた。「夜中に、君は震えて泣き出した。震えるっていうのは、いいことだ――体温を上げようとする体の自然な反応だからな。けど、俺が何をしても震えは止まらなくて、君は目も覚まさなかった。俺は怖くてちびり――あ、その、ひどく怖くなった。ここに戻ったときすぐ、君を熱い風呂に入れてやるべきだったんだ。でも、君が海に落ちたことで、俺も動転してて」マットがぐっと口を一文字に結び、ほうれい線が深くなった。「訓練生以来の相棒を亡くしたときも、そうだったんだ。君を失ってたまるか、と思った」そして深くため息を吐く。「体を温めるのにいちばんいい方法は、別の人間の皮膚に触れることだ。海軍でそう習ったんだ。真冬の訓練じゃ、氷点下の天候に水着だけで海に放り込まれることもある。そのまま岸辺で、うねる荒波にもまれながら耐えるんだ。この訓練を耐え抜くには、みんなで体を押し合って熱を生み出すしかない。だから俺たちも全員で体を寄せて押し合いながら熱を逃がさないようにし、お互いの体温を分け合った。俺が服を脱いでベッドに入るとすぐ、君の体の震えも収まった」

シャーロットがマットの顔をしっかり見たのは、これが初めてだった。昨夜はショックが大きすぎ、彼のことまで頭が回らなかった。彼はただ、いつも見ていた人、自分を助けに来てくれた人でしかなく――その後、自分の秘密を知られてしまったので警戒しなければいけない相手になった。

今、メキシコのまばゆい早朝の光に照らされたマットの顔に、シャーロットは吸い寄せられるように見入ってしまった。目をそらすことができない。まだ剃《そ》っていない顔にはうっすらとひげが伸び始めて、頬《ほお》の真ん中あたりまで影ができていた。あまりに短い髪なので寝乱れることはないものの、もう少し長かったらセクシーにもつれているところだろう。黒髪のこめかみのあたりに、わずかに白いものが混じる。

そしてそのこめかみから傷痕《きずあと》が髪の中まで続いている。傷痕にそって、白髪になっているのだ。

年齢はまったくわからない。若者のような体つきだが、それはおそらく厳しく体を鍛えているためだろう。強《し》いて推測するなら、三十代半ばというところか。顔つきはもっと年齢が上のようにも見えるものの、それは長年の陽焼けと戸外で過ごすことが多かったせいで、目元にたくさんしわがあるからだろう。目尻《めじり》のしわが扇形に広がっている。浜辺で見ていたときは、黒い瞳だと思っていたが、近くで見るともっと明るい色合いの茶色だった。離れると、暗く陰りを帯びて見えるのだ。マットはその目を心配そうに細めてシャーロットの様子をうかがい、まっすぐに鼻筋の通った細い鼻の穴が、わずかに開いている。

やけどをしそうに熱く硬くなった彼のものから察すると、マットは強い興奮状態にある。

そしてシャーロットの体も同じぐらい興奮していた。脚のあいだにじわりと感じる温かな感触に、自分でも驚いてしまった。マットはゆっくり手を広げた。シャーロットのウエストの端から端まで届きそうな大きさだった。当然、お腹全体が覆われることになる。その手がお腹を滑り降りる。すると自分の体の奥が反応し、実際にぴくぴく動くのがわかった。この感覚は絶頂を迎えようとするときのもの。

どうしてこんなことになってしまったのだろう？　愛を交わし合っている最中のように、すっかり感じやすくなっている。きっと熟睡したせいだ。温かさに包まれているという快感に酔っていた。シャーロットの頭頂葉の中に危険を察知する部分があり、その細胞はここしばらくずっと警戒態勢を解かずにいたのだが、そこへの回路が、自分でも知らないうちに遮断されて、セックスに反応する回路にそのままつながってしまったに違いない。

反応レベルを少し、いや大幅に落とす必要がある。確かにマット・サンダースはこれまで会った男性の中で最高にセクシーではあるが、関係を持つことなど考えられない。危険が多すぎる。シャーロットの体は思考とは裏腹に反応して、彼との結びつきを求め、触れられることに快感を覚えているが、誰かを信じることなどとてもできない。

セックスは危険だ。今のシャーロットには気力も体力もなく、この上セックスが絡むと完全に壊れてしまいそうだ。そんなことになれば、さまざまな問題がいっきに噴き出すだろう。

ベッドに突然漂い始めたセックスへの期待感を抑えようと、シャーロットは思いついたことを口にしてみた。「海軍の人たちって、体を温めるために抱き合うの？」

マットはわずかに首を横にした。視線はシャーロットをとらえたまま、笑顔も見せない。いや、笑みなのだろうか、彼の顔がぱっと輝き、これで口元が緩めば笑顔と言える。「抱き合うんじゃない。海軍の男は体を押し合うんだ。はっきりと違いがある」そして大きな手がゆっくりと動き、シャーロットの胸のふくらみを覆った。肌を撫《な》でながら、親指が頂の上を行ったり来たりする。ざらっとした硬い指の皮が、ひどく敏感になっているシャーロットの肌を刺激し、そこから電気が走って体の奥がびくっと反応する。「こういうのが」マットが太く凄《すご》みのある声で言った。「抱き合うってことだ」

これは抱き合うだけのことではない。セックスそのものに近いぐらい、すばらしい感覚だ。大きな手に乳房がすっぽり包まれて愛撫《あいぶ》され、その間もマットに見つめられ、シャーロットは頭の中から思考が奪われていくのを感じた。

撫でられていくうちに、顔が熱くなってきた。マットもそれに気づいたようだ。当然そうだろう。彼はいつだって不思議なほど何もかも見通すのだから。ごつごつした彼の手に微妙な動き方で軽く触れられていくうちに、シャーロットはもっと強い刺激が欲しくなって、胸を突き出してしまいそうになった。

ふと気づくと、シャーロットの体は完全に彼の腕に抱かれていた。気づかぬうちに徐々に彼の力が加わることで、シャーロットの体の向きが変わり、正面から向き合うようになっていたのだ。

それでもそうさせられてしまったという感覚はまるでなかった。自然の法則に従っただけという感じで、彼のたくましい筋肉のそこここが、少しずつ動くうちに二人は顔をつき合わせて抱き合っていたのだ。向きを変えるとき、マットの胸毛が敏感になったシャーロットの胸の先をくすぐった。彼のものがお腹を重くこする。触れ合うどこもかしこも、マットは熱くて硬かった。裸でこれほど……男性的な人と一緒に横になったのもシャーロットにとって初めてのことだった。

シャーロットは本来好みがうるさくて――ミドルベリー芸術大学の学生だったとき、ルームメイトに、信じられないほど細かなことにこだわる、と言われたものだ。そのため、体の関係を持った恋人というのも多くはなかった。さらに父の看病をし始めてからは、恋愛には縁遠い、いや、恋とはばったり無縁の生活に入ってしまった。

ベッドを共にした数少ない恋人たちは、みんな似たようなタイプだった。芸術や文学について共通の興味があり、まただからこそ彼らを恋人に選んだ。思い返してみると、彼らの体というのはシャーロットの体と大差はなかった。ただ乳房がなく男性器があるだけのこと。ほっそりして色白、毛深い男性はおらず、たくましいかという意味合いからいけば、シャーロットとも変わらなかった。

マットはあらゆる意味で、シャーロットとはまるで異なる生き物だ。

マットが毛布をはぎ取ると、彼の見事な体の隅々まで見えた。筋肉が割れて盛り上がり、血管が浮き出ている。ふさふさと胸を覆う毛は、おへそのあたりで少し細くなり、それから深く濃い色の茂みとなって大切な部分を守っている。マットの肌はずっと頑丈そうで、この皮膚を突き破ろうとするのも大変そう、さらにシャーロットの肌よりずいぶん色が濃い。

二人の体に唯一共通するのは銃弾を受けた痕だった。マットは肩にも銃創痕《こん》があり、ちょうどシャーロットの傷とそっくりだった。恋人との共通点を探して、そろいの銃創痕が見つかるなど、今までは考えてもみなかった。

マットにはさらに、大きくケロイド状になった手術痕が胴の右側にあった。これは肝臓の真上のはず。ひょっとしたら銃弾は肝臓をかすった可能性もある。銃による傷痕はさらに二つ、太腿にもあった。そのうちのひとつは大腿骨《だいたいこつ》動脈のすぐそばで、致命傷になっていてもおかしくない場所だ。しかしそういったものすべてより、さらに恐ろしいのは、右上腕部に走るぎざぎざの長い傷の痕。

この人は、危険に満ちた人生を送ってきたのだ。そのことを忘れないようにしなければ。この男性そのものが危険な人物だ。骨の髄まで、危険な人。それを忘れるとひどい目に遭う。

マットはさぐるような目つきでシャーロットを見つめていた。こんなふうに見られると、頭の中の隅々まで、思っていることをすっかり知られたような気分になる。彼の視線の先がシャーロットの唇へと移動した。向きを変えたときに、シャーロットの手は彼の胸、ちょうど心臓の上あたりに載る形になっていた。その手にゆっくりと落ち着いた彼の鼓動が伝わっていたのだが、シャーロットの唇を見つめているうちに、鼓動が速くなっていった。そしてまた視線が上がり、二人の目と目が合い、また口へ、目、口、目。視線が口元に下りるごとに、伝わる鼓動はいっそう速くなる。

目……口……目……口……。

マットは視線をぴたりとシャーロットの唇に合わせたまま、顔を近づけてきた。キスするつもりなんだわ、そう思ったシャーロットは自問した。自分はキスしてほしいのだろうか？　ええ、いいえ、だめ、でもやっぱり、いいえ、いけない……。

彼の胸に置いた手に少しだけ力が入った。マットを押しのけたわけではない。近づいてくる彼の胸に手を置いているだけ。それ以上の動きを止めるにはじゅうぶんであり、しかしはっきりとした拒否を訴えるものではない。いいわ、と伝えるのでもない。マットの顔が近づいてくる。だんだんと、すぐそこまで……しかしキスはせずにマットは耳のすぐ後ろに唇を当てた。

ああ、だめ。彼の唇がその部分を軽くつまむと、シャーロットの全身の毛が逆立ち、ぶるっと反応した。ふうっと長く震えるような吐息を漏らすと、マットはシャーロットのヒップを下からつかんだ。同時にマットが腰を前に出したので、シャーロットは彼のものをはさんで乗ってしまう形になった。シャーロットの体が勝手に開き、敏感な部分を彼のものがこすり始めた。

大きくて、熱くて、硬い。人間の皮膚ではなくて、温かい鋼鉄のようにさえ思える。そして強烈な快感がわいてくる。シャーロットの手が自然に動き、胸筋を滑って男性らしい硬い乳首の上で止まった。シャーロットのものと比べると小さくて周囲には胸毛があるが、感じやすさでは同じなのだろう。シャーロットの手のひらが先端を撫でると、マットはびくっと体を動かした。

自分に力があることを知るのは、何とすばらしい感覚なのだろう。こんなに大きな体のたくましい男性が、自分に触れられただけで激しく反応する。さらにシャーロットが人差し指で円を描くようにその周囲を撫でると、彼の体は小刻みに震える。体の後ろにあったマットの手に力が入り、腰のあたりが強く彼の体に押しつけられる。マットは口を開いてシャーロットの首筋を舐《な》めていった。首の付け根で動脈が脈打つところをそっと噛《か》む。今まで、その場所がこれほど感じるとは知らなかった。また体が震え、すると脚のあいだにあった彼のものがシャーロットの中へ入ってこようとむくむく大きくなり、信じられないほど長くなって襞《ひだ》をつついた。

シャーロットは彼の胸に預けていた手を彼の腋《わき》に入れ、下から回り込むように腕を彼の肩に絡めた。マットが自分の首を舐めていくにつれ、その肩の大きな筋肉や肩甲骨の周りが動くのを感じる。ああ、彼の体全体が快感をあおり立ててくれる。彼のすべてに興奮が増す。この大きさ、強さ、圧倒的な男らしさ。

シャーロットはうっとりと目を閉じた。すてき。彼に触れられる感覚に全身の意識を集中させたい。彼が見えると、その姿に心を奪われてしまう。するとこの快感への意識がそれて、もったいない気がする。彼の口がだんだん、近づいてくる。いくらでも時間があるように、この世には他に何の用もないように、たっぷり時間をかけてマットの口がシャーロットの唇へと移動していった。

本当に他には何も用はないのかもしれない。これほど気持ちがいいと思ったことはない。この腕にきつく抱かれていたい。頭は考えることをやめ、時間や場所の感覚もなくなっていく。現在も過去もない。しっかり閉じたまぶたの内側がばら色に輝きながら熱くなる。同じように、体全体が彼の感触に反応する。

ゆっくり、たっぷり時間をかけて、マットは唇を近づけてきた。やっと二人の唇が重なったとき、シャーロットは体の芯《しん》から揺さぶられた気がした。さらに舌が絡み合うと、稲妻がつま先まで走った。シャーロットの体の入り口でさらに大きくなった彼のものが中へと誘い込まれていく。すると彼の舌を受け入れる唇もその動きに呼応する。女性の二つの場所にある口が、連動して男性を迎え入れようとするのだということを、シャーロットは生まれて初めて知った。どちらもひどく感じやすくなり、マットを受け入れようと大きく開く。舌が絡み、息もちゃんと吸えない。彼の吐く息を吸い込むだけ。シャーロットはひどく濡《ぬ》れ、ぬめりを帯びた両方の唇にマットは舌とペニスを自由に滑らすことができる。

すてき。これほどセクシーな気分になったことはない。これほど生きている喜びを味わったこともない。体のすべてが彼に触れている。口も、胸も、体のずっと下の部分も……。

息もできないぐらい、激しく長いキスのあと、マットが体の向きを変えシャーロットに覆いかぶさった。彼の体をすごく重く感じながら、そのどっしりした感覚さえ、シャーロットをさらに官能的な気分にした。あまりにも大きな彼を受け入れるには、シャーロットも体のすべてを開かなければならない。シャーロットは腕も脚も精一杯広げた。二人が体の位置を入れ替えるときに、入り口をさぐっていたペニスは少し向きを変えていた。マットは腰の位置を調節し、体を埋めようとしている。彼のものの大きな先端部が、少しずつ入ってくる。その大きさに驚いたシャーロットは、ふと目を開け……。

そして体が凍りついた。

すぐ目の前にあるマットの表情が、さっきまでとはすっかり変わっていた。

顔色すら、豊かに陽焼けした小麦色からもっとどす黒い色合いが混じり、尖《とが》った頬骨の上には赤みが差していた。唇はキスのせいで血流が多くなったためか、ぽってり腫れて濡れている。重たいまぶたからわずかに見える瞳が、ほとんど真っ黒にぎらぎら光る。頬が緊張して、口の横のほうれい線がくっきり際立つ。首筋に何本も腱《けん》が浮き出ている。彼の体にあるすべての筋肉がぴんと張って硬くなっているようだ。

ひどく興奮しているためではあるのだろうが、激怒している状態とも似ている。今のマットはマーティン・コンクリンを思い出させる。シャーロットを襲ってきたときのコンクリン。ただし、マットのほうがもっとずっと危険な存在だという気がする。

シャーロットは、頭では何の危険もないということを理解しながらも、体が防御態勢に入るのをどうすることもできなかった。マットは野蛮そうで、どこもかしこも本当に危険な男性に見えるのだ。そんな男性に完全に組み敷かれ、大きく広げた脚のあいだに彼の腿があり、腕は彼の腋と胴にはさまれている。まさにシャーロットを貫こうと腰を少し上げのしかかってくるマットの胸板に、乳房がつぶれるように押しつけられて悲鳴を出そうにも息が吸えない。

あの大きなものが、ゆっくりと近づいてくる。シャーロットはパニックになった。逃げることもできず、身を隠すこともできない。残されたのは、防御姿勢を取って体を閉じてしまうことだけだった。

マットは位置を合わせると腰を突き出したが、拒絶され進めなくなった。これでは中のほうまで入れることはできない。シャーロットの体はぴたりと閉ざされてしまったのだ。

不思議に思ったのか、マットが頭を上げ、シャーロットの顔をまじまじと見た。見上げる彼女の顔は恐怖に満ち、ひどく興奮してマットを求め、そして震えていた。

マットはもう一度軽くつついてみたのだが、シャーロットの体が受け入れてくれる可能性がないのは明らかだった。自分の意思ではどうしようもできない部分の筋肉に力が入り、きつく閉じているのがわかったシャーロットは、痛みを覚悟して身構えた。マットのものをしっかり目にしたわけではないが、感触からはすごく大きそうだ。

ところがマットは、先のほうはほとんど入りかけていたのに腰を引き、シャーロットの上から体をずらして横向けにベッドに寝転んだ。もう何時間も肺が押しつぶされていたように感じていたシャーロットは、やっと深く息を吸った。唇がわなわな震えた。

二人の視線が合ったが、シャーロットはマットに何と説明しようかと思った。「私――」そう切り出したが、そこから先が続かなかった。何を言っても、自分の身の上を漏らしてしまうことになる。そんな危険なことはできない。シャーロットは唇を噛み、涙をこらえた。「できないわ」しばらくしてから、やっとそれだけをつぶやいた。

「できない？」

シャーロットは胸が詰まって、呼吸をするのもやっとだった。マットから目をそらすことができず、ただ首を横に振った。

マットは片方の肘《ひじ》をシャーロットの頭のすぐ横に置き、その腕で体を支えて上体を少し起こした。そしてゆっくり手を動かし、シャーロットの肩の傷痕をそっと撫でた。気をつけながらその周辺を丁寧に触れていく。ぎざぎざに盛り上がった醜いケロイド、変色した皮膚、深くえぐれたへこみ。もう一方の手でやさしくしっかり支えて、マットはシャーロットの肩を持ち上げ銃弾の出口のほうの傷痕も見ていった。シャーロット自身、射出口などをじっくり見たこともほとんどなかった。射入口を見るだけでじゅうぶんだった。

マットが何を考えながら傷痕を調べているのだろうと、シャーロットは彼の顔をさぐってみたが、その頭の中はさっぱり読み取れなかった。

体の震えが激しくなり、シャーロットはこのまま内側から破裂してしまうのではないかと思った。

「私、できない」あえぐように同じ言葉を伝える。「ただ、無理なの。ごめんなさい」

　マットは驚いた顔もせず、注意深くシャーロットを見つめるだけだった。かすかにため息ともとれるような呼吸のあと、マットはシャーロットに背を向け、ベッドから出て行った。

ウォレントン
四月二十六日
コート屋敷の中

　バレットはラテックスの手袋をはめ、靴の上から手術室用のビニールカバーをつけた。こういったものは、終わってから簡易焼却炉で分子のかけらになるまで消滅させる。
　自分のＤＮＡや指紋を現場に残したことはないはず。バレットにはそういう確信があった。今後も残すつもりはない。ヘインの家に入る前にも指先に特殊のりをつけた。万一ヘインがバレットのことを調べようとしても、指紋からあとをたどることはできない。さらにウイスキーをすすったグラスにも、こっそり漂白剤をスプレーしておいた。

コート屋敷に入ると、バレットはじっくり仕事にとりかかることにした。急ぐことはないのだ。コートの娘とかいう女は、もう二ヶ月も姿を消している。ここで二、三時間急いだところで、何の変わりがあるわけでもない。できる限り多くの情報を得て、それを記憶すれば、それだけ彼女を見つけるのがたやすくなる。

ここをしくじってはならない。特に今回は時間の制限があり、通常のケースとは異なる。

ほとんどの仕事には締め切りなどなかった。うちの……夫を、妻を捜してくれ、俺を売った裏切り者を見つけ出せ——普通は対象者の死を証明できれば、それ以外に要求されるものはなかった。

今回の仕事にはスピードが要求される——ヘインはあと五週間以内に死体が必要なのだ。

ただし、バレットにとって有利なことがひとつあった。コートの娘が姿を消した状況だ。彼女はパニック状態で、他の人間の協力を得ることもできなかった。時間をかけて周到に準備し、プロの助けを借りて逃げた人物は、居場所を見つけるのがもっとも困難だ。その道のプロが逃走の痕跡を消してしまうと、見つけるのはほぼ不可能と言ってよい。姿が消えた瞬間、その人物は地球からふっとどこかに出て行ったようにさえ見える。こういった場合は、ただその人物が間違いを犯すのを待つしかない。

以前バレットは大富豪の妻を捜すのに、三年待ったことがあった。依頼人は金を持ち、妻を虐待していた。妻は入念に計画し、プロの手を借りて失踪《しっそう》した。米国本土にはこういった人たちに手を貸し、まんまと逃走させてのける男が三名いる。失踪の手口を見れば、彼らの息がかかっているかどうかが、バレットにはすぐわかる。この男たちは、どこへともなく人の姿を突然消してしまうことができる。ただし、彼らをもってしても、失踪した本人が愚かなことをしでかすのを止めることはできない。

その富豪の妻が熱狂的なバレエファンで、世間にはあまり知られていないバレエ専門誌を購読していたことを知ったバレットは、雑誌の購読者名簿を手に入れ、新しく定期購読を始めた人物をたどった。富豪の夫は金に糸目はつけないと請け合ってくれ、バレットは購読者をたどることができた。購読者番号２１２７番が、逃げた妻であるとわかった。あとバレットがしなければならなかったのは、指示どおり——彼女の首を夫のもとに持っていくだけだった。

今回のケースはそうではない。この女性は準備もなくパニックを起こして逃げ出し、新しい生活の用意もまったくなかった。金に不自由なく、周囲の人々から大切に育てられた若くてきれいな女性が、逃亡生活を長く続けられるはずはない。現金が必要だし、偽の身分証明もない。逃げる途中で数え切れないほどの失敗をしているはず。そんな女性のいどころを突き止めるのは簡単だ。彼女の人となりを知ればいい。それが顧客の要求する締め切りに間に合えばいいだけのことだ。

シャーロット・コートは逃亡に際しても、普段の自分というものを完全に捨て去ることはできないだろう。さらに、彼女は怪我《けが》をしている。ショック、痛み、失血などが組み合わさると、理性的な判断ができなくなり、計画を立てる能力が鈍る。弱った体で必死になった彼女は、本来の自分をさらけ出しているに違いない。

その本来の姿というものを知ったとき、バレットはシャーロットを見つけることができる。昼の次に夜が来るのと同じぐらい、当然の結果となる。

バレットは自分が狙撃手《そげきしゅ》として有名になったことを承知しており、今後も顧客にはまず狙撃手として、二番目に追跡の手腕を思い出してもらいたいと考えていた。必ずバレットM82ライフルを持ち歩き、必要ならばその銃を見せびらかすこともある。バレットの銃口につけられた反動を抑えるためのマズル・ブレーキは、独特の形状をしている。このライフルは射撃のためだけにあり、武器としての美しさなどは微塵《みじん》もない。

バレットM82から発射される銃弾は小型のミサイルのようなもので、二千メートル近く先にある装甲車を貫通する力がある。殺戮《さつりく》には最高に効率のよいマシンで、これを見せると顧客は、すっかり感心する。

バレットがこのライフルを使うことはまれで、これを使うのは、他のどんな武器でも――どんな腕のある、どんな視力のいい人間をもってしても――殺すことが不可能な場合だけだ。

たいていはこんなライフルを使う必要はない。特殊な銃弾を用いる五〇口径のスナイパー・ライフルを使って、距離のある場所からの狙撃による暗殺を繰り返せば、FBIの目を引いてしまうことになる。さまざまな手段の中で、必要に応じて使い分けられるようにしておきたいとバレットは考えていた。

バレットM82を手元に置いているのは、名刺代わりの挨拶《あいさつ》のようなものだった。

顧客になる人たちは、たいていは男性だが、女性もいないわけではない。その全員がバレット・ライフルに崇拝にも似た気持ちを抱き、狙撃手という人種をセクシーだと考える。バレット自身はそんな憧《あこが》れをばかばかしいと思った。狙撃手というのは、基本的には機械でしかない。きわめて精巧な機械ではあるが、ライフルという機械特性と弾道物理学に関してのみ異常なまでのこだわりを持つ。ある意味で、他人との関係を築いていく能力に欠ける適応障害を持つ人たちに似ている。バレットは腕が落ちないように射撃訓練は欠かさないが、ただ狙撃をするだけの人間ではない。

彼がバレット・ライフルの扱いにどれほどすぐれているかを示すことができるような仕事はたまにしかないが、その際は腕の違いを見せつけることになる。三年前、夜中に千八百メートル以上の距離から、裁判の証人を狙撃したことがあった。証人は警戒態勢を崩さない警備の人間に何重にも囲まれて、ツーソンのピマ郡裁判所の入り口の階段に差しかかったところだった。

防弾チョッキを着てＭＰ５短機関銃を構えた二十名の連邦マーシャルが防弾装備をした輸送警護車から飛び出し、証人を懸命に走らせて白い大きなビルに向かわせた。バレットはマーシャルの警戒区域からずっと離れた場所の屋根にいた。滑らないようにサンドバッグで体を固定して、照準器から目を離さず、コーラの空き瓶に小便をして三日間辛抱強く待ち続け、たった二秒証人が姿を現す瞬間をとらえた。

バレットは赤外線暗視装置で、夜の風景をずっと見ていた。緑の光が不気味にうごめく海底の世界のようだった。赤外線暗視照準器を使って夜に狙撃をしたことはそれまでにも何万回もあり、ためらいもなかった。

バレットＭ82ライフルの五〇口径カートリッジが、証人の頭を吹き飛ばした。ライフルが反動を伝え、マーシャルが慌てるところが見えた。マーシャルたちは膝《ひざ》をつき、驚き、もう死んでしまった証人を守ろうと背中にかばい、見渡せる限り犯人を求めてきょろきょろした。無駄な努力だった。バレットは二キロほども離れた場所にいて、あたりは暗い。翌日にはレーザーを使って弾道投影を行ない、銃弾がどこから飛んできたかを調べるだろうが、それまではどちらの方角から狙撃されたかさえ、見当がつかないだろう。

マーシャルたちは、むなしく携帯電話に向かって怒鳴りたてる。SWATチームを出動させろだの、完全に無意味なのに救急車を呼べだの、どうしていいかわからなくなって、巣穴を襲われた蟻《あり》のようにあたふた駆け回る。バレットはゆっくり時間をかけ、慎重に自分がその場にいた形跡を拭《ぬぐ》い去った。使った真鍮《しんちゅう》の薬莢《やっきょう》はベストのポケットに入れた。足元に敷いていたポリウレタンのシートと、尿の入ったコーラの瓶をキャリーバッグにしまい入れる。M82ライフルとハリス社製の三脚架は分解し、スポンジゴムのクッションのついたケースに片づける。

一〇%に薄めた漂白剤をスプレーして痕跡が残らないように、万一DNAを採取できる細胞が落ちたとしても破壊しておく。警察官が死んだ証人を正面入り口へと引きずり、暗視ゴーグルには黒く血痕が見える中、バレットは静かに非常階段を下り、出口に向かい、車で立ち去った。

バレットがその建物に入ったところを見た者は誰もおらず、出て行ったところを見た者もいなかった。

そのときから〝バレット〟として名前を知られるようになり、報酬はいっきに十万ドルを超えた。

しかし、狙撃というのは仕事の中でいちばん労力のかからない部分だ。バレットが真にすぐれているのは、さらに他の狙撃手と決定的に違うところは、追跡する能力だった。相手が男であろうが、女であろうが、どこに逃げようが、ほぼ必ず見つけ出すことができる。

ターゲットの立場に自らを置いて考え、直感が伝えることに従う。そのためには何でもする。人間は他の動物と同じように、ストレスがかかると直感に頼るものだ。本能が命令することに従う。バレットが真理だと思える数少ない事実のひとつだった。

危険を感じたうさぎは木陰には隠れない。レオパードは穴に潜《ひそ》もうと土を掘りはしない。ギャンブラーは抗うことなく賭博場《とばくじょう》のある街に行く。アトランティック・シティーやラスベガスだ。酔っ払いがアーミッシュの暮らす村で発見されることはない。ギャング団にいた者がワイオミングの牧場に現われることはない。

どんな人間にも一定の行動様式があり、危機に瀕《ひん》するとその狭い範囲の行動パターンに戻る。

だからこそ今バレットは、シャーロット・コートに関してできる限りのことを学ぼうとしていた。彼女について知れば、彼女がどんなところに身を隠すかがわかるはずだ。

バレットは部屋から部屋へと邸宅内を歩き、その雰囲気を体に覚えさせていった。結論は出さない。まだ、もう少し。この女性に関する全般的な感覚を、まず嗅《か》ぎ取らねばならない。

彼女はどういう人物か？　現在の彼女を作り出したものは、何か？

周りを見渡すと、そこには富があった。たっぷりと。代々受け継がれてきた財産。よし、そこからスタートだ。彼女は本来の生活のミニチュア版を作り出そうと必死になる。しかし、贅沢《ぜいたく》なホテルに滞在することはない。そんな金を持ち合わせていないし、仮に金があったとしてもこれみよがしの贅沢など彼女は求めないだろう。そんなものは不快に感じるかもしれない。

成金特有の見せつけるような浪費のあとは、この大邸宅にはいっさいない。台所はどうみても三十年以上前に作られたもの、バスルームにも近頃の成り上がり者の家には必需品とも言えるジャクージや見渡す限りの大理石のタイルもない。

そういうのはこの女性のスタイルではないのだ。彼女のスタイルはあくまで上品で控えめなもの。

いいぞ。これで探す範囲が少し狭められた。この女性は金を持っていないとしても、汚らしいスラム街や、トレーラー・パークや、郊外の安普請《やすぶしん》の家で落ち着くような人種ではない。

彼女のような人間がたいした金もなく落ち着ける場所はただひとつ。同じく金のない芸術家志向の人たちが集まるところ――芸術家コロニーだ。キー・ウエストとか、西海岸中央部、あるいは冬場ならマーサズ・ビンヤードあたり。

さあ、狩が始まった。バレットは体じゅうにエネルギーがみなぎっていくのを感じた。

壁には非常に多くの絵画が掛けてあった――バレットですら誰の作品かがわかるものもあった。ルノアールが一点、ピカソが一点、ウィンスロー・ホーマーが三点。しかし、壁に飾ってある絵のほとんどがひとりの画家によるものだった。同じ光線の使い方、繊細で巧みなタッチの作品で、油彩画もデッサンも水彩画もある。近くに寄って絵を見たバレットは、すべての絵の右隅に小さくｃｃとサインしてあるのを見つけた。ｃｃ。シャーロット・コートだ。

シャーロット・コートは画家なのだ。しかもすぐれた芸術家だ。情熱的な画家でもある。

情熱的というのはいい兆候だ。人は夢中になると失敗を犯す。セックスでつまずいてしまうのと同じだ。

邸宅の奥のほうへと歩いていったバレットは、シャーロットのアトリエを見つけた。家の裏側に増築された大きな部屋で、壁面はすべて窓で空一面の星が見えた。北の町の厳しい冬にもできるだけ太陽光を取り込めるようにしてあるのだ。

いたるところにイーゼルがあり、どれにも描きかけの絵があった。枠のついていないキャンバスが何枚も壁に立てかけてあり、テーブルには分厚いスケッチブックが置かれていた。その画用紙の一枚ずつにデッサンがいっぱいに描き込まれている。シャーロット・コートは父が衰え死んでいくことで、大きなストレスを抱えていた。彼女はそんな気持ちをなだめるために、ここに来て絵を描いた。この場所を見れば、それは明白だった。

バレットはこの重要な情報を頭の中にしまい入れた。

ストレスが貯まると、ｃｃ嬢は絵を描くんだ。とりつかれたように、夢中で。バレットはかがみ込んで大きな画紙に触れ、手ざわりを調べた。別の紙。さらに別の画紙。興味深いことがわかった。すべて同じメーカーの紙、ファブリアーノだ。紙の裏側にファブリアーノ製紙会社という、イタリアの高級紙メーカーの刻印があった。イタリア製。バレットは指を這《は》わせて、分厚くしっかりとした質感を確認した。

ファブリアーノの紙はアメリカで売られているのか、ｃｃ嬢がイタリアから特別に取り寄せたのかを調べなければならない。

彼女がどこにいるかはまだわからないが、今も絵を描いているはず。ファブリアーノの紙に向かって。これには自分のタマの半分を賭《か》けたっていいとバレットは思った。

そのあと、シャーロットの寝室とその続きのバスルームをさぐったバレットはまたいくつかのことに気づいたが、すべて彼にとっては不利な事柄だった。この女性は気持ちが落ち着かなくても精神安定剤に頼ることはない。さらに経済的にきわめて恵まれていた若い美人だということを考え合わせると、衣装は比較的少ない。つまりおしゃれな店に行かなくても困らない女性ということだ。新しい宝石類もなかった。宝飾品はすべてドレッサーの上に置かれた木製の箱に収めてあり――この箱というのがまた、隠すこともなく置かれていて、ちゃちな鍵《かぎ》がかかっているだけ、こんな鍵だけでは風が吹いたら開いてしまいそうで、泥棒が入ったらひとたまりもない――中にあった宝石すべてがアンティークだった。明らかに家族に伝わるものだ。つまり彼女は宝石店に近づく必要がないということだ。

以前バレットは、夫の金庫からごっそりと財産を持ち出して運転手と駆け落ちした女を追ったことがあった。彼女がつかまった理由はただ、お気に入りのブルガリの店から離れることができなかっただけだった。

シャーロットは読書好きらしい。書棚にぎっしりある本はどれも読み込まれている。しかし、その本は都会のまともな本屋ならどこででも手に入るものばかりだ。手近の書店で欲しい本が買えなければ、アマゾンで注文すれば簡単に手に入るだろう。そうなれば、バレットがその線からあとを追うことは不可能だ。

ずいぶん前のことだが、バレットはアマゾンをハッキングしようとしたことがある。どうがんばっても無理だった。バレットは国防総省のシステムに二回侵入したことがあるのだが、アマゾンのハッキング対策のほうが厳重だった。

バレットはすべての部屋を回り、家の正面部分に戻ってきて巨大なリビングルームでふと立ち止まった。以前、とあるドラッグ王が君臨する屋敷で、舞踏会が開ける正式な大広間というものをバレットは一度見たことがあったが、この部屋はその大広間と同じぐらいの広さがあった。その部屋の真ん中で、立ち止まって目を閉じてみる。すうっと息を吸い込み、無意識の部分で引っかかっているのは何かと考えてみた。言葉にはできない何かがある。息を吐き、もう一度吸う。

この匂《にお》いは何だ？　柑橘《かんきつ》系の……レモンだ。

そうだ、これだ。レモン、レモンの……艶出《つやだ》し剤。バレットはまた目を開け、はっと気づいた。これだ。無意識にこのことを頭が考えていたのだ。

だからこそヘインなんかに一緒に来てほしくなかったんだ。あいつにぎゃあぎゃあ言われ続けたのでは、何も気づかない。

この家は、誰かが定期的に掃除している。家政婦か、掃除サービス会社か。バレットは再度屋敷の中を歩いた。埃《ほこり》をかぶった家具はひとつもない。窓はぴかぴかに磨き上げられ、絨毯《じゅうたん》もごく最近掃除機がかけられている。屋敷はその日の買い物を済ませたばかり、あとは女主人の帰りを待つだけという状態だった。

バレットはさらに集中し、五感すべてを使って何かを感じようと屋敷を見た。掃除サービス会社ではない。人の心遣いがあまりにも多く感じられる。屋敷は誰かが心をこめてきれいにしている。その誰かは屋敷そのものか、屋敷の所有者を大切に思っている。

あちこちに新鮮な花が活けてある。手入れが行き届いた外の庭から切り取ってきたものだ。家具の表面はぴかぴかで、その上にはいろいろなものが置かれていた。銀の写真立て、銀の小物、ルネ・ラリックのガラスの像。すべて、きれいに磨き上げるのには手間ひまのかかるものだ。ゆっくり時間をかけ、慎重に心をこめてきれいにしなければならない。

何を調べるべきかがはっきりすると、バレットはすぐに行動を起こした。帳簿を調べ、引き出しをのぞき、物置を調べる。大きな書棚のある書斎で、探していたものがやっと見つかった。書斎の机の右側のいちばん上の引き出しに入っていた。この二ヶ月間を、数字ではっきりと表したもの。

バレットはひびの入った革の大きな椅子《いす》に腰を下ろし、その座り心地のよさに驚いた。そしてじっくりと書類を見ていった。この書類を持っていきたいところだが、ひょっとしたら紛失に警察が気づく可能性もある。そんなことにはならないとは思っているものの、用心に越したことはない。書類の紛失に気づくぐらい機転の利く人間がいたら、警察はとっくにシャーロット・コートをつかまえていたはずだ。

誰か、おそらくは家政婦の手によって、シャーロット・コート宛《あて》の郵便物はきちんと三つに分けて保管されていた。個人的な手紙、請求書や領収書類、ダイレクト・メールなどのどうでもいいもの。バレットはダイレクト・メール類の束《たば》をそのまま元あった場所に戻し、机の上にあった銀のレター・オープナーで個人的な手紙の封を切り、読み始めた。

面白い……。

丁寧に読んだ。一度、二度、そしてもう一度。ゆっくりと一字一句漏らさず。

近頃は、たいていの人がメールで用を済ます。しかしこのコートの娘は、実際に紙に便りを書いて送るようだ。彼女宛の手紙のうち、三通はイタリア語で、二通はフランス語で書かれていた。

つまり、この女は外国語に堪能《たんのう》なわけだ。バレットもスペイン語なら少しわかるので、言葉の似ているイタリア語で書かれた手紙の内容はだいたい理解できた。フィレンツェにある芸術学校がどうとかいうものだった。彼女がイタリアに逃亡したのかとバレットは考えてみたものの、すぐにその可能性を切り捨てた。シャーロットのパスポートはいかにもパスポートを置いておきそうな場所に――寝室のドレッサーの右上の引き出しに入れてあった。

国務省が新たに策定した旅券法では、パスポートの偽造は不可能に近い。特にシャーロット・コートのような人物には、新しい偽造パスポートを作れるような組織と接触もないはずだ。さらにその組織は新型パスポートの特徴であるホログラムやＲＦＩＤ認証タグなどをうまくごまかす方法を見つけ出していなければならない。

彼女が国外に出るとしても、陸続きのカナダかメキシコだ。バレットはその可能性を考え、しばらくは結論を出さずに頭の中で自然に答が出てくるのを待つことにした。そしてまた、手紙を読みにかかった。

手紙はすべてやさしい心遣いに満ちており、今までバレットが得てきた情報を確認するものだった。シャーロット・コートは芸術や文学を楽しみ、知人には好かれている。どういう人間かを、まざまざと伝えてくれる。彼女は友だち思いで、教養があり、頭もいい。親切で慈善活動に積極的。

理想の女の子だ。

しかし、そういう事実は彼女が今隠れている場所を教えてはくれない。手紙から得られる情報はもうないと思ったところで、バレットは支払いに関する書類に移った。

こちらのほうが、いろいろ教えてくれそうだ。

銀行の通帳がとりわけ注意を引いた。シャーロットは三つの銀行に口座を持っている。二つはウォレントンのもの、もうひとつはシカゴだ。バレットは身を乗り出し、夢中で通帳を調べていった。金というのは、誰かの人となりを雄弁に語るものだ。秘密を暴露し、何もかもさらけ出してしまう。金は何でも知っている。友人も恋人も知らないことまで。これこそ、バレットが知りたいと思っていたシャーロット・コートの実像だ。これですべてがわかる。

ウォレントンの二つの口座は、同じ銀行にあった。ひとつはシャーロットの個人口座、もうひとつは明らかに家計費を支払うためのものだった。個人口座のほうをざっと調べたバレットは、シャーロットが細かなやりくりもでき、支払いもきちんとしていることを知った。

よく考えてみると、これは非常に奇妙な話だ。莫大《ばくだい》な財産を受け取る予定で、働く必要もない女性は、細かな支払いをきちんと管理するという日々の生活でこそ要求される技術など身につけても何の意味もないからだ。

しかし、シャーロット・コートはそういう技術を身につけた。管理能力があり、優秀だ。

バレットはそれ以外の情報も必要だった。そう、家政婦。バレットの思ったとおりだった。家計用の口座支払い記録をバレットの目が追う。こういう記録の調べには慣れている。〝金の流れを追え〟というのが、バレットのモットーだった。

家政婦の名前はモイラ・シャーロット・フィッツジェラルド。コート家の家事を切り盛りするのに、この女性は五万ドルの年収を得て、さらに食料や日用品を買う金額として別に五万ドルの予算を与えられている。気前のいい額ではあるが、この邸宅の大きさを考えると、途方もない額というわけではない。庭師もいる。ルイス・メンドーサという男で、この男には定期的に家計用口座から給料が支払われている。

バレットはそれ以外の支払い関連の書類を見たが、ほとんどはシャーロット・コートが姿を消してから大きな動きはなかった。

シャーロットの車の保険はすでに失効していることにも、バレットは気がついた。車自体は、ヘインが言ったとおり屋敷の車庫にあった。バレットが自分の目で確認した。シャーロット・コートがどんな車を使用したかはわからないが、自分の車でなかったことは確かだ。借りた車に乗って行ったか、どこかで新しく車を買ったか、さもなければ……その両方だろう。

友人の車を借りて、そのままどこかで乗り捨て、そこで別の車を買ったのか。この方面はさぐってみる必要があるだろう。

バレットは書類を片づけて立ち上がった。ここで知り得る限りのことはもうわかった。そして、どこに行けばその先の情報が得られるかも知った。

バレットは静かに建物を出て手袋と靴カバーを取った。ロバート・ヘインの姿が見当たらなかった。バレットは玄関の段に立って、凍《こご》える朝の大気に顔を上げた。空は真珠色に白み始め、百メートルぐらい先までかろうじて見えるぐらいの明るさになっ

ていた。真っ赤な朝焼けの太陽が昇るのではなく、灰色の空が徐々に明るくなってい
く。ここじゃ夜明けもしみったれてるな、とバレットは思った。

しみったれたことも、全部受け止めろ。特殊部隊で呪文《じゅもん》のように繰り返す言葉だ。

この仕事が終わったら、四十万ドルは自分でケイマン諸島に運ぼう。向こうで二週間ばかりゆっくりするんだ。バレットは寒いのが大嫌いだった。仕事を始めるようになってからこれまでのほとんどの時間を熱帯か砂漠で過ごしてきた。

静かに動くのが習性になっているバレットは、建物の角を曲がってヘインを見つけたときも気づかれずに彼の行動を見守ることができた。ヘインはなりふり構わず、猫を追いかけている最中だった。ブランドもののスーツや靴には泥やしみがつくのにも気がつかず、夢中になって美しく取り澄ましたペルシャ猫をつかまえようとしている。あれはおそらくシャーロット・コートの飼い猫だろう。

何と愚かな行為だろう。無駄なエネルギーを使うなというのは、どんな場面でも鉄則だ。

ヘインというやつは頭の切れる冷徹なビジネスマンという見せかけとは違う面があるわけだ。自分の行き先をさえぎる邪魔者は消してしまえというのは、完全に理にかなった行為だ。いつだってそういう話はある。しかしヘインという男にはそれ以上、何がしかの感情が根深くあるのだろう。

おそらくミス・パーフェクトであるコート令嬢から、肘鉄を食らわされたというところか。それなら話はわかる。新しくCEOになった男が、オーナー一族の跡取り娘で、いちばん多く株式を所有する女性に結婚を申し込む、きっとそうだ。

ヘインという男は、跡取り娘に必死で取り入ろうとするタイプだろう。そんな努力が報われなかったのは言うまでもない。そしてヘインはここで花壇を掘り返して猫を追いかけるという破目に陥ったということだ。ヘインは服だけでなく、髪も乱れ、白目をむいている。

嫌悪感を抱いたバレットは、静かにあとずさった。自分を抑えることができない男ってのはどうしようもない。よかった、俺がヘインを支配できていて——こいつは、完全にいかれてるからな。バレットは心でそうつぶやいた。

10

サン・ルイス
四月二十六日

　マットは冷たいシャワーを長時間浴び続けた。そうする必要があった。これほど女性を欲しいと思ったことは今までになく、シャーロットにやめてくれと言われたときは、欲求不満で遠吠《とおぼ》えでもしそうな気がした。しかし、女性のよくやるじらし作戦ではなかった。彼女の顔は真っ白で、体が震えていた。

　仕方なく、マットは彼女の肩の銃創に気持ちを集中させ、自分を抑えた。

　シャーロットは問題を抱えている。自分では泳げないにもかかわらず、マットを救おうと太平洋に飛び込もうとする美しい女性が、敵に命を狙《ねら》われている。誰かに一度殺されかけ、おそらくその誰かはもう一度彼女を殺そうと計画している最中だろう。

　俺の守護天使は、サン・ルイスでひっそり隠れている。

うまい考えだ。姿をくらますには、ここはうってつけの場所と言える。たくさんの外国人が流れてくるし、芸術家が入り込む。たいていは何かから逃げてきた人々で、寒いのが嫌だったり、結婚がうまくいかなかったり、また仕事に行き詰まったりという場合もある。ここでは誰も相手のことを詮索《せんさく》しない。本能的に、シャーロットはうまい場所を選んだのだ。

メキシコは百八十日の観光ビザを出してくれる。ここにいる外国人の多くは、その滞在期限が切れているはずだが、マットの知る限り、地元の警察はそんなことに目くじらを立てることもない。シャーロットはここの法律に触れることさえしなければ、永久にでも留まっていられる。

マットはきれいに整頓《せいとん》されたキッチンの中をさぐって、紅茶、ヨーグルト、新鮮な果物の朝食を作ることにしたが、いつもレニーのところで食べるベーコン・エッグが無性に恋しくなった。ゆっくりと動いて、準備する物音でシャーロットを起こさないように細心の注意を払った。彼女にはしっかり状況を理解する時間を与えなければならないと考えたのだ。

謎《なぞ》に包まれた雰囲気の女性だと思っていたが、本物の秘密があった。彼女は厄介ごとを抱えている。誰かに命を狙われているとなると、ちょっとやそっとの厄介ごとではない。それでもそんなことはどうだっていいとマットは思った。厄介ごとを扱うのは得意なのだ。むしろ、トラブルを歓迎するタイプだ。

これだ。

マットは突然、自分の体にエネルギーがわいてくるのを感じた。もうずいぶん長いこと、根無し草のような生活を送ってしまった。体を元に戻すのに精一杯で、先のことはと言えば、腕立て伏せをもう一回できるかぐらいのことまでしか考えられなかった。その日暮らし、いや、次の一時間をどう過ごすかで頭がいっぱいだった。しかしマットにも、また任務ができたのだ。シャーロットを守れ――うむ、いい感じだ。

彼女を守るためには、情報をちゃんと仕入れねばならない。それもすぐに。敵のことを知らなければ、戦うことはできない。どうにも他に方法がなければ別だが、何も知らないまま戦地に赴くのは絶対に嫌だし、今までそんな戦い方はしてこなかった。

彼女はひとりぼっちの女性、彼女を追う者がいて、マットが見たところでは、自分の身を守るすべなどまるでない。他の女性なら守ってくれとすがりついてくるところだろうが、その際にはセックスと引き換えにということになり――ああ、そうだったらいいのにと、何度思ったことか――しかし、俺の守護天使はそんな女じゃない。

マットのうなじの毛が逆立った。彼女だ。彼女の存在をマットは感じることができた。彼女の匂《にお》いがわかった。

ゆっくり振り向いたマットは、努めて無表情を装い、人畜無害な感じを出した。キッチンに立つ男性、料理中。そのどこにも、警戒心を抱かせるところはないはずだ。エプロンをしていれば、よりもっともらしく見えたかも、とマットは少し後悔した。

シャーロットはにこりともせずに、マットを見た。正面で腕を交差して、自分の体を抱きしめるようにしている。寒いのだろうか？

寒くはない。昨日の嵐《あらし》はやみ、まばゆい太陽が出て、暖かくすばらしい一日になりそうだった。腕を体に巻きつける彼女のしぐさは本能的なもので、自分を安心させようとしているのだ。安心は俺が与えてやるよ、とマットは思いながらも、こうすることで彼女は体内の重要な器官を守ろうともしているのだと感じ取った。

「マット――」そのあとをどう続けていいかわからないのか、シャーロットは途中で言葉を切った。彼女の視線がマットの瞳《ひとみ》の奥をさぐった。彼の存在を歓迎すべきなのか決心をつけかねているのだ。セックスを拒否されたら、すぐに怒り出す、あるいは暴力さえふるうような男だと思われているのだろうか。俺にそんなことができるはずがないのに。彼女を傷つけるぐらいなら、自分の喉《のど》を切り裂くほうがましだ。そのことだけは、どうしても彼女に理解してほしい。

そうか、ときには言葉より体で伝えるほうが有効な場合もある。そう考えたマットは、シャーロットにゆっくりと歩み寄り、やさしくキスした。両手を脇《わき》にぴったりつけて、口以外はどこも彼女に触れないようにした。

しばらくしてから、シャーロットがキスを返してきた。少しだけつま先立って、舌を絡めてくる。舌が触れ合うと、マットのお腹《なか》の下まで電気が走った。

まいった。こうすることで、彼女を安心させるつもりだったのに、マットの体はすっかり熱く、困った状態になってしまった。

「おはよう」顔を上げたマットは、低い声で感情をこめずに言った。

そしてカウンターのほうに向き直り、スライスしかけていた果物を手にした。背中を向けることで、これ以上彼女を追い詰めるつもりはない、無理にセックスを求めているのではないと伝えたつもりだった。

シャーロットがためていた息を、ふうっと長く吐き出すのが聞こえた。「座るんだ。俺が朝めしを作ってやるから」

朝食を付き合うぐらいなら、この男性と一緒にいても構わないと判断したのだろう。椅子《いす》が床をこする音、さらにテーブルにシャーロットが落ち着く音を背後に聞いたときには、マットのほうが安堵《あんど》のため息を漏らしそうになった。

彼女の選択肢はいくつかあった。第一の選択肢は、今すぐ消えろ、と言うこと。その次は、昨日は海から助けてくれてありがとう、という礼のあと、でももう出て行ってと頼むこと。あるいはマットがこの家にいることを受け入れること。シャーロットは最後を選んだ。ここまでの選択は終了だ。このあとまた、新たな選択肢が彼女を待つことになる。

マットの第一優先事項は、シャーロットを無事でいさせることだった。そのためには、彼女のそばにいる必要がある。マットはいつでも自分に正直に生きてきて、その率直さでいけば、彼女の無事の次に願うことは、彼女のパンツの下に自らを埋めることではあった。ただし、これは優先事項の第二となる。これが達成できるのは、まだまだ先のことらしいし、もし第二優先事項を試みてまた拒否された場合は、第一優先事項もほぼ達成不可能になる。

目標達成のためには、しかも目標は二つとも達成するつもりなので、マットはできるだけシャーロットのそばにいて、自分のものは自分のパンツの中に収めておく必要があった。ともかく今のところは。

海軍にいたときは、マットの希望はほとんどどんなことでもとおった。何と言っても指揮官で部隊を率いていたし、狙撃《そげき》の腕は誰にも負けないとか、接近しての戦闘においてきわめて優秀、つまり取っ組み合いにすごく強いとかいう事実も、ものを言った。

しかしそんなことは今、何の助けにもならない。

マットが射撃の的《まと》を外したことがないとか、ほとんどどんな男でも組み伏すことができるからといって、シャーロットが言うことを聞いてくれるはずはない。彼女はレディなのだ。レディは喜ばせてあげないと思いどおりにはならない。

そう考えると、マットは目の前が真っ暗になりそうな気分になった。レディを喜ばす方法など、何ひとつまったく知らないのだから。

シャーロットは小さなキッチンのテーブルにつき、マットの大きな背中を見ていた。彼がこんろに向かって何かしている。コーヒーとフルーツを切っただけの朝食を用意するのに、信じられないほど時間をかけている。

マットを追い出そうかということも考えた。そのうち彼はいろいろと質問し始めるだろうし、聞かれても真実を告げることはできない。となれば、嘘《うそ》を言うか、ひたすらだんまりを決め込むかだが、嘘は嫌いだし、人を騙《だま》すのも苦手だ。残る方法は何も言わずにいるだけとなる。マット・サンダースは命の恩人だし、本当のことを伝える義理ぐらいはあると思うが、それでも何もかも話すことはできなかった。

しかし、打ち明けてしまいたいという誘惑は大きかった。

ほんの一瞬だが、シャーロットは自分ひとりで背負う重荷を下ろしてしまいたくなった。マットと正面から向き合い、落ち着いて座る頼もしい彼に、話をしようかと思った。あの幅の広い肩に、何でもできそうな両手に、今までの重荷をどさっと下ろしてしまったらどれだけ簡単だろう。しかし一度話したら、もう取り返すことはできない。マットに打ち明けたとたん、彼の返事がシャーロットの今後の人生を決めてしまう。

もちろん彼の返事は――わかった、俺が君を守ってあげるからね、君は自分の無実を証明することに専念すればいい、というものかもしれない。理想の世界ではそうなる。しかし父が癌《がん》と診断されてから、シャーロットの世界は理想とはかけ離れたものになっていった。理想の世界だったら、そもそもフィリップ・コートという男性が癌に冒されることさえないはずだ。現実は厳しい。この世には悪いことが起こる。

だから現実には、マットの返事は――それなら、警察に出頭すべきだ、となるだろう。そんなことをする気はシャーロットにはいっさいない。警察に行くのは、自分が無実であることを証明する確証が得られてからだ。今のこのこ姿を現せば、殺人罪で裁判にかけられる被告として、留置場に閉じ込められるだけだから。

法律や行政システムを信頼できれば、幸せな生活が送れるのだろう。本当に無実なのだから、警察に任せておけば大丈夫と信じたい。そうすれば何もかもが違ってくる。何でもが単純に解決する。ただウォレントンに戻り、警察署長に事情を説明し、家に帰ればいい。しかしそうならないことはわかっていた。無実の人間が罪を着せられることはしょっちゅうあり、何もしていない人が留置される。

自分がどれほど抜き差しならない状況にあるかを考えると、シャーロットはパニックに襲われそうになって怖かった。何も悪いことをしていないのはわかっている、だからといってそれが何かの役に立つわけではない。シャーロットのことを知らない人は、彼女の父に対する愛情がどれほど深く強いものだったかも知らないのだ。だから検事が起訴状を読み上げ、甘やかされた金持ちの娘が介護に飽きてきて、病気の父親のために自分のキャリアを中断させられることに苛立《いらだ》っただけと告発すれば、誰もが簡単に信じてしまうだろう。陪審員はまじめにこつこつ働く中産階級以下の労働者ばかり、そんな人たちは、生まれてから一度も労働でお金を稼いだことのない女性に対し、厳しい見方をするはずだ。シャーロットには仕事を探す時間さえなかったのに。父の看病のために学業さえ中断したのだから。

父の世話をすることで、何かを犠牲にしているという感覚を持ったことは一度もなかった。シャーロットは父を愛していた。フィリップ・コートは、シャーロットにとってもっとも魅力的で一緒にいるのが楽しい男性だった。自分の人生をしばらくひと休みして、父の人生の終焉《しゅうえん》を一緒に過ごすことができるのはありがたく大切な経験で、犠牲などではなかった。しかし、現代社会にそんなことを信じる人間がいるはずがない。書類上は、父の死によってシャーロット自身が大富豪となる。しかし、父の命が助かるのならば、シャーロットは喜んで全財産を投げ出していただろう。

ロバート・ヘインに吹き込まれて、警察署長までもがシャーロットを悪く思うようになった。

表面的な付き合いであったにせよ、署長は生まれたときからシャーロットのことを知っている。そんな彼でさえ、自分が父を殺せると考えるのなら、マットだってそう思うだろう。

「コーヒーだ」マットがシャーロットの前にコーヒーカップを置いた。「でも、ここの食料庫を見ると、君は紅茶のほうが好きみたいだな」

「え、あ、そうなの。でも、コーヒーもいただくわ」きまりの悪さ、恥じらい、めったに感じることのないさまざまな気持ちが心をよぎり、シャーロットはどぎまぎしてしまった。

マットはコーヒーをすすりながら、じっとシャーロットを見た。黒い瞳に何も見過ごしはしないぞ、というように見つめられたが、この瞳の奥で彼が何を考えているのか、シャーロットにはまったくわからなかった。

シャーロットはカップをテーブルに置いて、静かに語り出した。「マット、あの、昨日のこと……」

マットはシャーロットの言葉をさえぎって身を乗り出し、胸で組んだ両腕をどすんとテーブルに乗せた。「そいつ、生きてるって言ったよな」

「何が？」急に話題が変わったので、シャーロットはとまどった。「誰が――ああ」シャーロットを撃った男のことだ。マットはその男が生きているかどうかを確認したいのだ。「あの、ええ。昨夜話したでしょ」

「わかった」マットの視線はシャーロットの瞳に据えられたままだ。「シャーロット、ここまで俺にもわかったことを話す、いいな？　君は二ヶ月前銃で撃たれた。しかし、病院できちんとした処置を受けていない。正直なとこ、その傷痕《きずあと》じゃ、何の手当もされなかったと言っていいだろう。金に困って病院に行けなかったっていうんじゃないと思う。なぜなら救急治療室なら、とりあえずの処置をしてくれるからな。それにな、君は外見的にも話し方からも、どう考えたって上流階級のお嬢さんだ。とすればだ、君は何かを恐れて医者には行かなかったってことになる。銃で撃たれた傷のある患者を診察すると、医者は警察への報告義務があり、君はそのことを知っていた。警察に報告されることを君は恐れたんだ。すると、残るのは二つ。君は誰かに命を狙われ逃げている、あるいは警察そのものから逃げている、このどっちかだ」シャーロットを見つめるマットの瞳が、朝の陽光にきらりと反射した。「君のアクセントからすると、出身は東海岸、おそらくニューヨークの近くだ。つまり君は大陸を横断し、はるか遠くのサン・ルイスまでやって来たことになる。さて、ここまでの俺の推理はどうだ？」

「だいたいは当たってるわ」シャーロットはぽつりと返事した。

マットはうなずいてから、話を続けた。「残りの話は、君から直接聞かないとわからない。俺はインターネットで、シャーロット・フィッツジェラルドって名前の人物をあちこち探したんだ。けど、どこにもそんな名前はなかった。俺の調べる限り、君という人間は存在しない。それで、そいつは君の夫なのか？」

その問いにシャーロットの口から思わず答が出てしまった。「まさか、違うわ」

マットはまたうなずいた。「よかった。君が家庭内暴力をふるう夫から逃げてきたんじゃないかとあれこれ考えて、昨夜はなかなか眠れなかった」マットはぐっと口元に力を入れた。「いろいろな筋書きを考えたさ。でも、そんなくそ野郎と君が結婚してなくて、本当によかった」

「してないわ。そんなの絶対嫌よ」

マットの瞳がきらりと鋭く光った。「だが、そいつのほうは君と結婚したがった、そうだろ？」

「ええ」シャーロットは胸が苦しくて、それだけを口にするのもやっとだった。

「そいつはまだ君のことを探してる、違うか？　危険が去ったわけじゃないんだろ」

マットの言葉は問いかけではなく、確認だった。

シャーロットはしっかり口を閉じた。胃からコーヒーがせり上がってきて、吐きそうだった。

「ここまで、サン・ルイスまで、追っかけてくると思うか？」

シャーロットはぎゅっと唇を嚙《か》みしめた。血がにじむのではないかと思うぐらい強く。

「やれやれ。あのな、どういう事情かちゃんと話してくれないと困るんだよ。そのうち必ず俺に話してくれるようになるんだから。なら、早いほうがいいだろ?」マットは返事を待って、シャーロットを見続けた。

シャーロットの胸の中に大きな重石ができてきて、体全体をどんどん下へと引っ張っていく。マットに事情を話しなさい、本当のところを打ち明けなさい、という誘惑が浮き輪のように体を持ち上げようとする。誘惑はあまりに大きい。

二人はまぶしいメキシコの朝日の中で、黙って座り続けた。開け放った窓から、遠くの浜辺の音が聞こえる。暖かな日だったのに、シャーロットの体は震えていた。沈黙が重く垂れ込め、その重みに引っ張られて押しつぶされてしまいそうな気がした。

やがてマットが目を閉じて顔を上に向け、すうっと自分を落ち着かせるように息を吐いた。そして立ち上がって流しのところに行くと、皿を二枚運んできた。

「ほら、食べて」マットは皿を一枚シャーロットの前に置き、もう一枚を向き合った席に置いてそこに座った。状況を考えると、なかなかよくできた食事だった。シャーロットが見つけたおいしいメキシコ・ブランドのヨーグルト、新鮮なマンゴー、全粒粉パンのトースト。完璧《かんぺき》だ。食べきれないぐらいたっぷりある。

ところがテーブルに載ったものを見つめるマットがちらっと顔を歪《ゆが》めるのを見て、シャーロットは笑いそうになった。

二ヶ月で純粋に筋肉だけで二十キロ近く体重を増やすには、ヨーグルトと新鮮なマンゴーだけでは足りるはずがない。

「あなたはもっと……しっかりした朝食をとるのね、きっと」シャーロットはやさしく声をかけた。

厳しい表情のマットの口元が少しだけ緩んだ。「ああ。レニーはサンディエゴまで食料品を買い込みに行くんだ。ベーコンとソーセージを馬でも窒息しそうなぐらいたっぷり仕入れてくる。君ももっと食べたほうがいいな」マットはスプーンに山盛りの砂糖をコーヒーに入れた。彼の大きな手にあるティースプーンが、おもちゃのスプーンのように見えた。「でもウサギの餌《えさ》みたいな朝飯でもいいんだ。あとで何か食べるから。それに、体を軽くしといたほうがいいから。食べたらすぐ海に入るつもりだし」そこでマットが顔を上げた。厳しい視線がまっすぐシャーロットをとらえ、明るく輝いた。「君も一緒に」

シャーロットはぴたりと動きを止めた。「失礼、今、何ておっしゃって?」ほんの一瞬視線をそらすと、目の前には戦士が戻っていた。表情が強ばったというよりは、鋼鉄が光を反射してきらりと光るといった顔になっていた。シャーロットは窓の外を見やった。天気はいいが、冷たい風が吹いている。「私は泳ぎに出たくないの。今日は寒いわ。海水も冷たいはずよ」

「そうだ。寒いだろう。だが泳ぎ始めれば体も温まる。それに体がどうこうするほど冷たくはない。とにかくだ、君は泳ぎを覚えなきゃならん。今すぐ始めるんだ」

「私だって泳げるわよ」シャーロットはすぐさま反論した。こんなばかな話はない。

「子どもの頃、赤十字主催のキャンプで水泳のレッスンを受けたの」

憤りを表すことで、シャーロットは本心を隠そうとした。恐怖だ。シャーロットは太平洋の大海原が怖かった。穏やかな地中海とか、せめて波がこれほど高くない大西洋ならまだいい。太平洋は非常に大きくて、いかにも大海原という感じがする。太平洋が地球の半分の面積を占めるというのも、納得できる。波は信じられないほど高くなることがあり、想像もしていなかった強い力を持っていた。ときどき岸辺で水遊びをすることもあるが、それは単に水辺に近いところに住んでいるからというだけで、水と戯れる以上のことをするつもりはない。

マットが毎日すること——誰にも助けてもらえないほど沖のほうまで泳いでいくことなど、シャーロットにはとても考えられず、あんな危険な行為をするつもりはない。

「水に入るのが怖いんだな」マットは注意深くシャーロットを見つめながら、静かに告げた。

シャーロットはスプーンをテーブルに置き、両手を組んで膝《ひざ》に置いた。そうしないと指先がぶるぶる震えてしまうからだった。「じゃあ、言わせてもらうわ」シャーロットは軽い口調で話し出した。「当然でしょ？　だって水に入ると溺《おぼ》れることだってあるんですもの。知らなかった？　私はただ……用心深いだけよ。あなたほど上手に泳げるわけではないけれど、あなたみたいに泳ぎの達者な人なんて、そうそういるものじゃないわ」

シャーロットの告げる明白な事実を、マットはうなずいて認めた。「昨日君は溺れ死ぬところだった。もう少し泳ぎができれば、あんな危ういことにはならなかったんだ。間に合わないかと思って、俺は心臓が止まりそうになった」マットはぐっと口をまっすぐに結んだ。

あのときのことを思い出して、シャーロットはぞっとした。「ズボンに木材が絡まったからよ。私の泳ぎとは関係ないの。あんなことになれば、誰だって沈むわ」

マットは鋭くかぶりを振った。「違う、そんな説明ではだめだ。俺は――」マットはふと顔をそらし、またシャーロットに視線を戻した。暗い瞳が強烈な光を放った。「君の無事を、俺が納得しておきたいんだ。そうしようと思っても、必要な情報を教えてはくれない。せめて溺れ死ぬことはないと安心させてくれ。それぐらいの満足は得たいんだ」

シャーロットは昨日の悪夢のような場面を思い出して、自分の体に腕を巻きつけた。暗く冷たい海、海面がだんだん遠ざかり、体がどんどん沈んでいく……シャーロットはぶるっと体を震わせて、首を振った。「少し――少しばかり時間が欲しいの。昨日溺れそうになったばかりなんだもの」

「だからこそ今日すぐに海に戻る必要があるんだ。先延ばしにすると、どんどん海に入れなくなっていく」

「いいわよ」シャーロットは顔をそむけて、窓の外を見た。「じゃあ、泳がないで一生過ごすから。世の中にはそういう人はいっぱいいるわ」

「あのなあ」マットがテーブルの向こうから手を伸ばしてきて、シャーロットの手を取った。こういうのに慣れてはいけないと思ったシャーロットはその手を振りほどこうと思った。ところが無理につかまれているわけでもないのに、マットの手を振り払うことはとてもできなかった。「溺れ死ぬことがない人間に、君を作り変える必要があるんだ。シャーロット、君は海のそばに住んでいるんだから、泳ぎがうまくないとだめなんだ。それともうひとつ」シャーロットが言い返そうとすると、マットがその先を続けた。「撃たれた肩に筋肉をつける必要がある。ともかく、体が細すぎる」

こんなことまで言われる筋合いはないとシャーロットは思った。マットはあまりに個人的なことに立ち入りすぎだ。マットの言うとおりではあるが、こんなことを言わせたままにはしておけない。

シャーロットはまた手を引き抜こうとしたが、何の効果もなかった。それで、視線だけはそらさないように話し出した。「昨日助けてくださったことには、本当に感謝します。でも――」

「夜になると、肩が痛むだろ？　湿気の多い日もうずくはずだ。左腕に力が入らず、左手で何かをつかもうとして、落としたことがあるだろ？」

シャーロットは、はっと息をのんで口を閉ざした。

マットはさらに身を乗り出し、厳しい表情を向けた。「君は弾道速度の低い銃で撃たれた。でなければ弾《たま》の当たったショックで激しく出血し、今ここにこうしていることはなかったはずだ。これはいいほうの話だ。悪いほうの話は、きちんと医師の手当を受けなかったこと。弾道速度の低い銃弾はゴミも一緒に傷口に埋め込んでしまう。塵《ちり》や、火薬や、銃弾の破片やら何やかやだ。これを君は傷口から取り出さなかった。医者にかからなきゃ、きれいに取り出せないし、君は医者に診てもらっていないからな。さらに、破片を傷口に入れたまま、外科的ドレナージもしていない。傷口の洗浄をしないままでは、おそらく一週間、あるいは十日前後、高熱にうなされたはずだ。そのあと少し熱は下がっても、二週間ほどまだ熱でふらつく状態だっただろう」

シャーロットはうなだれて椅子の背に寄りかかった。急に悪寒《おかん》がした。

マットはまたうなずき、さらに続けた。「君がすごく幸運だったのは、左側を撃たれて、君は右利きだったことだ。でなきゃ芸術とも永遠におさらばだったんだぞ。右手がうまく使えなくなっていただろうからな。けど、将来的には左側がうまく使えなくなって、筋肉も落ち、問題を抱えるようになるかもしれない。それを何とかしたいなら、筋肉をつけるしかない。実際のところ、リハビリはできるだけ早く始めるべきだったんだ。高熱が収まってすぐぐらいからな。リハビリの必要性がこうしてあるし、それに水泳を覚えなきゃならない。今すぐだ。水を怖がる気持ちを克服する必要もある。これが君が今日、海に入る理由だ」

二人はテーブル越しににらみ合った。明るいメキシコの太陽が射し込み、テーブルの黒っぽい木材に四角い光の部分を作った。シャーロットは、強い男性的な力が自分に押し寄せてくるところを目にしているように思った。ノーと言って断るべきだ。

しかし昨夜、湿った大気で肩がひどく痛んだ。それに左手では毛布もつかめなくなっている。朝ベッドメイキングするのも大変だった。

シャーロットは誇り高く、怖がりだった。しかしばかではない。

「水着に着替えるわ」静かにそれだけを告げた。

11

ウォレントン
四月二十六日

「すみません」

モイラ・フィッツジェラルドは驚いて振り向いた。

今日は金曜日。そして金曜の朝はウィーグマンの店で買い物をすることになっている。コート屋敷のための買い物だが、この二ヶ月はずいぶん……困難な時期だった。アメリカ人はこういった言い方をするのだ。モイラのアイルランドの言葉なら、えらいことしんどかった、と言う。

モイラはシャーロットお嬢さまがお戻りになると絶対に信じていた。汚名をそそいで、必ず。この二ヶ月あまりの悪夢もようやく静かになってきた。シャーロットお嬢さまは、ハエだって殺すことのできない方なのに、お父上に手をかけられたなんて、いったいどんな化け物がそんなことを考えついたんだか。シャーロットお嬢さまとフィリップさまのように仲のいい親子は、見たこともなかった。ここの警察がとんでもなくひどい間違いをしでかしたのだ。本当のことが明らかになれば、シャーロットお嬢さまはきっと帰っていらっしゃる。いつか必ずそんな日が来ると、絶対的に断言できる。シャーロットさまが帰ってらしたら、お屋敷はきっと元どおりにきちんと管理されていく。モイラはそう固く信じていた。

ああ、そんな日が待ち遠しい！　シャーロットお嬢さまが白い麻のスーツを身にまとって、あの大きな正面玄関からさっそうと入ってこられるところが目に浮かぶ。玄関扉も先週塗り替えたばかりだったし、真鍮《しんちゅう》のドアノブも磨き上げてある。モイラは十日おきに、きちんと磨くことにしていた。シャーロットお嬢さまが帰ってこられるところを思い描き、モイラは笑顔になった。モイラ、紅茶をいれてくれない？　すこーし、ミルクを垂らしてね、玄関を入るとそうおっしゃるだろう。

もちろん紅茶もちゃんと用意してある。あたりまえだ。あらゆるフレーバーをそろえておいた。それにミルクとヨーグルトとパンとフルーツ。モイラは屋敷にたっぷり食料をそろえていた。シャーロットお嬢さまの好きな食べ物ばかり。そして賞味期限が切れると、すべてを捨てる。週五回今までどおり掃除もする。ただ、家の中には塵《ちり》ひとつなかった。

そういう問題ではないのだ。シャーロットさまが戻ってこられたとき、お屋敷を完《かん》璧《ぺき》な状態にしておかなければ。ぴかぴかに磨き上げて、いい匂《にお》いがするように。

毎週金曜の朝買い物に来るのは、大きな悩みの種になりつつあった。モイラとしては、いつシャーロットお嬢さまが戻ってこられてもいいように、お屋敷を完璧な状態にしておきたかったが、同時にもったいないことをしているのではないかと思ったのだ。自由に使える家計費というものがあったが、モイラは慎重に使途を決めた。自分が使う家計費は一セントだって無駄にしないようにした。そしてこの買い物。ああ、心が二つに引き裂かれる気がする。

モイラは両手にひとつずつ家具の艶出《つやだ》し剤を持ち、悩んだ。ひとつはセールで半額だが、もう一方は本物の蜜蠟《みつろう》の入った上質のものだ。通常ならモイラはこの高級品を買う。しかし、シャーロットさまがいらっしゃらないあいだ……それがいつまで続くのか、そしてその間も高いほうを買うのは正しいことなのだろうか――

誰かが背後で咳払《せきばら》いをした。そして男性の声がした。「あのう、すみませんけど」

細面《ほそおもて》で感じのいい男性が、申し訳なさそうに笑顔で立っていた。分厚い眼鏡をかけ、ブロンドの髪は生え際が薄くなっている。

「すみません」男性はおずおずと話しかけてきた。「お忙しいところ、本当に申し訳ないんですけど、こういうことに詳しくていらっしゃるみたいなんで。僕のほうは――」男性が肩をすくめた。「いや、正直、何をしていいか途方に暮れてましてね。ウォレントンに引っ越してきたばかりなんです。自分で生活の場を作るつもりなんですが、どういうものを用意すればいいのか、見当もつかないんですよ。インターネットで独身用の狭いアパートを借りて、宣伝文句では『即、入居可。何でもそろってます』となってたんです。でも入居してみると、家庭用品だの生活に必要な日常品だのは何もなくて」男性は手にした紙を絶望的な面持ちで見てから、その紙をモイラのほうに突き出した。「買い物リストを作ってみたんです、ね？　でもこれでいいのかどうかが、僕にはわからないんですよ」

男ってこれだからね、モイラは思った。彼女の父は人生で一度も皿を洗ったことがなく、ほうきを持たせたら上下逆さまに使うような人だった。神様、父さんを安らかに眠らせたまえ。モイラはリストを見て、二度見直し、ふんと鼻で笑いそうになるのをかろうじてこらえた。

男ってのはもう。男が自分の靴の紐《ひも》を結べることすら奇跡だ。

「わかりました」モイラは親切に言ってやった。「食器洗剤も必要ね。新しいアパートには食器洗い器がついてるのかしら？」

男性がうなずいたので、モイラはリストの続きを見た。「では、食器洗い器用の固形の洗剤ね。えーっと、洗濯用の洗剤、柔軟材、家具用の汚れ落とし、漂白剤も要るわね。ああ、それにほうきとちりとりも。掃除機を使うとしても、ほうきやちりとりは必要だわ」

男性はペンを取り出し、モイラが口にする必要な製品を一生懸命書き留めた。シャツのポケットにたくさんのボールペンを詰めたこの男性は、おそらくマディソン通りにできた新しいコンピュータ・ソフトウェアの開発者か何かだろうと、モイラは推察した。五本以上もあるペンのひとつからインクが漏れ、シャツのポケットの下のほうにむさ苦しく青いしみができていた。

男性はふうっと安堵《あんど》の息を吐いた。「なるほど」もう一度息を吐く様子は、百メートル競走でも終えたばかりの人のようだ。「さてと。私が用意してきたリストのものと、今おっしゃった製品を手に入れれば、それで毎日暮らしていけるんですね？」

男性がひどく不安そうなので、モイラは安心させようと笑顔を見せた。彼がひどく痩《や》せているので、モイラは食料品に関してもリストを作ってあげようかと思ったが、そんなことはしないほうがいいと考え直した。彼の食生活に口をはさむ筋合いはない。

モイラは腕時計を見て、驚いてその場をあとにしかけた。

仕事はいつも十時に始める。もう九時半で、これから支払いを済ませ、荷物を新しい車に載せ、コート屋敷まで運転していかねばならない。今まで仕事に遅刻したことはなく、それが自慢だったから、今日になって遅刻するつもりはない。

「ええ。そのリストと今言った物を買えば、困ることはないわ。じゃあ、私はこれで……」

一瞬男性はぽかんとしたが、すぐに自分がモイラのショッピング・カートをさえぎっていることに気がついて、申し訳なさそうな表情を見せ、さっと飛びのいた。「あ、ええ、そうですね。すみません。本当に助かりました。どうもありがとうございます」

モイラは鷹揚《おうよう》に会釈《えしゃく》をしてレジに向かった。精算を待つ人の長い列があったので、モイラは知らないふりをして短い列のほうに並ぼうかと思った。そちらは買い物点数が十品以下の買い物客用で、モイラのカートには十一品入っていた。だめ、そんなずるいことをしたら、長い列に並んでいる人に悪い。しばらくの心の葛藤《かっとう》のあと、モイラは不正をしないことに決めた。ただし、このままでは遅れてしまう。

レジに並ぶ長い列を見てから、モイラは台所用スポンジをこっそりワインが並ぶ棚に置いた。こんな悪いことをしたのを誰かに見られていませんようにと、心で願った。新しいスポンジは来週買えばいい。

来週。そう、来週になれば、シャーロットお嬢さまがお戻りになるかもしれない。

そう思うとモイラの顔に自然に笑みが浮かんだ。モイラは前に二人しか並んでいない十品以下の買い物のレジの後ろについた。十時きっかりには仕事を始められるという安心感で、幸せな気分だった。

サン・ルイス

後悔して暗い気分になるには、あまりにお天気がよすぎる。命令されたことでわずかにシャーロットの心に生まれていたわだかまりのようなものも、テラスに出るとすうっと消えていった。

よく、最高の日和《ひより》、という言葉が使われる。実際には申し分のない天気などめったにないし、たいていは暑かったり寒かったり、湿気が多かったり乾燥しすぎたりする。しかし、今日は本物の最高の日和だ。暖かいが、照りつける太陽の光は涼しい風で穏やかになる。風は潮の匂いと近くの家のテラスにあるジャスミンの香りを運んでくる。

昨日の嵐《あらし》のせいで、大気が洗い流されたような、さっぱりした感じがする――この世界そのものが、新しく生まれ変わったような。まばゆい光が遠くまでダイヤモンドのように輝き、この世の果てまで見通せそうだ。

二人は何も話さず浜辺まで歩いていった。マットは長い脚の運びをシャーロットの歩幅に合わせてくれた。彼が身につけているのはトランクス型の水着とビーチサンダルだけ。居間に大きな黒いバッグが置かれているのにシャーロットは気がついたが、おそらくその中に水着やサンダルも入れてあったのだろう。

シャーロットの気持ちは揺れていた。彼と離れて歩きたい、でもできるだけ近くにいたい。男性的な力そのものといった存在感の強さゆえに、引き寄せられる気持ちと距離を置きたい気持ちで心が二つに割れそうだ。ほとんど裸の彼の体は、シャーロットの目を楽しませてくれるが、圧倒される気もして、つい触れてみたくなる。触れないでいるには、しっかりと両手をこぶしに握っていなければならない。よだれの出そうな肉体美だわ、とシャーロットは思った。鍛え上げられた男性の体はジムで見たことがあるが、速さと力の両方を兼ね備えたこんな機械のような見事な肉体を見るのは初めてだ。

あらゆる意味で、マットの存在感に落ち着かない気分にさせられる。恐怖さえ覚える。シャーロットは聖騎士パラディンを従えることになったのだ。マット・サンダースが自らの力をシャーロットのために捧《ささ》げるというのなら、最強の護衛だ。しかし、ひょっとしたら恐ろしい敵に出会ったのかもしれない。

シャーロットはどきどきしながら歩き続けた。高揚感が少し、恐怖が少し。マットがちらちらとシャーロットの様子をうかがう。機嫌が悪くなっていないか、心配しているのだろう。シャーロットは何の感情も顔に出さないように努めた。

水際に着くと、シャーロットは足を止めた。つま先を泡のような海水がくすぐる。マットも立ち止まった。

二人は無言でその場に立ったまま、目の前に広がる青い海をながめた。

今日の太平洋は美しい。シャーロットに襲いかかって、もう少しで体ごとのみつくそうとした昨日の灰色のモンスターとはまったく異なる。氷のように冷たかったあの波、息が詰まり、底のほうへと引っ張られるように落ちていく感覚がまだ記憶に……。

シャーロットはふとあとずさった。

マットがシャーロットを見た。こんなふうに何もかも見透かされる感じが、シャーロットには苦痛だった。自分の心の中をすっかり読み取られている感覚。マットの顔には何の表情もなかったが、温かい視線で、わかっているよと伝えてくる。

「ほら、まあ見てみろって」マットがどこまでもまっすぐに広がるまぶしい青を指した。「地球の大部分は海なんだぞ。宇宙人がこの星にやって来たら、地球のいちばん主要な生物は魚だって思うはずだ。海がなければ、俺たちだって生きていけないんだ」

シャーロットは、海をそんなふうに考えたことはなかった。足元を浮かせて海水でばしゃばしゃ洗い、サンダルに入った砂を流して落とす。

マットはその足を見ていた。そして視線を上げ、シャーロットと目を合わせた。

「レオナルド・ダ・ヴィンチは、海は地球の肺だと考えた。潮の満ち引きは、地球の呼吸だと」

　地球の肺。マットのイメージとはかけ離れた、詩的な表現がその口から出て、シャーロットはびっくりした。「すてき。美しい表現だわ」

「おう」マットは海のほうに顔を向け、沖合を見た。口元がほほえんでいた。「海そのものと同じだ。海とは美しいもので、君も仲良くならなきゃいけない。友だちにできなければ、海は君の敵になる」

　そりゃあまあ、彼ほど泳ぎのうまい人なら、そういうことも言えるでしょうけれど。そう思いながら、シャーロットは皮肉っぽく言った。「あなたはそう簡単に言えるでしょうけれど」シャーロットも水平線を見つめる。「あなたはイルカみたいに泳ぐんですもの」

「BUD《バ》／S《ズ》のおかげだな」

　シャーロットは驚いて顔を上げた。「お友だちに水泳を教わったの？　どんな人？」

「友だち《バズ》じゃない、BUD／S訓練だ。基礎《ベーシック・》水中《アンダーウォーター・》爆破《デモリション》訓練の略で、海軍じゃ俺たちに三十ヶ月ぶっ続けで、濡《ぬ》れたまま砂だらけになるか、濡れたまま凍《こご》えるか、濡れたまま疲労の限界に追い込むかを繰り返させるんだ。そうやって俺たちは溺《おぼ》れ死ぬことができなくなる」マットの口元がにやっと歪《ゆが》んだ。「それが最初の訓練、BU

D／Sだ。海軍じゃそう呼ぶ。俺たちは地獄の第一章って呼んでたけど」

シャーロットは太陽に顔を向け、溺れ死ぬことのできない体になることを考えてみた。何だかすてきだ。すごく、いい感じ。「前にも言ってたわね——私を溺れ死なないようにするって。人を溺死《できし》不能な体にするって、いったいどうするの？ 何だかすばらしいことみたいに思える」

「俺たちがされたやり方を君が気に入るとは思えないな。後ろ手にロープで縛り上げられ、くるぶしも縛られ、さらに目隠しをされて三メートル近く水深のあるタンクに放り込まれるんだ。その状態で、五分間立ち泳ぎをしなければならない。それから百メートル泳いで、水面に浮かんで呼吸を整えると、また立ち泳ぎだ。それからタンクの底まで潜って、置いてあるマスクを歯で取ってくる。少しばかり……大変だな」

シャーロットは目を丸くし、恐怖の表情を浮かべながら本能的にあとずさった。

マットが笑顔を向けた。「君は心配しなくていいんだ、ハニー。そこまでさせるつもりはないから」

「絶対無理よ」シャーロットは慌てて答えた。「そんなの——まるで拷問じゃないの」〝ハニー〟と恋人のように呼びかけられたことで、どきっとしたが、そんなときめきには気づかなかったことにしようと思った。

「ああ、もともとこれは拷問だったんだ。正確には人を殺すのが目的だった。ベトナム戦争のとき、ベトコンはアメリカ人の捕虜の両手両足をひとつに縛ってメコン川に投げ入れた。そうすれば溺れ死ぬと考えたわけだ。ところが、我らが兵士は生き延びて、手足を縛られても泳ごうと思えば泳げることを証明した。それ以来、これは訓練の一部になったんだな。SEALを溺死させるには、非常に重量のある重しを体にくっつけるか、水に放り込んだあと体を撃つかしかない。でも、心配はするな。君にそこまで水泳がうまくなれとは言わないから。水に入っても怖がることなく自由に動き回れるようになってほしいだけなんだ。だからクロールと背泳ぐらいを覚えればいい。肩の筋肉をつけるにはいい運動だからな」

シャーロットは返事しなかった。目の前の海はひどく大きい。横にいる男性もすごく大きい。その両方の途方もない大きさをどうしても意識してしまう。マットがシャーロットを見下ろし、黙って手を差し出した。昨夜とまったく同じだった。無理強《じ》いをするでもなく、甘い言葉で誘うでもなく、ただ立って、陽に焼けた大きな手を、しっかりと出すだけ。

シャーロットは考えることもなく、自分の手を預けていた。

他所《よそ》でぱちんとスイッチが入れられ、それに操られたような感覚だった。

突然、シャーロットは周囲のすべてのことに敏感になった。彼に預けた手に伝わる感触が、安心していいのだと教えてくれる。陽光がまぶしい、海の匂いがぴりっと塩辛い、静かな波が足元をくすぐる、澄みきった大気は、暖かさとさわやかさを運んできて、体じゅうの細胞が風を受ける。体が目覚め、精神が澄み、生きている実感がわいてくる。二ヶ月ぶりの感覚だった。違う、二年ぶりだ。

「さ、おいで」マットがやさしく言って、手を引いた。「泳げれば、海に入るのがもっと楽しくなるぞ」

それはまだわからない。それでもシャーロットはサンダルを蹴《け》り捨て、マットの手を放してビーチウエアの上着を脱いだ。

マットの黒い瞳《ひとみ》が鋭くシャーロットの肩を見る。シャーロットは近くの町でワンピース型の水着を三枚買っておいた。すべて広い肩紐のあるものだった。注意深い人が傷痕《きずあと》があるとわかった上で探すのでなければ、紐に隠れた銃創痕《こん》には気づかないだろう。それにシャーロットは、周囲に人がほとんどいないときしか海に出ないようにしていた。

しかしマットは傷を知っている。肩紐の下に見える白い線に気づいたようだ。マットは口をぎゅっと結んで、何も言わなかった。そして海に背を向けて、ゆっくりあとずさりながら水に入り、シャーロットに一緒に来るようにと誘いかける。シャーロットは恐る恐る前に出たが、膝下《ひざした》まで水が来ると立ち止まって、息をのんだ。

「冷たいわ！」怒りに満ちた声で叫んだ。こんなのだめ。寒いときに泳ぐなんて、頭のいかれた人だけよ。

「体を動かせば冷たさなんて、どうってことない。足を前後に動かしてみろ。血液の循環がよくなるから」マットは体の向きを変え、見事に頭から海に飛び込むと、そのまま水中を泳ぎ出した。あまりに長く潜っているのでシャーロットは心配になってきた。これ以上は絶対無理と思ったとき、マットの頭がひょいと水面に出てきた。これだけの時間なら、シャーロットは三回溺れ死んでいるところだ。しかも、ひと息でそんなところまで泳げることなどあり得ないと思うほどずっと沖のほうに頭が見えた。戻ってきて、とシャーロットが声を上げるより前に、マットの頭がまたばしゃっと海に消え、大きくて暗い影が水中をすごいスピードで移動しながらシャーロットに近づいてきた。

シャーロットから一メートル足らずのところにマットが顔を出した。「そのまま動かないで！　体を揺すって私に水をかける気でしょ。絶対にやめてちょうだい！」シャーロットは手のひらを彼のほうに開いて向けながら、警告を発した。マットはにっこり笑い、黒い瞳にいたずらっぽい表情が浮かんだ。その顔つきから、彼は今まさに体を揺すって水をかけるつもりだということがわかった。

笑みを浮かべるとマットの顔は一変する。何歳も若く見えるし、どちらかと言えば――ハンサムなほうだ。

実際、ハンサムな人なのだ。シャーロットが今まで気づかなかっただけだった。

突然、そのことに気がついた。

普通ハンサムな男性は、自意識が強い。うぬぼれがあるというか、言葉でも行動でも、自分の見てくれのよさを最大限に発揮しようとする。マットはいつも深刻な顔をして、暗い表情とも取れる独特の雰囲気があるため、顔立ちにまで注意が向かないのだ。彼に関してまず気がつくのは、主に全体の大きさと、何も見逃さない瞳だ。

「そんなこと思ってもいなかったな」マットは、あからさまな嘘《うそ》を澄ました顔で言ったが、にんまりとした笑みが消えない。「さあ、来いよ」シャーロットをなだめすかそうと誘ってくる。「そのまま海に入って、体を動かせば温かくなる。じゃぱっと体を浸けてみろ。言っとくけどな、ゆっくり入るとずっと寒いぞ。バンドエイドをそろそろはがすみたいなもんだ。さあ、俺のあとをついて来て」

マットはそう声をかけながらも、後ろ向きに歩いていった。そのあとを行くと、海が突然深くなり足の着かないところに来てしまった。

「ちょっと待って」シャーロットは警戒しながら、呼びかけた。「それ以上行かないで！　そんなところまで行くと、私、足が着かないの」

水面はマットの肩のあたりまで来ていた。「心配するなって。俺は足が着くから。ほら、シャーロット、俺を信じろよ。怖いことなんて絶対ないから。約束する」

水への恐怖、あるいは溺れるのではないかという強い不安をどうして抱くようになったのか、シャーロットにはわからなかった。泳ぎを教わっても上手にはなれなかったし、もともと水に入ることに対して尻《しり》ごみするほうだった。ただ、今までに水泳中に怖い目に遭ったわけではない。なのに、悪夢にうなされると、それは決まって自分が溺れるところだった。水がどんどん頭の上まで来て、体が深いところに沈んでいく夢をみることがしょっちゅうあった。そしてこの二ヶ月は何度も悪い夢にうなされ、溺れて息が苦しくなったところで目が覚めると荒い息をしていた。そんな体験を何度も繰り返した。

昨日溺れ死にそうになったとき、悪夢がとうとう現実になった、そんな感覚だった。マットがシャーロットの瞳の奥をさぐった。「もたれるように、こっち向きに背中を海に預けて」彼の言葉がやさしくなっていた。「ハニー、俺がつかまえてやるから」

他の人なら、こんなことは絶対しない、とシャーロットは思った。こんなふうに海の中で、自分の体を任せることのできるのは、この地上でこの人だけ。彼女の本能のどこか、おそらく非常に深いところにある感情が、マットという存在を絶対的に信頼していた。少なくとも海の中では。

シャーロットは深呼吸してから、そうっと体を倒して海底を蹴り、マットのほうに向かった。すると恐ろしい事実――こっちは足が着かない！――を脳が理解するより

先に、慌てて腕をばたつかせる暇もなく、力強い二本の腕が下から支えてくれたため
シャーロットの体は水中できちんと浮いて、すぐそばにマットの顔があった。

　二人の距離は近くて、シャーロットはマットの息を顔に感じた。あまりに近いため、柔らかな乳房が彼の胸板に当たった。彼が岩のようにしっかりと支えてくれているのに、脚が自動的にばしゃばしゃと動くのは、シャーロットの脳が、過去の経験からこれは危険な状態だ、と覚えてしまっているからだろう。

　足先がマットの向こう脛《ずね》を蹴ったところで、シャーロットは何とか頭脳に止まれと命令し、脚をおとなしくさせた。このまま何もしなくても浮いていられるのだ。マットが支えて体を浮かせてくれる。

　足が海底の砂に届かないことがわかった瞬間、急に激しく速くなった心拍数も落ち着いてきた。マットの手はまだシャーロットを支えてはいるが、握る手が徐々に緩んでくる。そしてふと、彼の手が完全に自分の体から離れたことにシャーロットは気づいた。

　驚いてもがくシャーロットの顔に水がかかる。

「慌てなくていい」マットの落ち着いた声がする。「呼吸を楽にして。いつもどおり、吸って、吐いて。深く息をするんだ。そう、それでいい。完璧だ。俺の手はすぐそばにある。腕と脚をそっと動かしてごらん。このまま浮いていられるから」

マットの深みのある声が気持ちを落ち着かせてくれた。大丈夫だ、という気になれる。その声がシャーロットの横隔膜に響き、水中である種のリズムを作り上げる。彼の言葉を耳にするだけで心地いい。シャーロットの手足はゆっくりと、一定のリズムで動くようになっていった。

「うまいぞ」

うまくできている。おそらくは。まずまずのところだろう。

シャーロットはマットの言葉をそのまま受け取ることにした。マットがそう言うのなら、そしてそれが海とか泳ぎに関することなら、きっと正しいはず。それからも何度か動きがおぼつかないこともあったが、礼儀としても、シャーロットは彼の言葉に納得しているとうなずくことで伝えた。

こうして近くで見ると、マットの顔は本当にうっとりするほどすてきだ。朝きちんとひげを剃《そ》ったらしい――いったいいつそんな時間があったのだろう？　それでも、ひげがどのあたりから生えるのかは、見て取れる。右の眉《まゆ》を横切るように傷痕があり、そのため彼が眉を上げると影ができて少し危険な香りが漂う。こめかみの白い部分と同じように、胸毛にも銀色に光るものがある。

彼が何を考えているのか、シャーロットは瞳をのぞき込んだ。これほど単色で他の色の混じらない瞳を見たことがない。ただチョコレート色の濃い茶色だけ。

「いい感じか？」シャーロットが静かに海面を進むと、マットがやさしく声をかけた。

「ええ」いい感じだった。いちおうは。ただ、実際には足の届かないところに来ていて、ちょっと失敗すれば頭の上まで水が来てしまうわけで、そういうことを考えると……。

シャーロットはまたばたついたが、口に水がかかってパニックになる前に、マットが体を支えてくれた。

「今、足の着かない海にいることを考えただろ？　頭を空《から》っぽにしないといけないんだ」

「頭を空っぽにしとけ、なんて教えてくれなかったじゃない」シャーロットは不満そうに言った。「そういうのは、前もって言っといてもらわないと。それにね、頭を空っぽにしとくのなんて嫌だわ。そんなことをするのは、ヨガのレッスンを受けるときだけよ。頭は何かしら考えてしまうものなの。勝手に何も考えない状態になることなんてないわ」

「わかった、じゃあこうしよう」マットはまじめな顔をしてうなずいた。「考えてほしいんだ。君は俺のことを描いた水彩画と、見事な貝殻の油彩画をくれた。今まで絵なんて持ったことがなかったのに、突然すばらしい名画を二点も持つ芸術品のコレクターになれたんだ。これまできちんとお礼もできなくて、申し訳ない」

シャーロットは笑顔になった。「名画なんかじゃないけど、そう言ってくれるとうれしいわ。それに昨日は私の命を助けるのに忙しかったんだから、お礼を言ってくれる暇がなくて当然でしょ」

「お互いお礼を言い合って、なしにしようってことかい?」

「いいえ。お礼を言い合うことで、お互いの感謝の気持ちがより強くなるって思いたいわ」

「なるほど、いい考え方だ」マットはシャーロットの目を見つめた。「話は変わるけど、断っておかないといけないことがある。今朝君の作品をいろいろ見せてもらったんだ。いたるところにあって、すぐ目に入ったから、君も気にしないだろうとは思うけど。すごい作品ばっかりで、美術館に展示されてるやつみたいだった。まあ、俺はあちこちの美術館に行ったわけじゃないけど」

シャーロットはすぐに最後の言葉に注意を引かれた。この人、海外で美術館に行ってないの?「海軍は世界中いろんなところに行くんでしょ? 宣伝文句じゃそう言ってるじゃないの。『軍に入って世界を旅しよう』って」

「それは陸軍の徴兵事務所の宣伝文句だ。もちろん海軍でも、世界中いろんなところに行く。ただ、行くところには美術館なんてものはないだけだ。武装しやがったくそ――悪いやつらが、問題を起こしたくて手ぐすね引いて待ってる場所だ。しかもそういうやつらがうじゃうじゃいる。俺の最後の任務地はアフガニスタンだった。あそこには芸術品も多くあったが、タリバンがすべて破壊してしまった」

「アフガニスタンにはどれぐらいいたの？」

「六ヶ月だ。それから――撃たれた。俺の部隊はまだあそこで任務についている」何か、何がしかの感情が、普段はまるで感情を見せないマットの顔をよぎった。

「離れたことが寂しいのね」はっと気がついてシャーロットはつぶやいた。「仲間と一緒にいられなくて寂しいんだわ、アフガニスタンにいたかったのね」

「何百万もサソリのいる砂漠で眠れなくなるのが寂しいかって？　半径数百キロの範囲にはオアシスがないから、水のタンクを背負ってまた歩きたいかって？　三十八度の猛暑の中、一日二十五キロ行軍するのが恋しいかって？　その間、ソビエト時代に埋められた地雷を踏みませんようにと願い、五十キロ近い荷物を背負っているのに丘の向こうから狙撃《そげき》されるのをかわすんだぞ。いびきのひどいミロウスキや、足の臭いガードナー、屁《へ》を――腸内異常発酵、それもすごい、ものすごい発酵だぞ、それをガスにして出しまくるヘルナンデスや、くだらないジョークを言っては何の落ちもつけないロペスに会いたくてたまらないかって？」マットの口元が歪み、辛そうな笑みを浮かべた。そして静かな口調で言った。「ああ。寂しいさ。そんなことみんなをなくして悲しい。切なく思わないことなんてひとつもない」

「辛かったのね」シャーロットの口調はやさしかった。

ああ。シャーロットは愛する人を失う悲しさを知っていた。何か面白そうなものを街で見かけて立ち止まったり、何か楽しいことに出会ったりしたとき、つい――お父さまに教えてあげなければ、と何度も思ってしまった。そのたびにすぐ、記憶があの病室の場面に引き戻され、父の命が奪い取られていくのを目撃した痛みがぶり返した。もうお父さまはいない。二度と楽しい話を分かち合うことはない。

「今度は何か悲しいことを考えてるんだな」マットの豊かな声が、シャーロットの思いを打ち消した。彼はどんなことにも気がつくという事実を、シャーロットは改めて思い知った。

デートに出かけて夕食を共にする相手なら、些細《ささい》なサインを見逃さない男性はすばらしい美点を持つと言える。しかし真実を知られたら警察に突き出される可能性がある場合には、きわめて危険な資質を持つ男性ということになる。

「いいえ、全然」シャーロットはぱしゃぱしゃと水をはじき、何でも見通してしまう二つの瞳から視線をそらした。水平線のほうをながめると、見渡す限りずっと海、海は深く……。

冷たい潮の流れを感じて、シャーロットは身震いした。

「疲れて、体が冷えてきたようだ。海から上がる時間だ」マットが宣言した。

マットに手を貸されたという意識は何もなかったのに、シャーロットはいつの間にか足の着くところまで戻り、そのあとすぐに岸に上がり、タオルで髪を乾かしていた。確かに少し疲れた感覚はある。午後はゆっくりしよう。届いたばかりのファーバーカステルの色鉛筆を使って写生するのが楽しみだ。

マットは遊歩道の向こうにある色とりどりの店のほうを眺めて言った。「カンティーナで昼を食べる。食べたものがお腹にもたれなくなったら、もう一度水泳の練習だ」

シャーロットは髪を乾かす手を止め、顔を上げた。今のは何？　私の行動をこの人が決めるわけ？　明るいメキシコの朝の気温が、何度か下がった気がした。「今、何ておっしゃったのかしら？」

「悪かった」マットは頭のいい男だ。頭がいいから笑い出したりはしない。しかし目元に笑いじわが寄っている。「今の言い方だと、俺が命令してるみたいに聞こえるな。そういうつもりはない。ちょっと言い方を変えよう。俺はどうしても食事をとる必要がある。普段いっぱい食べるのに、今朝はごく軽い食事しかしなかった。昨日海に落ちて死にかけたんだから、君だってたくさん食べなきゃいけない。けど、君の家には食料品はない。そこでだ、二人でカンティーナに行って、ママ・ピラールの作るおいしくて熱々の料理をたっぷり食べるのって、いい考えだと思わないか？　で、そのあと食べたものがきちんと消化した頃、もう一回水泳の練習をすると、午後もまだ早いし、すごくいい気分だと思うんだ。水泳は体を使う。体を使うことは、何度も繰り返して覚えるしかないんだ。練習すればするほど、筋肉がその動きを習得していくわけさ。君は絵を描くから、こういうの、わかるだろう？　あれほどうまく描けるようになるまで、君は数え切れないくらい何枚もデッサンを描いたはずだ。そういうことを考えると、午後もう一度水泳の練習をするのは、いい考えだと思うんだ」

そういうふうに言われると……まあ、理屈は通る気がする。こんなことでぷりぷり怒っても仕方ないような。命令されたように思えた最初の憤りは、どこかに消えていった。「え、う……まあ、いいわ」シャーロットはぼそりとそう言った。

「よし、じゃあ水泳練習は、四時だ」マットは落ち着いて筋の通ったことを説明しているという態度を崩さずに付け加えた。「それから、明日は射撃練習を始める」

12

ウォレントン
四月二十六日

金曜の夜、バー『セリイ』ではライブがある。『セリイ』はウォレントンでいちばん大きなアイリッシュ・パブで、一夜限りの関係を持つ相手を引っかける場所としても悪名高い。モイラが毎週金曜日、仕事帰りに決まってこの店にやって来るのは、そういう目的のためではない。ひと晩だけの関係というのには、興味がないのだ。全然。まともな家庭で育てられたという自負があるし、そんなことをするのははしたないとも思っている。

違う、音楽を求めてここに来るのだ。毎週故郷を懐かしむためにこの場所に顔を出し、ギネスビールを一杯だけ飲んで、荒々しいアイルランドの音楽に合わせて足を踏み鳴らすと、少しだけ望郷の思いがわく。しみじみして、心がほぐれる。

モイラはアメリカに来て、幸せだった。本当にそう思っている。二年おきにふるさとに帰るが、懐かしさに切なくなる気持ちを鎮めるためだけのことだ。ドネガル郡のドロという村に帰って二週間もいると、なぜメグ叔母さんを頼ってアメリカに渡ったかを改めて思い知ることになる。短期間で地元の村の世間の狭さに押しつぶされそうになる。そこはダブリンから遠く離れた田舎で、学校時代の友だちはみんな閉ざされた世界であくせくと生きている。

違う、ホームシックになるのではない。アメリカで豊かな人生を歩み出したのだ。あと戻りなんかしない。

けれど、この音楽を聴くと目頭《めがしら》が熱くなる。アイルランドに戻ったみたい。暖かな夏の雨降り、アイディーン伯母さんの家に、親戚《しんせき》がみんな集まって、ちょっとばかりお酒がすぎる夕べ。飲みすぎたって、フィッツジェラルドのもんは完璧《かんぺき》に音を合わせて歌えるんだから。

『セリイ』の音楽はいつもいい。今夜のバンドも最高だ。女性のバイオリン弾きが、黒髪の巻き毛を振り乱して、嵐《あらし》のように音を奏でる。

〝タロの石〟という名前のこのバンドの演奏に合わせて、観客は足を踏み鳴らし、椅《い》子《す》に座った人たちも、酔いが手伝ってゆらゆら体を動かす。ここのウエイトレスの身のこなしのすばやさには、いつも感心する。フロアにはビールがこぼれて泡だらけなのに、どうして滑って転ばないのだろう。

ライブの第一回目のステージは真夜中近くまで続き、終わるとモイラはあくびをこらえた。二回目のステージも見たいところだが、そろそろ家に帰る時間だ。バンドはステージから下りてしまったので、次の回が終わると一時を過ぎてしまう。モイラがいつもベッドに入る時間はもっとずっと早い。バッグを取ろうと体を動かしたとたん、腕に何かが当たり、冷たいビールがクリーム色のシルクのブラウスにこぼれてきた。ジョッキ一杯分がすべて、ブラウス全体にかかったように思える。さらにモイラが手にしていたグラスが膝《ひざ》の上に転がり、まだ残っていたギネスがおろしたての白いウールのスラックスに黒いしみを作った。このスラックスには、一週間分のお給料の半分を費やしたのに、もう二度と着ることはできないだろう。

「ああ、どうしよう……ああ、大変だ」男性の狼狽《ろうばい》した声がして、惨憺《さんたん》たるありさまのブラウスとスラックスを見つめていたモイラは、顔を上げた。痩《や》せて、薄くなり始めたブロンドの髪、大きくて不恰好《ぶかっこう》な黒ぶちの四角い眼鏡、ポリエステルの半袖《はんそで》のシャツ。〝おたく〟を絵に描いたような男が、モイラの目の前にいた。

座っていたベンチシートから出ようとすると、その男のビールがシャツから滝のように流れて、スラックスへ落ちた。アメリカ製の薄い色をしたへなちょこビール、小便みたいな臭《にお》いしかしない、例のあれだ。まったくもう。アメリカ産ビールがシャツを台無しにして、ギネスがスラックスをだめにしたわけね、とモイラはうんざりした。しかもこの国で出される飲み物はみんな、きんきんに冷やしてあるときてる。

　男が身を乗り出して、テーブルに置いてあった薄っぺらな紙ナプキンでモイラのブラウスとスラックスを拭《ふ》き始めた。ナプキンはすぐさまぼろぼろになり、モイラの体じゅうに白い紙のかすをつけ、服はいっそうひどい状態になった。

「ああ、どうしよう。本当にすみません。僕ってそそっかしくて。大まぬけですよね。本当に、何とお詫《わ》びしていいか。僕、まったくのだめ人間ですね」男は謝罪の言葉を何度も繰り返した。

　ええ、本当にあんたはだめなやつよ、モイラは思った。そそっかしくて救いがたい大まぬけ。ただ、モイラは母から厳しくしつけられた。必要とあればぴしゃりと平手で叩《たた》かれることさえあった。母さんを安らかに眠らせたまえ、と神に祈ったあと、モイラは十まで数えて男の粗相を責め立てたくなる気持ちをこらえた。「いいのよ。悪気があったわけじゃないんだし」

　ひどい状態のブラウスから視線を上げたモイラの顔を見た瞬間、男がショックを受けたように、息を吸い込んだ。あまりに大きな音がして、騒々しくおしゃべりする酔っ払いの中でも、モイラの耳に届いた。「ああ、どうしよう」と男が言った。

　もういい加減にしてくれない？　この男の口にできる言葉って、他にないわけ？

礼儀もわきまえず、どうしようもないわね、とモイラはあきれた。

男はショックを受けた顔でモイラを見つめた。モイラには頭が二つついてるのを発見したとでもいうように、口を丸く開けて唖然《あぜん》としている。まさに、大まぬけそのものだ。男は動こうともせず、息をするのも忘れてしまったようだ。ただその場で足をすくませて目を見開き、顎《あご》をだらんとさせるだけ。ちょっとあんた、いつまでそこに突っ立ってる気よ？　モイラはあからさまなため息を吐《つ》きそうになった。音楽を聴いてリラックスする楽しい夜もこれで台無しだ。

立ち上がると冷たいビールが不快で、モイラは顔をしかめた。ギネスはスラックスを通して、ストッキングまで濡《ぬ》らしている。外は凍《こご》えるような寒さだ。不快、というのはあまりに控えめな表現だろう。これから冷たく濡れたストッキングを身につけて、肌寒い夜に出て行かなければならないのだ。モイラが手袋と帽子を手にすると、男はかけられた魔法が解けたかのように、はっとした。

「いえ、だめです！」男はモイラに手をかけようとびくっと体を乗り出したが、すぐに手を引っ込め、絶望的な表情でもじもじした。「ああ、本当に、僕は何てことを。よりにもよって飲み物をこぼした相手があなただったなんて。この町には何十万人もの――」男ははっとして、言葉を止めた。ブロンドのまつ毛にはほとんど色がなく、目がむき出しになっている感じがした。「実際は九万七千三百十四人ですね、ウォレントンの人口は。最新の国勢調査ではそうなっていました。その九万七千三百十四という数の――いや、企業の人員削減を考慮すれば現在は九万六千五百程度だと――」男はまたはっと口をつぐんだ。「すみません。僕は数学者なんです。ともかくです、ウォレントンにこれだけの人がいるのに、あなたにビールをこぼしてしまった……」

よりにもよって？　モイラはもう一度じっくり男を見た。中背、髪が薄くなり始め、分厚くて不恰好な眼鏡の奥に淡いブルーの瞳《ひとみ》――確かに見覚えはある。

「僕のこと、覚えてないんですね？」男が恨めしそうに言った。「そういうのには慣れてますから。あなた、今朝、僕にすごく親切にしてくださったんですよ。ほら買い物リストで」

買い物リスト？

「スーパーマーケットです、お忘れですか？」男が期待をこめた目で見つめる。「ほうきと、洗剤と……それにいろいろ」

ほうきと洗剤……ああ、そうか。町に新しく越してきて、家庭用品をそろえようと思っても、何から始めていいか途方に暮れた男性。おかげでモイラは仕事に遅れそうになった。忘れられるものですか。

「ええ、ええ。もちろん覚えてるわ」

ただ、助けを求めたからといって、この男性に落ち度があったわけではない。モイラは急に気の毒になった。母さんからは、人に親切にするのよ、といつも言われてきた。こいつは、アメリカ人の言い方を借りると、救いがたいだめ男だが、この町にはまだなじみがなく、ひとりぼっちで、この様子からするとひどく寂しいのだろう。

「必要なものは全部そろったの?」

「はい。あなたのおかげです。あなたみたいな親切な方がいらっしゃるなんて」男はもじもじするのをやめて、モイラの肘《ひじ》に手を添え、席に戻るように促した。「僕に一杯おごらせてください。お願いします、どうしてもそれぐらいしたいんです」

男の言葉に、モイラは首を横に振った。すると男はうなだれ、わっと泣き出すのではないかと、モイラは心配になった。

「きれいなブラウスとズボンを台無しにしてしまって、申し訳なくて仕方ないんです。一杯ぐらい、僕におごらせてください。遠慮なんてしないで。それぐらいはさせてもらわないと、僕の気持ちが収まりません。さ、座り直して、ええ、そうです」男の顔がぱっと明るくなり、不恰好な眼鏡に光が反射してきらりと光った。「何を飲んでらしたんです?」男は盗み見するような目つきで、モイラのスラックスを見てから、ほとんど空《から》のグラスをのぞいた。かつては白かったスラックスはギネスビールのせいで茶色く染まり、グラスの底にはわずかに茶色の液体があった。それを見て男は体を縮こまらせた。「すみません、僕、ビールのこと何もわからないんです。あんまり飲む

ろうと、モイラは思った。

「わかったわ」心の中で、まったくもう、と思いながら、モイラは椅子《いす》に戻ったが、そのとたん脚に濡れたウールがひやりとくっつく感覚に、うっと顔をしかめた。「でもお酒じゃないもので。コークでいいわ」これ以上アルコールはいけない。みぞれまじりの天気に夜道を運転するのだから。

「ええ、ええ、もちろん。実に結構です。すぐに飲み物を持ってこさせます」男はあたりを見回し、店の人間の注意を引こうとした。しかし今までそこにいたはずのウエイターが、すぐに見えなくなった。男はため息を吐き、ぼそりと言った。「僕っていつもこうなんです」そしてテーブルに手をついて、体を乗り出した。「こうしましょう。僕がバーまで行って、あなたのコークを持って戻ります。そのほうがずっと早い。ここで待っててくれますか?」男は立ち上がったまま、しばらく不安そうな面持ちでモイラを見ていた。「ここから――帰ったりしませんよね?」

魅力的な考えだ。男がバーに行っているあいだに、そっと抜け出す。しかし――

「帰らないわ」モイラは努めて笑顔をつくろった。「ここで待ってるから」

「よかった」男はそう言って、混み合うバーへと消えていった。すぐに、腿《もも》の後ろ側も濡れていることに気づいたモイラはうんざりした気分になったが、間もなく男がコークの入った大きなグラスを手に戻ってきた。男はモイラの向かい側に座り、自分のグラスを高々と掲げた。「では。僕のそそっかしさをあなたが許してくれることを願って、新しい友情に乾杯」

モイラはしぶしぶ自分のグラスを掲げた。思ったとおり、半分氷だ。アメリカ人がどんな飲み物も歯にしみるほど冷たくするのが、モイラには理解できない。外の気温が氷点下になるようなときでもこうだ。ビールでさえあまりに冷たくして出てくるので、じっくり味わうことさえできない。モイラは少しだけコーラを口に含み、口の中でコーラを温めてから飲み込んだ。

男はコークを手にして、モイラを見つめている。ばかみたい。この凍えるような液体を飲み終えるまで、こいつが自分を解放してくれる可能性はなさそうだと思ったモイラは、珍しく故郷を懐かしく思った。そんな思いに駆られることなど、めったにないのだが。

モイラは勇敢にもコークをごくごくといっきに飲み終えた。この犠牲的精神に満ちた勇気ある行為のほうびとして、ふるさとに帰ることができるのではないかと思った。

「アイルランド人なんですね、あなたは?」男の声は軽快で、人懐っこい雰囲気があった。話すときは、モイラによく聞こえるように、男はテーブルに身を乗り出した。

「僕もいつかアイルランドに行きたいと思ってるんです。僕の夢ですよ。アメリカに来て、どれぐらいです?」

　男は本当にモイラの話に興味を持っているように思えた。自分という女性に興味を持ってくれた男性はずいぶん久しぶりで、そのことを思うとモイラの胸が少し痛んだ。男は完全にモイラの話だけに聞き入り、男性からこれほど注目されていると感じるのは、気持ちがよかった。相手がこんなひとりぼっちの数学者でさえ、うれしいものだ。

　それにこの人、それほど見かけは悪くないわ、とモイラは思った。分厚い眼鏡、ポリエステルらしい光沢のある安物の合織のシャツといった、いかにもおたくっぽい小道具がなければ、人前に出しても恥ずかしくない男性だ。

　それに、すごくきちんと人の話を聞いてくれる。他の男とはえらい違い。モイラはいつの間にか、自分の身の上をすっかり話していた。両親の反対を押し切ってアメリカに来たこと、両親はどちらももう亡くなってしまったこと、最初はどれほど寂しい思いをしたか、きょうだいたちに会いたくてたまらなかったことなど。ずいぶん長いことひとりで話し続けたせいか、息が切れた。体がふらつくので、椅子の背にきちんともたれなければならなかった。ずいぶん遅くなったのだろうか？　手首の時計を見ようと腕を上げるのも、億劫《おっくう》だった。

一時過ぎ。何でこんなことになっちゃったんだろう？　家に帰る時間はとっくに過ぎている。モイラはベンチシートから出ようとしたのだが、体がぐにゃっとして、言うことをきかなかった。新しくできた親友が何かを言ったが、彼が何を言ったのかもわからなかった。

「何？」と言ったつもりが、口から出たのは、な？　だった。

「僕は——家に帰るんなら、送っていこうか？」

必要ありません。誰かに送ってもらわなければならない状態になったことは一度もなかった。モイラは自立した若い女性なのだ。結構です。ただ、脚に力が入らなくて、目を開けているのもやっとというだけ。「いえ、結構——」その先が出てこない。「えっと、あなた何て名前だっけ？」

「ジョン」男の控えめな笑顔が心地よかった。「でも友だちからは、バレットって呼ばれてるんだ」

サン・ルイス
四月二十六日

カンティーナまでの道を、二人は口論し続けた。

怒りと寒さに震えながら、シャーロットは自分の道具をまとめ、自宅に向かって歩き出した。マットが彼女の肘をつかんだ。やさしく握られているのに、振り払うことができなかった。シャーロットはとげとげしい表情でつかまれた腕を見てから、顔を上げてマットの顔を見た。通常こうすれば、たいていの男は手を放す。さわらないで、と伝わるのだが、驚いたことにマットの手はそのままだった。

「手を放してくださると、ありがたいんだけど」シャーロットの口調は氷のように冷たかった。

「だめだ」

え？「何ですって？」こう言えば、普通思いどおりの結果が得られる。しかしマットはこんなことでくじけない。それどころか、笑いをこらえている。最低。

「シャーロット、いいか」

「よくないわ。あなたこそ、私の話を聞きなさい」怒りが募ってくる。シャーロットは氷のような冷たさを胸に感じていたのだが、燃え上がる怒りに変わっていた。「あなた、私に何の権利があると思ってるのかしら。確かに、昨日は私の命を助けてくれた、それには感謝してるわ。でもね――」

「君は銃で撃たれた」マットは単刀直入だった。

シャーロットは歯ぎしりしたい気分だった。実際、エナメル質が砕けて耳から飛び出してしまいそうなほど奥歯を強く嚙《か》んだ。「そんなことぐらいわかってるわ。だからと言って――」

「君を撃った男は牢屋《ろうや》に入ったのでもなく、死んだのでもない。君の口からそう聞いた」

きつく歯を嚙みすぎて、顎《あご》が痛い。「それがどうしたって――」

「その男はまだ君を追っている。ここに永遠に隠れていることはできない」

できるわよ。いや、できないことはシャーロットにもわかっていた。シャーロットは怒った顔でマットを見た。

肘をつかむマットの手がやっと緩んだ。痛いところなどまったくなかったが、シャーロットはこれみよがしに腕をさすった。

「君はそのことを考えたくないんだ。何もかも消してしまいたい。こんなことは実際に起きているんじゃない、悪い夢みたいなもので、いつかはきっと……なくなるだろうと考えている」

シャーロットの背筋に冷たいものが走った。心の奥底の強い願望をマットに声高に指摘されてしまった。

「銃を持つ男はどういう特徴を持ってるか、教えてやろう。そういうやつらはな、消えてなくなることとなんかないんだ」マットはこれ以上ないほどやさしい口調で話し続けた。「君がやつらを嫌ったからって、消えることはない。俺にはわかる。俺がそういう男だからだ。ただ、俺は悪事をするために銃を使いはしない。君はいっさい事情を話してくれないが、問題が解決したのなら、こんな場所にいるはずはない。今もサン・ルイスに隠れているんだから。君の家がどこかは知らないが、アメリカのどこかにある自宅に戻って、機嫌よく思う存分絵を描いているはずだ。なのに君は、怪我《けが》をして未来のなくなった兵士や逃亡中の人しか集まらないこの場所にいる。ここは君の本来の居場所じゃない」マットの口ぶりが、ここでいっそうやさしくなった。「君の居場所はどこか他のところにあるはずだ。友だちや家族に囲まれ、絵を描くこと以外の心配をいっさいせずに」

マットを見つめるシャーロットの体が、緊張で強ばった。涙がこぼれそうになる。友だちや家族に囲まれて。唯一の家族だった父はいない。友人に連絡を取ることもできない。自分の行方を追う者たちのために、危険に巻き込むことになる。シャーロットはひとりぼっちなのだ。

以前の生活を恋しく思う気持ちが、突然激しくシャーロットの胸にふくらんだ。時計の針を戻せたら、二ヶ月、いえ、三年前に。お父さまが病気でなかった頃。いちばんの悩みの種は、どうやったら絵に奥行きが出るか、光と影《キアロスクーロ》をどう使えば遠近感を伝えられるかだった。

「ああ、ハニー」マットはそう言うと、一歩前に出てシャーロットを腕に引き寄せた。「大丈夫だと言ってやりたいさ。でもそんなことはできない。けだものみたいなやつを相手にすると、油断なんてできないんだから」

シャーロットは抱擁を拒否しようとした。この人はどんどん私の生活に入り込み、進みたくはなかった方向へと、私を押しやる。そう思ったが、彼に体を預けるのは、とても気持ちがよかった。ほんの一瞬だけ。シャーロットの頭は、マットの肩にぴたりと収まった。マットの手に後頭部を支えられ、守られている感覚がした。シャーロットはそのまま体をゆだね、心を休めた。少しだけ、もうちょっとだけ。体を離さなければ。けれど彼の肩が磁石でできていて、シャーロットの頭に鉄の塊が詰まっているかのように、ぴたりと吸い寄せられて動かなかった。

「銃は大嫌い」マットのTシャツに向けて、シャーロットが言った。強い意思に根ざす、シャーロットの心の底からの言葉だった。彼女は銃器反対を訴えるありとあらゆる団体のメンバーで、銃規制を求めてデモに参加したことも、署名活動をしたこともあった。新聞や雑誌に投書したり、ニューヨーク州選出の上院議員に手紙を書いたりした。今まで選挙では常に銃規制を支持する候補者に投票してきた。

「わかってるさ。俺も銃は大嫌いだ」

その言葉に、シャーロットは思わず体を離した。マットはきっと、ばかみたいににたついているのだろうと思ってその顔を見上げた。銃が大嫌いな兵士ね、へえ、なるほど。

ところがマットは今まで見たこともないほど暗い顔だった。深刻そうで、完全にまじめな表情だ。「俺の言うこと、信じてないんだな?」

「え、ええ。信じられない」

「本気さ。俺たちは暴力を憎んでる。どれほど憎んでるかは、俺たちみたいなひどい目に遭った人間しかわからない」

シャーロットははっとマットの体にあった弾丸による傷痕《きずあと》を思い出した。そして、彼が何ヶ月も意識不明だったことも。彼も撃たれたのだ。そして、シャーロットよりも何度も多く。そんなことはすっかり忘れていた。

「この世が理想の世界なら、誰も俺や俺の祖国に悪いことをしないなら、俺は数学教師か高校のフットボールのコーチでもしたかった。けど、この世界はそうじゃない。俺たちには武器が必要で、それは悪いやつらが武器を持っているからだ」

これは昔からある議論だ。こういった理由づけを、シャーロットも何度も耳にした。しかし実際に弾丸で体に穴を開けられた兵士の口から聞くのは、初めてだった。

マットが人差し指の背で、シャーロットの頬《ほお》をやさしく撫《な》でる。またやわらかな彼の言葉が響く。「君は怖がってる。怖くて当然だ。君は面倒に巻き込まれ、誰かの助けが必要だ。俺の話を聞くんだ。いや、だめだ、聞け」いくら離れようとしても、マットはしっかりとシャーロットの体をとらえ、言葉を続ける。

「どんな危険があるのかがわからなければ、俺も君を守りようがない。どんな問題を抱えているのか、君は話してくれようとしないから、君は自分で自分の身を守るしかないんだ。二つにひとつだ。今すぐ俺に何もかも打ち明け、どういう危険があるのかを説明して、俺が注意を怠らないようにするか、あるいは君自身が銃の扱いについて少なくとも基本的なことを学ぶか、どっちかなんだ。君には自分の身を守れるようになってほしい」

シャーロットはマットをぼんやりと見上げた。

「君のためだ。君の身にもしものことが起こってほしくない。君には安心して幸せに暮らしてもらいたい。絵を描いて毎日を過ごしてほしい。一般的にはな、この世の中は悪いやつらの思いどおりになってしまうもんなんだ、知ってたか？」マットの瞳は暗く、底の見えない海のようだった。「そういうのに、俺は我慢ならないんだ。すごく頭にくる。君もそうだろ？　腹が立つだろ？　悪いやつらは、いつまでもやめないんだぞ、シャーロット。あいつらは誰かに止められるまで、いつまでも悪いことを続けるんだ」

現実のこととして考えると、本当にそうだった。そのとき初めて、シャーロットは怒りを感じた。今までは恐怖とパニックと悲しみを覚えるだけだった。

シャーロットにも事情がのみ込めてきた。ロバート・ヘインの強欲さが、徐々に大きくなっていった。コート・インダストリーズ社から得る巨額の給与では、彼は満足できなくなってしまった。そしてロバートのような人物は、どこまでいっても満足できないのだ。シャーロットは、心の奥底でそのことを実感した。どうしてかはわからないが、彼は何かを得ようとして、コート親子が邪魔になった。だからためらいもなくシャーロットの父を殺した。

シャーロットはびくっとして、体を硬くした。決定的な事実に気がついた。ロバートはもともと、シャーロットのことも殺すつもりだったのだ！　彼の望みが何だったのかはわからないが、フィリップ・コートが死ななければならないとすれば、シャーロットの命も奪う必要がある。彼の計画は、フィリップを殺して、シャーロットを犯人に仕立て上げようとするものではなかった。本来の計画は、コート家の人間を抹殺することだったのだ。シャーロットを犯人にするのは『プランB』でしかなく、『プランA』——親子二人ともを抹殺する計画がうまくいかなかった場合の、予備だったわけだ。

逃げられたのは奇跡だった。

マットは細かなことも見逃さないので、シャーロットの様子がおかしいことにすぐに気づいた。「どうした?」そうつぶやいて体を離し、首をかしげてシャーロットの全体をながめる。「何か思い出したんだな? それで怖くなったか、ショックを受けたかしたんだ。何なんだ?」

こんなふうに何でも読み取られることに、シャーロットは慣れていなかった。マットほど敏感にすべてを嗅《か》ぎあててしまう人に対して、どうすれば感情を隠せるのかわからなかった。それで、顔を彼の肩に戻し、表情を見られないようにしたのだが、うまくいかなかった。マットにそっと顎をつかまれ、体を離された。

「俺から隠れるな。いったい何があった?」

シャーロットはうなだれて、首を振った。

マットはため息を吐いた。「わかったよ。カンティーナで昼飯にしよう。そのあと、もう一回水泳の練習だ。明日は射撃の訓練と、護身術の基本をいくつか教える。君に万一のことがあったら困る」

「いいわ」そう答えたが、シャーロットは少しばかり仕返しをすることにした。「そのあと、夕方は教会址《あと》で開かれるコンサートに付き合うのよ」マットが狼狽する表情を見て、シャーロットは噴き出しそうになった。「楽しみね」

ウォレントン
四月二十七日

モイラ・フィッツジェラルドの体重は、六十五キロ近くありそうだ。ちょっとぽっちゃりしているよな、ダーリン？　バレットは彼女を自分のワゴン車へと運びながら、心でつぶやいた。モイラがまだ歩けるあいだに、アイリッシュ・パブから連れ出したが、そのときはもう彼女は頭をだらりとバレットの肩にもたせかけ、目は閉じていた。二人の様子を見とがめる者は誰ひとりいなかった。アイルランド系の二世が多く集《つど》うこのバーからは、女の子も酔っ払って足元がおぼつかないまま店から出るし、同じぐらいべろんべろんに酔っ払った彼氏に肩を貸したりもする。

裏手にある駐車場に出ると、バレットはモイラを抱き上げた。ここでは誰の目もない。バレットはいちばん北西の隅に車を停めていた。ここだと大きなハロゲンランプの街灯の光も届かない。バレットは細心の注意を怠らないのだ。

それから四十五分後、二人は工業地域にある倉庫に到着した。インターネット経由で借りておいたもので、支払いには法的にまったく問題のないクレジットカードを使った。タイムズスクエアで盗んだばかりのカードだった。その後、磁気カードが二枚、ホテルプラザに滞在中のビンセント・ベンダー宛《あて》に送られてきた。ひとつはゲートを開けるもの、もうひとつは個人の倉庫ユニットに入るものだった。バレットはベンダー名義で、今朝ホテルにチェックインした。実際に部屋に入り、ベッドのシーツをくしゃくしゃにして、シャワーも流した。その間、指紋やＤＮＡを残さないよう、気をつけた。

工業地帯というのは、こういうのにうってつけだ。あたりには誰もいない。バレットはカード・キーを使って自分の借りた大きくて空っぽの倉庫ユニットに入った。その数分後、モイラを椅子に降ろし、金属製の扉を閉めた。

完璧。窓はひとつもない。防音設備はないが、壁はコンクリートで、音を立てても遠くまで聞こえないのは確実だ。

ただ、モイラに悲鳴を上げさせるつもりはない。そんな必要はないのだ。

モイラのために、すべてのことが用意してあった。大きめのビニールシートががらんとしたコンクリートの床の中央に敷いてあり、金属の椅子がその上に置いてある。他にこの倉庫にあるのは、工業用の漂白剤の大瓶だけ。

バレットはモイラの服を脱がせ、その服を丁寧にたたんで、大きな集合住宅用の黒いゴミ袋に入れた。そして袋の端をねじって結ぶ。この袋はあとで、産業廃棄物処理用の穴にほうり込もう。町から北に二十キロほど行ったところに、大きな穴があった。

モイラの裸の体をシートの真ん中にある椅子に置いたが、彼女はまだ意識がない。ダクトテープをモイラの胸のところで三重に回し、しっかり体を椅子に固定した。プラスチック製の拘束紐《ひも》を手首と足首に巻いて、完全にモイラの体の自由を奪った。

バレットはラテックスの手袋をし、足は手術用の靴カバーで覆った。明日、今着ている服はガソリンをかけて完全に燃やしつくす。〝ロカールの交換原則〟と呼ばれる犯罪学の基礎はバレットもよく知っている。異なる物体が触れ合えば、接触した事実を示す痕跡《こんせき》が必ず残される。だから完璧ということはない。それでも自分の痕跡はできるだけ残さないようにしてきた。

モイラをテープでぐるぐる巻きにして、手足をしっかり結わえつけると、牛肉の塊を扱うような調子で、彼女の裸体を調べた。

ロヒプノールという薬は、デート・レイプに使うドラッグとして有名になったが、モイラをレイプすることはバレットの頭には微塵《みじん》もなかった。バレットは昔、自分の指揮下にあった兵士を部隊の安全を脅かしたという理由で撃ち殺したことがあった。兵士が売春婦とセックスしたのだ。セックスは男の頭を混乱させる。体の急所を奪うだけではない。バレットは清潔でエネルギッシュなセックスを月に二回、信頼できる供給先から買うことにしている。その快適な休息時間以外にはセックスのことはいっさい考えない。

バレットがコークに入れたロヒプノールを、モイラの体はすばやく代謝している。一時間が経過した。そろそろドラッグで朦朧《もうろう》としながらも、ぼんやりと意識が戻る頃だ。

バレットはかがみ込んで、じっと待った。モイラから視線をそらすことはない。必要とあればひと晩じゅう待つぐらいの忍耐力はあるが、そんな必要はないだろう。

それから十三分後、モイラがうーん、と声を出した。さらに四分後、まぶたがひくひくと動いた。何かわけのわからないことをつぶやいている。バレットはさらに辛抱強く待った。彼女はまだ役に立ちそうな情報を話してくれる状態ではない。まずくだらないことをあれこれ聞かされるのは覚悟していた。「寒い」そうだ、寒いはずだ。真夜中、暖房のない倉庫に裸でいるのだから。

バレットは拷問することも考えてみたが、すぐにその考えを捨てた。プロの兵士として、拷問ではほとんど効果が上がらないのは知っていた。きちんと訓練を受けた兵士、それに狂信的な考えに凝り固まって、何を言っても聞かないテロリストもそうだが、彼らが口を割ることはめったにない。心臓が先に止まってしまう。

一般人に対しては、情報を得るために拷問するのはまったくの無駄だ。他の者への見せしめとして、ちょっと圧力をかける手段としては用いる。拷問した死体を村の中央広場に捨てておけば、村じゅうの人間が喜んで話をするようになる。

しかし今回の場合、モイラ・フィッツジェラルドは体を傷つけられても、コートの娘についての情報を吐き出すことはないだろう。恐怖と痛みで、脳からは神経伝達物質カテコールアミンとコルチゾールが出て、頭がまともに働かなくなる。痛みを和らげるためなら、どんなことでも言うだろうし、そんな状態で得られる情報は信用性が低い。バレットはその情報を追って何週間も費やし、結局何もなかったということになりかねない。何週間という時間の余裕はない。信頼できる情報を、今すぐモイラから得なければならないのだ。

モイラがまた声を上げ、今度は目を開けた。焦点が合わず、瞳孔《どうこう》が開いている。

「ハイ、モイラ」バレットはやさしく言った。

「寒い」モイラは同じことを言った。

「そうだね。すぐにあったかくしてあげようね。でも先に、いくつか教えてもらわなきゃならないことがある」

モイラの目は少し焦点が合うようになってきた。頭をゆっくり動かして、周囲の様子を見ようとする。ただ、目につくものなどほとんどない。倉庫は暗闇《くらやみ》に包まれ、さらに唯一ある二百ワットの電灯は、スポットライトのようにモイラに当ててあるためまぶしくて何も見えないはずだ。モイラは目を閉じ、光から顔をそむけた。

少しのあいだ、モイラはテープに縛られた体をよじり、手首をプラスチックの拘束具から外そうとしたが、やがておとなしくなった。よし。ドラッグはたいていの人間を従順にする。抵抗する意志を奪い取ってしまうのだ。モイラは一般的な人間で、とりたてて反抗するタイプでもなさそうだ。それにメイドという仕事をしている女性は、もともと他人から命令されることに慣れているものだろうとバレットは考えた。少しもがいただけで、モイラは自分が拘束されているという事実を素直に受け入れた。

「ここ――どこなの？」ろれつが回らないようだ。口が渇き、舌が腫《は》れて動かない感覚だろう。

「友だちと一緒にいるんだよ、モイラ。もうすぐシャーロットも来るからね。うれしいだろ、シャーロットにまた会えれば？」

モイラはほほえみ、頭を緩やかに揺すった。「シャーロットお嬢さま。シャーロットさまが、お戻りになる」

「そうだよ、シャーロットさまが戻ってこられるんだ。帰りたいって、言ってらっしゃるよ。でも、僕たちが迎えに行かないと、シャーロットさまは戻ることができないんだ。だからね、モイラ、シャーロットさまが今どこにいらっしゃるか、僕に教えてくれなきゃならない。どこにいらっしゃるんだい？　シャーロットお嬢さまは、今どこなんだ？」

モイラの眉間《みけん》に深いしわができた。「それは、知らねえよ。お姿、消えちまった。お嬢さま、人殺しだって、あいつら言った」モイラの顔が不満を訴える。「あの罰当《ばち》たりめら。おおばか者だよ。みーんな」

誰もいない屋敷を忠実に掃除する女性なのだから、モイラは当然義理堅いはずだ。それに、主人への愛着も感じられる。バレットは別の手を使うことにした。口調をいくぶん鋭くする。

「シャーロットさまは、困ってらっしゃるんだよ、モイラ。すごく困ったことになってる。僕たちでお嬢さまのところに駆けつけないとね。どこに行けばいいんだ？」

モイラはきょとんとした。「知ら――知らない」

「どうやって逃げられたんだ？　シャーロットさまの車は、ガレージに入ったままだね。君の車に乗っていらしたのかい？」

モイラは激しくまばたきして、うなずいた。「うん。あの日――雪がひどく降ってた。シャーロットさまの車じゃ、外に行けなかった。あたしのタホを貸してあげた」

モイラの顔に残念そうな表情がよぎった。涙がひと筋、頬を伝い落ちた。「それから、戻ってらっしゃらない」そのあと、モイラは静かに泣き始めた。

バレットも、前もってかなりの調査をした。モーテルにこもって、他人のアカウントを使ってインターネットに接続した。モイラ・シャーロット・フィッツジェラルドのことは、本人の母親よりバレットのほうが詳しいだろう。丸一日彼女の生活を調べつくし、興味深い事実をいくつか掘り当てた。

その一。七ヶ月前、一万八千ドルで購入された中古のGM社製の大型四輪駆動車タホが、モイラ名義で車両登録された。なのにモイラは三月一日にフォード社製の小型四輪駆動車エスケープを新車で買っている。独身の女性がどうして似たような車を二台も必要なのか？　それから一週間後、モイラはタホの盗難届を出した。

その二。モイラ個人用の銀行口座に、二月二十六日突然一万八千ドルが現われた。そしてその二日後、モイラはカリフォルニア州サンディエゴの公衆電話から電話を受けた。

モイラ・フィッツジェラルドはおしゃべり好きな女性ではない。二週間に一度、アイルランドの同じ番号からの電話を受ける。週に四回ほど、別の番号からの電話を受けるが、それはモーリーン・ドハティという女性の番号で、彼女はアイルランド出身の二十七歳、グリーンカードを持ち、アメリカで店員として働いている。それ以外の通話は電話会社、水道修理、婦人服ブティックだけだった。バレットは年の初めからすべての記録を調べたのだが、すべて相手がわかった。わからなかったのは、サンディエゴからの通話だけだった。

その三。モイラ・フィッツジェラルドは、最近になって自分のパスポートが盗まれたと届け出た。モイラに似た人物が盗まれたパスポートを使って旅行している。モイラは茶色っぽいブロンドの髪、青い瞳、これといった特徴のない顔立ちだ。シャーロット・コートより十キロばかり体重は多いし、あれほどの美人でもないが、不注意な警官なら証明用の写真の見分けはつかないだろう。

バレットが次にしなければならないことは明らかだった。ただ、とりあえずは鼻水を垂れてぐずるモイラを何とかし、話を聞かねばならなかった。バレットは少し命令口調になった。「聞きなさい、モイラ。シャーロットさまは、君が助けてあげるんだ。今、君が助けに来るのを待ってらっしゃるんだ」

モイラは泣くのをやめ、背筋《せすじ》を伸ばした。頬を濡らしてはいるが、落ち着いて牛みたいに穏やかだった。

「シャーロットは君に金を送ってきた。あの夜、君のタホにそのまま乗って行ったからだ。カリフォルニアから電話をして、君が金をちゃんと受け取ったかを確認した。そして、しばらく時間をおいてから、パスポートの盗難届けを出せと言ったんだ」

これは質問ではなく、事実として述べただけだった。モイラはうなずいた。「シャーロットお嬢さまの声が聞けて、どんだけうれしかったか。警察はひどいの。お嬢さまのこと、あんなふうに言うなんて。シャーロットさまは、ハエだって殺さない方なのに」

「そのとおりだね」バレットはまた、耳あたりの良い穏やかな口調にした。「シャーロットさまは無実なんだ。傷ついてひとりぼっちだ。僕たちで助けてあげないと」

　モイラはまた涙を浮かべてうなずいた。

「カリフォルニアから電話をしてきたとき、お嬢さまは何と言ってたんだ、モイラ？　大丈夫だって？」

　モイラがまたうなずく。

「教えてくれよ。お嬢さまがどんな様子だったか、話してくれないか？　何ておっしゃってたんだい？　これからどこに行くって？　今、お嬢さまがどこにいるか、わかってないと僕たちも迎えに行けないだろう？　居場所がわからなきゃ、助けてあげられないじゃないか？」

　モイラは返事をせず、ドラッグで朦朧としている人特有の、深くゆっくりとした呼吸を、開いた口でした。

「シャーロットには、助けが必要なんだ」バレットの口調が鋭くなった。「彼女を助けられるのは、君だけだ。君しかシャーロットを救うことはできないんだ」

　モイラの頬を涙が伝い、胸のふくらみを濡らし、ダクトテープの上を転がり落ちた。

「君はシャーロットさまを助けたいんだろう？」今度は低い声で、悲しそうな口調でバレットは訴える。「そう思ってるのは、わかってるんだ。当然だよね。僕と一緒に、お嬢さまを助けよう。シャーロットさまを家《うち》に帰してあげるんだ」

「お家」モイラがつぶやき、涙と鼻水が顔から落ちた。「シャーロットお嬢さまが、お屋敷に」

「カリフォルニアから電話がかかってきたとき、何を話したんだ？」バレットは気が短いほうではない。必要とあれば、何日だってここで待つこともできる。冷たいコンクリートの上にしゃがんで、辛抱強く質問を続けることもできる。ただ、時間の制約というものがある。モイラが何を話しても、その内容のほとんどは調査によってすでに知っている情報だし、これは最終的な確認でしかない。時計を見ると、午前二時だった。あと一時間は大丈夫だろう。そのあと、しなければならないことがある。モイラの死体の始末だ。ここをきれいに掃除し、モリソン公園に死体を捨てる。そしてサンディエゴへと向かう。ターゲットとなる人物の存在が、最後に確認された場所。

バレットは忍耐強く、また質問を始めた。「シャーロットお嬢さまは、電話で何と言っていたんだ？　体の具合は？　怪我のほうは、もうよくなったと言ってたかい？」

モイラは鼻をすするのをやめ、一瞬ぽかんとした。「じゃ、お怪我をなさってたの？　うちのお嬢さまが？」

　バレットは攻め方を変えた。「これからどこに行くって、言った？」

　モイラは首を横に振った。目の焦点が合っていない。直接的な質問はうまくいかないようだ。モイラが首を振った意味が――シャーロットさまはどこに行くつもりか言わなかった、なのか、私は覚えていない、なのかこれでは知りようがない。

「何て言ったんだ？」忍耐強さは本物のプロである証《あかし》だが、バレットはつい腕時計に目をやってしまった。まったく、くだらん作業だ。

「言った？」モイラはうつろな目で、口を開いている。やれやれ、涙はもう流していない。

「電話でだ。シャーロットさまの。カリフォルニアからかけてきた」バレットは落ち着いて呼吸した。声を荒らげてはいけない。暗闇のなかで、モイラが耳にするのは、バレットの声だけ。「電話で十分間も話したんだ。何か話したはずだ」

　沈黙。口を割るまいとしているのではない。それはバレットにはわかっている。モイラはきちんと考えられなくなっているだけなのだ。二ヶ月前に起きたことを、思い出そうとしても、なかなか出てこないだけ。

「モイラよう」バレットは静かに完璧なアイルランド訛《なま》りで話しかけた。チェルトナムにあるイギリス政府通信本部でスパイ訓練を一緒に受けた、アイルランド生まれの諜報部員《ちょうほう》から学んだものだ。「シャーロットお嬢さまがどこにいるかわからねえと、お助けすることあできねえさ」

モイラはゆっくり首を振った。その動きに呼応するように、瞳孔も左右に揺れた。

「さあ、電話でお嬢さまは何と言いなさったね？」

「おっしゃったの——」モイラは集中しようとしてか、ぎゅっと目をつむった。「大丈夫よって。できるだけ早く、お家に帰るわ、だから新聞で読むことなんて信用しないでねって」また涙があふれ出した。「あたしが、新聞で言ってることなんて信じるはずがないだろ。お嬢さまが、お父上を殺したなんて、シャーロットさまが、殺人できるはずがないんだ。そんなこと、信じるもんかね」

これではだめだ。バレットはさらにアイルランド訛りを強くした。「他には、どうだ？　考えるだよ、嬢ちゃんや。シャーロットさまは、他に何を言いなすったね？おいらたちで、お助けしないといけねえだろ？」そろそろ潮時だ。もう終わりにしよう。そしてこの女の命も——あと五分だ。「シャーロットさまを助けたくねえだか？」

モイラは頬を濡らしたまま、厳粛な面持ちでうなずいた。「あたしはコート屋敷にこのままいていいって言ってくださった。家計費から好きにお金を使いなさいって。家計費の口座に入っているお金はじゅうぶんあるから、しばらくはもつだろうって。口座から、あたしのお給料を定期的に支払うようにしてあるから、送ったお金は、タホを弁償するものだっておっしゃった。でも、あとで盗難届けを出して、保険金を払ってもらいなさいって。それを毎年のボーナス代わりにしてねって。もし——万一クリスマスまでに戻れなかったら。シャーロットさまは、いつもクリスマスの前にボーナスをくださるの。何ておやさしい方なんだろう。それから、パスポートも盗まれたと届けを出しとくようにおっしゃった」

獲物の足跡をちゃんとたどれていることが確認できるときにいつも感じる、くすぐるような震えがバレットの体を駆け抜けた。人は本来の姿を隠し通すことができない。逃げるときには、さらに自らをさらけ出してしまう。シャーロット・コートは、本物のレディなのだ。領民を思いやる領主館の女主人という役割を果たそうとする。目下《めした》の者には親切に、召使いには心配りを忘れない。シカゴではわざわざメイドに送金した。乗って逃げた四輪駆動車の代金だ。さらにカリフォルニアからは電話をかけ、車の盗難届けを出して保険金を受け取るようにとまで伝えた。頭がおかしいとしか言いようのない行動だ。メイドへの義理を果たそうとして、不必要なリスクを冒したのだ。

自分がまだ運転して移動に使う車に、盗難届けを出してもいいということが示す可能性は二つ。新しく車を買うなり盗むなりして、別の車に乗り換える、あるいは盗難車のデータベースが完備されていない国へ出て行く、このどちらかだ。

バレットは車を盗むという可能性はすぐに消した。シャーロット・コートはどうやったら車を盗めばいいかわからないだろうし、盗んでくれるような人物を見つけることもできないだろう。さらに別の車を購入するとなると書類が大変で、どうやって身元をごまかせばいいかがわからないだろう。

そうだ。シャーロットは別の車を手に入れたのではない。長年、獲物となる人物を追跡してきたことで研《と》ぎ澄まされたバレットの勘がはっきり告げる。彼女は国外へ脱出した。フランスとイタリアを愛し、アメリカ大陸を横断してサンディエゴまで行った女性。そのまま南へ向かったのだ。メキシコへ。バレットは自分の銃を賭《か》けてもいいと思った。

13

サン・ルイス
四月二十七日

弾《たま》はサボテンの頭を吹き飛ばした。すばらしい。サボテンを狙《ねら》って撃ったのなら。シャーロットが狙いをつけた石の上のコロナ・ビールの瓶は、残念ながらぴくりとも動かない。

二人はサン・ルイスから八キロほど離れた広大な砂漠に来ていた。マットとレニーが射撃の練習に使う場所だ。直径十メートルの円内に貝殻が敷き詰められている。

シャーロットは、ガラガラヘビでも持つような面持ちで銃を構えた。引き金を引くあいだ目を閉じていたのは間違いない。銃が自分とは反対のほうに向けられていて、つくづくよかったとマットは思った。「なあ、何かに当てようってんなら、目を開けてないと無理じゃないかな」できるだけ穏やかな言い回しにしよう。「もう一回やってみるんだ、いいな?」

これまでのところ、シャーロットの放った銃弾に当たったのは空気、石二つ、空気、サボテン、空気、これだけだ。ビール瓶にはかすりもしない。もう一時間もやっているのに、だ。

シャーロットは偉そうな顔つきでマットを見ると、もう一度銃を構えた。マットがレニーから借りてきたトムキャットだ。

「さっき俺が教えたことを忘れるな、照準を合わせるんだ。よし、深く息を吸いながら引き金に手をかける。息を吐きながら、半分ぐらいまで引く」朝食をとりながら、マットはずっと射撃の基本について説明した。ここに来る途中も延々と話し続けた。同じ話ばかりで、シャーロットが飽き飽きしていることもわかってはいたが、そんなことはどうでもよかった。聞かされ続けると、頭に残ることもある。

「ゴルフのスイングを矯正されてるみたいだわ」シャーロットがぶつぶつ文句を言った。

「それよりは、もうちょっとは真剣な話だな」見下ろすと彼女の美しい顔が目に入り、マットはまた思った——この女性に危害を加えようとした人間がいるなんて。激しい怒りと、彼女を失うかもしれないという恐怖を改めて感じる。彼女にもうちょっとやる気を出させるには、どうすればいいのだろう? 「な、ハニー。聞いてくれ。君がどこの人かは、俺は知らん。けど、元の場所に戻ったと考えてみるんだ。君をやっつけようとする男がまた襲ってきたとする。君はその手に銃を持っている。敵は自分には銃があるけど、君は丸腰だから簡単にやっつけられると考える。悪いやつが自分の思いどおりのことをして、逃げおおせるなんてことがあってはならないはずだ。けどいくらそう言ったところで無駄だ。そいつの望みは君を殺すこと。そいつが銃を構えて君のほうに近寄ってくる。そのとき君は――」

マットが最後まで言い終わらないうちに、トムキャットの鋭い銃声が響き、そのあとすぐに、かん、という甲高い音がしてビール瓶の首が吹っ飛んだ。「この野郎、これでもくらえ」シャーロットが低い声で言葉を漏らした。

なるほど、これは効くようだ。マットはシャーロットの肩にそっと手をかけた。その筋肉が強ばっていた。「お見事。さ、今の感覚を体に覚え込ませるんだ。手の感触を忘れるな。君は狙いを定めてちゃんと撃ったんだ。しっかり覚えておくんだぞ、手と目が連携して動いたんだから。射撃はそうやって覚えるしかない」

マットは心の中で喝采《かっさい》を叫んだ。まぐれ当たりかもしれないが、そうでない可能性もある。シャーロットは画家、それもすぐれた画家だ。手と視力の連携という意味では抜群のはずで、その気にさえなってくれれば、銃を撃つのも得意になるだろう。

さらにシャーロットをその気にさせる鍵《かぎ》が見つかった。戦士が精神的に武装する上で重要な部分だ。強い復讐《ふくしゅう》心。

これ以上の武器はないだろう。

ウォレントン
四月二十七日

時間だ——午前三時。

しゃがんでいたバレットは立ち上がり、自分の道具を取りに行った。モイラはまだわけのわからないことを口走っているが、内容は同じだ。これ以上彼女から聞き出せることはない。今度は体で別の話を語ってもらうことにしよう。

シャーロット・コートが今どこにいるにせよ、ウォレントンのニュースをつぶさに追っているのは間違いない。新しい家からでも、インターネット・カフェからでもオンラインで調べられる。『ウォレントン新報』という地元紙のオンライン版は、毎日更新される。彼女はふるさとの街がどうなっているのか、情報を得ているに違いない。

何の事件もないので、コートの娘はどこかでもう大丈夫だと思い始めているだろう。フィリップ・コートおよびイメルダ・デルガド殺害事件、その容疑者シャーロット・

コートのニュースなど昔のことだ。それから七十あまりも大事件があった。バレットもネット検索してみたが、過去二週間でシャーロット・コートの名前が記事に出たことはなかった。唯一、ニューヨーク郊外の歴史的建築物としてコート屋敷の話があったぐらいだ。コートの娘は、ほとぼりも冷めた、もう大丈夫だと得意になっているところだろう。

また大騒ぎを起こす必要がある。シャーロット・コートを恐怖で震え上がらせるのだ。安心しきった状態ではいられなくする。彼女をパニックにさせるにはどうすればいいか、バレットはちゃんと心得ている。

さまざまな仕事があり、それにふさわしい道具が必要だ。今回の道具キットにはあらかじめ薬品の入った注射器、金属加工用の片手ハンマー、真新しいKバー戦闘ナイフ、たばこひとパック、ライターがそろっている。注射器以外は、旧ソ連時代の強制収容所で、程度の低い残忍な尋問官が使っていただろうというようなものばかりだ。バレットは程度の低い残忍な人間ではない。これからやることは、楽しくもない。単にしなければならないだけで、仕方ないのだ。

暗闇《くらやみ》からのっそりと光の当たる場所へと出ると、モイラがぼんやりバレットを見上げた。やっとバレットの顔が見えたのだが、そんなこともどうでもいい。モイラが口をきけることは、もう二度とないのだから。

バレットは注射器を手にし、押し子を前に出した。針の先から透明な液が少し出て、きらりと光る。これからバレットは、サディスティックな男がよろこびそうなことをモイラの体にしなければならない。モイラが拷問にかけられたとシャーロットに思わせるよう、報道される必要がある。バレットは傷口を効果的に痛めつける能力を持っているし、そうしたところで良心がとがめることもないが、だからといって性的に興奮を覚えるわけでもない。こうすることでマスターベーションするやつも多いのだが、バレットは違う。今回モイラには、気を失ってもらいたかった。意識のある女性は残忍に痛めつけられると思うと、縮み上がり、体をよじり、迷惑な音を立てる。そんなことで無駄な時間を費やしたくないので、じっとしていてもらう。

殺してから体に傷をつけることも考えてみたのだが、死体が司法解剖されるのは確実だし、検死で傷が死後についたかどうかはすぐに見分けられてしまう。

「口を開けて、モイラ。はい、あーん」バレットはやさしく促した。

モイラは驚いた顔をしたが、すぐに従って口を大きく開いた。バレットは顎《がく》関節のところでしっかりとモイラの顔をつかんで、口を閉じられないようにし、左の人差し指をモイラの口に入れて舌をめくり上げた。そして麻酔剤をいっぱいにした注射器の針を舌動脈にぶすりと刺した。ここは病理学者でも注射痕《こん》を見逃してしまう数少ない場所のひとつなのだ。モイラはもがいたがどうなるものでもなく、ショックを受けたのか、子どものような弱々しい泣き声を出し、大きく見開いた目でバレットの顔を見つめた。口を開けたままにしておくのは造作もなく、注射器は空《から》っぽになった。バレットはモイラの前から退いて、麻酔が効くのを待った。

モイラがまた、大きくあえぎながら泣き出した。涙が頬《ほお》を伝う。この分なら、頬に塩分が残るだろうし、病理学で泣いていたことが証明される。すばらしい。バレットが見ていると、モイラの呼吸がゆったりした調子になり、泣き声が消えていった。予定通りだ。十分後には、モイラは深く呼吸し、がくっと首を垂れた。茶色っぽいブロンドの髪が顔にかかる。意識は完全になくなった。

バレットの仕事の時間だ。夜明けまでに死体を公園に置いておきたい。十時頃までには発見されるだろう。猟奇的な殺人事件、被害者の身元は不明となれば、トップニュースだ。身元の確認は、少しだけ難しくしておくつもりだ。そうすればマスコミは大騒ぎし始める。その後、女性が何者かがわかる。シャーロット・コートのメイドが惨殺されたとなれば、一週間はこの話で持ちきりになる。巨額の遺産の相続人シャーロット・コートはいまだ逃亡中、こんな見出しがまた一面に躍るようになる。

バレットは黙々と作業に入った。Kバー・ナイフを使って、手際よくすべての指を第一関節から切り落とす。大振りの戦闘用ナイフは片手ハンマーと一緒に重しをつけて、空港へ向かう途中でソーレン川に投げ入れる予定だ。ＦＢＩの工具痕鑑定課はそここの技術があるので、用心しておくに越したことはない。

切り取った指先を強い酸の入った容器に入れると、バレットは蓋《ふた》を閉めた。酸が泡立ってきて、あと一時間もすればひし形の骨しか残らないはずだ。骨はどこかに埋めることになる。

指先からぽたぽたと防水シートに血液が垂れた。バレットは細心の注意を払って、血に触れないようにした。次はハンマーだ。几帳面《きちょうめん》にすべての指の骨を折り、それから慎重に、医師が膝《ひざ》を叩《たた》いて体の反射する具合を診るような正確さで、膝と肘《ひじ》の骨を粉々に砕いた。そのあと立ち上がり、考えた。

これでじゅうぶんかな？

バレットは自問した。シャーロット・コートにはどう映るだろう。モイラ・フィッツジェラルドは拉致《らち》され、どこか――警察にこの場所を突き止めることができるはずはない――に連れ去られたあげく、拷問された。考えられる理由はひとつ、シャーロット・コートの居場所に関して、口を割らせること。

モイラは意識を失って金属の椅子《いす》に座っていた。砕けた手の先から血が防水シートにしたたり落ちた。倉庫に聞こえるのは、そのぽたっ、ぽたっという音だけ。バレットは状況を考えた。

モイラは女性、ただのメイドで、頑強な兵士ではない。痛みの中で、気持ちを持ちこたえるすべなど知るはずもない。意識があれば、この時点で、泣きわめいて知っている情報を洗いざらい何でもしゃべっているだろう。本当に拷問者がいれば、もう求めるものはとっくに手に入れてしまっただろう。もちろんそれは、モイラが求めるものを持っていた場合の話だが、ここまでくれば、彼女からはこれ以上何の情報も得られないことはわかり、これ以上用はないと判断しているはずだ。

バレットにとっても、モイラにはこれ以上何の用もなかった。

バレットは手袋をした手を開いてモイラの耳の横に当て、もう一方の手で顎《あご》を反対から押さえると、見事な手際で彼女の首の骨を折った。

ほんの数分で血が止まり始めた。心臓が無意味に指先に血流を送り出すことをやめたのだ。完全に血が止まるのを確認してから、バレットは証拠を消し去りにかかった。ここに自分がいたという痕跡をすっかりなくさなければならない。

借りていたユニットの金属ドアを少しだけ開き、慎重に左右を確認する。思ったとおり、誰もいない。午前四時、日の出まであと一時間。人間の活動がいちばん少なくなる時間帯だ。そして兵士はこの時間帯に、攻撃をかける。

モイラの死体を防水シートでくるみ、椅子と床に漂白剤をじゃぶじゃぶとかけたあと、バレットは死体をシートごとレンタカーのトランクに積み込んだ。

カード・キーを使って、ゆっくりとゲートを通り抜ける。入ってくるときに監視カメラに気づいたので、投げ捨てる予定の銃から一発発射して、映らなくしておいた。念のため、回線も切っておいた。

バレットのような職業の人間にとって、9・11以降、監視カメラのせいで、仕事がひどくやりづらくなった。アメリカだけで、三千万台の監視カメラがある。一週間で、四十億時間分の映像が記録される。壁にへばりつくハエのようなもので、どこに行ってもカメラがあり、しかも、性能がどんどんよくなっていく。昔はぼんやりとした白黒の映像が二十四時間分だけ録画され、そのあとは同じテープに新しいものが上書きされていった。今はデジタル技術が進歩し、鮮明な画像がハードディスクに永久に保存される。

監視カメラがすべてここのようにすぐ目につくところにあれば銃で撃てばいいが、そうとも限らない。隠しカメラで撮影された映像が、遠隔地にある管理センターに光ケーブルで送られる場合もある。そういう場合は、バレットでもどうしようもない。こういう心配が常につきまとう。失敗する確率が高くなるということだ。いつか自分の姿をとらえた映像が記録され、それをどうすることもできない。

噂《うわさ》では、とある悪知恵の働くコンピュータの専門家が、半径三キロ四方のすべての監視カメラの回線をショートさせてしまうソフトウェアを開発中だということだ。そんな機器を作れるやつがいれば、大金持ちになれることは間違いないだろう。バレットもこの仕事が終われば、その男を探し出して試作品を買うつもりでいた。値段がいくらであろうと構わない。

バレットは倉庫街を抜け出し、公園へとつながる外周道路へ車を走らせた。朝の交通ラッシュまで、あと二時間半もある。あとをつけられても、これならすぐにわかる。

モリソン公園は町を東西に伸びる道路の東の端に広がっている。バレットはこのあとバッファローまで車を飛ばし、そこからサンディエゴ行きの飛行機に乗る予定だった。死体が発見されれば、警察はその後二十四時間ウォレントン発の飛行機を調べるだろうが、バッファローまでは手が回らないはずだ。

公園の端にある小さな円形の駐車場にバレットが車を停めると、公園の中でふくろうが鳴いた。バレットは腕に防水シートにくるんだ死体を抱いたまま立ち止まって耳を澄ましたが、それ以上の物音は聞こえなかったので、また歩き出した。

死体の廃棄処理というものは科学であり、芸術でもある。こういうことにすぐれた才能を発揮する人たちのことを、バレットは尊敬していたが、彼自身は得意ではなかった。普通は殺した場所に、そのまま放置しておく。今回、モイラ・フィッツジェラルドの死体を隠す必要がないのはありがたかった。どちらかと言えば、目立つようにしなければならない。店頭のマネキンみたいに。まさに、広告になるわけだな、と彼は思った。

モイラの死体を、バレットはプラタナスの大木のすぐ下、草の生えていない場所に置いた。ジョギング道路からは三メートルぐらい入ったところで、反対側に六メートル行くと馬車道がある。防水シートをそっと開くと、ごろんと体が転がった。裸であちこちを切り刻まれ血だらけの死体が出てきた。バレットはジョギング道路から、さらに馬車道からも、モイラ・フィッツジェラルドの姿を眺めてみた。この光景が人の目にどう映るかを慎重に考え、手足を引っ張って大の字にした。青白い体が土の黒い色と対照的で、四方向から赤い部分が見える。朝いちばんに公園にジョギングに来る人、あるいは自転車で通る人に見つけられるだろう。それが何時になるかはたいした問題ではない。最初の緊急通報が入る頃には、バレットは飛行機の中だ。鑑識チームが集まり出す頃には、おそらくアメリカ大陸を半分ぐらい越えているところだろう。バレットは防水シートをたたんで脇《わき》に抱えた。満足だった。十五メートル先から誰の目にも入る。白い人の形をしたXが土の上にある。

入り口から二百メートルほどのところに四角いコンクリート造りの公園のトイレがあった。バレットは車からスーツケースを取り出して、トイレに入った。小便、漂白剤、汗の臭《にお》いが鼻をつき、バレットは顔をしかめた。

自転車用のチェーン錠をトイレの入り口に取り付けて、邪魔されることがないよう細心の注意を払ったあと、バレットはすばやく服を脱ぎ、体を洗い、ひげを剃《そ》り、別人に生まれ変わった。シルクのボックス型ショーツ、シルクのTシャツ、エジプト綿《めん》のシャツ、四千ドルのヒューゴ・ボスのスーツ、三百ドルの英国製の靴。ひびが入ってしみだらけの鏡で前後左右、バレットは自分の姿を確認した。完璧《かんぺき》を期すために、ルックスオティカのプラチナ・フレームの眼鏡をかけた。バレットの視力は両目とも2・0だが、眼鏡をかけた人間のほうが信用されやすい。眼鏡をかけているということは、これまでに何時間も単調な書類仕事をこなしてきたということで、そうやって書類と向き合ってばかりだと基本的に人畜無害な人物となる。

アルマーニ・プール・オムをひと噴きすると、完成だ。これで、ドナルドソン証券のフランク・ドナルドソンになった。名刺に記された名前では、そうなっている。忙しく各地を飛び回る、証券ブローカー。車にはルイ・ヴィトンのバッグが何種類かそろえてある。ブリーフケースには、バレット・ライフルが入っており、スーツケースには旅行用の衣服、二種類の書類、一万ドルがキャッシュで、弾薬、戦闘ナイフ、そしてベレッタ・クーガと弾をこめたマガジンが四つ。

バレットはかがみ込んで、くるぶしのホルスターに、カー・アームズ社製の小型銃を滑り込ませた。この九ミリ銃は特殊なもので、小型だが非常に威力がある。柔らかな風合いのバージン・ウールの生地をホルスターの上からふわっとかぶせると、何も見えなくなった。完璧。金は上質のものに上手に使うべきだというバレットの信念を確認してくれる。

この支度にかかった時間は二十分にもならなかった。入り口のチェーン錠を外し、プレハブ造りのトイレから出てきた人間は、完全に別人だった。成功したビジネスマン、地域社会の中心的人物、そして何よりも裕福な男。金持ちを怪しい目で見る人間はいない。あるとすれば、何もかも持っていることへのやっかみぐらいのもので、まさかこのグレーのヒューゴ・ボスのスーツに身をつつんだ紳士、ドナルドソン証券のフランク・ドナルドソンが、ここから五十メートルほど先で、残酷な目に遭わされたあげく冷たく白い体をさらすことになったモイラ・シャーロット・フィッツジェラルドの死にかかわっていると考える人間はいないだろう。

そろそろ陽が昇ってきた。雲のない空が徐々に濃紺からまばゆい青へと変わっていく。そして太陽とともに空一面が明るい水色になっていった。美しい春の日が始まる。空の旅には最高の日だ。

バッファロー・ナイアガラ国際空港までの道のりを、バレットはここまでの首尾に満足しながら車を走らせた。

ウォレントン
四月二十七日

もうあと戻りはできない。

ヘインは腰かけたまま、空が白んでいくのを眺めていた。眠ることなどできない。気持ちが高ぶり、アドレナリンが血液に溶け出して体じゅうをめぐるのを感じる。ペンタゴンとの契約書は机の上にあるが、その一字一句までヘインは覚えていた。

しかし、今、もうひとつ契約を交わしてしまった。文書にしてあるのではないが、血でサインした契りだ。バレットを野に放ってしまった。もうあの男を呼び戻せる手段はない。これについてはバレットから釘《くぎ》を刺されていた。ひとたび追跡を開始したら、止めることはできないと。ヘインの人生の中で、最大のギャンブルだった。人生すべてが、あんな正真正銘の殺し屋の手にゆだねられている。しかし、他にどんな手があったというのだ？

あたりを見ると、自宅の豪華な書斎が目に入った。ヘインはまさに死に物狂いで働き、ここにあるものを手に入れた。毎日、毎分、少しずつこの生活を築き上げてきた。豪華な書斎はその一部、ヘインの生活の大きな部分になる。さらに高層マンションの最上階の部屋、十八万ドルのランボルギーニ、エルメネジルド・ゼニアのスーツ、慎重に選んでそろえた絵画の数々、完璧なアンティークのペルシャ絨緞《じゅうたん》はビジャール産だし、家事を滞りなく片づける有能なスタッフもいる。さらには毎年五万ドルを警察の運営費として寄付しているし、クリアビュー・ゴルフ・クラブのプレミア会員権がある。ヘインはゴルフなんか大嫌いだったが、そこそこのハンディを保っていられるよう気をつけた。劇場のシーズン・チケット、カリブ海に浮かぶマスティク島への休暇旅行、アスペンのリゾート・マンション——そういったものを得るため、ヘインは人生のすべてを捧《ささ》げて働いてきたのだ。

プロテウス計画が進めば、それ以上のものを手に入れられる。

ヘインは頭を背もたれに預け、目を閉じた。

自分の人生すべてが、バレットの手の中にある。

バッファロー・ナイアガラ国際空港
ニューヨーク州、バッファロー

「ご利用ありがとうございます、ドナルドソンさま。そちらのお荷物、お持ちしましょうか?」タラップの上まで来ると、ビジネス・ジェットのパイロットが声をかけて、愛想よく手を伸ばしてきた。バレットの手荷物を預かろうとしてくれたのだ。早朝の太陽が、パイロットの襟元の翼の形の真鍮《しんちゅう》のバッジに反射する――F・ロブという名前らしい。

ロブは、パイロットはまさにこうあってほしいとバレットが望むとおりの男だった――きれいにひげを剃り、シャワーを浴びたばかり、散髪したて。高価なコロンの香りがする。リラックスして休養もたっぷり取ったあと。自信に満ち、しみひとつない制服に身を包み、入り口から客の役に立とうと爪《つめ》の先まできれいに整えられた手を差し伸べる。

ジェット機はセスナ社のサイテーション・マスタング。バレットはタラップの真下までリムジンで乗りつけ、すぐに段を駆け上がった。ふと振り返って滑走路を見る。一般滑走路にはこのマスタングしかない。一キロ以上も離れたところでボーイング727が離陸するのが見え、かすかにジェット燃料の臭いがする。

「いや、大丈夫だ。ありがとう」バレットは、契約書と新聞の朝刊だけが入っているような顔をしてブリーフケースを運んだ。それ以上危険なものは入っていないように軽々と手にしているが、実際の重さは二十キロ近くにもなり、中には愛用のバレット・ライフル、三脚、その他の部品が分解されてウレタン・フォームのいつもの場所に収めてあった。さらに焼夷弾《しょういだん》を含む六十発の弾薬、銃は他にグロック、クーガ、それぞれの銃のクリップ、戦闘ナイフ、二キロのセムテックス・高性能プラスチック爆弾もある。この高価な革のバッグに詰められたものだけで、ちょっとした戦争を始められるだろう。

バレットは重いブリーフケースをやすやすと持ち替え、右手を差し出した。「飛行機の中で、片づけたい仕事があるんだ」

「了解いたしました。本日は非常に穏やかなフライトになる予定ですから、お仕事もはかどるのではないかと存じます」パイロットは腕を広げてバレットを客室に迎え入れた。「ご搭乗ありがとうございます。お客さまのご用意が整いましたら、いつでも離陸できます」

「そうか、よかった」バレットは心からそう言った。「快適なフライトになりそうだね」

「ええ」パイロットのロブはそう言って、客室の中へとバレットを案内した。小さいが贅《ぜい》をつくした空間がそこにあった。新しい革と真鍮を磨いた匂《にお》い、人間工学に基づいた四つの座席は白い革張り、五百チャンネルのエンターテインメント・システム、ブロードバンドのネット接続、二百種類の飲み物をそろえたバーがある。少なくともパンフレットにはそう書いてあった。パイロットがタラップを引き上げ、扉を閉めると、ボンという高価な乗り物ならではのくぐもった音がした。

いかにも居心地のよさそうな座席のひとつに陣取ったバレットは新しい革の匂いを楽しみながら、ブリーフケースを座席の下に収めた。シートベルトを締めるとすぐに、パイロットが薫《かお》り高いコーヒーを手に戻ってきた。銀のトレーにはレースが敷かれ、ほかほかのクロワッサンが載っている。コックピットで副操縦士が管制塔と話す声が聞こえる。「離陸準備よし」雑音交じりの声がした。

「どうぞ、お召し上がりください。軽い朝食をお楽しみいただいたあと、すぐに離陸します。何かご用がございましたら、肘掛けのボタンを押してください。あちらの冷蔵庫には、作りたてのサンドイッチとフルーツもご用意しております。バーにはあらゆる飲み物をそろえておりますので、飛行中はお好きな飲み物でおくつろぎいただけます。そちらのポットにはコーヒーと紅茶もございます。飛行中、天候はすべて良好とのことですので、アメリカ大陸を予定通り横断し、サンディエゴには定刻に到着の予定です。では、フライトをお楽しみください」

「結構」バレットは歯が見えるほど、晴れやかな笑顔になった。

エンジンが回転数を上げ、小型で美しい流線型のジェット機は滑走路へ出て行った。三百ドルの靴のかかとに、ブリーフケースが当たると安心感がわく。セキュリティ検査など、いっさいなかった。午前十時に頼んでおいたリムジンサービスが、バレットを迎えに来た。手配どおりだった。それから飛行機のタラップまでまっすぐ送迎してもらった。荷物や書類を検査されたり、あるいは体を調べられたりすることもなかった。搭乗手続きはこれで完了した。

座席の下、ブリーフケースの中のウレタン・フォームに収まっている銃は、地上でもっとも威力のある武器だ。三キロの距離になると、ダーティ・ハリーで有名になったマグナム四四口径より直射砲としては強力だ。この仕事で五〇口径焼夷弾が必要になることはないとバレットは思ったが、ともかくはそれも荷物に入れておいた。何が起きるかはわからないのだから。ただ通常の五〇口径弾でも戦車の装甲防御を貫通する威力はある。飛行機やヘリコプターの機体に穴を開け、撃墜することができる。焼夷弾を使えば、貨物列車や液化ガスの施設を吹き飛ばし、港を完全に破壊することもできる。もっと大きいものを挙げれば、原子力発電所の冷却タワーを貫通することもできる。

俺が倒そうとするのが、女ひとりでよかったな、とバレットは思った。そして俺が、まさに正真正銘、本物のアメリカの愛国者なのは、実に運のいいことだ。

軽やかな流線型の気体が晴れ上がった朝の空に飛び立ち、西に向けてエンジン音がとどろいた。

離陸と同じように、着陸もスムーズだった。国を横断するあいだ有名な風景の上空を通過するたびに、のびやかでわずかに南部を感じさせるパイロットの穏やかな声が聞こえ、今どこを飛んでいるのか知らせてくれ、天候の状況も伝えられた。十五分前パイロットが客室に出てきて、あと十五分で到着しますよと直接教えてくれた。そしてぴったり十五分後、ジェット機は着陸した。

小型機が動きを止めると、パイロットと副操縦士がコックピットから現われ、バレットを外へと案内した。ロブがスーツケースを運んでくれたが、ブリーフケースがバレットの手を離れることはなかった。タラップを降りると、パイロットが握手をしてきた。汗ばんでいない手が、力強くしっかり握ってきた。

「ドナルドソンさま、ご利用ありがとうございました」

バレットは笑顔を返した。「こちらこそありがとう」まったく、ありがたい気持ちでいっぱいだった。

ジェット・チャーター便の会社が滑走路まで迎えのリムジンを手配してくれていた。運転手はスーツケースをトランクにいれ、バレットがちゃんと座席に落ち着くのを確認してから、車を出した。チャーター便会社に、行き先は告げてあった。もちろんコロナド・ホテルだ。

空港に到着してから四十分以内に、バレットはホテルのスイート・ルームに案内された。サンディエゴ近郊でもっとも高い部屋だ。ベルボーイにチップをはずみ、贅沢な昼食を部屋まで運ばせ、ゆったりと遅めのランチを楽しんだあと、バレットはシャワーを浴びて、快適なベッドに入った。この四十八時間眠っていなかったので、睡眠が必要だった。

必要なら、バレットは何日も眠らずに行動できるし、実際にそういう経験もある。仕事の最終段階、戦闘が激しくなったとき、体にはアドレナリンが充満して眠る必要もなくなる。しかし、不必要に睡眠を取らないのは、愚かな行為だ。ビジネスマンがよくやる失敗で、そんなことをすると大損に結びつく。兵士の場合は命を落とす。バレットが身をもって学んだ哲学だ。

シャーロット・コートに張った網は狭まってきた。バレットの体がそれを感じる。このまま先へ突き進みたいという気持ちは強いが、バレットは秩序だったやり方で物事を進める人間で、今は何時間かぐっすり眠らなければならないこともわかっている。シャーロット・コートの自宅を調べ、モイラ・フィッツジェラルドの処理をして、ずいぶんエネルギーを使ってしまった。

頭の中で体内時計の目覚ましを翌朝の七時にセットすると、バレットは深い眠りに落ちた。翌朝すっきりと目覚めた彼は、フランク・ドナルドソンの高価な外見をすっかり取り去った。そんな男はもうこの世から消えていた。

14

サン・ルイス
四月二十八日

シャーロットはついにあきらめることにした。サン・ルイスに数多くあるインターネット・カフェのひとつ、こぢんまりして明るく彩られたカフェ・フローラで、インターネットへのログインを試みたのだが、今日は接続がうまくいかない。どこにでもついて来るマットなら、おそらくネット・サーフィンするあいだも隣でべったり張りつくだろうと思っていた。一挙手一投足を見られる覚悟をしていたが、ひとりでカフェに行くことを許してもらえたので少し驚いた。ただし、正午に迎えに来るから、それまでここでじっとしているように、とは厳しく言われた。

マットは正午に必ずここに来る。来なければ、死んでいると思ったほうがいい。これが彼について、絶対の自信を持って言えることのひとつだった。口に出したことは、必ず実行する人なのだ。彼がカフェ・フローラに正午に迎えに来ると言った。果たして正午に快適なクーラーの効いた店から外に出ると、マットがいた。

マットは自分で自分をシャーロットのボディガードに任命したようだ。兵士そのものである彼は、職務を真剣にこなす。それればかりか、シャーロットを……何というか、戦士、戦う女、そういうのに変えようとしている。彼から教わる銃についての知識がびっしり頭に詰め込まれ、このあいだなど狙《ねら》った的《まと》に正確に弾《たま》を当てることができた。シャーロットが射撃の練習を始めた、などという話をまともに受け取る人は、六ヶ月前にはいなかっただろう。近くの精神科に行くことを勧められるだけだったはずだ。驚くべきはそれだけではない。どうすれば射撃を習う気にさせられるのか、マットがコツを知っていることだ。

どうしてそんなことがわかるのだろう？　いつの間にかマットはシャーロットの頭の中に入り込んだ。彼女を銃を撃つ気にさせる、まさにその映像を頭から引き出してしまった。それはシャーロットの心の奥底に焼きついて離れない映像だった。毎夜、あの場面が浮かぶ。ヘインの個人部隊、あの軍団のひとりが、父の顔の上で枕《まくら》を抱えているところ。ヘインがあの軍団を作り上げていることも、知っていたのに。心電図モニターが、ぴーっと一定の音を立てた。そんな音を聞かなくても、父が死んだのはわかった。真っ白の顔が、動かないのをひと目見ると、何もかもがわかった。

そのあとの五秒間は、繰り返し何度も頭に浮かぶ――コンクリンが振り向き、シャーロットの姿を見て驚き、息をのむ。シープスキンのジャケットから、大きくて黒い銃を取り出す。自分に狙いがつけられるのがわかり、シャーロットが本能的にコンクリン目がけて体を前に出すと、銃が火を噴いた。点滴の台をつかんで投げつけると同時に、左肩を激痛が走った。

あの場面を思い出すたび、コンクリンに対する激しい怒りがこみ上げる。害虫を潰《つぶ》すように、上から押さえつけて父の命を奪った男。コンクリンの目に、真実が見えた。フィリップ・コートを殺す力があったから、殺したまでのこと。父が邪魔になって――いったい何の邪魔になったのか、おそらくヘインが邪魔だと言ったからなのだろう。父がいると、欲しいものが手に入らなくなるという理由で。そして自分に向かって引き金を引くときの、コンクリンのあざけるような笑みを、絶対、一生忘れない。

フィリップ・コートはすばらしい男性だった。すてきな父親で、心が通じ合う友人でもあった。

ウォレントンがいい町なのは、みんな父のおかげだった。地元の図書館、歴史協会、ウォレントン慈善事業組合、不幸な境遇にある子どもたちへの夏のキャンプへ、ずっと莫大《ばくだい》な寄付をしてきた。

父は瀕死《ひんし》の状態にあった。それは事実だ。しかし、余命はあと二ヶ月はあった。そのあいだに、できる限り一緒の時間を過ごそうとシャーロットは思っていた。父は傑出した人物であり、シャーロットはそういう父を心の底から愛していた。なのに、ロバート・ヘインは虫けらみたいに父を押し潰して命を奪った。

マットは上手にシャーロットの心の中から怒りをあおり立てた。無力感とどうしようもない理不尽さに心が折れてしまっていたのに、その心を……銃と結びつけてしまった。

シャーロット・コート、戦うプリンセス。まったく驚きだ。

落ち着いたカフェからまばゆいメキシコの太陽の下に出て行きながら、シャーロットはあきらめたように首を振った。

「どうした?」マットは待っていた低い塀のところから前に出てきた。その心配そうな顔を見て、シャーロットは笑いそうになった。シャーロットが今にも爆発するのではないかと思っているのかもしれない。

マットに対する自分の反応も、シャーロットにとっては驚きだった。本来、自由に生きることを誇りとし、人にとやかく言われたり、自分の行動を制限されたりするのは大嫌いだ。とりわけ、マットのような男性が片時も離れず、何をするにも目を光らせている状態など、頭がおかしくなってもいいところだ。なのに今、体を包むのは……安心感だった。

昨夜マットは、居間の床に寝袋を持ち込んでそこで寝ると言い張った――忠実な騎士が眠りにつく姫君を守っている感じで、シャーロットはぐっすり眠れた。

「ふと思ったのよ。私って前世は戦うプリンセスだったのかしらって」

「そうかもな」マットがほほえんだ。「君に渡したいものがある。昨日、注文しといたんだ。レニーから、今朝店に届いたって連絡があった」

「渡したいもの？」大通りを並んで歩きながら、シャーロットは怪訝《けげん》な顔でたずねた。

「それって……プレゼントってこと？」

「う……む」レニーのダイビング・ショップに着くまで、マットが口にしたのはそれだけだった。レニーはフランス人の釣り客の案内に出ていて店にはいなかった。マットは鮮やかな青に塗られた店のドアを開け、レジの後ろに入っていくと無地の茶色い紙に包まれた大きな箱を取り出した。そして箱を脇《わき》に抱えると、シャーロットに告げた。「君の家に行ってから開けよう」

「いいわよ」シャーロットはそう言ったものの、とまどった。こんな大きくてかさばるプレゼントって、いったい何だろう。重いのかもしれないけど、マットが運んでいると、本当の重さなんてわからない。

サン・ルイスは日ごとにその姿を変えつつあった。歩いて家に向かいながら、シャーロットはその変貌《へんぼう》に気づいた。日に日に人が増えてくるようだ。たいていは観光客で、その派手な服装と赤く陽焼けした肌からすぐにそうとわかる。メキシコ人はこの気候にぴったり合った服装をいつもしているし、照りつける太陽の下に出るようなばかなことはしない。ただ、メキシコ人の数も多くなったように思える。いろんな種類の人たちが、それぞれ数を増やしている。シャーロットが来た当初は閉まっていた店の多くも、今は商売をしている。ほとんどが観光客目当てだ。

この変化はシャーロットにとって、どちらかと言えば歓迎すべきものだった。周囲により多くの人がいれば、隠れているのも楽になる。ポーの小説『盗まれた手紙』みたいなもので、サン・ルイスでは数が多くなったのは手紙ではなく人間だが、紛れてわからなくなる。運命がいい逃げ場を用意してくれた。シャーロットはそのことを本能的に悟っていたのだ。

そしてもちろん、マットがいる。長い脚の歩幅をシャーロットに合わせ、寄り添って歩いてくれる。ときおり、ちょうど今もそうだが、肘《ひじ》をつかまれることはあるが、外に出るとマットはシャーロットのほうをほとんど見ない。こうやって触れているのだから、シャーロットがどこにいるかはもちろんわかっていても、彼は外の世界の脅威に全神経を集中させる。マットは周囲のことを何もかも把握する。陰のある瞳《ひとみ》で道端のあらゆる部分をさぐり、すれ違う人を査定して、何か危険はないかと確認する。

こういう状況なので、外に出ると二人はあまり会話できなくなるが、彼の行動が驚くべき効果を発揮する。強い安心感を覚えるのだ。

マットの存在と、バッグに入った銃のおかげで。

嘘《うそ》みたい。

シャーロット・コートという女性は、がちがちの〝銃には絶対反対〟主義者だった。ところがバッグに五百グラム弱の金属機械を入れていることで、安心感を得るようになった。しかも、弾を込めたものだ。それどころか、使い方まで知っている。いや、たぶんある程度は。コンクリンかヘインがビール瓶だったら、眉間《みけん》の真ん中を撃ち抜いていたはず。

これも自分自身にかかわる驚きのひとつだった。生々しい怒り、復讐《ふくしゅう》したいという強い願望があったことだ。今やシャーロットは、自分の身を守ることができる——何にせよ、理論上は防御を覚えたのだ——ばかりか、自分の父を殺し、自分にも銃を向けた男たちに対して、深く、生々しく、野性的な憎悪の感情を持つようになった。シャーロットは逃亡中の身の上、これまでの人生を失ってしまった。自分をそんな目に遭わせた男たちを、激しく憎むようになった。

今までの人生で、シャーロットは他人を強く憎んだことは、一度もなかった。そんな野蛮な感情を自分が持てるはずもないと考えていた。けれど、その感情はシャーロットの心にひそんでいたのだ。ヘインとあの軍団のことを考えるといつも怒りに体が震えた。

「そのきれいな顔の奥で、何か難しいことを考えてただろ」マットが誰に向かってということもない感じで告げた。ダイビング・ショップを出てから、シャーロットのほうをほとんど見ていなかったのに、向かい合わせで夕食をとるデート相手より、ちゃんとシャーロットのことをわかっている。マットがシャーロットを見た。「俺に話せることか？」

「その……」驚いたことに、シャーロットは気持ちをマットに伝えたくなった。そこで深く息を吸った。「うまく説明できないんだけど、今までの人生で信じてきたものすべてと逆のことをしてる気がするの」

「たとえば？」マットの言葉がやさしい。

「銃は嫌いだって言ったでしょ？　私、本当にそう思って言ったの。銃に反対するのは、私という人間の一部で切り離すことができないって、信じてた。なのに……」シャーロットは、背筋《せすじ》を伸ばしてバッグを見下ろした。今までの自分の信念をすっかり裏切った気がした。「なのにね、このバッグに何が入ってるかを感じると、安心するの」シャーロットがマットを見上げると、彼は真剣に耳を傾けていた。「そういうのが嫌なの。人を殺す手段が手近にあるのに、それを知って安心する自分が嫌だわ」

新しい世界に踏み出したような感覚だった。暗くて恐ろしい世界、そこでは暴力と多くの罠《わな》が待ち構える。「こんなことには慣れていなくて。こういう感覚は初めてだし、自分でもどうしたらいいかわからないの」

マットが穏やかに話し始めた。「わかるさ。辛いよな。君に射撃を教えるなんて、俺は人類に危害を加えることをしてるんじゃないかと思うことがある。だって君は生まれつき銃が得意なんだから。今に君は世界の脅威になるかもしれん。いずれ君は『俺たちに明日はない』のボニーみたいな強盗とか、ニキータみたいな殺し屋になるかもわからないぞ」

シャーロットはマットに肘鉄をくらわしたが、岩のように硬い筋肉を感じただけだった。マットは肘を当てられたことすら感じていないのかもしれないが、それでも、シャーロットのプライドを守ろうと、うっと顔をしかめて、いてえ、と言った。

家に帰ると、マットはシャーロットの手から鍵《かぎ》を取って、自分でドアを開け、先に家の中に入った。「ここで待て」鉄の閂《かんぬき》のような大きな腕がシャーロットを止める。シャーロットが見上げると、マットは一瞬ほほえんだ。「待っててていただけませんか？」

ふむ、ま、この人も学習しているわけね。シャーロットはそう思って退き、マットのしたいようにさせた。

マットのしたいようなこととは、すばやいが完璧《かんぺき》なものだった。二、三分で玄関まで戻ってくると、マットはドアを大きく開けて、シャーロットを迎え入れた。シャーロットは何も危害を加えるものがないと確信して自分の家に入っていった。

大きな茶色の包みは、キッチンのテーブルに置かれていた。謎《なぞ》の大きな箱。シャーロットはマットの無表情な顔を見上げ、それから包みに視線を戻した。「中身が何かは、言わないで。当ててみるから」シャーロットはテーブルの周りを歩きながら、包みを見た。まだ触れてはいない。大きさは縦三十センチ、横三十五センチ程度、高さは十五センチぐらいで、何の変哲もない無地の紙に包まれているだけ。わざと粗い紙を使ったおしゃれで優雅なものではなく、ただのクラフト紙だ。

しばらくしてからシャーロットは箱を持ち上げた。重くはない、しかし軽くもない。揺すってみる。何の音もしない。

マットはあいかわらず無表情にシャーロットを見ている。

「わかった、降参よ」シャーロットはそう言うと、紙を止めていたセロハンテープを慎重にはがし始めた。子どもの頃から、いつもそうしてきた。贈り物の包装をきれいにはがすことができるのだ。すると包み紙をまた使うことができる。さらにもう一度。長い年月、シャーロットはそうやって包み紙でコラージュを作った。

紙の中には、箱があった。黒いプラスチックの箱には、何かが入っているようだが、隙間《すきま》があるふうではない。耳のそばで揺すって音を聞いても、ごとごと動くものはない。

箱は高そうなものが入っている雰囲気だった。丁寧な作りで、いったい何だろうと思う。高そうな、黒いプラスチックの箱。

「だめだわ」シャーロットはそう言って、テーブルに箱を置いた。箱は黒光りして、少し金属が……箱の周囲に飾りをつけている。「当てられそうもない」

発泡スチロールが何重にもなっているのをマットが取り除くと、分厚い説明書が出てきた。接続コードが何本か、そして黒いのは……何丁もの銃、違う、本物そっくりのプラスチックの銃だ。

マットは説明書に目もくれず、食器棚に置いてあったテレビにコードを接続し、黒く四角い物体を箱に取り付け、プラスチックの銃を箱に接続した。そのままためらうこともなく、てきぱきと作業を続ける。すべてが整うのに、ものの五分もかからなかった。

「完成！」マットが言った。

「完成って、何が？」シャーロットはテレビにつながれたこの奇妙な仕掛けを見た。

「これって、いったい何？」

「君が十代の男の子でないことは、はっきりしたな」マットがボタンを押すと、機械がビッと音を立て、動き出した。『恐怖の麻薬王――コンバット・アクション』という赤い文字がでかでかと書かれている。非常にマッチョな兵士が二人、恐ろしい顔でシャーロットをにらんでいる。二人はちょっとした国なら吹き飛ばしてしまえるぐらいの火器を持っていた。

　シャーロットはさらに当惑した。「私にテレビゲーム機を買ってくれたの？　どうして？」

「明らかに、君はゲームのことを何にも知らないわけだ」マットは冷たく言うと、黒い箱のボタンを押した。何かがうなり始めて、動き出した。「特に、シューティング・ゲームのことは」

「ええ」シャーロットは驚いて目を丸くした。「私は――」

「――暴力的なゲームには反対なんだろ。知ってるさ。いや、そうじゃないかと思ったんだ」マットがテレビのスイッチを入れ、コントローラーをどうにかすると、突然劇画調の派手な画面が現われた――砂漠にマッド・マックスもどきの生き物が四人、坊主頭のタトゥのある巨大な男に率いられている。その男、生き物と言うべきか、彼は広背筋があまりに盛り上がっているため、腕がまっすぐ下りず、手が体から離れている。彼らの前には、たくさんの銃が置いてある。

　プログラムが静かなうなりを立て、シャーロットが銃を手にして撃ち始めるのを待っている。

「まあ、だめよ」シャーロットは両手を背中に隠した。「絶対無理」

「そうか、ともかくこうやるんだ」マットは椅子《いす》を二脚引っ張ってきて、向かい合わせに置いた。そっと促すようにシャーロットを椅子に座らせたあと、その正面に座ったマットは、シャーロットが背中に隠していた手を引っ張り出した。そのまま手を握られると、彼の温かさを感じる。大きな手は少し荒れている感じがした。そっとつかまれているだけだが、その手を振りほどくことはできない。シャーロットは一度手を放そうとしたのだが、結局あきらめた。

「君に銃を向けるやつにどう対処すればいいか、方法はいくつかある。しかし、そう方法のどれもが君には無理だ。君はサン・ルイスまで逃げてきた。これ以上どこに逃げても無意味だ。ここまで追いかけてきたやつなら、どこに行こうと君を見つけ出すからな。完全に姿を消すには、それなりの知恵が要る。そういう経験を積んでこないとだめなんだ。君はな、ずいぶん頭のいい女性だが、自分の痕跡《こんせき》をすっかり消し去るような抜け目のなさがあるとは、どうしても思えない。さらに、今は君の六時を見張っている人間がいるからな。すなわち、俺だ」

シャーロットは目を見開いて、ぽつりと言った。「私の何を見張るって?」

「六時、背中だよ。俺はここにいるし、どこかよそに行く気はない」

「私だって——」唇を舐《な》める。「私だって、逃げることぐらいできるわ」

「できるだろう」大きな手が、つかの間、ぎゅっと握られる。「だがな、俺は君を見つけられる。請け合ってもいい。俺から逃げ出そうってのは、ばかげた考えだ。君のことはまだよく知らないが、ばかじゃないのはわかってる」

「ばかじゃないわ」ささやき声にしかならなかった。

「命のある限り、俺は君のそばにいて、君のために戦う」マットの声が荒々しくなった。「でも、永久に君のそばにいられるとは、保証できない。俺がどうこうできることじゃないだろう？　だから君は自分で自分の身を守る方法を学ぶ必要がある。いや、君が自分の身を守れると、この俺が知っておく必要があるんだ。少なくとも何らかの方法は身につけてほしい」

「カンフーとか柔道とか？　私、そういうの向いてないわ」

「向いてない」マットは目をそらすことなく、首を横にした。「君の体で男に太刀打ちできる可能性は、まったくゼロだ。単純にそういう力がないし、力を出す筋肉もない。そういうのを君につけてやることも、俺にはできない。だから銃の撃ち方を学んでもらう必要があるんだ。銃ってのはな、いろんなことをする。そのほとんどが、悪いことだ。だが、いちばんの特徴は、お互いの力を帳消しにしてしまう道具ってことなんだ。ものすごく大きくて強い男でも、銃弾をひとつ頭に受ければ、死んじまう。ただし、銃を使う能力を身につけるには、習性になるぐらい練習しなきゃならん。兵士にこのプロセスを覚え込ませるには、何千発も撃たすんだ。そのうち、何も考えなくても体が動くようになる。特殊部隊に入ると、もっとたくさん撃つ。俺の部隊には部下が十二人いたが、練習のときには、うちの部隊だけで海兵隊全員よりたくさん弾を撃ったんだ」シャーロットが目を丸くする。「ま、それは極端な例だし、そんなことをさせるつもりはない。君に求めるのは、条件反射と筋肉の記憶だ。砂漠に出かけてビール瓶の頭を吹き飛ばすんじゃ、そういうのは身につかない。こいつが――」マットはテレビにつながれた黒い箱を顎《あご》で示した。「――覚えさせてくれる」

マットがあまりに近くにいるので、体温まで感じ取れた。その体は人間温熱器みたいに熱を発し、その温かさが波となってシャーロットに届く。開け放った窓から入る春の大気より温かかった。握られた手が暖めた手袋をつけているように、温かかった。

魅力的な独身男性とこんなふうに近寄って、さらに本当に膝《ひざ》を突き合わせながら、男女間の駆け引きのようなものが存在しない体験は初めてだった。

マットはあらゆる意味で、男女間のじゃれ合いのような雰囲気を持ち出してこなかった。真剣そのもの、頬《ほお》の筋肉がぴんと張り、目を細め、緊張に唇を固く結んでいる。これこそマットの本来の姿だ。真剣さ、暴力や殺し合うことから目をそむけず、真っ向から立ち向かう。シャーロットにも理解できた。

「テレビゲームが、射撃を習う役に立つの？」シャーロットはまた手を振りほどいた。

今度はマットが指を開き、シャーロットの手を放してくれた。すると体の中を流れていた電気のスイッチが切られたように感じた。

「ひとり用のシューティング・ゲームは基本的に反射神経がものを言うんだ。純粋に戦闘状況に反応することだけを競う。そうすると筋肉が動きを記憶して――」

マットが戦闘状況のシミュレーションだとか、照準を合わせて引き金に力を入れるタイミングだとかを説明するあいだ、シャーロットは少しぼんやりとして、ただマットの様子だけを見ていた。きれい。

典型的な男性らしさを表す座り方――大きな手が広げた膝からだらんと下がり、広い肩を前に乗り出し、自分の意見をきちんと理解させようとしている。完全に集中して、話が熱を帯びる。

こんな様子の彼を描いてみよう――違う、この姿をそのまま絵にするのだ。油彩で全体を素朴な色調にして、この分厚い胸を包む赤のTシャツを絵の中心に据えよう。彼の周囲には後ろに書棚、これは影にしよう。それからメキシコらしさを出したい。背が高いサガワロ・サボテンを大きな素焼きの鉢に入れて置こう。鉢には緑と黄色の渦巻き模様。後ろの窓には海、枠から少しだけ細い水平線を見せる。マットを描くときには、必ず海を入れなければ。今の構図は完璧だ。マットが椅子の中央から少しずれて腰かけ、前のめりになっているところが中央に来る。右側は影を入れて暗くする。

彼の髪や肌の暗い色合いを映し出すのだ。背後は明るいが、顔の一部にだけ光が当たるようにする。残りは日蝕《にっしょく》のように、暗く影に溶けていく。

マットを描きたくて、シャーロットの指がむずむずしてきた。リラックスした表面からにじみ出すエネルギーと力、この瞬間をとらえたい。彫刻のある木の椅子に座ったマットには圧倒的な存在感があり、真剣で誠意がこもり、静的で集中している。あふれ出そうな強さとエネルギーが、盛り上がって割れた腕からも、Tシャツを引っ張る広い肩からも、色あせたジーンズの下の長くてしっかりした腿《もも》の線からも見て取れる。

コントラストというものの研究材料になりそうだ。しかしそれがマットの本質なのだ。光と影のコントラスト。このコントラストが絵画の内側から訴えるものだ。いくつもの層の下にあって、見る者の目を惹《ひ》きつける。

「ん？」マットが話し終わった。語尾が上がっていたので、何かを質問したのだ。シャーロットは頭の中のビデオテープを数秒巻き戻した。そう思うだろ？　マットはそう言っていた。

「もちろんよ」シャーロットはためらうことなく答え、声に自信をにじませた。これは長年かかって身につけた社交術で、頭でどういう絵を描こうか考え始めると、目の前のことに集中できなくなるのをごまかすものだ。一生懸命話しかけているのに、シャーロットが会話そのものより、相手の顔のラインだとか陰影をどうつけようかと考えているとわかると、がっかりさせてしまうからだった。

「それは心強いな」マットが皮肉っぽく言って、椅子から立ち上がった。「シューティング・ゲームをできるだけ練習すべきだって理由を、統計的な数字まで出して説明したんだぞ。でもそのあと、九九をずっと唱えてた。よかったな、算数が好きで」

おっと、わかってたのね。「ごめんなさい」申し訳なさそうなふりをしてみたが、そういうのは得意ではなかった。

マットがシャーロットの手を取り、自分の口元に持っていって、手の甲にキスした。息が蒸気のように温かかった。肌に当たるマットの唇の感触が、シャーロットの腕をずっと駆け上がった。血管を熱いものが走り、体をくすぐる。一瞬、マットの温かさに包まれたシャーロットの手が震えた。マットの黒い瞳がじっと様子をうかがう。

「シャーロット。約束してくれ。できるだけこのゲームを練習するって。俺は君に無事でいてもらいたい。今俺は、十分間一生懸命説明したのに、君はまるで聞いていなかった。だから約束を守るぐらいの借りはあるはずだ」

シャーロットがうなずくと、マットは笑顔になって手を放した。「じゃあ、飯に行こう。腹ぺこだよ」

15

画家と食事に出かけると、ずいぶん大げさなことになるもんだとマットは思った。まぶしいバハの太陽に慣れた目を細めながら暗い食堂に入ると、ガルシア家の人々が全員そろって二人を迎えてくれた。頑固じいさんまで厨房《ちゆうぼう》から出てきた。この変わり者のじいさんの節くれだった手が奇跡のように動くと、五秒きっかりでブリトーをこね上げる。

シャーロットの水彩画やデッサンがいたるところに飾られている。

今日シャーロットが持ってきたのは、夕焼けにたたずむ店の正面を描いた作品だった。芸術についていっさい知識のないマットですら、その小品が傑作であることがわかった。

その瞬間をシャーロットは見事にとらえていた。太陽が完全に海に消えていく寸前の息をのむ刹那《せつな》、すべての時間が止まる。白い飾り窓のついた浜辺の店が夕陽に紅《あか》く染まる。カンティーナのドアは大きく開き、温かく人々を迎え入れる。かわいらしいジャスミンが窓辺を彩る。穏やかで、安心感にあふれる。

「あなたに《パラ・ティ》」シャーロットはママ・ピラールに絵を渡した。働き詰めの女性の茶色い手が美しい水彩画を受け取る。シャーロットはアメリカ人、こちらで言う〝グリンガ〟で、ママ・ピラールより三十歳以上年下、さらに教養や受けた教育からも、完全に違う世界の人間なのだが、二人はこの数ヶ月で強い絆《きずな》を築き上げたようだ。二人が抱き合うところを見ていると、その深い結びつきがはっきりわかる。美しいブロンドの〝グリンガ〟と、背の低いずんぐりしたメキシコ人の料理人が並ぶと、完璧《かんぺき》に調和が取れている雰囲気になる。

　シャーロットはさらに日常会話程度ならスペイン語を理解できるようになったらしい。みんなが何を言っているのか、マットにはわからなかったが、全員がスペイン語で話し、シャーロットは自分の言いたいことをきちんと伝えられている。

　ＳＥＡＬでは多くの者が、非常に語学に秀でていたが、マットはだめだった。どんな言語でもすぐに理解できるようになるのは、特殊部隊に入るための前提条件みたいなものなのに、マットは言語的能力が皆無で、それを補うため人の倍努力しなければならなかった。能力がゼロという意味では、音楽と芸術分野に関しても同じで、この三つがマットにとって才能のなさの三連単、大当たり、というところだ。

　もちろんモンタレイ学院で語学のトレーニングは受けた。学院ではどっぷりアラビア語と現代ペルシャ語漬けの毎日を送り、さらにスペイン語とロシア語の初級コースというのまで習ったが、結局そのどの言語でも〝トイレ、どこですか?〟と〝この野郎、そこを動くな〟以上のところには進めなかった。

このハンディは大きく、マットが戦略や戦術を立てるのにあれほど際立った能力を発揮できなければ、お払い箱になるところだった。言葉に関しては飾りものでしかない耳をつままれて、ゴミ箱にでも捨てられていただろう。

シャーロットときたら、何でもないようにスペイン語を聞き取るらしい。言葉が次々に浮かんで、好きなように口から出せるのだ。いったい何者なのだろう?

マットはもちろん、ネットで検索してみた。レニーのラップトップ・パソコンを使って、延々と。シャーロット・フィッツジェラルド、シャーロット・フィッツジェラルド、シャーロット・フィッツジェラルド。何度も同じ名前を検索した。検索コラムに名前を打ち込まなくても、パソコンの履歴に記憶されているのですぐに出てくる。シャまで打つと、パソコンは残りを表示してくれるのだ。とりつかれたように検索するマットを、機械が助けてくれるわけだ。検索を開始し、少し待つとカーソルが点滅し……空振り! またしても、失敗となる。マットは機械に笑われているような気分になった。

インターネットでどこを探してもだめ。彼女は月からやって来たとしか思えなかった。シャーロット・フィッツジェラルドという名前の女性が見つけられなかったというのではない。まったく、シャーロット・フィッツジェラルドはアメリカ国内だけでも三千人はいそうだった。さらにイギリス、アイルランドといった国々でも、シャーロット・フィッツジェラルドというのは、ジェーン・スミスと同じように、よくある名前なのだ。バージニア州ローンオークの生後二ヶ月のシャーロット・フィッツジェラルドから、アラスカ州アンカレッジの九十八歳のシャーロット・フィッツジェラルドまで、年齢的にも地理的にも、そのあいだが山ほどいる。ネットで調べられる限り、ひとりひとりをさぐってはみた。彼女の写真を見逃す心配はなかったので、できるだけ速くクリックしてページを先送りした。彼女の顔があれば、すぐにわかる。あの顔立ちはマットの脳に焼きつけられている。彼女の顔が画面に何分の一秒かだけでも現われれば、見逃すはずはない。夜にはまぶたの裏にあの顔が浮かぶのだから。

彼女はとびきりの美人だ。だとすれば、どこかにその写真があるはず。小さな町のミス何とか、地元で見かけたきれいな女の子、う、何だこれは——今月のバツいち美女、そういうのまであった。しかし、どこを探しても何も見つからなかった。何度やっても同じだった。テラスで自分を見守る彼女を知った最初の日に、マットはすぐに名前を聞き出し検索してみた。毎日二時間は、グーグルのお世話になった。来る日も、その次の日も。それが体を鍛えるのと同じようにマットの日課となり、どちらにも真剣に取り組んだ。しかし、体を鍛えるほうではすっかり力が戻ってきたというのに、検索のほうの成果はゼロだった。

次にマットがしたのは、身分証明になるものを探すことだった。パスポートとか免許証のたぐいだ。ここまで来るには、少なくともそのどちらかが必要だったはず。免許証でもパスポートでも、住所がわかる。どの州から来たのか、何かが。くそっ、何かわかれば検索範囲を狭めることができるのに。住所と写真があれば、もっと多くの情報を手に入れる方法もできる。住所さえわかれば、手に入る情報がある――生年月日と社会保障番号だ。

彼女のバッグや身の回り品を勝手に調べることに、罪の意識を感じるべきなのだろうが、マットにはうしろめたさはなかった。いっさい。しかし二日探して、彼女がそういった書類を隠していることがわかった。さらにもう一日探し、隠しているのには理由があると知った。

その理由とは、いったい何だろう？　身元が人に知られることを彼女が恐れるのはなぜだ？　彼女はどこからやって来た？　彼女が誰かと婚姻《こんいん》関係にあることを証明する書類でもあるのか？　そのことを誰にも知られたくないのか？　人に言えない職業についていて、マットにも他の人たちにも、そのことを教えたくないのか？　そんなすべての疑問に、マットは答が欲しかった。多くを知れば知るほど、彼女が何から逃げてきたのか推測が容易になる。

精神的におかしくなった暴力をふるう夫、というのが、マットの最初の推測だった。そうだとしたら、いつでもそいつと戦ってやろうと思った。強がりばっかり言ってないで、さあ来いよ、相手は五十キロの女じゃなくて、俺だ。同じぐらい強気になれるかい？　その場面を考えると、マットのこぶしに力が入った。

シャーロットはママ・ピラールと和やかに話している。ピラールは水彩画を見てさかんに感嘆の声を上げた。苦労のあとが刻まれた老婦人の顔が喜びにほころぶ。

どっしりしたピラールの隣に立つと、彼女の華奢《きゃしゃ》な体つきがいっそう強調される。シャーロットのすべてが繊細で華奢だ。滑らかな皮膚を持つほっそりとした手、長い指、細い手首、肘《ひじ》から下の腱《けん》がくっきり見える。彼女のすべてが小さくて細い。その姿を見ているとほほえみたくなる。はっとするほどの女性らしさは、どこに行っても男の目を釘《くぎ》付《づ》けにする。普通の男なら、すぐに彼女を抱きたいと思い、何とか守ってやろうと感じるだろう。しかし繊細で華奢という事実は、このおかしなことだらけの世の中で間違った種類の男に会えば、簡単に傷つけられるという意味を持つ。

どういう事情かはわからないが、シャーロットは暴力的で執念深い男とかかわってしまった。そう考えて、マットは思わずこぶしを開き、また握り直した。左手だけだ。右手は空けておかねばならない。

今の感情がどこかから漏れてしまったのか、シャーロットが不思議そうにこちらを見て、歩み寄った。そしてあの小さな手をマットの腕に置く。

「マット?　大丈夫?」

いかん、大丈夫じゃない。マットは鼻孔を開いて深く息を吸った。突撃準備をする闘牛と同じだ。殴られて怪我《けが》をしたシャーロットの姿を想像してしまった。

落ち着け、自分を取り戻せ。マットはシャーロットを見下ろした。きれいなグレーの瞳《ひとみ》に、心配そうな表情を浮かべている。自分のことを心配し、繊細な画家の手を自分の腕に置いて。そう知って、マットは自分が恥ずかしくなった。

マットは首を振り、腕に置かれた彼女の手に自分の手を重ねた。「腹が減ったんだ」この程度の嘘《うそ》が通用すればいいが。「腹が減ると、機嫌が悪くなる。さ、飯だ」マットはにっこりして、少しばかり歯も見せた。

「男の人って、胃袋で虫のいどころが決まるんだから」シャーロットは愛想よく答えた。「わかったわ。席に着きましょ」

「あっちだ」マットは隅の席を指した。そこからは店全体が見渡せる。シャーロットの背中に手を当て、そちらへと促しながら、マットは心の中で激しく自分を叱《しか》った。足を踏み出すごとに、後悔が強くなった。

マットはボディガードの訓練を受けてきた。マットひとりの訓練にアメリカ政府は三百万ドル使い、その金額のかなりの部分は、重要人物を近くで護衛する方法を教えるために使われた。今までに三度、要人警護の任務を行なったことがあり、その際に警戒を緩めたことはたった一度もなかった。完全にプロとして満足のできる護衛任務を果たした。

今、ふっと集中力がとぎれた。シャーロットは誰から逃れようとしているのだろうと考えて、注意力が散漫になった。今はそんなことを考えている場合ではない。彼女が誰から身を隠そうとしているかなど、この瞬間にはいっさいどうでもいいことなのに。大切なのは、そいつが目の前に現われたら、いつでも立ち向かえるようにしておくこと。考えごとをして注意を怠ると、シャーロットも自分も命を落としてしまう。

そしてマットは悟った。シャーロットがどれほど自分の心と頭を乱すかを。

彼女が動くたびに、何かを話すたびに、いや呼吸をするその瞬間ごとに、マットは彼女が欲しくなった。彼女が話すと、楽しそうに動く唇に見とれてしまい、そこにキスしたくてたまらなくなり、内容が耳に入らないことさえあった。彼女がそばにいると、何かにつまずかずに歩けるだけでも奇跡だった。しかし、誰かを守ろうとするとき、これはけっして正しいやり方とは言えない。

守ろうとする相手とベッドを共にしたくてたまらないというのは、正しい戦略からははるかに外れた行為だ。災いのもと、というやつだ。しかし欲望のスイッチを切る段階をマットはとっくに過ぎてしまった。シャーロットに背を向けて彼女のもとを去ることと以上に、不可能だ。

戦闘地域を訪問する政府高官の護衛をするほうが、今の状況よりはるかに楽だった。特に個人的な感情はなかったし、ともかく、誰の頭も吹き飛ばされることなく、仕事を終わらせたいとだけ思った。マットは頭の半分では戦術と戦闘地域のことを考え、もう半分ではとりつかれたようにシャーロットをベッドに誘うことばかり考えた。実に困った。どうしようもない状況だ。

二人が座ると、ママ・ピラールが手書きの紙切れをテーブルに置いた。本日のメニューがずらりと並ぶ。今日のおすすめはトルティーリャのスープとケサディーリャ。マットはメニューを見もしなかった。おすすめメニューがどういうものかはわからないが、それを食べる。温かくてたっぷりあれば、マットはそれで満足する。このカンティーナでまずい食べ物が出てきたことはないし、それでじゅうぶんだった。奥にいる偏屈老人が何者かはわからないが、料理の腕は確かだ。

注文し終わると、マットは店内の客を見た。ひとりひとり、じろりと怖い顔でにらみつけて様子をうかがったが、危険なことをしそうな人間はいないようだ。ふと入り口近くの壁を見ると、額縁に入れられた四枚の油彩画と水彩画一枚に気づいた。ここは表に面する窓から光を受けてよく見える場所なのだ。カンティーナの壁にはいたるところにいろんなものがぶら下げてある。マットの見る限りではほとんどががらくただ。色あせた写真や世界各地からの絵葉書はいつもここを利用していた客からのものだろう。魚とりの網、奇妙な風景画、そういったものが、セロハンテープで無造作に壁に留めてある。さらにメキシコの祭日『死者の日』に使われた気味の悪いどくろの人形もある。

壁に雑然と積み上げられたがらくたから、その五枚の絵画ははっきり際立って見えた。そこだけが切り取られたように浮き上がり、四角い額に囲まれた完璧な美の空間になっていた。まぎれもない本物の芸術、そしてまぎれもなくシャーロットの作品だった。

注文はすぐに来た。シャーロットがウエイトレスにほほえみかける。このウエイトレスは、マットも前に見かけたことがある。おそらく大ガルシア一族の遠縁の誰かが、カンティーナで働いているのだろう。「ありがと、ロサリオ。カルリトスの調子はどう？」

ウエイトレスは、ぱっと笑顔になった。「ずっとよくなりましたよ。ありがとうございます。食欲がずいぶん出てきて」これらの会話がすべてスペイン語で交わされる。ウエイトレスは白いエプロンの前で手をもじもじさせながら、食べ物が気に入ってもらえるかを確認しようとしていた。マットは大きくひと口ほおばり、笑いかけた。

「うまい」そしてきちんと意図が伝わるように、唇をぺろりと舐《な》めた。

しかしマットなど、この場ではいないのも同然で、ロサリオはマットのほうに視線を動かす気配もない。ただシャーロットを見つめ、彼女がタコサラダを少しだけ取り分け、マットがほおばった量の十分の一ぐらいを優雅に口に入れる様子に目を凝らしている。シャーロットがほほえんで、口をもぐもぐさせた。「とてもおいしいわ《ムイ・サブロッソ》」

シャーロットが何を言っているのかはわからなくても、ロサリオがうれしそうなのはマットにもわかる。満面の笑顔で、ロサリオは奥へ下がった。

特別扱いを受けていることについて、シャーロットは何も言わなかったし、そのことに必要以上の感激を覚えているふうでもない。マットは自分の頭の中に作った〝シャーロット・データファイル〟に、この小さな事実も書きとめた。彼女の出身がどこかはわからないが、プリンセスとして扱われることに慣れている。

シャーロットはフォークを置いて、身を乗り出した。カンティーナは満員で、観光客も地元の人もいる。騒がしいので、体を近づけなければ会話ができない。町の人口は夏になると三倍にふくれ上がると、レニーが言っていた。

「お願いがあるの」シャーロットは小首をかしげ、少しだけほほえんだ。「気に入らないと思うんだけど、イエスって言ってくれるとうれしいわ」

彼女にノーと言うことなど、マットにはとうてい想像できなかった。俺の血を一パイントでも欲しいって言うのか？　喜んでやるぞ。そういうのなら、たっぷりあるんだから。それに今までの人生で、体の半分ぐらいの血液を無駄に流してしまったのだ。アフガン砂漠に撒《ま》き散らすことを思えば、シャーロットに血をやるのは、はるかにましな使い方だ。

「いいぞ。何が望みかは知らんが、答はイエスだ」それだけ言うと、マットは険しい表情になり、手にしたフォークの先をシャーロットに向けた。「食え」

「何？」

「食べるんだ。俺にしてほしいことが何かはわからんが、まずは食事だ。君が何か食べないと、俺は何もしないからな。たっぷり食うんだぞ。すごくうまいから」シャーロットがまた極小サイズにした料理を口に入れるのを、マットはじっと見守った。

「もっとだ。君が食べないと、ここの人らはがっかりするぞ」

「はい、ママ」シャーロットはあきれた顔をして、もう一度フォークに載せた食べ物を口に入れた。

皿にあった料理の半分をシャーロットが食べ終わるまで、マットは話をさせなかった。彼女がこれほど食べるのを見たのは初めてだった。これ以上食べさせるのは無理だと判断したところで、マットはもういいだろうと彼女を解放した。「よし、何を頼むつもりだったのか、もう話してもいいぞ。言っとくが、何を頼むつもりでも、答はイエスだからな。それだけは、先にはっきりさせておく」

灰色がかった茶色の眉《まゆ》が、美しいグレーの瞳の上で大きく弧を描いた。「あら、いいことを聞いたわ。でも、そんなふうに白紙の小切手を渡すみたいなことってしないほうがいいんじゃないの？　イエスって言う前に、何を求められているのかを確認すべきよ。もし私が、百万ドル出してくれって言ったらどうするの？」ばかなことを言ったわね、とシャーロットはほほえんだ。

マットは真剣な眼差しにまじめな口調で答えた。「俺が百万ドル持ってれば、すぐに君にやる。今、百万ドルはないし、どうがんばったってそれに届くような金も作れない。銀行に定期預金があるけど、たいした額じゃない。政府からの恩給はあるけど、微々たるもんだ。でも、俺が持ってる金を好きなだけ使ってくれればいい」シャーロットの目つきから、マットは彼女が自分の言葉を信じてくれたのがわかった。当然だ。まったくの本心、本気で言ったのだから。シャーロットの頰《ほお》が、恥ずかしさに赤く染まった。うつむいてしまったが、それからまた顔を上げてマットを見た。

「私——何て言えばいいか。私がお願いしたかったのは、そんな大変なことじゃないのよ。あなたにモデルになってほしいの。あなたの肖像画を描いてみたくてたまらないから。頭の中に、もうポーズと設定ができあがっているの」

マットはぴたりと動きを止めた。「モデル？」俺にモデルをしろって？　何てこった。「モデルって——ヌードじゃないよな」引きつった顔で、マットはたずねた。

「まあ、違うわ。そういうんじゃない」シャーロットは笑い転げてから、楽しそうに椅子《いす》にもたれた。しかし、しばらくすると眉間《みけん》にしわを寄せて、マットの姿を見た。「でも実を言うと、あなたならきっと——いえ、いいの。忘れて」そして首を振って澄ました顔になった。何かを気まぐれに考えてみたが、その誘惑に勝ったという感じだった。「ヌードじゃないわ。心配しないで。実はね、今着てるその赤のTシャツで、ポーズを取ってもらいたいの。その赤なら、絵のアクセントになるから。頭の中で、すっかり構図ができあがっているの」

百万ドル渡すほうがよかったな、とマットは思った。もちろん、そんな金は彼にはないが。その様子を見て取ったシャーロットが、静かに言った。「約束したわよ」

まいった。そのとおり、イエスと言った。マットは歯ぎしりしたい気分だった。口を開き、閉じ、結局、質問した。「どれぐらい時間がかかる？」三十分ぐらいで済むのかもしれない。

「そうねえ……」シャーロットは首をかしげて、マットの姿をながめる。「二週間ほどかしら」

「二……週間？」シャーロットはにこにこしている。「それって、冗談だろ？　冗談言ってるんだよな？」二週間、何時間もじっと動かずにいる……兵士としてのマットには、絶対的な忍耐力がある。何日でも地面に寝そべって機会をうかがうことはできるし、そういうことをしてきた。しかし、モデルとして……ああ。

「ミズ・フィッツジェラルド?」

二人のテーブルに近づいてきた男性に声をかけられ、シャーロットはさっと顔を上げた。マットはカンティーナを最初に見渡して客を観察したとき、その男性に気づいた。すぐにマットのレーダーに引っかかったのだ。

背が高く、ほっそりした英語《グリンゴ》を話す男だ。カジュアルだが、値段の張りそうな服装。柔らかな手。白髪の混じったブロンドの長髪は、後ろでひとつに束ねてある。ネックレスとたくさんの指輪。同じテーブルにいた、上品なヒスパニックの二人連れと、熱心に話し合っていた。カンティーナにいる三十名ほどの客のひとり。みんなと同じように、食事を楽しんでいる。

マットの危険察知レーダーはきわめて精巧なのだが、彼の様子からレーダーは危険を感じ取らなかった。立ち上がってこちらのほうに向かってくるのはわかったのだが、それでも危険を感じなかった。ただトイレに行くのだろうとしか思えなかった。ところが男はトイレには向かわず、二人のテーブルの横に立ち止まった。マットは即座にデフコン4の警戒モードに入った。平穏時の5から、緊急事態へ発展する可能性あり、ということだ。

「はい?」シャーロットは礼儀正しく答え、感情をいっさい顔から消し去った。手が震えている。この野郎、俺のシャーロットを怖がらせやがって。

背の高い細身の男は右手を動かした。マットはさっと手を伸ばし、男の手をつかんだ。こういうことはしたくないが、男の指をいつでも折ることができる体勢だ。

男はただ名刺を手にしただけだった。男の人差し指と親指のあいだにベージュの紙が旗のようにぶら下がっていた。

誰もひと言も発しなかった。名刺を見て、マットはつかんでいた手を放し椅子にもたれたが、謝罪の言葉もなく、あからさまな警戒心を目に浮かべて男を見据えた。男はマットのことなど完全に無視して、シャーロットにだけ話しかける。

「ミズ・フィッツジェラルド、私、ペリー・エンズラーと申します。カナダ人のアート・ディーラーなんです。画廊を三つ所有しておりまして、二つはカナダに、モントリオールとトロントです。もうひとつがこのババ・カリフォルニア・スルにあります。場所はラパスです。ラパスの画廊は五月から十月のあいだだけ開きます。私は常に、才能のある画家を発掘したいと思っておりまして——先週こちらに立ち寄って、カンティーナ・フォルチュナであなたの作品を拝見したのです。今日さらに、新しい風景画や水彩画を見ました。あなたは、すばらしい個性をお持ちですね。夏のシーズンの開幕展用に、あなたの作品をいくつか売っていただけないかと思いまして。お売りになる気はあります？　プロの画家でいらっしゃいますよね？　座ってもよろしい？」男が途切れることなく話すので、二人は口をはさむこともできなかった。男は返事を待たずにシャーロットの向かいに座った。つまりマットの隣だ。マットは男の手は放したが、いつでも飛びかかれる準備をした。

　男はちらっとマットを見て、ため息を吐《つ》き、またシャーロットのほうを向いた。

「こちらの大柄なお友だちには、心配しないでっておっしゃって。あなたをどうしようってつもりはないんです。私はゲイで、あなたを芸術家としてしか見られませんから。できれば、友人にはなりたいと思いますけれど」

　シャーロットはその言葉にはっとして、マットを見た。マットのあまりの表情に、体を縮こまらせた。

「マット」シャーロットが彼の手に、自分の手を重ねた。「大丈夫よ」マットはその手を見て、気が遠くなりそうに感じた。自分の大きくて強そうな手が、シャーロットの手によって簡単に押しとどめられる。テーブルに釘で打ちつけられたように、もう動かない。マットは心の中であきらめのため息を吐いて、男に「とっとと消え失せろ」と怒鳴りたい気持ちを抑えた。本当は男を店からほうり出したかったのだが、あきらめた。彼の手の動きで、シャーロットもマットの心の葛藤《かっとう》を感じ取ったのだろう。マットが緊張をとくのを感じると、手を放して、エンズラーの名刺を受け取った。名刺に書かれている文字を読み取ってから、シャーロットはエンズラーを見上げた。

これでエンズラーは安心したのか、またぺらぺらと話し出した。「あなたの作品リストをいただけませんか？　作品をポートフォリオにしたものも見たいのですが。こちらでどこかの画廊と専属契約なさっているなんてことはありませんよね？　それでしたら、もう自殺でもしたい気分ですよ。私のパートナーは芸術を見る目はあるんですが、経営はからきしだめですから、私がいなくなったらうちの画廊は破綻《はたん》するでしょうし、そんなのは芸術界にとって大損失となります」

「私、実はプロではないんです。ミスター――」シャーロットはまた名刺を見た。「ミスター・エンズラー。私は作品見本をまとめたポートフォリオも作っていませんし、個展を開いたこともありません。私は純粋にアマチュアとして絵を描くだけなんです」

シャーロットがぽっと頬を染める。自意識過剰になってのことではないのが、マットにはわかる。彼女は見栄を張るという感覚そのものを持ち合わせていないのだ。それでも、自分と同じぐらい芸術を愛する人に出会い、自分の才能を賞賛されてうれしくないはずはない。銃器ショーに行って、自分と似たような兵士に会うのと同じ感覚なんだろうな、とマットは思った。

エンズラーはどかっと背もたれに体を預け、首を振った。「本当にもう、アメリカ人っていうのは……。質の高いものにぶち当たっても、それが何かさえわからないんですからね、はん？　あなたが個展を開かれたこともないとは驚きです。あり得ない。でも、安心してください、あなたには確かな才能があります。構図とそのバランス感覚には光るものを感じます。ですから、プロに違いないと思ったんです。さて――」エンズラーは、話がうまく進みますようにと、古いおまじないのしぐさをした。こんこん、と木のテーブルを叩《たた》く。「これからは、もうアマチュアとは言わせませんから。私の希望ですがね。ミズ・フィッツジェラルド、私がパートナーと二人で専門にしているのは、人物画です。ネオリアリズムもあれば、もっと前衛的なのもあります。近頃はシンキズムもありますが、それほど多くは――」エンズラーはびくっとしてシャーロットを見つめ、笑顔が返ってきたのを見て、にっこりした。「つまり現在、人物画は人気で、よく売れるんです。ま、そういうことです。カナダのアート・シーンにはお詳しいですか？　うちはシモーヌ・ファースト、ランディ・ヒルシュ、ピーター・ペリコンも扱っています。で、画廊でのショーですが、仕組みはこうです。うちで絵の裏打ちをして、額縁に収め、輸送を手配します。これには保険も含まれます。売れたら三五パーセントの手数料をいただきます。通常アメリカの画商は四〇から五〇パーセントを取り、画家のほうで裏打ちと額に収める作業もしなければなりませんので、これは取引としては有利なものだと思います。売値は普通、水彩画で八百ドルから、油彩で千ドルからになります」

シャーロットがこの申し出について頭をめぐらすのが、見ているマットに伝わってきた。そしてしばらく考えてから、驚いたように言った。「いいお話ですわね」

何とまあ、取引には駆け引きがあるってことを、知らないんだな？　マットなら、基本的に言われた金額の倍ふっかけ、その後少しずつ値段を下げて交渉に入る。

「よかった」エンズラーはテーブルに手のひらをばん、と置いてから立ち上がった。

「どんな作品があるか、いつ見せていただけます？　すごく楽しみです。これほど質の高いものに出会えるのは、そうそうありませんからね。しかも無名の画家——ああ、最高。住所を教えてください。今日の午後にでもお伺いしてよろしいかしら？　こちらには日曜までしかいませんもので。いかが？」

「ええ、結構ですよ。食事のあとにでもいらしてくだされば——」

「六時だ」マットが割って入った。「ひとりで来てもらおう」エンズラーはこの言葉にどう対応すべきか途方にくれ、何か言ってもらおうとシャーロットの顔を見た。シャーロットは、一瞬マットを見た。まじめな顔をして、マットの瞳をさぐる。えらいぞ。そしてシャーロットがうなずいた。よし、いい子だ。マットの表情から何を読み取ったのかはわからないが、マットを信じるべきだと悟ったに違いない。

シャーロットはエンズラーに向き直った。「ええ、今日、夕方の六時にいらしてください。作品のいくつかをお見せします。画廊に置いておくもの、開幕展用に特別に求めていらっしゃるもの、具体的にお話しできればと思います」

「わかりました」エンズラーはテーブルに置いた名刺を、指先でとんとん叩いた。「携帯の電話番号もここにあります。何かありましたら、携帯に電話してください。いやあ、お会いできてよかった。ではまた」シャーロットに満足げな会釈《えしやく》をし、マットにはその半分ぐらい首を下げて挨拶《あいさつ》すると、エンズラーは自分のテーブルに戻っていった。

二人の話し声が聞こえないところまでエンズラーが遠ざかるとすぐ、シャーロットは皿を目の前からどけ、腕組みをしてテーブルにもたれかかると、マットをにらみつけた。声は抑えていたが、怒りがにじみ出ていた。「今のは何なの？　どうして六時まで待たなきゃならないの？　何が——」

マットは片手でシャーロットを制し、つらつらと恨み言が出てくるのを止めた。そして、これから説明する内容への彼女の反応を覚悟した。シャーロットにとって耳障りのいいことではない。戦闘体制にあるときどう振る舞うべきかという集中講義をしなければならない。こういうことを言うと、普通の人間には被害妄想だと思われてしまう。

「数時間の余裕があれば、このエンズラーってやつのことを調べられる。何本か電話して――カナダにこういうのを調べてくれる友だちがいるし、ネットでも検索できる」シャーロットはみぞおちにまともにパンチをくらったような顔をした。そんな表情を見るのが、マットは辛かった。そして、その表情をさせてしまったのが自分だということが、もっと辛かった。「偶然だが、やつは、正直な話をしてるんだと思う。実際に画廊も持っていて、君の作品を買いたがってる。今回は、君もついてたわけだ。でも、ひどいことになってた可能性だってあるんだからな」マットは体を近づけて、声をひそめた。「ま、結局のところ、いろんな状況を考え合わせれば、シャーロット・フィッツジェラルドが君の本名でなくて、幸いだったたってことさ。だろ?」

16

サン・ルイス
四月二十八日

　シャーロットは本能的に、まず逃げることを考えた。しかしマットの動きはシャーロットよりすばやい。逃げようという考えが浮かぶより先に、シャーロットが飛び上がろうと息をためる前に、マットに手をつかまれていた。やさしいけれど、絶対に振りほどけない握り方だった。

　マットが体を動かしたのにさえ気づかなかった。彼の言葉に一瞬頭が真っ白になり、次の瞬間彼の手がしっかり自分の手をつかんでいた。

　何だか息が苦しい。パニックで胸が締めつけられ、心臓が大きな音を立てる。この音は、マットにも聞こえているはず。マットの視線がふと下がり、それからまたシャーロットの顔を見た。いや、この音が聞こえなくても、首筋の血管が大きく脈打つのが見えるのだろうし、つかまれている手首が、激しい振動を伝えているだろう。
「あ――」シャーロットはその先を言えなくなった。完全に、どんな言葉も声も出てこない。普通は頭の回転は速いほうで、気まずい状況になっても品よく切り抜けられる。しかし、今回はどうにもならない。もっともらしい答などないし、逃げ場がない。きょときょと周囲に視線を泳がせたが、逃げようと考えること自体が無意味だ。マット・サンダースに手首をつかまれ、注意深く見つめられているのだから。まったくの非難も賞賛もない彼の視線が、ひたとシャーロットをとらえる。何を考えているのか、いっさい読み取れない。こんなの不公平だわ、とシャーロットは思った。彼女の気持ちはそのまま顔に映し出されているはずだから。まずショック、そして恐怖、そのあと、どうしても逃げなければという思いが顔に出たはず。

さっきの言葉を否定するタイミングを失ってしまった。もう遅い。隠そうとしていたのに、マットの言葉が放たれた次の瞬間、自分の心の中をさらけ出した。すぐさま否定するべきだった。体が麻痺《まひ》してパニックに襲われたことで、肯定しているのも同然だ。

偽名を使っていることをマットがどうやってさぐり出したのかはわからないが、ともかく知られてしまった。唯一の救いは、まだ本名を知られていないことぐらいだろう。これだけでも神様に感謝しなければ。モイラのパスポートは、父の肖像画のキャンバスの裏に隠しておいたのだ。

パスポートを見られれば、どの町を調べればいいかもわかってしまう――ウォレントンだ。インターネットに接続できるパソコンがあれば、それで何もかもわかってしまう。シャーロット・コート事件は、完全にメディアから消えたわけではない。モイラ・シャーロット・フィッツジェラルドの名前が、シャーロットの写真と共にあらゆるメディアに登場している。写真を見たマットはそれが誰かを悟り、すぐに事件の全《ぜん》貌《ぼう》を知ることになる。運が悪ければ、マットは市民としての当然の義務を果たそうとするだろうし、さらに兵士として訓練を受けたマットはおそらく義務の遂行を骨身にしみるまで叩《たた》き込まれているはずだから、三十分以内にシャーロットはメキシコの留置場に入れられ、ＦＢＩの捜査官がやって来るのを待つことになるのだろう。アメリカに強制送還されるのだ。

「そんな――ばかなことが」ずいぶん時間が経ってから、あえぐようにシャーロットは言った。だめだ、もう遅い。間に合わない。「私の名前はシャーロット・フィッツジェラルドに決まってるでしょ」

「いや、違う」マットは一瞬、握る手に力をこめた。「俺をどれほどのばかだと思ってるんだ、ハニー？」マットは声を荒らげることなくやさしくささやいた。周囲には彼の声は聞こえない。遠目には、恋人同士がテーブル越しに手を取り合っているように映るだろう。「わかってもらいたい。俺は君の味方だ。君がどういう問題を抱えていても、それは変わらない。何か面倒なことになったんだろうけど、俺は君を助けたいんだ。ただ、嘘《うそ》をつくな。そんなことをしても君のためにはならないし、いちばん困るのは、俺が君を助けられなくなることだ」

マットに嘘はつけない。本当のことを話すわけにもいかない。シャーロットはこげ茶色の瞳《ひとみ》をのぞき込み、何とかこの状況を抜け出す方法はないかと思った。マットは答をくれそうもない。暗い瞳が穏やかにじっと見つめ返してくるだけ。しばらくそのままだったが、突然彼は想像もしなかったことをした。シャーロットの両手を持ち上げ、表向きに返してやさしく唇を寄せたのだ。両方の手のひらに順にキスされると、ショックで冷たくなっていた手が温かな唇を感じ、体じゅうに温もりが戻ってくるような気がした。思いやりに満ちた彼の行動に、シャーロットの気持ちが揺さぶられる。マットは右の手のひらに唇をつけたまま、また穏やかにまっすぐシャーロットを見つめた。

「俺に任せてほしい。俺なら君を助けられる」マットがささやくと、息が手のひらに熱く感じられた。無表情で無感動な面ざしはなくなっていた。マットの顔には、熱意と切望と、あふれるようなやさしさがあった。ああ、このまま手を伸ばして助けを求めたい。氷のような冷たい夜に、彼の手は炎のように感じられるだろう。この手で温めてほしい。この数ヶ月のすべての恐怖や寂しさや絶望感がわき上がり、シャーロットの胸を締めつけた。

俺なら君を助けられる。ああ、そんなことができるなら。本当に、そんな簡単なことなら。マットのすべてがシャーロットに訴えかける。揺らぐことのない視線、何でもできそうな手、まぶしいぐらいの強い体、荒削りな顔に浮かぶやさしい表情。ほんの二言、三言でいいのだ。そうすればもうひとりぼっちではない。あまりに強い誘惑に、拒否することも不可能に思われた。

彼につかまれた手が震えた。違う、体全体が震えているのだ。体の芯《しん》から揺さぶられている。声にできない言葉と流すことのできない涙で、喉《のど》が詰まる。

こんなのは、もう嫌。マットの瞳にあるやさしさと忍耐、手を撫《な》でる柔らかな感触、やさしくつかまれた手首。もう耐えられない。涙がひと筋シャーロットの瞳からはらりとこぼれ、頬《ほお》を伝った。ぽつっと音を立てて、テーブルに落ちる。「話せない」シャーロットはそれだけつぶやいた。胸につかえる重しをどけるには、まだシャーロットの力が足りなかった。

マットの視線が、涙が落ちるのを追った。その涙がシャーロットのすべての秘密を抱えていて、涙を見れば何もかもわかると考えているかのように、マットはテーブルに落ちた水滴を凝視した。やがて視線を上げたとき、マットの表情はまたいっさいの感情を消し去っていた。冷たくもなく、温かくもなく。さっき見えたやさしさなど、最初から存在しなかったように思えた。自分は幻をみたのだろうかと、シャーロットは思った。

「外に出よう」マットはやさしく言って、立ち上がった。「話をしないと」

マットが食事代を払おうとするあいだ、シャーロットは待った。結局、いつものようにガルシア家には受け取ってもらえなかった。外に出て明るい午後の陽射しを浴びると、まぶしかった。マットは手をつないでシャーロットを引き寄せた。「ちょっと歩こう。脚を動かしたいんだ」

マットがシャーロットに歩調を合わしながら、二人は浜辺の遊歩道《ランブラ》を歩いた。

「新しいヨットが入ってきたぞ」マットが真っ青な海を見ながら何気なく言った。その沖に突き出した細長い岬《みさき》のほうには、シャーロットがサン・ルイスに来たとき、ぽつん、ぽつんと漁船しか見えなかった。今は同じ場所に、上品で速そうなヨットが十数艘《そう》、碇《いかり》を下ろしている。潮の流れに緩やかに船体を上下させ、真鍮《しんちゅう》が太陽に反射する。「シーズン到来だ。レニーから聞いた話では、マリーナは夏の盛りには停泊する船でいっぱいになるらしい。あいつのところの売り上げの八割は、五月から九月で稼ぐんだ」

「う……ん」二人は砂地を固めた遊歩道を北に向かい、湾の端までやって来た。マットはシャーロットを落ち着かせようと、当たり障りのない内容を話し続ける。

そんなことしなくてもいいのに、とシャーロットは思った。もうすっかり落ち着いた。どうしようもないパニックに襲われたが、最悪の瞬間は去った。パニックのあとには、自分に与えられた運命を生き抜こうという決意が生まれた。

二人は水際に沿って、ゆっくりと歩いた。太陽は西に傾き始め、浜辺の建物を赤く、やがてまばゆい金色に染めていった。ドアや窓が明るく光を反射する。光が――画家なら誰もが待ち焦がれるような光線が、ダイヤモンドのような輝きを生み出す。シエスタの時間なので、浜辺を歩く人の姿も多くない。何人かの人とすれ違うと、みんなが会釈《えしやく》する。シャーロットは、よそよそしいサン・ルイスの住人に会ったことがなかった。

シャーロットはここが大好きだった。ここの人が好き、この町の色、光、大気そのものが好きだった。毎日を過ごし、ここで新しい人生を作り上げているという感覚が好きだった。ここでの生活を守りたいと、切実に思った。自分の無実を証明できるまで帰るつもりはなかった。一生無実を証明できなくても――それでいいと思った。

問題を起こさなければ、いつまでもここにいられる。そうであってほしい。ママ・ピラールがこっそり教えてくれたところでは、シャーロットの前にあの家に住んでいたジャネットという女性は、滞在許可なく十二年いたということだった。ジャネットはふらっと現われ、そのまま居ついたらしい。サン・ルイスにいる芸術家の多くは、きちんとした書類を持っていない。警察もそういうことには目をつむる。誰もが知らん顔をしてくれる。

お金の心配はあった。以前の生活ではとうてい考えられなかったことだ。シャーロット・コート、ウォレントンのコート一族のひとり娘が、少なくなるお金の持ち合わせに気をもむなど。節約していけば、シカゴから持ってきた現金で、一年ぐらいはなんとかなるだろう。もちろん、ひどく質素な生活にはなる。仕事を見つけるのは不可能だ。身元を証明する書類も、労働許可もない。行政当局の目につかないように暮らさなければならない。

ペリー・エンズラーは、神様の思し召しだとしか思えなかった。絵を売ることで生活費が稼げるなら、お金の問題も解決する。

そして大きな問題は、隣を歩く大きな男性。シャーロットのそばから離れるつもりはないと、マットは明言した。シャーロットのほうから彼を遠ざけるつもりも振り切って逃げるつもりもない。そんなことを考えても、自分に嘘をつくだけだ。いちばんの問題は、マットにそばにいてほしいと、シャーロットが思うことだった。

マットが足を止めたので、シャーロットも立ち止まった。二人の目の前には防波堤があった。これはマリーナからビーチの真ん中あたりまで続いている。

「さて、ここで話そうか」マットは軽々とシャーロットを持ち上げて防波堤に座らせ、自分はその正面に立った。シャーロットの膝《ひざ》が自然に開き、マットがそこに入ってきて、シャーロットの腿《もも》がマットの胴体を挟む形になった。防波堤に座っているので、二人の顔の高さが同じになり、シャーロットはしみじみと彼の顔をながめた。午後の太陽を受けて、陽に焼けた肌がブロンズ色に輝き、こげ茶色の髪にもブロンズ色のハイライトを当てる。高くて広い頬骨が、いっそう強調される。

すてきな顔。あらゆる意味で、見惚《みほ》れてしまう顔だった。形も骨格も、力強くて、非常に男性的だ。この顔を見ると、スケッチしたくて指がうずうずする。チョコレート色のこげ茶の瞳に浮かぶ知性は、どんなことも見逃さない。これほど近くで見たのは初めてで、今までわからなかった傷痕《きずあと》が右目の横にうっすら残ることに、シャーロットは気づいた。陽焼けでできた目じりのしわに隠れていたのだ。この傷だと、もう少しで失明するところだったはずだ。

マットは胴体にも脚にも、無数の傷がある。いくつかは、まだ新しくて赤いまま。どの傷も目をそむけたくなるようなものだ。

この人は危険な生活を送ってきた。危険な男性なのだ。それを忘れてはいけない。

現在の彼は、シャーロットにとって何の危険も感じさせない存在だ。炎を浮かべた瞳が真剣に見つめてくるだけ。その視線がシャーロットの口元をちら、と見る。また。

シャーロットは息をのんだ。

彼の瞳に見えたものが、シャーロットの心を揺さぶった。強さ、やさしさ、くじけない気持ち。そしてある種の容赦ない決意。それを思うと怖くなり、彼が人を殺したことがあり、これからも平気で殺人をやってのける男性だということをシャーロットは改めて思い出す。確かにマットが人を殺したのは、祖国のため軍隊に仕えていたからだが、それでも、この手が血に染まったという事実は変わらない。そんな経験を経ても、マットは人間性を失うことなく、さらに強い人間になった。

マットはほんの少しだけ顔を動かした。やさしい感触を唇に覚えたとシャーロットが思うと、慌てることなくマットは上手に顔の向きを変えて、シャーロットの口をしっかりととらえた。彼の舌が口の中を動くと、シャーロットの頭でぐるぐる堂々めぐりをしていた不安や恐怖が消えていった。すうっとなくなったのだ。マットの唇が柔らかくて温かい、それだけしか頭に残らず、シャーロットはうっとりして、ここがどこで自分が誰かも忘れていた。

マットは唇を動かし、またシャーロットの口に舌を入れてくる。ああ、助けて。すてき。初めマットは、昼食で二人が頼んだスパイスの効いたモレ・ソースとコロナ・ビールの味がした。そして、いかにも男性らしい味がした。シャーロットの舌がおずおずと彼の舌を撫でると、マットは喉の奥から深く、ああっと声を上げ、その音がシャーロットの体の中で響いた。二人はぴたりと体をくっつけていたので、彼の声が反響して胸が振動するのをシャーロットは自分の胸で感じ取った。シャーロットの背中を支えるマットの手に力が入り、体がさらに密着する。シャーロットの体が開き、ペニスがそこに押しつけられる。マットが腰をずらすと、シャーロットは彼にまたがる格好になった。また舌を絡ませると、体の中心部を押しているペニスがむくむくと起き上がり、太く、大きくなってくるのがわかる。

すてき。自分の口が彼をこんなにさせているのを、体の下のほうで確認できる。不思議な秘密を見つけたようで、シャーロットは同じことをもう一度やってみた。今度は自分で顔の角度を合わせ、彼の唇を舐《な》めてみる。すぐさま彼が反応する。シャーロットの体の中心部もすっかり敏感になり、押しつけられたものが波打つように動くのも感じられる。マットがゆっくり腰を動かし始めた。自分のものの大きさとたっぷりの長さを伝えてくる。シャーロットの体で、炎が猛烈な勢いで広がる。

マットは体全体でシャーロットを抱きしめていた。呼吸するつもりだったら、大変な作業だろう。よかった、息ができるかなんてどうだっていいもの、シャーロットはそう思った。必要な呼吸は、マットの口を通じてすればいい。この世の歓《よろこ》びすべての根源がそこにある。マットがシャーロットの唇を嚙《か》んだ。最初は軽く、そのあと強く。そして口を動かす。さらにぴったり、さらに強く互いをむさぼることができるように。

シャーロットの心臓が大きな音を立て、胸の中で痛いほど激しく鼓動を繰り返す。これほど激しい鼓動なら、マットの体ごと揺さぶってしまいそうだ。二人の体はそれほどぴったり絡み合っている。彼が感じることのすべてが、シャーロットに伝わる。彼の鼓動は力強いが、シャーロットの心臓と同じように速く打っている。キスの合間の荒い息。唇がまた重なり、舌が絡み合う。そのたびにシャーロットは、自分の彼に対する影響力の強さを感じる。脚のあいだに感じる重たいものが、びくんと動くからだ。マットは腕に力を入れさらに強く体を押しつけると、今度ははっきりと意図のある腰の動かし方をした。服を着ていなければ、もう彼のものはシャーロットの体の奥で動き回っていただろう。

シャーロットの脳裏に、二人がベッドにいる姿が浮かんだ。マットの体が重く上からのしかかり、ゆっくり動きながら腰を突き出し、自分の脚は彼の腰に……。

そんな想像でさらに体が燃え上がり、めらめらと燃え盛る炎が、何枚もの服の上からでなく、直接肌と肌を触れ合わせたいと欲望をあおる。二人のあいだには何も入り込んでほしくない——嘘も秘密も必要ない。たった二人、互いの裸の体だけ、さえぎるものが何ひとつ存在しないように。

マットがシャーロットの髪をたぐり寄せ、顔を上げさせた。マットの唇がむき出しになった喉を、くすぐるようにつまむ。敏感な喉の腱《けん》を彼の唇が滑ると、シャーロットはぶるっと体を震わせた。シャーロットの体はマットの手で、しっかり彼の体に押しつけられていたのだが、その手が今度は前に回り、シャーロットのゆったりとしたコットンのセーターの中に入った。大きくてごつごつした手の感触にシャーロットの肌が目覚めていく。マットはまた唇を重ね、同時に手のひらでシャーロットの乳房を覆った。火花のような快感がシャーロットの体を駆け抜ける。マットの親指が頂の周囲でやさしく円を描くと、シャーロットは大きな叫び声を上げた。するとその声にマットが反応し、押しつけられていたものがさらに大きくふくらみ、その瞬間、シャーロットはいっきに高みに達した。快感に体が硬直し、彼のものを受け止めている部分が規則的に収縮し始め、絶頂を迎えた。なすすべもなくマットにしがみついたシャーロットの体は、完全に歓びに支配されていた。

マットは唇を離し、シャーロットの頭を自分の肩にもたれさせた。その間もお互いが体をしっかり支え合う。彼の肩に顔を埋めたシャーロットの体は、まだ震えが止まらない。シャーロットが息を深く吸い込むと、マットの肌の匂《にお》い、潮の香、そして自分自身が発する興奮した匂いがした。

やがて興奮が収まり、シャーロットの体も落ち着いてきた。呼吸も穏やかになり、自分の鼓動を強く意識することもなくなった。なぜか、涙がこぼれていたが、もう頬は乾いていて、次々に涙が落ちることはなかった。マットの首に回した手は、きつく握りしめられていて、どうやってその手を放せばいいのかわからなかった。シャーロットは一本ずつ指に力を入れ、順々に彼からその指を離していった。肌に感じるマットの皮膚は熱かった。このまま触れられたところが溶けてしまうのではないかとすら思った。

他の人と肌を触れ合うのは、本当に久しぶりだった。他の人の鼓動を間近で感じたことも、長いあいだなかった。何ヶ月も、何年も、渇ききった砂漠にいて、きれいな井戸からくみ上げたばかりの冷たい水を貰《もら》ったような、まさにそんな気分だった。

シャーロットはまだ体に力が入らず、マットの頑丈な肩に頭を預けたままだった。ため息を吐《つ》き、彼の匂いを吸い込んだ。マットはぐったりと寄りかかるシャーロットを支えるだけで、じゅうぶん満足しているようだ。セーターの中の彼の手は、もう興奮をあおるために乳房を撫でることはなく、後ろにまわされて子どもをあやすように背中をさすっている。

シャーロットが目を開けた。浜辺の風景、水辺の道に沿ってどこまでも連なる漆喰《しっくい》塗りの建物、波が砂地にぱしゃりと穏やかな音を立てる。何もかもさっきと同じ。何もかもがすっかり違っていた。

シャーロットは体を起こし、マットの顔を正面から見た。彼はまだ興奮している。それは疑問の余地がない。彼の硬くて大きなものを、まだ体に感じる。黒く陽焼けした皮膚に隠れてはいるが、マットが紅潮しているのがわかる。キスのせいで、唇も濡《ぬ》れて腫《は》れぼったくなっている。

人生がめちゃめちゃになってしまった。ところがそれだけでは終わらなかった。シャーロットは今、自分のどろどろの人生に、セックスまで投げ込んでしまったのだ。そして、もう一度マットにキスするため、シャーロットは体を前に倒していった。

サンディエゴ
四月二十八日

バレットは安っぽい黒のポリエステルのスーツに半袖《はんそで》のシャツを着て、細い黒のネクタイを締めた。ネクタイは短くて、シャツの第四ボタンにも届かない。ズボンの丈は三センチほど短すぎ、白のソックスが見えている。その下の黒のオックスフォードシューズは唾《つば》で磨いたものだ。おしゃれなメタルフレームのルックスオティカの眼鏡は、やぼったい大きな黒ぶちの眼鏡に替わっている。高価なルイ・ヴィトンのスーツケースもない。きわめてもっともらしく見えるＦＢＩのバッジを手に入れるのに、五千ドルもかかったが、そのバッジを革のホルダーに収めると、変身は完了した。

バレットは食事と着替えを済ませ、鏡に映る自分の姿に満足した。政府の職員、まじめで想像力に欠ける、公務員そのものといったイメージだ。

前日にレンタカーの手配をしておいたが、思ったとおりフォードのセダンがキーをつけてバレットを待っていた。何の印象にも残らない男が、何の変哲もない車に乗る。

ホテルに前日の夕方チェックインしたのは、ニョーヨークの証券ブローカー、フランク・ドナルドソンだった。ホテルから出て行ったのは、ＦＢＩオクラホマ支部の特別捜査官、サミュエル・ハントだった。

シャーロット・コートが二月二十八日に使ったのは、町の郊外にある公衆電話だった。そこは平らな土地に広がる色あせた場所で、中古車販売店が数軒あるうらぶれた雰囲気が漂う町並みだった。バレットは詳細な地図を横に置いて、三十分ほどインターネットでその場所を調べ、そのあたりいったいのモーテルと公衆電話をリストアップした。辛抱強く、何度も可能性のある場所を車で回り、やがて四時になろうかという頃、ついにその場所を突き止めた。

そこはバレットが今まで見た中でも、もっともすさみ果てたモーテルだった。こんなところに泊ることを考えるだけでぞっとした。戦地にいるとき、バレットはひどい場所で夜を過ごしたことが何度もあった。しかし、このモーテルはそんな場所より絶望的だ。外に〝モーテル──空室〟という看板があるのだが、ネオンが壊れているため、文字の一部が欠けている。大きなガラス窓は中が見えないほど汚れており、右下の隅に入った乾ききった川床のようなひびは、ダクトテープで留めてあるだけ。

モーテルの玄関を入ると、中もそれ以上だった。どんよりした茶色のカーペットはしみだらけで、あちこちが擦り切れている。ここにあるベッドがどんなものなのかは、考えたくもなかった。

小柄な南アジア系の男が受付にいた。おそらくパキスタン人だろう。バレットはかなりパンジャブ語の知識があるのだが、FBI捜査官サム・ハントがアジアの言葉を知るはずはない。FBIは外国にかかわることなんかやらない。

バレットは、〝俺様こそ宇宙の覇者、FBIだ〟といった、威張った歩き方で玄関を入り、バッジを胸元に掲げた。受付係が驚いてバッジに目を奪われている様子を観察して、自分の人相がきちんと描写される心配はないな、と思った。男はバッジのことで頭がいっぱいになっている。小さな茶色の手が突然震え出したところから判断すると、おそらくこの男の入国書類というのが、いいかげんなものなのだろう。

「私は移民局の職員ではありませんから、落ち着いてください。少し聞きたいことがあるだけなんです。こちらの――」バレットは言葉を切ると、ゆっくりわざとらしく、みすぼらしい玄関ホールを見渡した。「宿泊施設に、こういう客が来ませんでしたか？　二月二十八日の夜です」

バレットは訛《なま》りを真似《まね》るのがうまい。今回のアクセントも完璧《かんぺき》だ。アメリカ南部、しかもディープ・サウスと呼ばれる地域の貧乏白人が、大学で教育を受けて訛りを矯正し、東部で少し暮らした、という感じ。実際にはこのパキスタン人には、そういうアクセントの違いなどわかるはずもないが、いい練習にはなる。他人になりすますときは、やりすぎるぐらいでちょうどいいというのが、バレットの信念だ。

バレットはブリーフケースからシャーロット・コートの写真を何枚か取り出し、しみだらけでひびの入ったプラスチック樹脂の受付カウンターに並べた。「この女性に見覚えはありませんか？　こちらに宿泊しませんでしたか？」

パキスタン人が目を見開き、黒目の周囲の白い部分がむき出しになった。手の感触で記憶を呼び戻そうとするかのように、震える手を写真に伸ばした。

「いえ、いえ」受付係が甲高くつぶやいた。「私には覚えが――」そして、ふと考え込む表情になり、もっと注意深く写真を見た。写真はすべて、公の場で撮られたものだった。二枚はイブニング・ドレス姿のシャーロット・コートだ。どの写真でも、髪は美容院で整えてきたばかり、宝石を身につけ、さらにメイクも完璧だった。

バレットは写真を受付係の手から奪うようにして取ると、彼の目の前に突きつけた。人差し指で写真を一枚ずつ、叩いてみせる。「この写真が撮られたときと……状況は違っただろう。この女は逃走中で、こんなドレスを着てはいなかった。髪もこんなに完璧にまとめ上げられてはいなかったはずだ」

「はい」受付係がゆっくり答えた。「違います、こんなんではありませんでした。この人はもっと痩《や》せてましたし、すごく、すごく、顔色が悪かった。でもこの人です。ここに泊まりました。覚えてます」受付係は顔を上げた。バレットを見る顔が少し曇った。「この方が犯罪者なんですか？　この方のことは、よく覚えてます。でも、悪いことをした人みたいには見えませんでした」

「そういうことを私から認めるわけにはいかない。ただ、参考人として尋問を受けなきゃならん人物だとは言っておこう。この女性は、どういう名前を使ってチェックインした？　記録を調べてもらえるかな？」

受付係は背筋《せすじ》を伸ばし、百五十八センチぐらいしかない身長で精一杯の虚勢を張った。ホテルの受付を担当しているという威厳を取り戻そうと必死なのだ。「この国では、そういった要求には許可が必要だと思うのですが――何と呼ぶのでしたかね？」そしてぱちぱちと指を鳴らして、顔をしかめ、ＦＯＸクライム・チャンネルで何千回も聞いたはずの言葉を思い出そうとした。「令状？　そうだ、捜査令状です！」受付係は険しい顔をして、タフなところを見せようとした。「令状はお持ちですか？」

受付係の勝ち誇った顔に、バレットは身を乗り出すようにして自分の顔を近づけ、ＦＢＩのバッジを汚らしいカウンターに置いた。パキスタン人、いや実際に何人《なにじん》かはわからないが、こういうやつらの扱いは心得ている。こいつらはこのバッジの背後に、地上でいちばん影響力のある政府がついていることを知っているのだ。だからこそ、ＦＢＩの捜査官はかなり横暴なことでもできる。バッジは偽物だが、つきまとう権力の強さは本物だ。

「結構。では、いくつかはっきりさせておきましょう。あなたは愛国者法って法律があるのを聞いたことがありますか？」受付係は、はっと息をのんだ。「よろしい、愛国者法では私に、こちらのホテルの宿泊台帳を要求する権限を与えています。もしすぐに提出していただけないのなら、公務執行妨害の罪であなたを逮捕することもできます。テロリストの嫌疑のかかった人間を匿《かくま》った可能性があると考えられる人には、拘置所でさまざまな不幸な出来事が襲いかかることもあるでしょう」ちょっと言いすぎだとは思いながらも、バレットは急いでいた。こんな男と、男らしさを競うなど、まったくくだらない。そんなことはしたくない。こいつは運悪く、たまたまここに居合わせただけ。バレットが必要な情報を持っていただけのかわいそうな男だ。

かわいそうな男は、この国での自分の立場と――彼の立場など犬の糞《ふん》以下なのだが――ちょっと感じのいい人だなあと思った見知らぬ女性への義理を量りにかけた。恐怖心が義理に勝った。いつだってそうなのだ。

男はぐっと唇を噛んだ。唇を白くなるほど噛んだまま、カウンターの下にしゃがみ込んで大きくてぼろぼろの台帳を取り出した。黙って何枚か紙を繰り、目的のページを見つけ出した。男は顔も上げずに、台帳を反対に向け、とある名前を指差した。

ジョージア・オキーフ。シャーロット・コートの几帳面《きちようめん》な筆跡で、二十世紀最高のアメリカ人女流画家の名前を記してあった。

バレットはその名前を読んで、またひとつ見つけた獲物の情報を頭の中のファイルに付け足した。

この女はユーモアのセンスがある。

17

サン・ルイス
四月二十八日

「まだか?」マットが弱音を吐いた。ポーズを取り始めて三時間はゆうに経過し、肩の筋肉がちくちくして、そこを掻《か》きたくてたまらない。しかし、そうはできない。

モデルってのは最悪だな。どうしようもなく。

そんな考えにはっとして、マットは慌てて自分を戒めた。文句を垂れるつもりじゃない。しかし、つい恨めしく思ってしまう。絵のモデルとしてポーズを取る、というのはマットの〝やりたくないことリスト〟のかなり上位に来る、それだけのことだ。

シャーロット、いや本名が何かはわからないが、さっきはこの女性の虚をついて攻撃した。本当は何という名前だと聞いた。シャーロットの人間性に不審を感じたとしても、さっきの姿を見ればあらゆる疑いは消える。返事をしようと手が震えていた。

シャーロットは絶対に嘘《うそ》をつけない女性だ。

マットが他人になりすます場合、自分の名前をエンゲルベルト・フンパーディンクと名乗ろうが、ジョージ・W・ブッシュと名乗ろうが、はたまたエラ・フィッツジェラルドと言おうが、何の躊躇《ちゅうちょ》も恥じらいもない。イギリスのポップ・ミュージックの大御所でも、合衆国大統領でも、黒人女性ジャズ歌手でも、何だってなりきれる。シャーロットは真っ青になって口をぱくぱくさせたあと、あのかわいい口をぴたりと閉じて、完全に黙秘を決め込んだ。

防波堤に乗せたのは、彼女の防御を緩めさせ、話をしてもらうためだった。どんな秘密があるのか教えてほしかった。それがあの場面での任務だった。シャーロットの口を割ること。ところが、ああ、もう。自分から完全に燃え上がってしまった。

顔が同じ高さにあって、近くで見ているうちに、気がついたらあのゴージャスな瞳《ひとみ》に完全におぼれていた。夜明けの山の静かな湖の色。重さで目を開けているのも大変なんじゃないかと思ってしまうほど長いまつ毛。間近で見ても、何の欠点もない。こんなきれいな女性が存在していいはずがないのだ。しかも化粧なしで。こんなのは、男の心臓に悪い。秘密をさぐり出そうとしたのに、マットの頭から、彼女に触れ、キスし、腕に抱き、そして一緒にベッドに入ること以外は消えてしまった。彼女は、情熱の冷めた翌朝になっても、まだきれいに見える、世界で唯一の女性だろう。

彼女は口を開いた。しかし、マットがその口に求めたのは、言葉を発することではなかった。マットはただ、自分の口をそこに重ねたかった。舌を絡め合いたかった。ああくそ、腕の中の彼女は燃え上がるシルクみたいで……。

下腹部が熱くなるのを感じて、マットはぎこちなく体を動かした。彼女の体に自分を押しつけたときに感じたものの名残《なごり》がまだある。だめだ、今、立っちまってどうするんだ？　何か他のことを考えろ。

「あれは君のお父さんか？」マットは午後の光線が入る部屋の隅に向かって、顎《あご》をしゃくってみせた。そこには老紳士の肖像画がイーゼルに載せたまま置いてあった。指で示さなかったのは、絶対動いちゃだめ、と強い命令が言い渡されていたからだ。マットがポーズとやらを取り始める前、シャーロットは十分以上かけて、指一本でも動かしたら、どれほど困ったことになるか、延々と説明した。これはずっとあとまで残る絵なんだから、と。

ああ、神様。

「何？」シャーロットはかわいい鼻先をキャンバスにくっつけるようにして絵を描いていたため、声がくぐもって聞こえた。やがて絵から数歩下がり、シャーロットは指を顎の先に置いて考え込んだ。そして物思いから覚め、さっと振り返って部屋の隅を見た。「ええ、そうよ」するとその顔に笑みが広がった。

「お元気なのか？」これほど仲のいい親子なのに、シャーロットがひとりで身を隠して逃走するのは、どう考えてもおかしい。父親を非常に愛している娘が、ひとりで逃げ回るということが、マットには不思議だった。肖像画の男性はタフなタイプではなく、人の良さそうな、親切で教養のある紳士で、特殊部隊の兵士でないのはどう見ても間違いないが、それでも、だ。娘が面倒に、それもどうしようもないほどの面倒に巻き込まれて、誰かに命を狙《ねら》われている。そんなときに父親からも逃げて、このサン・ルイスに隠れ住むだろうか。だとすれば、やさしくて善良なこのパパはいったいどこにいる？

これほど愛されていれば、父親なら何とか娘を守ってやろうと、できる限りのことをするのではないか？　マットは自分にも娘ができたときのことを想像してみた。何かのトラブルに巻き込まれたのに、助けてくれと自分のところに逃げてくることもできない状況。考えるまでもない。自分の娘が危険にさらされているのなら、命をかけて、娘を守るだろう。

シャーロットはぴたりと動きを止めた。目が潤んで、きらりと光った。見ていても辛そうだったが、シャーロットは何とか自分を取り戻した。ベールで顔を隠すようにさっと表情が消えた。陶器の人形のように、きれいでとりつくしまのない顔があった。

「いいえ」シャーロットが慎重に言葉を選ぶ。「亡くなったわ、少し前に」

「いつのこと――」

「さて、と」それ以上の質問がさえぎられた。「今日はここまでにするわ。おしまいよ」シャーロットは絵筆を置き、その動作がぴしゃりとカーテンを閉めるように見えた。絵はおしまい、質問もおしまい。はっきりしている。

また不満が残った。

この女性と一緒にいると、不満が募る。俺をぴしゃりと締め出すんだから。俺を。この俺を、だぞ。

これほど思いどおりにならない女性は、マットにとって初めてだった。今まで女性に関して、悩むようなことはなかった。もちろん女性たちを棒で殴って言うことをきかせてきたわけではなくて、マットが女性に惹《ひ》かれるものを感じたときには、相手の女性も好意を持ってくれていた。そうすると、話は簡単だ。今まで女性の気を引こうと苦労したことはなく、女性に話しかけてもらおうと努力したこともなかった。実際のところ、そのときの彼女が、「私ね、私ね」と自分のことばかりしゃべり続け、うんざりしながら我慢するのが常だった。

マットの経験では、女はすぐに手のかかる厄介な存在になり、やがていつもご機嫌を取っておかねばならなくなる。〝彼女〟が面倒くさい女になると、マットはすぐに別れた。

シャーロットほど構わなくていい女性はいない。シャーロットに自分のことを話してもらおうと思ったら、あらゆる手を使わなければならない。それでも、得られた情報は最低限のものだ。シャーロットが人類であることはわかっている。女性、アメリカ人、絵画を勉強した。それぐらいのところだ。それ以外にわかっているのは、美しくて魅力的で、マットの気持ちをめちゃめちゃにかき乱すということぐらいか。この二ヶ月、彼女のことだけを知ろうと集中して調べたのに、基本的にはほとんど何もわかっていない。直接的な問いかけには返事が来ない。もって回った聞き方をすれば、はぐらかされる。率直な質問には、冷たくそっけない拒否が返る。

まあ、昔から言うではないか。最後の頼みの綱があると。セックスだ。

マットは立ち上がり、二歩で部屋の向こう側にいるシャーロットに近づいた。絵の道具を片づけるのに忙しかったためか、マットがそばに来たのがシャーロットには見えなかったようだ。マットの顔を見れば、彼の求めているものが何かをわかったはずなのだが、背を向けてテーブルに置いたものをしまおうとしているところだった。すばやい行動はマットの得意とするところ。シャーロットのすぐ後ろに立ち、背中から腕を回して抱きすくめた。シャーロットはびくっとしたが、そのままマットの腕の中でじっとした。

マットはシャーロットより、頭ひとつ分は背が高いので、顎を乗せて彼女の頭を上から押さえつけることもできるのだが、そうはしなかった。これほどの身長差があるだけでも威圧感を与えてしまうし、それは避けたかった。シャーロットにはゆったりとくつろいだ気分になってもらいたい。自分を信じてほしいのだ。マットは腰のあたりに手を巻きつけて、しっかりとシャーロットを抱き寄せた。そして自分の体の正面全体に、柔らかで温かい彼女の体を感じた。

シャーロットを腕に抱くと、マットの体の奥にある何かが鎮まり、燃え上がろうとする炎が落ち着いていった。彼女の体を感じるだけで、腕ごとしっかり抱きすくめるだけで、気持ちが穏やかになる。今まで経験したことのなかったさまざまな感情がマットの胸の中でもつれ合い、自分が今どういう気持ちなのかもわからなくなった。頭のほうは、それがどういう気持ちかをまるで教えてくれない。しかし体は確かなものを感じている。シャーロット・フィッツジェラルドが触れ合うほど近くにいれば、気持ちがいい。そして実際に触れることができれば、もっといい気分になる。

マットに抱きすくめられても、シャーロットは嫌がらなかった。それどころか、彼女の体から緊張が消え、背中からマットにもたれてきた。支えてくれて、ありがとうと伝えているようだった。いいんだぞ。背中を預けてくれるんなら、いつまでだって支えてやるからな、マットはそう思った。

二人は明るい彩りの部屋で、静かに立ちつくした。沈みゆく太陽の光が大きな窓から射し込み、部屋をまばゆい朱色に染めた。

海に面した表側の窓からそよ風が入る。シャーロットの頭を見ていたマットが遠くに目をやると、穏やかな風が沖合にさざなみを起こすのが見える。魚が飛び跳ね、光が銀色に反射する。遠くで漁師たちが大物を釣ったと歓声を上げるのが聞こえる。漁師たちに犬の鳴き声が混じり、仲間に入れてくれと訴えている。

ふっと一陣の風が吹いて、草原から運ばれた細い青々とした草の切れ端がマットの首筋をくすぐる。

シャーロットはじっとこうしているのを心地よく感じているようだ。背中をマットに預け窓から外を眺めると、穏やかな海辺の光景が広がる。彼女が腕の中にいると、すべてが満ち足りている気がする。マットは顔を下げて、シャーロットの側頭部に鼻先をつけ、柔らかな肌の感触を確かめた。細い髪が鼻にくすぐったい。すごくいい匂《にお》いがして、目が眩《くら》みそうになる。香水ではなく、もっと繊細なもの。石鹼《せっけん》とシャンプーと温かな女性の匂いが混じり合って、独特の香りになる。シャーロットの匂い。

シャーロットが片方に首をかしげると、マットの手にぐっと力が入った。抗うことなどできない誘いだった。マットはさらに顔を下げ、細く白い彼女の首筋にキスした。ベルベットのような肌にそのまま唇をつけたまま顎の線をなぞり、喉元《のどもと》のくぼみへ。

彼女独特の匂いを強く感じる場所だ。マットは犬みたいにそこに自分の鼻をこすりつけて匂いを嗅《か》いでみたくなった。シャーロットはもたれかかってリラックスしている。いや、マットの腕だけをしっかりつかんで、体はとろけそうだというほうが近いだろう。マットは彼女の腰に回していた片手を少し上に動かして、腹部を撫《な》でた。そしてもう少し上を。やがてその手は引き寄せられるように乳房を覆った。マットの手に完《かん》璧《ぺき》なほどぴたりと合う。シャーロットの呼吸が荒くなるのが聞こえ、しっかり抱きすくめていているので、体でもそれを感じることができる。手に伝わる鼓動がいっきに速くなり、つかまえた小鳥が手の中で逃げようともがいているように感じる。

こんなことのすべてが、マットにはうれしくてたまらなかった。触れるたびに覚える快感が、呼吸するたびに大きくなる。後ろから抱きすくめたシャーロットを自分のほうに向かせてキスしたかったが、そうするにはほんの一瞬、彼女の体が自分の手を離れることになる。そう考えるのさえ、耐えられない。マットはシャーロットの耳たぶを唇でつまんだ。彼女の体の震えが伝わる。「シャーロット」胸が詰まって、声がきちんと出せない。

シャーロットが返事をした。ため息を吐《つ》いて、背中をのけぞらせて。

ああ、だめだ。シャーロットの動きのすべてが、マットの血を熱くする。やがて血液は煮え立って血管を走り、マットの体じゅうを焼きつくす。二人を隔てる服があるのが恨めしい。シャーロットは絵の具のついた白いシャツの袖《そで》を肘《ひじ》までまくり上げてジーンズをはき、マットも赤のTシャツとジーンズだ。こんなものは要らない。今すぐなくなってほしい、マットはそう思った。彼女の柔らかな肌を直接感じたい。その肌が自分を受け入れてくれる感触を味わいたかった。

突然マットの頭の中は、シャーロットの裸の姿でいっぱいになり、ぼうっとして他のことをいっさい考えられなくなった。寝室の扉が開いていて、大きなベッドが見える。あそこに裸のシャーロットがいるところ。錬鉄のフレームがついて、明るい緑の毛布の上にいる彼女。白くて柔らかな裸——細い胴につながる、長くてほっそりした脚……。

マットのズボンで何かが動き、マットは最初、ペニスが振動しているのだと思った。その瞬間マットは目を閉じシャーロットの首に鼻を埋める快感を存分に味わった。これほど気持ちがいいのだから、ペニスがうれしさに音を立てて振動するのも当然だ。

「あなたの携帯よ」シャーロットがつぶやいた。

マットはそんな言葉を無視するつもりだった。無視すべきだったのだ。シャーロットの鎖骨はこんないい匂いがする、彼女の胸に触れるとこんなに気持ちがいい、誰が何を言いたいのか知らないが、それを味わう以上に大切なことなど、何もないではないか？

音は鳴りやまず、うるさくマットに訴えてくる。

シャーロットが振り向いて、マットを見上げた。「電話、取らなくていいの?」

いい。

ほとんどそう言いかけたマットだが、何とかその言葉をのみ込み、ポケットから携帯電話を取り出した。見覚えのない番号が表示されていた。マットは苛々《いらいら》と電話を手にして吠《ほ》えるように怒鳴った。「もしもし」

「おう、隊長」聞き覚えのある太い声が聞こえ、マットは即座に背筋《せすじ》を伸ばした。トム・ライチだ。まだ世界がこれほどめちゃめちゃな状態になる前、マットの部隊でシニア・チーフを務めてくれた男で、六年前軍を辞め、サンディエゴで警備会社を始めた。そしてこの二年で巨万の富を築き上げた。9・11テロ事件のあと、警備会社の仕事は引く手あまたになった。「ホースの狙いは?」

昔からの暗号みたいな挨拶《あいさつ》で、正確な答をレディの前で口にすることはできない。

「まっすぐ下向きだ」マットは真実を伝えないことにした。あながち嘘とも言えない。シャーロットが腕から出て行って、イーゼルの片づけに戻ってしまったのでそうなったのだ。体にわき上がっていた熱源をいっきに奪い取られた感じだった。暖かい日だったが、体の前の部分が寒くなって、大事なものがなくなった気がした。お腹《なか》と脚のあいだが空《から》っぽになったみたいで、痛みを覚えた。

「そう聞いて喜んでいいのか、迷うところだな。違う答を聞いた覚えがないもんで」ライチの声には少しばかり皮肉めいた色があった。「いや、いきなりで申し訳ない。ちょっと話したいことがあって。サンディエゴに来てもらいたいんだけど、いつなら都合がつく？　実は今すぐでも遅いぐらいなんだ。旅費は俺持ちで結構」

何の話だ、とたずねることさえしなかった。どんな話にせよ、盗聴防止装置のついていない電話で話される内容ではないのだ。しかも携帯電話だ。電子工学の知識がわずかなりともあれば、子どもでもおもちゃみたいな道具で携帯電話の会話を盗聴できる。特殊部隊の工作員は、訓練のときそのことを徹底的に叩《たた》き込まれる。頭にハンマーで彫りつけられるようにして学ぶので、習性になってしまう。ライチも重要なことを電話で話すようなまねはしない。マットにはそれがわかる。

ライチの話が何かを知りたければ、直接会って聞くしかないのだ。

マットはちらっとシャーロットを見た。静かに絵画道具を片づけている。他のことすべてと同じで、シャーロットの整理の仕方はきびきびと無駄がない。目の前の仕事に集中する彼女は、はだしで古くなったジーンズと絵の具のついた白いシャツを身につけ、学生のように見える。もうマットの腕から離れたが、それでも高い頬骨《ほおぼね》のところにうっすら赤みが差したままだった。

腕からシャーロットが離れて、ものの一分半といったところだが、それでもマットは強い喪失感を覚えた。

マットはその美しい姿に、ふと目を奪われた。俺の大切な人。マットは世の中を性悪説で見る癖がついていた。だから、わけのわからない悪党が、彼女の命を奪おうと待ち構えているのだということも簡単に想像できた。頭のいかれたやつはごろごろいる。ただきれいなものを傷つけるのが快感だというだけで、殺人を犯す人間もいる。この世は厳しく、危険に満ちている。どんな種類であれ、美しいものが存在していける貴重な場所など、ほとんど残されていない。多くの人々は日々の生活にあくせくし、きれいなもの、優雅なものなどその生活から消し去ってしまおうとする。辛い生活を送る人たちは、きれいなものや優雅なものがあることに耐えられないからだ。しかしそんなやつらには、シャーロットは渡さない。シャーロットは俺のものだ。そして俺は彼女を守り抜き、何事も彼女には起こらないようにしてやるんだ。

マットが見つめているのに気づいたのか、シャーロットがふと顔を上げた。そして、マットに向かってそっとほほえんだ。マットの心臓が胸の中でどくん、と跳ね上がり、どさっと音を立てて落ちた。

だめだ、絶対にこの人を置いてはいけない。

「悪いな、無理だ」電話でライチの頼みを断ってしまった。「俺には……ここを離れられない事情があって」

その事情の張本人が動きを止め、大きな目をさらに大きくしてマットを見た。

そんなことでライチは引き下がらない。ライチは飛び交う火の中でも冷静な男だった。仕事に少しぐらいの問題が生じたところで、ひるむことはない。「なるほど」いたって穏やかな口ぶりだ。「あんたが来られないって言うんなら、そうなんだろう。つまり、俺があんたのところまで行くしかないってことになる。明日の朝にラパス行きの飛行機に乗るよ。車を手配しておけば、サン・ルイスには昼までには着けるはずだ。どこで落ち合う？」

いやはや、ライチってやつはしぶとい男だ。それがこいつの最大の特徴だった。それは前からわかっていたのだ。いつだってこうだった。骨をくわえた犬みたいなもんだ。欲しいと思った骨を放したことなんて、一度もないんだ。

オーケイ、会わなきゃならん、てことか。

レニーの店で会ってもよかった。ただし、観光客の数がどんどん増えている。冬のあいだは、客足が絶えることはなかったものの、ぽつぽつと人が来るという感じだったのが、今は大挙して人が押し寄せるようになった。ほとんどの時間、店は真っ赤に陽焼けして肌を腫《は》らしたアメリカ人で満杯になっており、裏手にある自分の部屋に行こうと思うと、ピンク色のウレタンフォームの海を分け入って進むような状態になる。マットの部屋というのもだめだ。シュノーケルや潜水ゴーグル、ボンベなどが日に日に増えてきて、人と話をする場所はない。

さらにマットがライチを店の裏に案内したくない理由が、もうひとつあった。自分がどこまで落ちぶれてしまったかを、ライチに見せたくなかったのだ。ダイビング・ショップの裏手に居候《いそうろう》しているところなど。正確に言えば、現在マットはシャーロットの家の居間に居候しているのだが、それでも、だ。地上で最高の精鋭部隊を指揮していた男からすれば、地獄に落ちたというほどの落ちぶれようだった。当時、マットの部隊の予算は二千五百万ドルあり、アメリカを防衛するためになくてはならない存在だった。

トム・ライチもその一部だった。そして、今の彼はただの一部では収まらない人物になった。噂《うわさ》では、彼の会社は合衆国で最高の警備会社のひとつとなり、何百万ドルも稼ぎ出すらしい。

マットの名義の貯金は、ぴったり一万三千ドル。それに国から出る、ささやかな恩給。バハにいれば、なんとかひと月はそれで暮らせるが、毎月十二日になるとアメリカに戻って恩給を振り出してこなければならない。持ち物すべてがダッフルバッグひとつに収まる。あらゆる意味合いにおいて、友だちの家に転がり込んだ学生と変わりない。

今どういう生活をしているか、ライチに見られるのは恥ずかしくて我慢できない。マットは必ず這《は》い上がろうと決めていた。落ちるところまで落ちた。しかし、きっと元の場所に戻ってみせる。それは自分でもわかっていた。肉体的には元の状態に戻れたのだ。今までの人生設計は、ずっと海軍にいるという前提で考えていた。しかし瀕死《ひんし》の重傷を負ったことでその計画が狂った。これからの人生は、おまけのようなものだ。もう一度立ち上がってみせる。しかし、今のところはシャーロットの安全を守ることが、最優先だ。

その一方、ライチは返事を待っている。

「ここにうまい飯を食わせるレストランがあるんだ。ラ・カンティーナ・フォルチュナって名前だ。いいとこだぞ。海べりにあるから、すぐ見つかる。そこで会おう。そうだな、俺は十二時半頃には、そこに行って待ってるから」

「了解。じゃあ、また」ライチはぐだぐだつまらない言葉を並べる男ではない。もう電話からは、接続が切れた音しかしなかった。マットは手首をひねって携帯電話を閉じ、シャーロットのほうを向いた。邪魔が入る前までのところに戻りたかった。しかしシャーロットの体がそんな気持ちがなくなったと伝えてくる。腕組みをして、不安そうに顔を曇らせる。「マット」そうつぶやいて、少しだけマットに近づく。「あなたにはそんなこと――」

大きなノックの音が聞こえ、シャーロットはびくっとして腕時計を確認した。「まあ、大変。もう六時だわ。エンズラーさんがいらしたのね」自分の姿を見下ろし、シャーロットは情けなそうな顔をした。「どうしよう、こんな格好で人前には出られないわ。マット、ドアを開けてお相手しててちょうだい。私、着替えてくるから」シャーロットは寝室に消えていった。

もう一度、ドアを叩く音。待ちきれない、という雰囲気が伝わってくる。

マットがドアを開けると、確かに、ミスター・アート・ギャラリー、その人だった。見るなりエンズラーを撃ち殺さなかったのは、彼のことを調べ上げたからだった。マットのカナダ人の友人は、ペリー・エンズラーなる人物がいると証言してくれただけではなく、実際にその人物の噂も耳にしたことがあったのだ！ 元兵士が画廊のオーナーの名前を知っているというショックから立ち直るのに、十分以上かかった。しかし、カナダってのは人口が少ないからな、たぶんみんなが知り合いなんだろう、そう思うことで、ショックから脱することができた。

さらにインターネットでもこの男の写真をたくさん目にすることができた。たいていグラスを手にし、タキシードを着て、何かの展覧会を開いたところ。マットが今まで開いたものといえば、缶ビールのふた、ドア、封筒ぐらいのものだ。

エンズラーは、シャーロットではなくマットが玄関に現われたことでがっかりしたようだったが、その気持ちを隠そうとする努力にはマットも好感を持った。エンズラーは会釈《えしやく》して中に入り、すぐさまシャーロットの作品を調べにかかった。何も言わず、慣れた手つきで一枚ずつ見ていく。油彩画であれ、簡単な線だけの素描画であれ、同じように熱心に眺める。ときには鼻をこすりつけんばかりに近寄り、あんなに近づいたら絵の具の匂いも嗅ぎ分けるのではないかとマットは思った。そしてまた数歩退いて、首をかしげて見る。しかし常に真剣な眼差しで、その作品に完全に集中する。エンズラーがひととおり見て回る姿を目で追いながら、マットは早くシャーロットが出てきてくれないかと、祈るような気持ちだった。エンズラーに何か質問されたら、と思うだけで冷や汗が出た。芸術のことなどいっさいわからないし、何か間違った受け答えをして、シャーロットの将来を台無しにしてしまうかもしれない。

やがてシャーロットが寝室から出てきた。着替えて髪をとかしつけ、口紅を薄く引いた姿は、本当にすてきだった。しばらくしてからエンズラーはシャーロットの美しさに気づき、賞賛の表情を浮かべた。

「ああ、これはミズ・フィッツジェラルド。またお会いできて、本当にうれしいですよ」エンズラーとシャーロットは優雅に、マットから見るとばかげた挨拶を交わした。互いの顔を横からくっつけ、軽く頰にキスのまねごとをするのだ。そしてシャーロットが手を差し出し、エンズラーは手の甲にキスしてから、視線を合わせた。この間マットは歯ぎしりしたい気分で、じりじりとそのやりとりを見守った。

「ミスター・エンズラー、わざわざお運びくださってありがとうございます」

エンズラーの顔から血の気が引いた。「まあ、ペリーとおっしゃってくださいな。ミスター・エンズラーなんて呼ばれると、千歳の老人になった気分。私はたったの五百歳なんですけど、なんて、そう言いたくもなりそうですよ。まあ、冬の終わりには毎年そう感じるのですけど。だからこそバハには来るのが大好きなんです。ここはほんとにくつろげるところだし、それなのに、いろんな仕事ができるんですもの。あなたもこちらはお気に入りでしょ?」ここで言葉を切ったが、単にそれ以上はひと息でしゃべれなかっただけのことだ。

「ペリー」ようやく握った手を放され、シャーロットは笑顔をエンズラーに向けた。「では、私のこともシャーロットと呼んでくださいな」

マットなんか、二人の眼中にはいっさい入らないらしい。

エンズラーは部屋を見渡した。「カンティーナにあったあなたの作品、私が見たものね、あれもみんなすてきだったけど、ここにあるのはすばらしいわ。ここで、たくさん描きためてらしたのね。ここには何年ぐらいお住まいなのかしら?」

こういう質問をされるとは、シャーロットは思っていなかったようだ。マットに少しばかり説教され、シャーロットも個人情報をたくさん出してしまうのは非常にまずいということに、やっと気づいた。「えっと……あの……だいたい……半年ぐらい」

やっとこれだけを言ったものの、シャーロットの場合、これぐらいのごまかしでさえ、考えるのに時間がかかる。

エンズラーはまだ部屋を見ていたが、さっと振り向いた。驚きに目を丸くしている。

「本当に？　まーあ。ここにある作品みんな、六ヶ月で描き上げたの？　すごく多作なのね。すばらしい。モントリオールの画廊にも、あなたの作品を置く場所を用意するわ。私たちは人物描写のうまいアーティストをいつも探しているの。だからとてもありがたいわ。特に肖像画、非常に面白いタッチね。うちでは人物画の扱いがすごく多いの。たとえば、あそこの老紳士だけど――」エンズラーはシャーロットの父の肖像画を指差した。「――あれなら、八千から九千ドルにはなるわね。そこからうちの手数料が引かれて――あ、もちろんカナダ・ドルでよ。ただね、最近はアメリカ人もカナダ・ドルをそれほどばかにしなくはなったから。国境のあっち側の住民としては、うれしい限りよ。こういうことがあると、ああ、神様ってやっぱりいらっしゃるんだわ、なんて思うの、ね？」エンズラーはカナダ訛《なま》り丸出しでしゃべりながらも、注意深くシャーロットを見ていた。この男は間違いなく芸術を愛している。しかし同時にビジネスマンとしてしっかりしていることも明らかだ。あの肖像画に八千ドルを提示するということは、おそらく最低でも一万五千ドルの値はつくのだろう。マットが口をはさもうとしたとき、シャーロットがぽつりと言った。

「あの肖像画は……この老紳士のは、売り物じゃないの」シャーロットの手が、いとおしそうに絵の枠を撫で、確認するようにいつまでもその手を放さなかった。「でも他にも人物画はあるので、ご覧になって。お気に入りのがあるかも」シャーロットはそう言うとスケッチブックを渡した。マットも中のデッサンはざっと見ていた。サン・ルイセニョスの風景――ビーチの屋台でミルク・ジャム《ドゥルセ・デ・レチェ》を売る男、いつも大漁に恵まれているように見える漁師、隻眼《せきがん》の郵便配達。どのページからも、描かれている人の生命感がほとばしる。

エンズラーはすばやく、しかし注意深く人物画のデッサンを見ていった。中からたくさんの絵を抜き出してから顔を上げ、薄いブルーの瞳に熱意をこめて言った。「結構。こちらの十四枚をいただきましょう。ただね、人物画は油彩のほうが売れるの。あちらのは売らないってことだけど、他にも油彩の人物画はないのかしら？　あら、あっちのは何？」エンズラーは西側の壁に近づいた。そこには以前に仕上げた油彩が重ねて置いてある。シャーロットに断ることもなく、エンズラーは一枚ずつ順に壁に立てかけた。首を少しかしげて、次々と見ていく。マットはどんな絵が出てくるかを知っていた。風景画が一枚、静物画が二枚、そしてブロンド女性を描いた絵が三枚目だ。

やっぱり。エンズラーの長い指がキャンバスで止まった。他の作品を横に置き、その人物画をサイドテーブルに載せて、壁に立てかける。こちらのほうが光線が入って、よく見えるのだ。

それは、カジュアルなワンピースを着た若いブロンドの女性だった。じゅうぶんかわいい子だが、すごく美人というほどではない。ただ、他の作品と異なるのは、その女性からわき上がるようなエネルギーが伝わってくることだった。見るからにこの女性ははつらつとしており、一分以上はじっとしていられない雰囲気がある。鋭いタッチで描かれ、油彩というより写真のように生き生きとその姿が映し出される。背景をぼかして仕上げてあるため、女性が絶えず動いている感じがうまく出ている。

マットですら、芸術的方面に障害があるはずの彼でも、この絵には圧倒された。

「これ、いただくわ」エンズラーはそう言いながらも、ほとんど絵からは目を離さなかった。そして、沈黙。とうとうエンズラーは顔を上げた。その顔が曇っている。

「これも売り物じゃないの？」

シャーロットが心で何を感じているかはわからないが、その体が小刻みに震えた。ふっと息を吸う。もう一度。そして、画商に何か売らなければいけないことに気がついたようだ。「いいえ」あきらめのため息を吐いた。「いいの、これは売るわ」

「決まり」エンズラーが間髪《かんはつ》入れずに答えた。「六千五百よ。うちの常設展示に入れるわ」彼は再び鼻先をくっつけるように絵に顔を寄せ、そして退いた。「光線の使い方が絶妙ね。タッチも見事だし……光の揺らめき加減がうまくて、方向といい、色彩といい——すべてが完璧なバランスだわ」

　エンズラーはさっきまでシャーロットが仕事をしていたところに回り込むように歩いていった。つまりマットの肖像のある場所だ。

「ん、まああ」エンズラーが、ぐっと体を起こした。初めて言葉を失い、何を言えばいいか途方にくれた様子だった。マットはシャーロットから、絵が完成するまで、絶対に見るなと厳命されていて——見ちゃだめ、動いちゃだめ、という言葉が何度も繰り返され、耳が痛くなりそうだったが、それでも誘惑には勝てなかった。シャーロットがにらみつけるのをよそに、マットもイーゼルの後ろに回り、絵を見た。そして目が離せなくなった。

　何と……すごい。

　元兵士が赤いTシャツを着て、特徴のない木の椅子《いす》に座っているところ。手を膝《ひざ》に置き、少し前のめりの姿勢。まったくどうということもない風景だ。なのにシャーロットの描くマットはすっかり……王様だ。腰かけた椅子が、玉座のように思える。絵のマットはまっすぐ前を向き、真剣な眼差しでこちらを見ている。絵を見る人の瞳を直接のぞき込むように。自分がこんなに真剣な表情をすることも、今までマットは気づかなかった。シャーロットの目を通して、初めてそれがわかった。絵の中の小道具はすべて現代的なものだが、それでも時間が経っても変わらないものばかりだ——近くのテーブルに置かれた鮮やかな緑色のボウル、背後の壁に掛けてあるタペストリーは大胆な明るい色合いで、窓の向こうには真っ青の太平洋が細い線になって見える。

エンズラーが沈黙を破った。「これには一万ドル出すわ。今から言っときますけど、これはこのまますぐカナダに送ることになるわね」

「だめだ」マットは突然、静かに口をはさんだ。「これは売り物じゃない」一万ドルもの絵を買えば、銀行の預金はほとんどゼロになる。しかしこの絵が自分のものだということを、マットははっきり確信した。これを所有しようと思えば、借金生活になるかもしれないが、それでも仕方ない。「これは俺のだ」

またエンズラーは言葉を失った。そしてシャーロットを見た。

「そうなの」シャーロットがうなずきながらやさしく告げた。「申し訳ないけど、これは売り物ではないの。ミスター――ペリー。これは私からマットへの贈り物なのよ。でも、画廊開きの展示会用に、油彩を四点とデッサンを十五点、お出しすることは決めたでしょ？　それだけあれば、展示会にはじゅうぶんではないかしら。引き取りにはいついらっしゃるの？」

エンズラーはキャンバスの何も描かれていない面をいつまでも撫で、あきらめきれない様子だった。「これが売り物じゃないのは、ほんとに、本当に残念だこと。構成が見事だし、色が――ああ、あなた無意識にメキシコの伝統的な色合いを使ってるのね。感心したわ。芸術家がその風景から何かを吸収し、それを自分の表現に昇華させ、さらに美しいものにしていくのを見られるのは、とてもうれしいわ。ちょっと見ると、ディエゴ・リベラの壁画の中にありそうな雰囲気ね。こんな赤い色、いったいどこで手に入れたのかしら？」

シャーロットはエンズラーの後ろにある絵の具のチューブに手を伸ばした。「コチニール、本物よ」

コッチ・ニール？　何だそれは？　色の話ではなかったのか？

マットの当惑をよそに、二人の会話が弾む。エンズラーがチューブを受け取った。

「最近じゃ、こんなのなかなか手に入らないものねえ。見つけるのも大変だし、ほとんど使われないわ。実に残念よ。本当に効果的だもの。力強くて、はっきりと鮮やかで――」そして最後にもう一度名残惜しそうな視線をマットの肖像画に送り、エンズラーはシャーロットに握手の手を差し出した。「さてと、あなたとお仕事させていただくのは、本当に楽しいわ。あなたから買うのはこれが最後じゃありませんからね。でも、出だしとしてはいい買い物ができたわ。この力のある色使いを続ければ、すごく売れるわよ。明日にでも私のパートナーと二人でこちらに来て、引き取らせていただくことにする。じゃあ、今夜また会いましょうね」

「ええ、私たちも行くから」シャーロットはマットの肖像画を白い布で覆った。何だか死人をくるむ布を思い出して、マットは少しぞっとした。そしてしばらく経ってから、二人のやりとりを思い出した。

「俺たちがどこに行くって？」

シャーロットは驚いた顔で振り向いた。「あら、コンサートよ」シャーロットもエンズラーと同じような話し方になっている。「コンサート」

コンサート？　ああ、まいった。完全に忘れていた。コンサートというものは、もともとマット向きではない。大勢の人の中にじっと座って音楽を聴くのが耐えられないし、しかも正装しなければならないというのも理解に苦しむ。Tシャツに短パンで、プレーヤーにCDを突っ込めばそれで済むではないか。手にはビールがあれば、なおいい。「どんな音楽を聴くんだ？」マットは用心深く口にした。神様お願いします、長い毛のかつらをかぶった連中のじゃありませんように。

「クラシックよ」シャーロットがほほえんだ。「モーツアルト」

18

カリフォルニア州、サンディエゴ
四月二十八日

バレットは車を脇《わき》に寄せ、ブレーキを踏んだ。手はハンドルを握ったまま、前を見る。この先どうすべきか思案に暮れる。

ここが失敗のできない場所だ。もうあと戻りはできなくなる。ここで想像をめぐらせ、選択肢からひとつに絞るのだ。間違った選択をすれば、いつまでも何も見つからず、二十万ドルとは永久におさらばだ。

だからこそバレットは車を停めた。サンディエゴから走ってきた道は、この先ティファナに続く。しっかり順序立てて、理由を考えろ。ここではひとつの失敗も許されない。そんな余裕はない。

サンディエゴのモーテルが、確実にシャーロット・コートの痕跡《こんせき》をたどれる最後の場所だろう。二ヶ月前彼女が歩いたであろう地面を、バレットも歩いてみた。彼女が見たはずのものを見て、聞いたはずの音を聞いた。

コートの娘はまっすぐにここまでやって来た。寄り道もせず、アメリカ大陸を最短距離で横断した。理由はどこか具体的な目的地があったから。どこか、はっきりした場所。

それはメキシコ以外にない。

メキシコ。退屈しきったメキシコの通関職員が、身分証明書を見る。退屈しきったドライバーが、車の窓から無造作にパスポートを差し出す。同じようなことが一時間に百回はある。近頃の空港ではパスポートが厳しくチェックされるが、そんなことは、ここではまずない。シャーロット・コートという名前の女性がメキシコへ入国しようとしたところで、差し出されたパスポートはざっと目を通されただけで、さっさと行きなさいと手で合図される。その際、まぶしいメキシコの太陽がパスポートに当たり、新しいタイプのビニール・コーティングされた写真のページは反射してよく見えないだろう。あり得ることだ。実に。

間違いなく、メキシコだ。

その推理をじっくり自分の考えになじませてから、バレットはシャーロットの姿を思い描いた。どこかの芸術家村、レンガ造りの家、鮮やかな色彩に囲まれ、まぶしい太陽の降り注ぐ場所。

自分がここまできちんと推理してこられたことを、バレットは誇らしく感じた。物事を整理して考え、論理的な推理を慎重に組み立てられるという自負がある。しかし冷静で論理的な思考は、バレットの持つ武器のひとつにすぎない。論理的でおそろしく冷静な思考の下で、無意識のうちにあちこちのデータをつなぎ合わせ、分析するコンピュータのようなシステムが常に働いている。データの切れ端を違う方向から考え合わせ、その切れ端がどこにぴったり収まるか、どこにも合わないのかの取捨選択を行なう。何かがぴたりと合えば、意識下にメッセージを送る。これが勘というものだ。バレットは自分の勘を信じていた。自分の本能が間違うことはないはず。なぜならバレットの勘や本能は、論理に裏打ちされたもので、動かしがたい事実なのだから。ただ、それを即座に考えとして意識できないだけだ。

今、バレットに送られるメッセージのすべてが、シャーロット・コートは国外に脱出し、出国地点はサンディエゴだと告げている。思考も本能も、同じことを言う。

よし。バレットは決断を下し、新しい行き先に狙《ねら》いを定めた。車をスタートさせ、流れに身を任せる。南へ向かうのだ。

サン・アグスティン修道院址《あと》
サン・ルイス
四月二十八日

「ここを曲がって」シャーロットが急に言い出した。

言われなくてもわかる。

砂漠を走る道路には街灯がついていなかったし、案内板もなかったが、ここで脇道に折れるのだということぐらい、マットにも想像がついた。夕闇《ゆうやみ》が迫る二車線の幹線道路を同じ方向に進む車の長い列が見える。車は聖歌隊が行進するようにそろって同じところで右折し、舗装もされていない狭い道に入っていく。

マットがコンサートに行く。しかもクラシックの。彼にそんなことをさせられるのは、この地上でシャーロットしかいない。彼女を喜ばせたい、そして背後を守ってやらなければならない。マットは服装にまで気を配った。黒のズボンに白のシャツ。これが彼にとっての正装というものの限界だった。シャーロット自身もすっかりめかし込んで、鮮やかなブルーのシンプルな——何ていうんだ、これは？　ワンピース？　ドレス？　とにかくそういうたぐいのを着ている。足元の黒いサンダルは紐《ひも》で結ぶやつで、形のいいくるぶしとかわいらしい足が見える。メイクは控えめで上品なのだが、男が夜に妄想したくなるなまめかしさがある。目に何をしたのかわからないが瞳《ひとみ》が謎《なぞ》めいて輝き、唇が暗く誘う。女にしか使えない魔法だ。この不思議な術で、前よりもさらに美しくなる女がいる。シャーロットが寝室から出てきたときには、マットは自分の舌をのみ込んでしまうかと思った。「わお、すごくきれいだな」と言うはずだったのに、よだれと一緒に口から飛び出した音声は「ぐ、ご」だけだった。

シャーロットは笑顔でマットの腕に手を絡めた。マットは自動的にちゃんと腕を差し出していた。考えることさえなかった。このしぐさは原始時代から男性のDNAに深く刻まれているものなのだろう。自分がこういう行動をすることは、マットの意識にはなかった。いつもならシャーロットの手をつかむ。そうではなく、肘《ひじ》を曲げて腕を差し出した。俺はサンダース伯爵家のマシュー殿か、ふとマットはそう思ったが、シャーロットはまったく自然にこの一連の動作に応じるので、状況はより不思議なものになった。彼女はまるで、いつもこういうふうに腕を差し出されていたかのように振る舞う。

いや、おそらく本当にいつも腕を差し出されていたのだろう。

おそらくこれは、フィッツジェラルド王家のシャーロット姫の仮の姿なのだ。いやはや、本当のことなんてわからないではないか。

シャーロットが寝室から出てくるのを見た。あまりに美しく気品があり、マットの体じゅうの細胞が、ぱちっとスイッチが入ったように彼女に集中し、大統領閣下をご案内する、という態勢になった。ただ、注意の対象がどこかの中年の政治家ではなく、セクシーな美女という違いがある。マットは肘を横に差し出し、シャーロットがその腕を取った。そして二人はリムジンに向かう、ような歩き方をしたが、家の前にあるのはレニーのみすぼらしいジープだった。

「あいつとさっき話してたのは、何の話だ？　クーチー・クーとか？」

「クーチー……」シャーロットは眉間《みけん》にしわを寄せて考え込んだが、はっと笑顔になって首を振った。「ああ、わかったわ。絵の具の話をしてたのよ。コチニールっていうの。赤い顔料よ。あなたのTシャツの色を出すのに使ったの。あのシャツ、とってもすてきだわ」

そう言ってもらえるのはありがたい。ただしあれは、どこにでもあるただの赤のTシャツだし、近所のスーパーで、三枚一組五ドルで買ったものだ。マットが着るものにお金を使うことはない。

「君があのシャツを気に入ってくれてうれしいよ。で、コチニールって何だ？　何が特別なんだ？」

「そうね、説明すると長いんだけど、まずこの顔料はメキシコで長く使われてきたものので、輝かしい歴史があるの。昔はメキシコにとって重要な輸出品で、銀に次いで二番目に大切だったのよ。染料として王様や枢機卿《すうききょう》の礼服の色に使われたわ。金や銀と同じぐらい貴重な品だったから。この染料が見つかるまでは、赤は、いいえ、紅《べに》や緋《ひ》も、染料としてはいちばん珍しい色だったの。だから王族や教会の地位の高い人にしか許されなかった。コチニールの発見後、貴族階級でも赤い布を身につけることができるようになったの。そのあと、ヨーロッパじゅうの上流階級の女性たちがこの色に夢中になった。だって、唇や頬《ほお》を赤く染めることができるようになったんだもの。当時はスパニッシュ・レッドと呼ばれて、スペインはこの顔料で巨額の富を得たのよ。スパニッシュ・レッドの製法は長いあいだ、重要な産業機密とされ——一九五〇年代の核分裂の方法みたいなものね、それで厳重に秘密は守られたわけ。コチニールの秘密を探ろうとして、命を落とした人だってたくさんいたのよ。たいていの人は、これはイチゴの珍種から作られたと考えたし、木の実を使っていると思う人もいた」

「それで?」マットがちらっとシャーロットを見ると、話に夢中になりわずかに表情が緩んでいる。「イチゴじゃない、木の実でもない。じゃあ、何でできてるんだ?」

「虫」シャーロットが簡潔に告げた。「虫の血液なの。億万匹もの虫を集めるの。この虫は、メキシコ原産のとげのある梨《なし》の一種に寄生するの。梨の表面から虫をこそげ取って、茹《ゆ》でると——あらまあ、真紅ができちゃった、ってことになる。あなたのTシャツの色を出すために使ったあの絵の具のチューブには、おそらくコチニールが千万匹は入ってるわね。今でも、口紅には使われてるし、アイシャドウの顔料として許可されている物質のひとつでもあるわ。あなたの体にもたぶん、何百万匹もこの虫が入ってきたはずよ」

ジープはでこぼこ道を激しく上下しながら進み、深いわだちに二人の体が大きく揺れる。これぐらいの悪路はマットには何でもない。アフガニスタンで運転した道路と比べれば、こんなのはきれいに舗装された州間高速道路みたいなものだ。ハンドルを無造作に操り、マットは今のシャーロットの言葉を考えた。口紅とアイシャドウ？それはないだろう。

「ハニー、君の期待を裏切るようで申し訳ないが、俺が非コチニール人間であることは間違いないな。今まで口紅もアイシャドウも、一度も使ったことはない。いっさい、だ。断言する。ハロウィーンで仮装したときでさえ、ない。酔っ払ったときも、ない」

「そうね、でもあなた色つきの炭酸飲料とか、ジャンク・フードを口にしたことはあるでしょ？　この虫はね、着色料Ｅ１２０としても知られてるのよ」

なるほど。

「仰せのとおりだ」マットは大声で笑った。「それなら俺は何十億匹もその虫を食ってることになるな。戦地に出ると、ひどいものも食べるが、それでも生きてるぞ」

マットは会話がうまい具合に絵のことにつながってきたのを喜んだ。この話題を持ち出そうと、ずっと考えてきた。これは完璧《かんぺき》なきっかけだ。

マットは物欲のある人間ではない。一度も物に固執したことがない。仲間がどうしてもあの車が欲しいと言い出す——あれがないと俺の生活には何かが欠けている気になるだの、あるいは時計だ、高価な銃だと、欲しいものをあれこれ言い出すと、マットはただ押し黙る。海軍はマットが必要なものすべてを用意してくれた。そしてそれ以上を与えてくれた。

マットは、当代随一の軍隊システムの一部だった。軍隊が与えてくれるもので、じゅうぶん満足した。最初はバラックに住み、その後は独身士官用の官舎に移った。一日三食、まっとうな食事にありつけ、もちろんSEALになるための訓練のとき〝地獄の一週間〟では一日一万カロリーを消費して、暑苦しくて狭い場所に寝泊りしたが、武器だって地上最強のものを与えられた。

アルマーニのスーツだとか、他にもイタリア男のデザインする名前のイニシャルが入ったブランドもののジャケットだとかが大切だと、どうしてみんなは思うのだろう？　真っ白の海軍礼装があるのに。どんな情けない男だって、五千ドルだか六千ドルだか払えば、イタリア製のスーツは買える。アメリカ海軍の白い礼装は、自ら勝ち取らねばならないのだ。特に、その胸元をいっぱいのメダルで飾ろうと思えば。マットはそれらを勝ち取った。支払った対価は、何百万滴の汗と何リットルもの血だった。

　アフガニスタンでは十三万ドルもするハンヴィーを運転していた。あの高機動多用途装輪車両にかなう車などない。海軍支給の高性能ダイバーズ・ウォッチがあるのに、どうして薄型の高価な時計を買う必要がある。物欲というものが自分の遺伝子には組み込まれていないのだ。

　と、今までマットは思っていた。しかし未完成の自分の肖像画を見て、画商がそれを買おうとしているのを知ったとき、体の中を津波のような勢いで所有欲が駆け抜けた。買値が告げられると、頭の中で叫び声がした――だめだ、だめだ！　その絵は俺のものだ！　あの絵を所有したいという気持ちがあまりに強く、自分でも驚いた。他の誰にもこの絵は渡さないぞ、と決めた。

　あとになって――ずっと時間が経ってから、犬が地球最後の骨に向かって突進するぐらいの猛烈な所有欲の炎が落ち着いてから、シャーロットに迷惑をかけたのかもしれないという事実に、マットは気づいた。彼女は生活費を必要としていて、エンズラーという画商とビジネスの関係を築き始めた。それをマットが邪魔した。彼女の新たな顧客となった相手が欲しがる絵を、自分のものだと言い張った。

　あの絵をあきらめるつもりはなかったが、シャーロットに謝っておくべきだろう。

「ハニー……」

　マットが急に深刻な口ぶりになったので、シャーロットがさっと振り向いた。

「何？」

「どう説明すればいいか、わからんが、これだけは言っておこうと思う。あの絵のことは心配するな。俺が何とかする」もちろん。銀行に預けた最後の一セントまで使うことになっても。シャーロットからかなりの金額を自分が奪い取ったのだという事実が、申し訳なくてたまらなかった。シャーロットは王女さまのように見えても、今はつましい生活を送っている。自分の作品を売ることができるという喜びははた目にも明らかで――つまり、お金が必要だということだ。それなのに、あの絵はマットのところに行くだけだ。

「ごめんなさい、何のことかしら？」シャーロットが軽くマットの腕に手をかける。

「あなたが何とかするって、何を？」

「金だ。あの絵の代金」シャーロットはまだ大きく見開いた目でマットを見ていた。サンスクリット語を聞いているような顔をして、意味がまるでわからないらしい。

「俺の肖像だ。ほら、あの赤の――」

「ああ！」シャーロットは驚き、そして笑顔になった。「ばかなこと言わないで。あなたからお金を貰《もら》ったりしないわ。あの絵は、もともとあなたのために描いたんだもの。ペリーがあの絵を認めてくれたのはうれしかったけど、売るつもりはなかったの。

でも、これからあなたの別の絵を描いて、それを売るつもりではあるわよ」何かを企むような目つきで、シャーロットがにんまりした。「あなたの水着姿。水着以外には何もなしよ、純粋な肉体美を披露するの。女の子たちが熱狂して飛びつくわ。その絵には倍の値段をつけるから。『プレイボーイ』女性版の中とじグラビアみたいなものよ。ちょっと上品に仕上げるだけ」そして、同情をよそおって、くすりと笑った。「当然、何時間も何時間も何時間も、ポーズを取ってもらいますからね。だって、あの肖像画をあげるんだから、それぐらいの貸しはあるはずよ」

ハンドルを握るマットの手に力が入ったが、ふとシャーロットの表情が見えた。マットをからかって楽しんでいるのだ。こいつめ。

がたがたと揺れていた車がスムーズに走り出し、たいまつに照らされた大きな建物が見えた。おぼろげな光は建物の壁の六メートル付近までしか届かず、暗闇に巨大な建築物がぬっと立ちはだかる。周囲に揺れるたいまつの炎と、太陽の名残《なごり》の光に黒い影がその形を浮かび上がらせる。一キロほど先で、車列は道をそれ駐車場に入る。

マットは時速二キロぐらいで車を走らせようかと思った。そうすれば到着するまでにはコンサートが終わってくれるかもしれない。「そろそろ到着するみたいだ」

シャーロットがマットを見上げてにっこりした。心の中をすっかり見透かされているようだ。「これからギロチン台にでも引かれていくみたいな顔してるわよ。ね、たかがコンサートなのよ。あなただって、楽しいと思うかもしれないわ」

ああ、確かにな。「席はどうなってる？　あの画商、えっと——エンズラーの隣か？」

道が急な下りになったので、マットはさっと腕を出してシャーロットの体を支えた。

「いいえ、私たち二人だけで座るの」

小さな願いは叶《かな》ったわけか。シャーロットのやさしい声を聞いても、マットはぶすっとしたままだった。

到着だ。黒のズボンにフリルの前立てのついたフォーマルな白のドレス・シャツを着た若者二人が、背の高いたいまつ二本のあいだに立ち、車を左右に誘導していた。非常に大きな駐車場がみるみるうちにさまざまな種類の車で埋めつくされていった。

マットは車を停めると、反対側まで行ってシャーロットのためにドアを開いた。長めのドレスは裾《すそ》が少しタイトなので、シャーロットは足をそろえたまま外に投げ出す格好になった。マットは体を車の中に入れ、彼女のほっそりしたウエストを抱きかかえ、地面に下ろした。しかしシャーロットが砂利の路面に立っても、回した腕は離さなかった。

シャーロットもマットの体に腕を巻きつけ、二人はその場に立ちつくした。車のドアを開け閉めする音、誰かを呼ぶ声がスペイン語でも英語でも駐車場のあらゆる方向から聞こえる。風が吹き、砂漠の匂いとともに、シャーロットの香水がマットの鼻をくすぐる。開いた唇が今すぐ食べてほしいと艶《つや》っぽく誘いかける。大きく見開かれたグレーの瞳が、たいまつだけの薄明かりで不思議な水色に染まる。周りにはたくさんの人がいて、車が行きかい、その車からもまた多くの人が降りては、大きな建物に吸い込まれていく。ほんの数メートル離れたところで、甲高い女性の笑い声が上がる。

そんなことすべてが、マットの五感から消えていった。彼にとっては、そんな人々の喧騒《けんそう》など、月で起きているのも同然だった。マットの瞳に映るのはシャーロットの顔だけ。かわいらしく自分を見上げるその顔以外のすべてがマットの世界からなくなった。白い卵形の顔に、視線のすべてが集中する。

マットは顔を下げ、唇を重ねた。彼女の口が開き、ため息を吐《つ》くのを感じる。ああ、だめだ。天国みたいな味がする。澄みきった泉の水、陽の光、甘くて切ないもの、そのすべてがシャーロットの味だ。彼女の味を感じると、即座にマットの血がわき立つ。抑えろ、彼女に荒っぽいことはするな、頭がそう叫ぶ。しかしその声が遠くなり、どんどん聞こえなくなる。高鳴る心臓がうるさくて、理性の声など聞こえない。少しずつキスを濃厚なものにしていくつもりだった。上手に彼女の口を開けさせ、やさしくゆっくりとしたペースで、次の段階に進もうと思っていた。しかしマットの体の中で熱いものが噴き上がっていった。火山の噴火のようだった。

唇が触れ合ったことは意識した。次に気がつくと、マットは両足を広げて踏ん張り、シャーロットの体をきつく抱き寄せていた。そして今、後ろから彼女の頭を支え、むさぼるようにその味を堪能《たんのう》している。頭がぼうっとするような、刺激的な味。舌が触れ合うと、電流まで走る。ウエストに置いていた手がいつの間にか胸を覆い、彼女の柔らかな感触を伝えてくる。親指がその頂を丸く撫《な》で始めると、シャーロットが甘えるような声を出した。するとマットはさらに強く体を押しつけ、顔の位置を調整して、さらに深く彼女の味を……。

「あら、シャーロット！」

自分の口の中で、シャーロットが息をのむのがわかった。彼女が体を離し、二人は見つめ合った。もやもやした気持ちが残って、マットは歯ぎしりしたくなった。ほんの数秒前に戻りたい。彼女の中で自分を失ってしまいたい。シャーロットは少しショックを受けたようで、瞳孔《どうこう》が開き、瞳の中心には夕闇のような暗い水色の周辺部しか見えなかった。唇が濡《ぬ》れ、腫《は》れぼったい。このまま奪ってしまいたくて、嚙《か》みしめた奥歯が痛かった。

「シャーロット！　こっちよ」ペリー・エンズラーだった。黒いタキシードに正装して、大きく手を振るエンズラーは、黒髪に口ひげの太った背の低い男と連れ立っていた。漫才コンビみたいだな、とマットは苦々しげに二人の男を観察した。ペリー・エンズラーには何の恨みもないが、人生最高のキスをしている最中を邪魔されたのだ。そして魔法がとけ、もう一度同じキスをしてくれと言っても無理だとわかった。メキシコ、バハ州の人口の半分が来ているように思えるこの場所で、遠くからはその影しか見えない巨大な建物の扉が荘厳に開かれ、人々がその扉に向かって列を成している状況では、どう考えても無理だ。

シャーロットはエンズラーに手を振った。エンズラーは手をメガフォンのように口の両側に当てて大声で言った。「コンサートのあとでね」シャーロットはうなずいて、わかったと手を上げ、弱々しくほほえんだ。しばらくそのまま立っていたが、やがて、ふうっと大きく呼吸した。

少しとまどっている様子だったが、シャーロットはマットの視線を避けることなく、見つめ返した。マットは何も言わなかった。今のキスをどう受け止めるかは、彼女次第だ。

「ワオ」しばらくしてからシャーロットはそう言って、静かに息を吐いた。

ああ。ワオ、ぐらいしか言いようがない。

マットはレニーのジープからシャーロットのショールを取り出した。広げて肩にかけるとき、華奢《きゃしゃ》な肩の骨に触れた指がなかなか離れようとしなかった。シャーロットがそっとマットに手を伸ばし、そしてまた引っ込めた。「そろそろ行かないと」マットは、くだらないコンサートなどさっさと終わってしまえ、と思いながら、静かに促した。早く二人だけになりたかった。肘を支えてその場をあとにし、途切れることのない人の列の後ろについた。

曲がりくねった道を歩くと、オークの大木が夜をささやくのが聞こえた。道はろうそくで照らされ、コンサートに向かう人のさんざめきと森の声が混じり合う。笑い声、おしゃべり、スペイン語はもちろんのこと、アメリカ英語もある。さらにはフランス語やドイツ語、スウェーデン語かデンマーク語だと思われる北欧の言葉もある。

「おいで、ハニー」マットはシャーロットの背中に手を当て、人ごみの中を誘導し、席につかせたあと、自分も座った。席に落ち着いてから、周りを見渡す。サン・アグスティン修道院は極端に何の飾りもない建物だったが、不思議な美しさに満ちていた。ゆらめくたいまつの明かりで、非日常的な雰囲気がある。過去から宇宙船が飛来したらこんな感じなのだろう。

「修道院址《あと》と言うよりは、中世の要塞《ようさい》って場所なんだな」マットが感想を漏らした。

「すごく歴史のある場所なのよ。メキシコに最初にやって来たスペインの宣教師が建てて、だから……がらんとして何もないの」そして、シャーロットがふと顔を上げた。「あなた布教活動をしたことはある？」

マットは首を振った。そんなことを考えたことすらない。

小さな扉から男性が三人と女性がひとり出てくると、大きな会場がざわついた。

「あ、見て」シャーロットが歓声を上げる。「演奏が始まるわ。このチェリストはすばらしいって聞いたの」そしてプログラムを広げて、曲目を指で追うと、幸せそうなため息を吐いた。「弦楽四重奏曲第十七番、『狩』。この曲を聴くのはずいぶん久しぶりだわ。実を言うと、大学のとき以来よ。ああ、楽しみだわ」

マットはまじまじとシャーロットを見た。わくわくして、うれしそうで、コンサートが始まるのを待ち焦がれている。明らかに、この手のことが好きらしい。マットにとっては信じがたいが、彼女は本当にクラシック音楽をライブで聴くのが楽しいのだ。興奮して頬がピンク色に染まり、かわいい口元がわずかに笑みを浮かべ、瞳がきらきらしている。

これこそが、シャーロットだ。マットは突然そのことに気づいた。エレガントで笑顔を絶やさない、教養あふれる幸せそうな女性。まいった。こんな女性に恋するなと言ったって、無理だ。今まで見てきた彼女は最悪の状態にあり、生気などほとんどなかった。そんな状態でさえ、完全に彼女のとりこになってしまった。この生き生きした女性には――ひざまずいてそばにいさせてくれと懇願するしかない。

マットはシャーロットの手を取ったものの、一瞬その手をどうしようか考えた。柔らかな肌の下に華奢な骨を感じる。この骨と腱《けん》と筋肉が組み合わさって、しなやかで優雅な芸術家の手を作り上げる。マットはその手を自分の口元まで運び、甲にそっと口づけした。メトロポリタン劇場にタキシードを着て現われた紳士にでもなった気分だった。二枚しかない一張羅のシャツのひとつを着た、荒っぽい船乗りが、この世の果てのような場所で折りたたみ椅子《いす》に座っているだけなのに。

タキシードに身をやつした紳士、いや輝く甲冑《かっちゅう》をまとった騎士が愛するレディのお供をしているところだ。こういういかにもありきたりな表現は陳腐な本に出てくるはず——ところが、それが自分というわけだ。ひとりの女性に完全に心を奪われ、彼女がほほえんでくれると、どきんと心臓が止まる気がする。彼女のためなら喜んで、川を越え、山を登り、ドラゴン退治に出かけよう。いや、そんなことぐらい何でもない。彼女のためならどんなことだって、たとえば人殺しだっていとわない。自分が死んでもいいのは、間違いない。

「マット」シャーロットがそっとつぶやいた。その瞳にたいまつの炎が揺れる。この顔が大好きだ、気品ある頬骨の下の謎めいたえくぼを撫でるのが大好きだ。月明かりが彼女の肌をやわらかな色にする。マットは握った手を裏返し、手のひらにキスした。するとシャーロットがほほえみ、そのキスを手の中に閉じ込めておこうとそっと指を折った。

ああ、そうだ。この人のためなら、どんなことだってする。居心地の悪い椅子に座って、長い髪のかつらをかぶったやつらが作ったような音楽だって、我慢するぞ。ぐ、があ。

演奏家がステージ上にそろった。ステージには椅子が四つと楽器、その前に楽譜の置かれた譜面台があるだけだった。演奏家たちのために、楽譜用として木の台に載せられた他より大きなたいまつがステージ上で赤々と燃えているが、明かりはそれだけだった。

演奏家たちは座ると、二分ほど楽器の音合わせをした。そして左側にいたバイオリニストが突如、ぴしっと背中を伸ばし、弓で自分の譜面台をとん、と叩《たた》いた。

その瞬間、会場が圧倒的な静けさに包まれた。修道院の前庭には三百人の聴衆がいるというのに。しかしマットは、風が僧院を取り囲む茂みを通り抜け、葉っぱがこすれる音を耳にすることができた。演奏家が弓を手にし、シャーロットが興奮してぎゅっと手を握ってくる。幸せの吐息が彼女の口から漏れる。

はいはい、わかりました。自分をヒーローに見立てたマットは、やれやれ、という表情を見せないでおくことにした。孤高の英雄になった気分だった。これまでにもっと辛いことにも耐えてきた。退屈な音楽を何時間か我慢するぐらい、どうってことはない。はん、ひと晩じゅう立ったまま、見張りをしたことがある。大きな岩の後ろに隠れ、敵の大部隊が通り過ぎるのを二日間待った。腹ばいのまま一週間過ごしたこともある。薄いビニールのシートを一枚敷いた上で、小便用のプラスチック瓶と、大便用のプラスチックのバッグと、非常食を七つだけ持って。その状態で敵のキャンプの動きをさぐったのだ。まったく、軍隊での暮らしのほとんどは、遅いという怒号の中か、待つか……無期限にいつまでも。

これぐらいできるぞ、マットは思った。とりわけ、幸せそうでくつろいだシャーロットがすぐそばにいるのだから。

バイオリニストのひとり、明らかにリーダーだ、彼が全員に目配せして、鋭くうなずいた。

突然、驚く暇もなく、僧院の前庭に音楽が満ちあふれた。楽器を弓でこすっている演奏家たちから聞こえるようには思えない。違う、どこか遠くの、違う世界から奏でられる不思議な調べ――ひんやりとした夜気からか、おそらくは空に瞬く星からか、隙間《すきま》なく積み上げられた石壁からか、そして木々のこすれ合う音なのか。

コンサートがどれぐらいの時間だったのか、マットは完全に時を忘れてしまった。一分だったような気もするし、永遠に続いたようにも思えた。時間の感覚も、自分の存在も、澄みきった音色にすっかり消えていった。意識があったのは、常にシャーロットの手が自分の手の中にあることだけ。柔らかくて、温かいその手が、マットをこの世に引き留めてくれた。

シャーロットもマット同様、すっかり音楽に引き込まれているらしく、少し前のめりになって、リズムに合わせ軽く首を動かす。マットにとっては、初めて聴く曲だったが、演奏が始まってすぐ、生まれてからずっとその曲を耳にしてきたような気がした。すぐになじみを覚え、あっという間に自分の一部になった。ひとつひとつの調べは、音でできた星のようにいつまでも空中に漂った。

しばらくすると、リーダーのバイオリニストが他の演奏家と視線を合わせた。すると音楽が一段と盛り上がり、そしてはっと息をのんだところで音がやんだ。あたりは完全な静寂に包まれ、演奏家たちはそろって弓を直立させ、右手を膝《ひざ》に置いた。

一瞬、そしてもうひと呼吸の沈黙のあと、聴衆がわき立ち、大喝采《だいかっさい》になった。マットはシャーロットの手を放し――それ以外の理由では絶対に放すつもりはなかったが、一緒に拍手した。

熱狂的な歓声を浴び、演奏家たちの顔がぱっとほころんだ。そしてそのとき、マットは彼らが全員非常に若いことに気づいた。演奏中は神がかり的なものを感じたし、ひどく真剣な表情を浮かべ、実物より何かずっと高貴で大きなものに包まれていたのだが、こうやってみると、まだ子どもと言ってもいい年齢だ。非常に才能豊かな子どもたちだとマットは思った。きっと五歳ぐらいからこの楽器を練習してきたのだろう。

音楽という芸術の魔法が、この演奏家たちを選んだ。絵画の魔法がシャーロットを選んだのと同じように。

自分が音楽を聴いて我を忘れてしまった事実に、マットはぼう然とした。そんな経験は初めてだった。マットにとって、音楽というのはあればそれでいいし、なければないでどうってことはない、という程度のもので、心を揺さぶられるという経験は、一度もなかった。しかし今は体ごと震えていた。砂地に立っていると目の前に大きな穴が開いて、砂がどんどんそこに流れていく感じだ。しかし危険は感じず、深淵《しんえん》が新しい世界を見せてくれるように思える。光り輝く、現在よりもすばらしい世界。

脇腹を肘でつかれて、マットは我に返った。シャーロットが首をかしげてマットを見ていた。「それで、どうだった？　正直に言いなさいね、それほど悪いものじゃなかったでしょ？」

う。「いや、その――」

それ以上、言葉がなかった。すっと顔をそらし、どれほど感動しているかをシャーロットに知られまいとした。俺はいったいどうなっちまった？　胸につかえている、これは何だ？　感情が高まって、何も言葉が出ない。

しっかりしろ。

胸に迫ってきた感情が落ち着くと、締めつけられるような感覚もやっと緩んだので、マットは深く息を吸った。「すばらしかった」マットはシャーロットの質問に静かに答えた。「本当に。何と言えばいいか――ひとつの楽器をひとりが演奏しているみたいだった」

「そうね」帰ろうと席を立った人たちが前を通り過ぎるため、シャーロットは膝の位置をずらして場所を空けた。周囲は話し声、笑い、前庭の石の上で椅子を引く音でいっぱいになり、全員が大きな門を目指して動き始めていた。マットにはそんなすべてが、遠いところで起きているように聞こえた。まだ音楽に浸《ひた》りきっていて、自分の体が夜の闇を浮遊している感覚だった。月と星が守ってくれるから、漂わなくて済んでいるだけかもしれない。シャーロットはマットが何も言わないのを不思議に感じたのか、鋭い視線を投げてきた。

「びっくりしちゃったのね」そう言うシャーロットも驚いた様子だ。目をすがめて、マットの顔色をうかがったシャーロットは、別人を見るような表情で、マットを見た。

「あなたがびっくりしたのは、音楽が気に入ったからでしょ。コンサートがすごく楽しかったのね。こんな音楽好きになるはずがないと思ってたのに、好きになったから驚いたのね」

マットがむっとした顔を向けると、シャーロットは笑い出した。夜の大気に昇華した音楽が、マットの魂も高揚させた。大笑いされても当然だろう。

「認めなさいよ！」シャーロットが嬉々《きき》として詰め寄ると、悪いことをする美しい魔女のように見えた。そしてまた脇腹をつつく。「どうなのよ、タフガイ。認めたらどう?　道理でみぞおちを殴られたみたいな顔をしているはずだわ。大好きになったのね。つまり、ミスター・マッチョ、俺はただの兵士だ、上官殿、戦う以外、能がないやつですから、なんて言ってた人が、芸術を愛する心があったことを発見したのね。絵画コレクションを始めるために最初の一枚を手に入れたと思ったら、クラシック音楽の趣味まであったことに気づいて、恐怖のどん底に突き落とされたんでしょ」シャーロットは、ちっちっちっという舌打ちの音をわざとらしく響かせながら、かぶりをふった。「本当にどうなっちゃったのかしらね。次は何が来るやら。ファッションへの情熱的な興味とか、インテリア・デザインとか?」そこでマットの表情を見たシャーロットは、また笑った。

シャーロットは顔を近づけ、マットの耳元でそっとささやいた。「誰にも言わないわよ、約束する。でも、こういうのはみんなに教えるべきよね。だって私自身、人に銃を向けて撃つのが大好きだってことを発見したんですもの」そう言うと、また首を横に振った。「世の中、わからないものね」

19

サン・ルイス
四月二十八日

サン・ルイスへの帰り道、時間が永遠のように思われ、それなのにぐずぐずと心の整理ができずにいるうちに到着した。シャーロットは、これからマットとのことをどうすればいいのか考えたが、決心がつかなかった。

車中では二人ともほとんど黙ったままだった。マットがちら、ちらと視線を向けてきた。だんだんと見つめられる時間が長くなっていくのもシャーロットにはわかった。マットはきわめて運転がうまかった。体を使うすべてのことに秀でているのだ。ギアを変えるのにシフト操作をする際、マットの腕の筋肉が踊るように動くところにシャーロットは見とれた。ぽんこつ同然のジープは快適なドライブのための乗り物とは言えないし、道路もひどくでこぼこなのに、マットはたくみなハンドル操作でできるだけ車が大きく揺れないように運転した。

腕や手の筋肉が動く様子は、見ていて本当にほれぼれする。贅肉《ぜいにく》などいっさいなく、純粋な筋肉だけという感じ。できればこの手をスケッチさせてほしい。手だけで何枚も何枚も絵が描けるだろう。大きくて力強い。小さなものや大きなもの、傷痕《きずあと》がいっぱいあって、それでもやはり美しい手。力が凝縮された男性としての象徴。

どうしてもマットのほうに目が行ってしまうので、シャーロットは無理に目の前の道路をじっと見た。月の光は明るかったが、平野が延々と続くだけで、これといった特徴のない風景で、見ていて楽しいものではない。それでシャーロットは、唯一きちんと見えるものだけに注意を向けることにした。道路の中央を走る黄色の線が、ヘッドライトを受けて光るところ。

だめ、ついマットを見てしまう。そんな気持ちを抑えようとして、シャーロットはこぶしをきつく握った。手のひらに爪《つめ》が食い込む。彼のすべてに惹《ひ》きつけられる。彼のことなら一日じゅう見ていられる。頭の後ろにあるつむじに短い黒髪が渦をまく様子、腕の付け根の筋肉が大きく盛り上がり、柔らかなコットンのTシャツが肩口で引っ張られるところ、黒い瞳《ひとみ》が油断なく周囲を警戒するさま。あの目はどんなときにも何も見逃すことはないのだろう。

ああ、私の弱虫。

こんな気持ちになったのが初めてだったシャーロットは、その感情が何であるかに気がつくのに時間がかかった。あまりにも自分とは異なる男性の存在が怖かったし、こんなタイプの男性と愛を交わす可能性など、半年前には考えもしなかった。

自分がいわゆる特権階級の人間として成長したことは、シャーロットも理解していた。裕福で、自分を溺愛《できあい》してくれる両親の温かな庇護《ひご》を受けて育った。過保護で甘やかされたという意識はなかったが、それでも、自分の人生はこのまま何の不足もなく続くことを信じて疑わなかった。輝かしい未来が待っていて、同じように裕福な特権階級で育った夫を愛し、かわいい子どもを持ち、年に何度かヨーロッパ旅行をして、美術や音楽を楽しむ生活があるのだろうと、漠然と考えていた。

今まで付き合った男性の何人かとは体の関係もあったが、その誰もが、似たような境遇の人間だった。楽しい会話のできる感じのいい男性たちで、全員がこれまでにたくさん読書をして、あちこちに旅行した経験があった。男性たちが訪れる町には必ず美術館があり、当然彼らは美術館を見学した。マットとはずいぶん違う。彼が訪れた場所は、マットの言い方を借りれば「悪いやつら」がいるようなところばかりだ。

マットみたいな男性は、タイプじゃない。荒っぽくて、深刻そうで、あまり会話がはずむという感じではない。彼の世の中に対する考え方は、一年前なら被害妄想だとしか思えなかっただろう。ところが今は、彼の見方が現実なのだとわかる。この世には悪事を企む人間があまりに多く、危険が満ちている。しかし、マットはそんな世の中にでも完璧《かんぺき》に対処する。訓練の成果でもあり、彼自身の能力でもあるが、どんなことにも準備ができているのだ。

以前のシャーロット・コートなら、マットのような人に興味を持つことはあったとしても個人的に親しくなろうとはしなかっただろう。そして彼の本当の姿を知ることもなかった。石のように冷静な表情の下で、どんなことに心を動かされているかに、気づくことはなかった。共通の趣味を持ち、少しばかり女性っぽい傾向のある男性がシャーロットの好みだった。マットは疑いもなく、圧倒的にオスだ。

シャーロット・フィッツジェラルドになると、話は違う。気づかないうちに、シャーロットの中で何かが変わった。アメリカ大陸を横断する長く危険な旅のせいか、傷を負ったまま逃走を続けたからか、自らの才覚だけで生きてきたためか、これ以上は無理だと思っても、なおもがんばりとおしたからなのかはわからない。それともサン・ルイスに来てからの二ヶ月間、原色に彩られたシンプルな町の豊かなたたずまいの中、必要最低限のものだけで切り詰めた生活をしたせいなのかもしれない。理由は何にせよ、シャーロットは別の女性になった。

シャーロット・コートとして身につけていた装飾品のすべてが、猛烈な風で吹き飛ばされた感じだった。以前は、そういう装飾品が自分には不可欠だと思っていた。富、社交界での地位、どんなときにも取り乱さない態度、そんなものがすっかりはぎ取られ、いちばん素の自分だけが残って、本来の姿になった。飾りをはぎ取られたシャーロットは、ほとんど何の所有物がなくても生きていける。大邸宅も、召使いも、デザイナー・ブランドの服も、自分と同じような裕福な特権階級の仲間も必要ない。

シャーロット・フィッツジェラルドになることで、生き残ることができた。地獄のような困難をくぐり抜け、それでもくじけなかった。そしてそんな自分は、マットと通じ合えるものがあることを発見した。彼もまた地獄の困難をくぐり抜けたから。彼は地獄を脱出し、前よりもさらに強い人間になった。

多くの点で二人は似ている。もし生き延びようと必死でがんばってこなければ、彼と共通点があることにも気づかなかった。

マットがまたシャーロットを見た。二人の視線が合う。彼の眼差しの強さに、シャーロットは息をのんだ。みぞおちを殴られたような気がした。二人のあいだに電流が走り、二人をつないだ。

マットがシャーロットの手を取り、また口元に持っていった。彼の唇は温かくて柔らかなのに、口の周囲は濃いひげが生えてきてざらざらする。彼の唇を手の甲に感じた瞬間、またシャーロットはびくっと電流が体を走るのがわかった。そして、この感覚の正体を、しばらくしてから悟った――欲望だ。

欲望については、理解しているつもりだった。男女がベッドで楽しい時間を過ごすものだと。すてきな洗練された時間であるべきで、おいしい食事、劇場に出かけ、まずまず満足できるセックスがあり、おそらくワインの一杯を飲んで、会話を楽しむもの。

そんなすべてが、マットの眼差しを見て感じるみぞおちを殴られたような衝撃とは、いっさい無縁のものだ。シャーロットの体に欲望がめらめらと燃え、頭からつま先まで熱いものがふくれ上がる。マットに預けた手が震えた。マットもそれを感じる。当然だ。シャーロットの体に何が起きているかは、不思議なほどそのままマットに伝わるのだから。彼が頭の中に入り込んで、どう反応すべきかを指示しているような気さえする。ベッドに女性を誘うとき、うまく合意を取りつけたと知って男性が浮かべる、あの勝ち誇った表情はマットの顔にはない。彼の顔が緊張に強ばり、怖いほど真剣になった。生きるか死ぬかの任務をこれから果たそうとするように。

実際に、生きるか死ぬかのことなのかもしれない。

マットはもう一度手にキスしてから、シャーロットの手を膝《ひざ》に戻した。サン・ルイスの境界に入り、交通量が多くなって両手でハンドルを握らねばならなかったからだ。その後何度か右折、左折を繰り返し、二人は家に戻った。

車内にはエネルギーが充満し、ぱちぱちと火花が出そうだった。シャーロットは全身で生きていることを実感した。マットが隣にいることを強烈に意識する。呼吸するたびに、彼のエッセンスを吸い込む気がした。

危ないところで死なずに済んだ。この二ヶ月、何度も危険な目に遭った。人生は楽しいことばかりではない。今になってやっとそれがわかった。けれどまだ目の前には、思う存分生きることのありがたさを感じられる毎日がある。一秒一秒が、神様からの贈り物なのだ。たとえば、この瞬間のような。ぼろぼろのジープに乗って、メキシコのバハ・カリフォルニアで、ほとんどよく知りもしない男性と一緒にいる時間。

ただ、マットの本質というものはわかっている。勇敢で義理堅く、駆け引きをして何かを得ようとはしない。彼が言葉にしたことは本心だし、心で思ったこともそのまま口にする。世の中のことを本当にいろいろ知る、幅広い彼の知識に魅了される。彼が経験しなかったことなど、この世にはないのでないかと思ってしまう。実際見たことだけが、きちんと彼の頭に入っているのだろう。

家の裏手に車を停めると、マットはエンジンを切った。手首をハンドルに置き、大きな手をだらんと下げると、シャーロットのほうを向いた。まただ。その眼差しに、衝撃を感じる。何も言わなくても、彼の心の中はわかる。眼差しのすべてで、自分に触れるその手の感覚で、シャーロットに訴えかけてくるのだから。

「着いたぞ」マットの口調は穏やかだった。

そう、着いた。

あの暗い海がシャーロットの体を絡めとろうとしたところを助けてくれたときから、二人はずっとここに向かってきた。ひょっとしたら、初めて彼の姿を見た瞬間から、沈みゆく夕陽に彼のシルエットが浮かび上がったときから、ここを目指してきたのかもしれない。ぼろぼろになった抜け殻のような男が、逃走中の傷ついた女から力を得た、あの瞬間から。

マットはシャーロットの命を救ってくれた。もっとも原始的な意味合いで、体のどこか深いところに刻み込まれた感覚で、シャーロットはマットのものになったのだ。

シャーロットは見つめるマットの瞳から、目をそらすことができなかった。ウィンドウは開いていて、静かな車の中に夜風がうるさかった。波が穏やかに浜辺を打つ。夜の浜辺を楽しむ人たちがいる。近くの家で誰かがギターをつまびく。暗闇《くらやみ》に、マットの目の白い部分が際立って見える。マットが手を伸ばし、シャーロットの頰《ほお》を撫《な》でた。長い指。シャーロットの体がぶるっと震える。その反応を抑えようもない。シャーロットは自分の手を添え、マットの手をしっかり頰に当てた。

「もう、いい頃だ」マットがそっと告げると、シャーロットがうなずいた。顔を包んだマットの手が一緒に動いた。

そう、本当に、いい頃だ。

ティファナ
四月二十八日

バレットは車を置いて、革命大通りを何度も行き来した。この町のことを肌で感じておきたかった。以前にも、何百回となくこういうことをした。獲物が特定の市や町にいるところを突き止めると、その町のさまざまな場所を自分の足で歩く。その際には、獲物について知っている情報を考え合わせる。何時間もかけ、五感すべてで形跡をキャッチする。獲物の目でその町を見て、獲物の頭で考える。

通常はこのやり方でうまくいく。特に、ティファナのように何でもそろっているところだと。弱点があれば、誘惑がいたるところで待ち構えるからだ。たっぷり、二十四時間いつでも手に入る。

シャーロット・コートに弱点がないのは残念だった。一般的な意味合いで、彼女が誘惑に負けることはない。飲酒癖はなく、薬に頼ることはなく、流行のデザイナー・ブランドの服にも宝石にも興味はない。バレットが見つけた唯一の弱点らしきものは、絵を描きたいという病的なまでの欲求だった。特にストレスを感じると、描かずにはいられないらしい。

夕方になってバレットは、シャーロットはティファナにはいないと、確信するようになった。ここで一泊ぐらいしたかもしれないが、体が運転できる状態だったら、翌朝にはここを出ただろう。ティファナは彼女が落ち着く場所ではない。夜には、はっきり結論を出した。

この結論に至ったのは、大通りから一本入った裏小路で、でこぼこの歩道に出された椅子《いす》に座って地元のビール《セルベサ》を飲んでいるときだった。ぐらつく椅子に腰かけ、丸いプラスチックのテーブルにたくさんのガイドブックや地図を広げ、少し強くなった夕方の風に何枚ものパンフレットが飛ばされないよう、ビール瓶を重しにした。黒いてかてかのＦＢＩ捜査官ふうのスーツも、ぴかぴかの真鍮《しんちゅう》のＦＢＩバッジも捨てて、色あせたジーンズとＴシャツに着替えていた。今のバレットは、フレッド・ダガン、クリーブランドの農機具セールスマンで、しばし太陽の下で楽しい時間を過ごすため、国境を越えてやって来た男性だ。外見的には他のグリンゴたちと何ら変わるところはない。

地図やガイドブックは、遊びに来たセールスマンになりきるためだけのものではない。そこにある情報を漏らすことなく吸収し、シャーロットが姿を隠しそうな場所を見つけるためでもある。茜《あかね》色の空が暗くなり始めた頃、バレットは行き先の見当をつけた。

サン・ミゲル・デ・アレンデ。メキシコの中央高地グアナファアト州の有名な芸術家村で、飲食店よりアート・ギャラリーの数のほうが多いと言われる場所だ。外国人も多く住む。町ができたのは一五四二年、イタリア風の広場がたくさんある中規模の洗練された都会。いかにもシャーロット・コートの好きそうな町だ。

そろそろ暗くなってきた。彼女のあとを追うため、すぐにも出発したほうがいい。なのに、バレットはその場所から動けずにいた。メキシコの地図に指を走らせ、ぐずぐずしてしまう……。

何かが引っかかる。

サン・ミゲルを紹介したパンフレットをもう一度開いてみた。音楽祭、陶器市、絵画レッスン、十七世紀に建立《こんりゅう》されたスペイン教会が完璧に復元されたところ、外国人の人口が非常に多い。『カッコーの巣の上で』の原作者ケン・キージーもかつて住んでいたことがある。石畳のきれいな道には、派手な色合いの工房がずらりと並ぶ。それに、何だこれは？　体験ツアーまである。しかも英語で。彼女にとっては、言うことなしだろう。

なのにどうして、ここにしっくり来ないものを感じてしまう？　何が間違っている？

バレットは地図に手を置いたままにした。道路を指でたどり、そのままゆっくり、その指をメキシコの最北西部へと動かす。ティファナだ。そしてそこからメキシコ中央部のサン・ミゲルへ。また戻す。何が引っかかるのだろう。

ティファナとサン・ミゲルのあいだを、もう一度目でたどってみると……。

遠すぎる。それが心のどこかに引っかかっていたのだ。

自分でも意識しない頭脳のどこかが、懸命にメッセージを発していた。サン・ミゲルまで、ここから三千キロ以上離れている。途中には狭くて曲がりくねった山道もある。

空がすっかり暮れていく中、バレットはその場に座ったままだった。ろうそく形の小さな街灯がともる。どこかのオープン・テラスからサルサの調べが聞こえる。宵を楽しもうとする男女が、あちこちの建物から姿を見せる。女性の香水と男性のコロンが鋭く鼻をつく。夜の外出を楽しむ人の匂《にお》いだ。そして食堂の裏手からは何かおいしそうな香り、ときおり、蓋《ふた》のとれた下水路からつんと悪臭も混じる。バレットは座ったまま、じっと考えにふけった。

バレットは完璧に男性であり、四十五年の人生のすべてを兵士として過ごしてきた。しかし、狙《ねら》った獲物の立場で物事を考える不思議な才能がある。空から明るさが消え、昼間の喧騒《けんそう》に満ちたティファナが、騒々しい陽気さにあふれる夜の町へと変わるあいだ、自分を二十六歳の美しい金持ちの女性の気持ちに変えていった。自分は芸術を非常に愛している、と思い込んだ。

自分はシャーロット・コートなのだ。

大切に育てられた財閥の跡取り娘、追われてアメリカ大陸を横断し、怪我《けが》をして怯《おび》えている。特殊部隊のトレーニングを受けた兵士でもなければ、心身ともにひどくこたえるはず。ましてや彼女は民間人だ。

国境を越え、やっとメキシコに入った。吹雪《ふぶき》の続く中西部を抜け、へとへとになっただろう。ああ、助かった、ここなら安全だと思う。人間とて動物だから、命が危険にさらされたときには、大量のアドレナリンを放出して無理を続けることはできる。しかし、パニックに陥り、緊急事態だと体が命じられる時間が長引けば長引くほど、そのあとアドレナリンは急速に失われる。国境を越え、安心感を覚える。暖かくて、誰にも知られていないと感じるのは本当に久しぶりのことだろう。そしてどっと疲れが出る。疲労感で体がまるで動かなくなる。そんな状態で、また国の反対側まで向かうような旅を考えるだろうか？　しかもこの国には、ほとんどなじみがないのに。

バレットはそんなことをいろいろ考えてみた。周囲にはいっさい注意を向けず、罪深き町の夜が動き出す音が、彼のところを素通りした。

違う。バレットは、はっきり感じた。俺がシャーロットなら、そんなことはしない。まっすぐ今来た道を進むだろう。どこを曲がればいいかなど、行き先を考えたくはないはず。

そうなれば、まっすぐ先にあるのは、バハ・カリフォルニア半島。

明日朝、日の出とともに出発だ。

サン・ルイス
四月二十八日

マットは家のドアを開けると、シャーロットの背中に手を置き、急《せ》かすように彼女を中に入れた。レニーのジープを降りてから、二人は手をつなぎ、何も話さなかった。言葉など必要なかった。少なくとも、マットのほうからかける言葉はない。自分が求めているのが何かはわかっている。

彼女だ。この女性、シャーロットが欲しい。どこまでも深い場所で、彼女が自分のものであるのは知っている。それを真実だと証明するために、言葉など必要ない。

ドアが閉まった瞬間、シャーロットがくるりと体の向きを変え、柔らかな胸を押し当ててきた。そして、マットは自分の腕の中に、ほっそりとした火柱を抱えているのを感じた。シャーロットが、もっと近くにいたいと、体をこすりつけてくる。

マットは、ゆっくりしようと固く心に決めていた。ベッドに行こうと上手に誘いかけなければ、と思った。しかしシャーロットのほうがそんな計画をすっかり吹き飛ばしてしまった。唇が触れるやいなや、シャーロットが激しく求めてきたため、マットは頭がどうにかなるのではないかと思った。一分以内に、シャーロットはマットのシャツの前をぎゅっとつかみ、そのあとボタンが床のタイルに、こん、と小さな音を立てて落ちた。マットの胸が大きくはだけていた。

胸に置かれたシャーロットの手が炎のように熱かった。シャーロットはシャツの奥に手を伸ばすと、後ろに引き下ろし、その間も体ごと強く押しつけてくる。もっと近くにいさせて、もっと……。

シャーロットの唇は蜜《みつ》の罠《わな》だ。一度口をつけたら、もう離すことはできない。一瞬マットは、少し落ち着こう、と言ってみようかと思った。そう言えばもっと安心してもらえるかもしれない。口をキス以外のことに使おう。しかしそんなことはとてもできなかった。体がすべてを語っているのに、これ以上何を話す必要がある?

自分がかちかちに硬くなっているのがわかる。マットの体じゅうすべて、そしてあの部分も、興奮で全身の筋肉に力が入った。さらにシャーロットが腰をこすりつけるように動かすので、正気が奪われてしまいそうだった。

マットはふと唇を離し、シャーロットを見つめた。この瞬間を生涯忘れない。シャーロットが見つめ返す。完璧な卵形の顔が、白く輝く。それでも、いつもほど白くはない。外の街灯の薄明かりに照らされるだけだが、その頰が紅潮しているのはわかる。唇が赤くぼったりとして、興奮に瞳が黒く光る。

ロマンチックな雰囲気のある、やさしいものにしようと思っていたのに、マットの血がわき立ち、シャーロットも同じように燃え上がってしまった。すぐに二人は互いの体をむさぼりながら、もつれるようにベッドに落ちた。互いの欲望に火がついてしまった。マットはシャーロットの鮮やかなブルーのワンピースをつかんでファスナーを下ろすと、頭から引っ張り抜いた。そして、ブラ、パンティ、サンダルがなくなり、月光を浴びて白く輝く裸のシャーロットが目の前にいた。ほっそりした炎の塊になったその姿に、マットはぼう然と立ちつくした。

シャーロットが腕を広げてつぶやいた。「来て」

ああ。

硬い体が柔らかな肌に当たる。体を沈めながらマットは歯を食いしばった。顔を近づけ、シャーロットに慣れる時間を与えようと動きを止める。この体のすべてが自分のものになった。腰に巻きつけられた細くて長い脚も、胸板に押しつけられたしっとりやさしい乳房も。二人は互いに見つめ合った。明るい色から、暗い闇へ。「今よ、マット」シャーロットがささやく。

マットは彼女の体の中で、動き始めた。

サン・ルイス
四月二十九日、早朝

窓が開いている。波が岸辺を洗う音が聞こえる。マットのゆったりした鼓動と同じリズム。シャーロットの耳は、ぴったり彼の心臓の上につけられていた。想像したとおり、彼の鼓動はゆっくりで運動選手なみだ。きっとシャーロットの半分ほどの速さだろう。それに運動選手なみのスタミナもある。昨夜のことを思い出すと、シャーロットの顔につい笑みが浮かぶ。

何ヶ月、いや何年ぶりだろう？　目覚めて顔に笑みが浮かぶのは。

「今、笑顔になっただろ？　聞こえたぞ」マットの声が、胸で響いた。マットの腕に力が入り、シャーロットは抱き寄せられて首筋に顔をもぐらせた。枕《まくら》にするには大きすぎるし硬すぎるが、マットの体には利点もある。頭が完璧にすっぽり納まり、満ち足りた気分で腕に抱かれていられる。

そして安心感。

この上なく、完璧に安心できた。世界から悪いことがすべて駆逐されたような気がした。いや、正確には、世界でどんな悪いことが起きても、マットが自分の前に立ちはだかってくれるという感覚。シャーロットは横向きで片脚をマットの上に投げ出すようにして眠っていた。体半分がマットに載りかかる格好になっている。その体の首から背中にかけて、大きな手がゆったりと撫で下ろす。撫でる手が温かく、皮膚がごつごつしているのを感じる。

「その笑顔は俺のせいだと思いたいね」

「ええ、もちろん」当然でしょ。シャーロットはそう思って、ため息を吐《つ》いた。まったく心配ごとがないというわけにはいかない。悩みはある。水平線のかなたに見える黒雲のように、いつかは頭上に近づくだろう。しかし今この瞬間、そんなことは忘れていたい。こんなにうれしい気分なのだから。恐怖を感じることもなく、何かを計画する必要もなく、心配ごとはどこか遠くにあって——体がぼんやりと漂っている感じがする。

満足しきった状態で、うつらうつらして……。

そのとき、マットのお腹《なか》がぐうっと鳴った。目が覚めたシャーロットが笑った。

「あなたの体が訴えてるわね——起きる時間だぞ、朝ごはんを作れって」

「状況にもよるな」マットが不安そうにつぶやいた。「この家に食い物はあるのか？」

「ええ、ヨーグルト、りんご、紅茶があるわ」シャーロットは澄ました顔で答えた。

「それ以上のものが食べたければ、どこかで調達してきなさい」

ううっとうなるようなため息が聞こえた。マットの手がシャーロットの髪をつかむ。

「ここにもうちょっと食い物を置いといたらどうなんだ？　君のせいで俺は飢え死に寸前だ。君の性の奴隷になって、個人運動療法士までやってるのに。それだけするには、ずいぶんカロリーを消費するんだぞ」

シャーロットは手のひらを彼の胸に這《は》わせた。その感触だけで、官能がくすぐられる。硬い胸毛が手に当たり、その下には温かい皮膚、そして分厚い筋肉。ときどき盛り上がった傷痕にさわる。「駄々をこねないの。性の奴隷っていうのは、とても魅力的だけど、個人運動療法士っていうのは……」指がマットの乳首に触れた。小さくて硬い粒を少しこすってみると、マットの体がぶるっと震えたのでシャーロットはうれしくなった。

マットは非常に力強い男性だ。しかし、実際はシャーロットのほうが大きな力を持つことになってしまった。

「やめろ。俺に話があるなら、そう言え」マットが枕から頭を上げる。「それとも、もう一回――」

シャーロットはため息を漏らして、首を振った。魅力的なアイデアだが、体の奥がひりひりする。それに、ベッドでこれほど仲良くしていられる瞬間はあまりに甘美で、セックスで台無しにするのはもったいない。

「わかったよ」マットはまた枕に頭を下ろした。「じゃあ、何が望みか言ってみろ」

シャーロットはマットの胸筋のあいだのくぼみに指を滑らせた。軽く爪を立てると、マットがはっと息をのむ。以前のミス・クール、シャーロット・コートからは考えられない行為だ。マットが興奮してくるのがわかる——腿《もも》に大きくなってきたものを感じる。マットはわざとらしくそれを押しつけたりはせず、おとなしくしている。無理にセックスしようとはしていないが、したいとは思っている。シャーロットにもその気はあったが、もう少し時間が経ってから、と考えていた。今は気だるい雰囲気を楽しみ、彼をじらすのがうれしい。少しだけ。こちらを襲う心配のない虎《とら》とふざけ合うような感じ。

「考えてたの」彼の胸を遊んでいた指を少しずつ動かしながら、シャーロットがやさしく言った。「あなたと寝たわけでしょ。だったら水泳のレッスンや射撃の練習は少し大目に見てくれたっていいんじゃないのかって。特別な計らいっていうの？　だって、ね、私の体を捧《ささ》げたわけだし、それぐらいしてもらって当然じゃない？」

マットの胸で奇妙な音がした。彼が笑っているのだとわかるには、少し時間がかかった。「残念だな」マットが朗らかに言った。「ハニー、そういうわけにはいかないんだ。全然。いや、まったく、俺たちもそういう手を考えてみるべきだったかな。鬼軍曹にしごかれるのが、少しはましになったかもしれん。けど、あいつと寝ることは、誰も考えつかなかった」そしてしばらく黙り込んだマットは、首を振った。「ま、やっても無駄だったろうけどな。ともかく、うまい手を考えたことだけは褒めてやろう。今日はクロールを練習する。そのあと、ゲーム機で一時間半射撃訓練だ」

「でも、私エル・ゴルドは千回以上殺したのよ！」成長期にある少年たちが、テレビゲームで何時間も人殺しの練習をするというのが、シャーロットには信じられなかった。最初は面白かったが、すぐに飽きてしまう。「じゃあ……あなたと寝たって何の特典もないわけ？　少しは手加減してくれないの？」

その言葉が終わるか終わらないかのうちに、マットが自分の体の上にシャーロットを持ち上げた。大きな手で彼女の頭を抱え、激しくキスする。それは乾ききった干草に、たいまつで火をつけるようなものだった。シャーロットはすぐに自分の体のどこかで火花がはじけるのを感じた。燃え盛る溶鉱炉の前を裸で歩くような感覚だった。全身に鳥肌が立ち、マットに触れるどこもかしこも炎に燃える。いつの間にか、シャーロットは両脚を大きく広げてマットの上にまたがる形になり、膝が彼の胸をはさんでいた。マットはシャーロットの口をむさぼりながら、手は下のほうへ伸ばして体を開けようとする。すると炎がいちだんと高く燃え上がった。

シャーロットの頭からすべての思考が吹っ飛んだ。自分に銃を向けるロバート・ヘイン、殺人容疑をかけられていること、まったく先の見えない将来——そんなものが何もかもどこかに消えた。彼の口と手で奪われていった。マットに体を持ち上げられるとき、彼の瞳に燃える炎、紅潮した頬、腫《は》れぼったい唇――興奮したオスそのものの姿が見え、シャーロットははっと息をのんだ。シャーロットの体は直立した姿勢になっているが、それはマットの手に支えられているからで――マットは片手で背中から押し上げ、もう一方の手はいっぱいに広げて下腹部を圧迫しているのだ。その手からシャーロットの体に熱が伝わり、さらにシャーロットの体そのものが熱くなって、下半身が燃え上がりそうだ。顔から体まで一直線の炎がシャーロットの体を駆け抜ける。

マットを見ているだけで、体がうずき興奮が増す。大きくて強い、傷だらけの体。暗く強い眼差し、その奥にある白く熱を帯びた炎。さらに力のみなぎる手がやさしくシャーロットを支える。こうやって彼は、シャーロットが自分のものだと伝えているのだ。まやかしも遊びもない、心の叫び。

セックスについて、これ以上得るべき知識はないと思っていた。しかし、本当のセックスがどんなものか、シャーロットにはまるでわかっていなかったのだ。マットにキスされ、彼の舌を自分の舌で感じると、体の奥がひくひくと動くのがわかる。彼に胸をさわられると、体じゅうを熱いものが走る。その熱さに足の甲に力が入り、つま先が丸くなって、土踏まずが弧を描く。

マットの熱を帯びた眼差しが注がれる。自分が興奮しているのは、いろんな形ですっかり伝わっているはず。心臓が激しく高鳴り、左の乳房が揺れる。胸の頂は小石のように硬くなり、濃い赤に染まる。全身が汗に覆われ、光っている。脚のあいだが、ぬるぬると滑る。

二人ともが濡《ぬ》れて滑りやすくなっていた。ペニスの先からは精液がにじみ出ている。マットはシャーロットの目をのぞき込みながら、腰を動かし始めた。シャーロットが今体を貫かれることを望んでいないことは承知していて――でも、ああ！　こうしているのは同じぐらいすてき。乳房に彼の手を感じて、シャーロットはあえいだ。すぐさま、脚のあいだの太くて硬いものが、どくんと脈打つのを感じる。マットの腰の動きがリズムをつけて速くなる。マットはさらに真剣にシャーロットの瞳をのぞき、どうすればいちばん快感をあおることができるか、知ろうとする。

すべてだ。何もかもに興奮する。セックスと同じぐらい切羽詰まったこの動き、馬乗りの形で彼の上になることで何かすごく大きな力を得た気がすること、マットがうめくように息を吐き、そのたびに脚を大きく広げられること。マットの動きがさらに速くなった。大きな波のような熱がシャーロットをのみ込んでいく。マットは短く激しくこすりつけるようになり、さっきまでのようにきちんとリズムを刻まない。マット自身が自分の体の欲求で、コントロールが効かなくなっているのだ。そしてやわらかな叫び声を上げ、シャーロットの体が内側から収縮を始めると、マットが鋭く大きく、ああっと叫び、そして爆発した。シャーロットは自分の脚のあいだに彼の絶頂を感じた。敏感になった肌が彼のものが大きくふくらむのを伝えた。

シャーロットは、ぐったりとマットの上に崩れ落ちた。息が苦しい。マットは片腕だけをシャーロットの体に回し、もう一方の腕はばたんとベッドに投げた。もうシャーロットを抱き寄せる力さえ残っていないようだった。マットがもう一度、死ぬことに抵抗するかのようなうなり声を上げたので、シャーロットは笑った。

汗とマットが吐き出した大量の精液で、二人の体がべったりくっついていた。セックスの匂いが鋭く立ち込め、間違うことのないマットの匂いがそこに混じった。男性的で海とさわやかな汗の匂い。すべてが肉体的で、体と体の結びつきだった。生々しく、実体のあるもの。そしてどうしようもなく、わくわくするもの。

シャーロットは少し顔を横に向け、彼の首筋にキスした。それぐらいしか力が残っていなかった。

「今ののあとじゃ、エル・ゴルドを殺す回数は半分ぐらいにしてもらってもいいと思うわ」

ぽつりとシャーロットが言うと、マットが笑った。

20

サン・ルイス
四月二十九日

カンティーナの前に来るまで何も言わずにいたシャーロットは、おもむろに足を止めて、マットの腕に手を置いた。「ひとりで入ってて。ちょっとインターネット・カフェで調べておきたいことがあるの。すぐあとで行くから」

マットが眉《まゆ》をひそめた。頰《ほお》の下側がぴくぴく動く。彼の険しい表情は、実にドラマチックな雰囲気を作る。遠くの水平線にわき立つ不穏な雲、そこから稲妻が光る感じ。

「待てよ、俺が――」

シャーロットは、やさしくマットを制止した。「あなたは先に行ってて。約束に遅れるわよ。お友だちが中で待ってるんでしょ。私もほんの数分で済むから、すぐよ」

シャーロットは明るくほほえみ、口でちゅっとキスの音をさせてから、カフェ・フローラに駆け込んだ。マットにそれ以上のことを言わせる暇を与えなかった。マットがカフェの外で待つと言い出せば、昔からの友人とのせっかくの約束に遅れてしまう。それを恐れて、シャーロットはぎりぎりまでカフェに行くことを話し出さなかったのだ。

マットと体の関係を持つのは間違いだった。頭ではそれはわかっている。しかし、どうしても間違ったことだという感覚が持てない。心が躍るのがわかる。とは言え、どんなことでも必然的な結果が伴う。体の関係ができたことによるマイナス面は、マットの中でシャーロットを守ろうとする気持ちがさらに強くなったことだろう。これからは以前よりさらに慎重にしなければ秘密を知られてしまう。

シャーロットがドアを開けると受付のアルバイト学生が笑顔になり、受付に近づくまでにはコード番号を書いた紙切れを差し出していた。「ブエノス・ディアス、セニョリータ」

シャーロットはそのコードを打ち込み、すぐに『ウォレントン新報』のページにアクセスした。これが一日の始まりの儀式のようなものだ。いつもそのウォレントンの地方紙をじっくり読み、それからウォレントンのテレビ局三つのウェブサイトの見出しをチェックし、そのあと〝シャーロット・コート〟と〝ロバート・ヘイン〟をグーグルで検索する。そして何もないと知って、安心する。五分もかからない。すぐにカンティーナで待つマットのところに行こう。彼が友人と挨拶《あいさつ》を済ます前には、行けるはず。

そのつもりだった。しかし『ウォレントン新報』のウェブページにアクセスした瞬間、すうっと血が引いていくのがわかって、身動きできなくなった。

コート一族の手伝いの女性、惨殺死体で発見。でかでかと告げる見出しがシャーロットの目に飛び込んだ。

激しい動悸《どうき》で胸に痛みを感じながら、シャーロットは記事を読んだ。もう一度。そしてテレビ局のサイトをクリックした。すると望遠レンズで撮影された現場の画像が映し出され、シャーロットの心臓が止まりそうになった。警察の立ち入り禁止を示す黄色のテープの向こうに大木があり、その下に何だか白っぽいものがある。あれがきっと死体なのだ。

どのニュースもまったく同じことを伝えるだけ。早朝ジョギングをしていた人が、モイラ・シャーロット・フィッツジェラルドさんの死体につまずいた。フィッツジェラルドさんはあのコート屋敷で、一族のお手伝いをしていた女性で、かなりの暴行を受けたあと、殺された模様。

内容を読んでいくうちに、苦いものが胸をせり上がってきて、シャーロットはごくんと飲み込んで、吐くのをこらえた。

どの記事にも、二ヶ月前の事件の詳細が書かれていた――フィリップ・コート氏が娘のシャーロット・コート容疑者によって殺害されたこと、その後、コート容疑者は病院の看護師のイメルダ・デルガドさんも殺害し、いまだ逃走中であること。

シャーロットは居心地の悪いアルミの椅子《いす》によりかかり、体を震わせた。画面を消そうとマウスをクリックするのだが力が入らず、三度目にやっとログオフすることができた。手が汗で滑り震える。自分の顔が、暗くなったモニターに映るのが見える。真っ白な顔、大きく見開かれた目。

動けない、息ができない。

モイラ。かわいくて、やさしくて、親切なモイラ。惨殺死体で発見。

記事が伝えることは、辛いがはっきりしていた。モイラは激しい苦痛の中で死んでいった。間違いない、拷問されたのだ。どんな苦しみを味わったのだろう。

千歳ぐらい年を取った気分で、シャーロットはそろそろ立ち上がった。ゆっくり動かなければ、膝《ひざ》から崩れ落ちそうだった。何分も経ってから、やっと足を踏み出すことができた。

モイラが死んだのは自分のせいだ。誰が何と言おうと、はっきり確信している。モイラを殺そうと思う人間がいるはずはない。シャーロットとの関係で、誰かの注意を引くことになり、拷問されて死んだ。

脚が自分の体重ぐらいは何とか支えてくれると思えるようになると、シャーロットは足を引きずりインターネット・カフェをあとにした。部屋をおぼつかない足取りで進むシャーロットを見て、受付の学生が怪訝《けげん》そうな表情をするのにも気がつかなかった。

妙に重くなったドアを何度か押したあと、外に出たシャーロットは完全に何も感じなくなっていた。

すごく恐ろしいことがモイラに起こった。次は自分の番だ。

「それで」カンティーナのテーブルに着くと、トム・ライチが言った。二人は無意識のうちに、入り口からいちばん離れた、暗く奥まった場所に席を取った。二人はどちらも壁を背にし、部屋全体を見渡せるように座った。

「それで、だ」マットがうなずいた。

「会えてうれしい」

「こっちもだ」

ウエイトレスがビールを二本、ナチョスとサルサと一緒にテーブルに運び、食事のメニューを置いた。

ウエイトレスがそばにうろついているあいだは、重要なことはいっさい語られない。

それぐらいマットはじゅうぶん承知していた。当然だろう。ウエイトレスはママ・ピラールの孫で、このサン・ルイスで生まれ育った子だが、それでもだ。作戦行動には機密が伴う。

実際には、二人がこうやって会うこと自体、要注意行動とされる。9・11テロのあと、任務につく人間が、人前で二人ないし三人以上のグループになることはほとんどない。

トムは真剣な表情でマットを見た。「元気そうだな。ひどい怪我《けが》だったって聞いたけど。現在の状態は？」

こいつに隠しごとなど、考えるだけ無駄だ。「大丈夫だ。かなりよくなった。だが昔みたいには体が使えん。息が上がるときもある。三十メートル以上は潜れん」自分のキャリアを失うことになった事実を、マットは完璧《かんぺき》に無感動に伝えた。潜ることのできないSEALは、もはやSEALではない。

「そいつは、大変だったな」トムはまっすぐにマットを見た。心情を理解してくれてはいるが、憐れんではいない。こういうのをマットは求めていた。

マットは肩をすくめた。人生は厳しいものだ。黙って受け止めろ。これが彼らの信条だ。

トムがマットの心をのぞくように、瞳《ひとみ》を見た。「それで——ここに来たってわけか。

工作活動以外の任務をしてくれって、言われたはずだがな。高い地位を約束されたんだろ？　戦地で働く人間も必要だが、作戦本部に頭脳も必要なはずだ」

　ふん。確かに言われた。高い地位だったが、そんな仕事をすることなどほとんど考えてもみなかった。「そいで、ろくでもない後方支援のお偉方になるってのか？　ごめんだね」

　トムがほほえんだ。後方支援のお偉方として誰からも嫌われる仕事をやりたい人間などいない。

「で……ここで幸せに暮らしてるってことか？」トムは食堂を見回した。「ここに来るまで、ちょっとあたりを歩いてみたよ。落ち着くのにはいい場所かもしれないな。レニーの店は繁盛してるみたいだし。あいつと一緒に店をするつもりなのか？」さりげなく投げかけられた質問ではあったが、トムの表情は真剣そのものだった。

　マットはまた肩をすくめた。「いーや。釣り客の案内とか趣味のダイビングよりは、もうちょっとやりがいのあることをしたいんだ。ただ……その、ここにいなきゃならなくて……もうちょっとのあいだは、なんだが。電話で話したろ？　俺には、あの……ここを離れられない事情があって」

　マットが言葉に詰まるたびに、トムが驚いて目を見開くのがわかった。兵士というのはためらわない。話をするときに言葉を濁したり、曖昧《あいまい》なことを言ったりもしない。

大人になってからずっと、マットは事実を端的に伝えるだけ、というコミュニケーションの取り方を続けてきた。自分の命も部下の命も、その明確な短い言葉にかかっていた。今、マットが、あの、その、と言葉に詰まるのを聞いて、トムは明らかに何かがおかしい、と感じたのだ。

「いいだろう」トムが少し体を乗り出した。「核心にずばっと入ろう。あんたに提案があるんだ。仕事だよ。あんたがやると言えば、すぐにでも始めてもらいたい。あんたの……事情ってのが片づいたらすぐに。というのも、サンディエゴに住んでもらわなきゃならないからね」

これだ。そうではないかと思っていた。想像どおりだ。トムの会社は急成長し、今や伝説にさえなろうとしている。すぐにアメリカ一、いや世界一の警備会社になるだろう。その会社への参画は、ほとんどの男にとって喉《のど》から手が出るほど欲しい誘いだ。そしてトムというのは、いいやつだ。マットはもう一度トムの全身をながめた。金持ちになっても、まったく以前の切れは鈍っていない。服装ですら金持ちそうではない。白のコットンシャツ、ジーンズ、磨り減ったブーツ、海軍支給のダイバーズ・ウォッチ。ロレックスなんかしていない。

こいつはいいやつだ。その男が仕事を申し出てくれる。マットがどうしても必要とする仕事。感謝して当然だ。すごくいい話で……しかし、くそ！　金持ちのボディガードをして、大邸宅に監視装置をつけるような仕事をするのか？　長年の厳しい訓練に耐えたのはそんなことをするためだったのか？

ただ、これからの人生を考えると、最良の選択肢ではある。SEALに戻れる可能性はない。そんな夢は消えた。完全に。

黙って受け止めろ。

心の中で何かが消えるのを感じながら、マットはうなずいた。「今のところ、サン・ルイスを出るわけにはいかん。しかし、出て行けることになれば――その仕事ってのは、どういうことをするんだ？」

「これ以上はないね、最高だぞ」トムの表情が一変し、嬉々《きき》とした顔は何歳も若返って見えた。三十六歳の元兵士ではなく、少年の顔だった。「よーく聞いてほしいんだ。前からずっとやってみたいと思ってたことがあって、やっと実現できそうなところまで来た。あとはあんたみたいな人材が必要なだけだった。で、今、あんたがいる。もうこれで始められるってわけだ」トムは目の前のビールを脇《わき》にどけて、両手をテーブルに置き、マットの目を見た。「レッド・セルを復活させるんだ」

マットの心臓が飛び上がり、胸の中でどすっと音を立てた。嘘《うそ》だろ？　レッド・セル！　リチャード・マルシンコが率いた伝説のチームで、セキュリティ・システムを検査し、その穴を探り出すタスクフォースだ。レッド・セルに関しては公表されていない情報があまりに多いが、漏れ伝わる話だけでもこのチームはじゅうぶん神格化されている。彼らは最高の中の最高を集めたチームで、たとえば原子力潜水艦や軍事基地のセキュリティの穴を見つけ出し、アメリカ政府の高官が常に誘拐の危機にさらされていることを実証した。彼らが去ったあとには、威張り散らしてばかりいた無能な警備責任者が、真っ赤な顔をして怒り狂うことになった。そうやって、彼らは敵も多く作ることになったが、ほんの数名のきわめて優秀な男たちの働きにより、数年間で軍のセキュリティは格段に進歩した。

レッド・セル。ああ、くそ、最高だ。

これほどいい話を聞くと、マットは心配になった。「ほんとに——おまえが、そんなことできるのか？　民間の会社で？」

「ああ、もちろん。9・11のあと、いろんな状況が変わったんでね。俺は国土安全保障省と、つい最近契約にこぎつけた。今計画中なのは、とある軍港の警備を破る仕事なんだ。ここはセキュリティ強化のために、五億ドルつぎ込んだばかりでね。それで、つぎ込んだ金に見合うだけのものを政府は得たのかってことを調べるわけだ。だから、あんたが必要なんだ。うちには工作活動ができる人間はじゅうぶん抱えてる。若くて頑強で、いい坊やたちだ。でもトップレベルの戦略家、頭脳が必要になる。それがあんたってことだ。あんたほどすごい戦略家はいない。ま、そういう話さ。あんたが加わってくれるまで、これ以上のことは話せなくてな」トムがまた椅子にもたれた。トムはあまり多くを語らなかった。そんな必要はないのだ。この計画だけで、激しく心を揺さぶられる。

レッド・セルをまた作るというアイデア、最高の人材を集め、機材をそろえ、そのチームが世界中の厳重に警備された場所を突破する、弱点を見つけ出して修正し、国の防衛を強化する……これはマットにとって、夢の仕事だ。

シャーロットのことさえなければ、マットはこの場で申し出を受け、握手を交わしていただろう。こんな仕事はSEALでいるのと同じぐらい、いやそれ以上に面白そうだ。マットはイエスと言いたくてたまらなかった。しかし、まずシャーロットに話をしなければならない。彼女がどう思うか、様子を見なければ。

「本当に面白そうな仕事だと思う。だがまず、話をしなきゃならん人がいるんだ。どう思うか——ああ、来た、彼女だ」カンティーナのドアが開き、シャーロットが入ってきた。

トムは驚いた顔で、ひゅっと口笛を吹いた。「これが事情ってやつか？　なるほどね、ここを離れたくないわけだ」

「様子がおかしい」マットはシャーロットの顔を見るなり立ち上がった。ショックを受け血の気が失せている。マットはつかつかとシャーロットのほうに歩き、マットを求めるように突き出された彼女の手を包んだ。氷のように冷たいその手を、マットは自分の手で温めてやろうと思った。震えも止めなければと考え、しっかり引き寄せた。シャーロットの体はどこもかしこもぶるぶる震えていた。マットは腕を回して体全体を抱き寄せたが、その震えを抑えるには強く抱きしめなければならなかった。ひどく震えている。どうしたんだ、何があった？

マットはすべての感覚で状況をさぐった。自分が守る女性に対する危険には、警戒を怠らなかった。現在の周囲の環境から読み取れるサインは、すべて警戒レベルの低いものだった。しかし、シャーロットの様子を見て、即座にそのレベルを何段階か上げた。

「シャーロット、うん、どうした？　誰かに怪我をさせられたのか？」

「ああ、マット」シャーロットはささやくような声で答えた。「すごくひどいことが起きたの」それだけ告げるのがやっとで、その言葉も低体温症になったように、口がうまく回っていない。海に落ちたときと似た状態だ。

「大丈夫だからな、ハニー。何が起きたって、俺たちで解決する」

「だめなの」慰めの言葉にも、シャーロットは目を閉じ、涙で長いまつ毛が黒く見えた。頭をマットのTシャツに預けたまま首を振ると、涙がはらはらとこぼれた。「何をしても、どうにもならないの」そしてシャーロットは、ぎゅっとマットの体にしがみついた。

「どうしたんだ？」トムが後ろから声をかけた。深刻な表情だ。「俺にできることが何かあるか？」

「わからん」それがマットにも正直なところだった。シャーロットは頭をマットの腋《わき》に深く埋め、このままマットの体の中に隠れてしまおうとするかのようだった。マットはほんの数センチだけ、頭を出させた。「ハニー？」ぶるぶる震えて、目を閉じたまま。「なあ、俺の言うことを聞くんだ」もう数センチだけ顔を出させ、マットは彼女の目が開くのを待った。瞳孔《どうこう》が開き、中央の部分が銀色に近いグレーの部分ばかりになっている。「何が起きたかは知らん。でもな、俺はここにいるだろ。さ、家に帰ろう、な？　家で何があったか、教えてくれればいいから」マットはジーンズのポケットに手を入れ、手も付けていない飲み物やおつまみの代金を払った。

「俺がいたほうがいいか？」トムが真剣な顔つきでたずねた。

「わからないんだ」マットは友人を見てから、またシャーロットに視線を戻した。

「ハニー？」できるだけ穏やかな声を出す。「これはトム・ライチだ。サンディエゴから来た。元海軍だ。俺のすごく仲のいい友だちで、背後を守ってもらうには最高のやつだ。こいつもいたほうがいいか？　助けがいるか？」

シャーロットはそろそろとマットを見上げ、それからトムを見た。ふっと息を吸い、それからわなわなと息を吐いた。返事をするのに、少し時間がかかった。しかし話し始めると、声からは震えが消えていた。「たぶん――助けてくれる人はできるだけたくさんいてもらったほうがいいと思う」

マットは自分用の鍵《かぎ》でシャーロットの家の玄関を開けたが、すぐに中へ入ろうとする彼女を手で制した。友人のトムに目配せをしたが、明らかに、〝彼女を頼む〟という意味が伝えられ、マットひとりが家に入った。黒い大きな銃を構えたが、彼がどんなときにもその銃を手放さないことは、シャーロットも知っていた。外で待つシャーロットはまぶしい太陽に目を細めた。自分がすごく無力に思え、足をしっかり踏ん張っていないと、その場で気を失ってしまいそうだった。モイラがどんな目に遭ったのだろうと想像し、その様子がときおり映像となってシャーロットを襲う。そのたびに、ぶるっと震えが来る。すると肩に大きくてしっかりした手を感じた。マットの友人、トムだった。シャーロットは振り返って、トムを見上げた。マットほど背は高くないが、体格としては非常に似ている。肩幅が広く、すっきりした胴回りに、贅肉《ぜいにく》のない体。濃く透きとおった青い瞳と、濃いブロンドの髪だが、この色合いを除けば、二人は完全に同じだ。顔つきは似ていないのに、同じ表情をする。真剣な眼差し、常に注意を怠らず、物腰がまったく同じ――いつどんな問題が起きても即座に対応できる態勢なのだ。

トムはシャーロットを安心させようと背中に手を当ててくれたはずで、実際にその手があることでシャーロットは嘘みたいに安心感を覚えた。マットが家に入り、戻ってきたら、家に入っても絶対に大丈夫だと信じていい。何の危険もない。マットが前を守り、トム・ライチが後ろについてくれる。女性にとって、これほど安心できる状態はないだろう。

何てことになったのかしら、とシャーロットは思った。一年前なら、どんな男性と一緒にいたいかを考えるとき、安心感を覚えられる人、という基準はまったく頭にならなかった。しかし現在は、マットとトム・ライチは、シャーロットがまさに必要とする男性だ。

モイラの記事を目にして、目の前に大きな暗い穴ができて、今にもそこに落ちていきそうな気がした。穴の底には魔物が待ち構えている。サン・ルイスで体が回復することで、そういった感覚もなくなり、自分の命を狙《ねら》う危険な人物がどこかにいるのだということも忘れかけていた。やがて、目の前に差し迫った危険がある、という意識は薄れ、自分にかかった殺人の容疑を晴らしたいという気持ちのほうが大きくなったのだ。

結局、殺人容疑をかけられることなど、いちばん恐れるべき問題ではなかったのだ。

マットが玄関に戻り、銃をジーンズのウエストの背中の部分に入れてからうなずいた。「異常なし」

後ろにいる男性に向かって話しかけている。シャーロットにではない。マットがドア脇によけると、トム・ライチがそっと背中を押した。微塵《みじん》もセックスを感じさせない触れ方だった。トムはシャーロットが不安定な状態にあることを察知し、後ろは守っているからな、ということを確実に伝えてきたのだ。

マットがその場の指揮を取る。三人はすぐに居間で向き合った。マットがシャーロットと並んでソファに、トムはその正面の椅子に座った。マットの腕がシャーロットを抱き寄せる。頼もしくて温かな腕。マットがシャーロットの状態を見ながらたずねた。「話す気になったら、いつでも聞くからな」静かにマットが言った。

そうするべきだった。マットに秘密を知られたら、警察に突き出されるのではないかと心配していたことなど、今思えば、ばかばかしい。シャーロットはマットとその友人を見た。二人とも、にこりともせず、黙ってシャーロットを見ていた。

シャーロットはマットの視線をひたと受け止めると、大きく息を吸った。「私――いったいどこから話せばいいのか……とにかく、基本的なことから話すわね。私の名前はシャーロット・フィッツジェラルドではなく、シャーロット・コートなの。住所は――以前の住所は、ニューヨーク州、ウォレントン市よ」

「コート?」トムがさっと顔を上げた。鋭い視線を送ってくる。「ニューヨーク州、ウォレントン。コート・インダストリーズ社と何か関係があるのか?」

シャーロットは疲れきった様子でうなずいた。「うちの一族の会社よ。今はもう——私ひとりの所有になってしまったわね」

トムはマットのほうを向いた。「噂《うわさ》じゃコート・インダストリーズ社はペンタゴンと巨額の契約を結ぶらしい。超極秘のプロジェクトが進行中なんだ。俺が知ってるのは、その名前だけだ。プロテウス計画とか」

これにはシャーロットも答えることができた。「いいえ」ぴしりと断言する。「契約は結ばない。父も私も反対したから」

「いや、締結寸前だ。まもなく両者が合意する。ペンタゴンと仕事をする会社に関しては、俺もじゅうぶんな情報を仕入れるようにしてる。俺の情報源は、契約は間違いないって断言した。プロテウス計画ってのが、どういうものかは誰もよく知らん。ただ、コート・インダストリーズ社は、この契約で八十億ドル手にするって話だった」

マットがひゅうっと口笛を吹くと、トムがうなずく。それだけの金額のためなら、どんな人間でも人殺しをしかねない。悪いやつならなおのことだ。

「すごいな」マットはそう言って、シャーロットの肩を抱く手に少し力を入れた。

「よし、そこはわかった。ハニー、続きを聞かせてくれ」

マットとトムは、シャーロットが話しやすいように話させてくれた。二人ともじっとシャーロットを見て、注意をそらさない。シャーロットはひとりでしゃべり続けて、声がかれてきたが、それでも背景をすべてきちんと話せた気がした。マットもトムも、外見は神父さまとは似ても似つかないが、何だか告解をしているような雰囲気が部屋に満ちた。そして今まで背負ってきた重荷を下ろす圧倒的な解放感があった。

シャーロットは、ふと言葉を切った。マットもトムも熱心に耳を傾けている。二月二十日までのところは、ほぼすべて話した。ここからが問題だ。マットが自分を信じてくれるかどうか。どういう結果になるかは、まったくわからなかった。

「ロバートはきっと、被害妄想か何かで——ものすごい警備……軍団を、会社内に作り上げたの。警備部のトップが、コンクリンていう名前のどうしようもない男。マーティン・コンクリンよ。見てるだけで、すごく……腹が立つのよ。元軍隊だったたってことを、やたらと吹聴《ふいちょう》して威張るんだけど、あなたたちみたいなのとは全然違うの。特殊部隊……って言うの？　そういうのにいたって、いつも自慢ばかりしてた」シャーロットはそこでマットを見上げた。

マットは横目でトムを見た。トムはすぐさま携帯情報端末を開いた。「調査中」トムはそう言うと、何かを端末に打ち込んだ。二分後、顔を上げたトムはマットに報告した。「一等兵曹、基地外に武器の横流しをした容疑、二〇〇四年、不名誉除隊」

「まあ」シャーロットは目をぱちくりさせた。ロバートが、自分の一族の会社にさらなる泥を塗っていたことに、一瞬言葉を失った。あの男は、うちの会社の警備部門の長に、泥棒を雇ったんだわ！「では、私の勘は当たっていたわけね。実を言うと私、あんまりそういうことには関心がなかったの。父の容態は日に日に悪くなっていくし、ほとんど病院にいたから」そして深呼吸した。ここからだ。マットもトムも、完全に感情を押し殺した表情をいっさい変えず見つめている。「二月二十日のことだったわ。父の様子を見に病院に行こうとしたのだけれど、その日はすごい吹雪《ふぶき》で、夜のあいだに気温もずいぶん下がっていた。私の車では役に立たず、うちのお手伝いの子の車を借りることにしたの。大きな四駆のSUV、タホよ。あの子の自慢の車でね。あの子にとってはアメリカと成功のシンボルだったの。彼女、アイルランドのすごく貧しい家の出身で、前にうちで長いこと家政婦をしてくれていた女性の姪《めい》にあたるの。その家政婦は私が生まれる前からいてくれたおばあさんで、年をとって引退するときに、後任として姪はどうかって推薦してくれたのよ。新しく手伝いに来てくれてすぐに、私はその子がすごく気に入って、いい子なの——だったわ」

余計なことばかり話して、肝心の部分を先延ばしにしていることに、シャーロット自身も気づいた。それで、ぐっとこぶしに力を入れ、言葉を選んだ。目を閉じれば、病院でのあの場面が、まざまざと頭によみがえる。昨日のことのように思い出せる。「父の病室に入ると、マーティン・コンクリンが——」ごくりと唾《つば》をのむ。「枕《まくら》を手にして、その枕が父の顔の上にあった。そばにあったモニターで、父の心電図が平らになっているのが見えた。その瞬間、何が起きたのかわかって、激しい怒りを感じた。コンクリンの顔にはあざけるような、してやったりっていう表情があって、父の命を奪う権利でもあるみたいな態度だった。父のことなんて、虫けら同然に思ってるのよ。その顔を見て猛烈と怒りがわいてきて、私は父のベッド横に立ててあった点滴台をつかんで、あいつの頭めがけて振り下ろしたの。うまく当たったわ」そこでシャーロットは、少し満足な口調で言い添えた。「がつん、て大きな音がした」

マットが驚いた顔になった。この家に入ってから初めて示した、何らかの感情だった。そして手を伸ばしてシャーロットの手を取ると、自分の口元に運んだ。「よくやった」マットのつぶやきにトムも同感のようで、よろしい、という顔をしている。「さあね、褒めてもらうほどのことではないの。無我夢中で、コンクリンが床に伸びてるのを見るまで、自分が何をしたのかもわからなかったわ」あの場面を思い出すと今でも満足感がわき、そのため体が温まって、モイラの死のショックで麻痺《まひ》していた感覚が元に戻ってきた。「コンクリンの銃には、銃身の先に円筒形のものがついてて、消音器って言うの？　私がコンクリンに詰め寄ろうとしたとき、床に転がったままコンクリンはその銃で撃ってきたわ」

マットの頬の下あたりが大きく波打った。肩を抱く手に強い力が入り、シャーロットは痛みすら覚えた。シャーロットがもごもごと体を動かすと、マットは驚いて手を放した。「私は病院の隅から隅まで知ってたの。二年間、ほとんど病院に住み込んでるみたいな状態だったし。荷物用のエレベーターを使い、ロバートの警備軍団の他の人間には誰にも遭わずに、モイラの車まで逃げることができた」

トムが身を乗り出した。「撃たれた場所は病院だ。どうして医者に助けを求めなかった？」

「コンクリンと、もうひとり軍団の男、確かレンファートって名前だったはずだけど、この男が私を追ってるのがわかってたからよ。あいつらが父を殺した、それを目撃した私を殺そうと撃ってきた。病院の先生たちは銃なんて持ってないから、私が助けを求めれば、先生たちも殺されてしまう。そんなのはだめだと思って、私はそのまま警察に行くことにしたの」

トムはまた椅子にもたれかかった。「賢明な判断だ」

「それがね、そうでもなかったの。警察署に近づくと、ロバートと軍団の人間が何人か表にいるのが見えた。警察署長と話してるのよ。それで私はすっかり怖くなって、車で家に向かった」

マットとトムは熱心に耳を傾けてくれた。二人の集中ぶりは手に取るようにはっきり現われている。マットはどんな話にも動じない。「あいつらは、家にも来てたの。

武装した男が四人、屋敷の外側の門の前にいたわ。その頃には撃たれた肩の痛みがあまりにひどくて、出血も多かった。まともに頭が回らなくなってたの。それで友だちの家にでも行って、ひと晩泊めてもらい、お医者さまに来てもらって、次の朝にFBIに連絡すればいいと思った。でも友だちのところまで行くのにガソリンを入れようとスタンドに立ち寄ったの。すると——夕方のニュースで私が殺人事件の容疑者になってることを知ったわ」

「何だって？」男性二人が同時に叫んだ。

二人がひどく驚いた様子なのを見て、シャーロットには勇気がわいてきた。震えながらマットのほうを向くと、言葉がほとばしるように飛び出した。「ニュースで言ってたの。私が実の父を殺し、それを止めようとした看護師まで殺したって。イメルダ・デルガドさんっていう看護師さんで、父の担当だった。フィリピン出身のとても感じのいい人で、私もずいぶん仲良くなってたのよ。あいつらがあんなやさしい人まで殺したなんて、信じられない。でもニュースでは、二人とも私が殺したことになってた」シャーロットはマットを見た。悲しみと恐怖が、鉛の塊のように胸に重くのしかかる。「誓って言うわ。イメルダの死にはいっさいかかわっていない。殺されたことも知らなかった。私の父については、殺すことを考えるだけでも——」シャーロットの喉の奥から、しぼり出すようなすすり泣きが漏れた。胸が詰まり、それ以上言葉が出ない。

シャーロットの手を握って隣に座っていたマットが、ぴたりと寄り添ってきた。

「くそ」それだけ言うと、シャーロットの体を腕に抱きしめた。シャーロットは彼の強い体にもたれかかり、その力を分けてもらいたいと思った。

「どうか信じて」シャツに押しつけられ、くぐもったシャーロットの声が聞こえた。「私は誰も殺してないわ。そんなこと私にはとても――」

「ハニー、あたりまえだろ。そんなこと言わなくてもいいんだ。疑問の余地もない」

シャーロットはこのまま永遠にマットの胸に顔を埋めていたかったのだが、マットにそっと頭を起こされた。マットがまっすぐにシャーロットを見る。「そんなことより、話の残りを聞かせてくれないか？　急に怖くなった理由は何なんだ？　どうしても教えてもらわなきゃならない」マットが、シャーロットの喉に詰まった大きな石を落とすように体を少し揺すった。

効果があった。また言葉がきちんと出るようになった。ぼんやりと顔にかかった髪を払いのけ、シャーロットは先を続けた。「私――そのとき、現金はたいして持ってなかったけど、クレジットカードを使えばいどころがわかってしまうぐらいのことは知ってたの。持ち合わせで何とかシカゴまでたどり着いて、ウィラ大叔母さんの住んでる、いえ住んでた屋敷に向かったわ。去年のクリスマスに九十一歳で亡くなって、私が唯一の相続人なの。叔母さんの屋敷、今は私の家なんだけど、そこの鍵はいつも持ってた。屋敷のあと始末や遺品の整理をしようとずっと思いながら、父の容態が悪くなって、シカゴに行けずにいたからなの。ウィラ叔母さんは変わった人で、いつも現金が手元にないと嫌だったのね。屋敷に行くと、叔母さんがいつもお金を置いてた場所に、かなりの現金があったわ。中西部は猛烈な寒波の最中で、私は高熱で朦朧《もうろう》としてた。肩は激しく痛む。それで、どこか暖かいところに逃げようということしか考えられなかった。自分のパスポートは持ってなかったし、もし持ってたとしても、空港とかだと何かリストみたいなものがあって、出国を止められるんでしょ？」

マットとトムが一様にうなずいた。

「じゃないかと思ったわ。でも、モイラがアメリカのパスポートを取ったばかりで、それが車にあったの。これならメキシコまでは行けると思った。自分の名前も変えなくていいし。モイラの正式名は、モイラ・シャーロット・フィッツジェラルドなの。よくそのことで冗談を言ったものよ。それで……大陸を横断して、ティファナからメキシコに入り、そのまま運転し続けた。気絶してもいいタイミングを待ってたんだと思う。痛みと熱のせいで、ここに来たときは精神状態も少しおかしくなってた。でもカンティーナに到着したとき、神様っていらっしゃるものだわ、と思った」シャーロットはマットを見上げた。頼もしくてたくましいその姿。そして彼の手をもう一度ぎゅっと握った。「ここに着いて三日後に、私は初めてあなたを見かけたのよ」

マットがしっかり手を包み込み、その温かさがシャーロットに力を与えた。「それで、今日怖くなった原因は何だった？」

モイラのことを思い出し、シャーロットはまたびくっとした。唇がわなわな震える。「ウォレントンのニュースは欠かさず見てきたの。何か新しいことがわかって、私の無実が証明されたかもしれないと希望を持ちたかったのね。新聞やテレビを毎日チェックしたわ。今日、新聞も地元のテレビ局のウェブページも、同じニュースで持ちきりだった」

シャーロットの頬を一筋涙がこぼれ落ちた。手がひどく震える。「何だったんだ、ハニー？」マットの声がやさしかった。

「モイラよ」震える声でシャーロットが言った。「死体で発見された。拷問を受けて殺されたの」


「これで決まりだな」二時間後、トムが元気よく告げるのをマットは歯ぎしりをしながら聞いた。こぶしを近くの壁に叩《たた》き込まないようにするので精一杯だった。決まりだと？　くそ。

しかし現実問題としては、トムの言うとおりだった。トムの話の内容には、文句のつけようもない。誰かがウォレントンまで出向いて捜査をする必要があり、マットにはそれができない。シャーロットのそばを離れることなど、とても無理だ。さらにシャーロットも自分の無実を示す証拠がそろうまでは戻りたくないと言う。それにこちらにいるほうが安全だ。ウォレントンには、シャーロットの居場所をさぐり出すためだけに、若い女性を拷問して殺すようなやつがいるのだ。

まったく、何てことだ。マットは冷静に、どれぐらい危険なのかを考えてみた。兵士なら誰だってすることだ。しかし、シャーロットが悪いやつらの手に落ち――地獄の苦しみを味わわされると考えると、体じゅうからどっと汗が噴き出る。だめだ、彼女はここにいさせる。そして自分も一緒にいる。

とすれば、残るのはトムしかない。

「向こうには夕方には到着できる。ちょっと電話して探りを入れる知り合いもある。一緒にあちこちをつついてみよう。必ずシャーロットの無実を証明できる何かが見つかるはずだ。ウォレントンの警察ってのは、どうしようもないぼんくらか、ヘインから賄賂《わいろ》を受け取ってるかのどっちかだ。並み以下の検事でも、こんな状況証拠じゃ起訴できないと、捜査をやり直させるはずだからな。だから俺に任せてくれ、何が出てくるか楽しみにしてればいい。それからＦＢＩに連絡して、シャーロットを拘留させる。疑いが晴れて、ヘインのやつが牢屋《ろうや》に入れられるまでの辛抱だ」

シャーロットはそれを聞いてぞっとした。

「確かにな」トムはシャーロットに向かって首を振った。「しんどいとは思うさ。でも拘留期間は長いものにはならないから」そしてトムが安心させるように、ぎゅっとシャーロットの手を握った。「大丈夫だ。俺たちがついてる」

それを聞いて、シャーロットは弱々しくほほえんだ。マットは、トムの言うとおりになってくれと、強く思った。時間が経っていて、手がかりは少ないだろう。しかし以前にもトムは奇跡としか言いようのないことをやってのけた。マットも同じだ。

「ほら」トムが薄いグレーに光る機械をマットにほうり投げた。マットが片手でぱしっと受け取り、機械の蓋《ふた》を開けた。携帯電話だった。トムはマットが手にしたのとそっくり同じ携帯を自分でも手にした。そして寝室まで歩きながら、番号を打ち込んだ。受け取ったばかりの携帯が鳴ると、マットは中央のボタンを押したのだが、雑音しか聞こえない。

「左下にある赤のボタンを押して、耳に当ててみてくれ」トムが向こうから声をかける。マットが言われたとおりにすると、雑音が消えた。「これで安全な通信手段ができた」電話越しに、トムの声が聞こえた。

トムが居間に戻ってきた。「捜査以外の目的では、その電話は使わないでくれ。何かわかったら、俺からその電話に連絡する。十六ビットの暗号がどちらの機械にもかけてある。まず盗聴されることはない。まあ国家安全保障省なら、その暗号でも解いてしまうかもしれんが、やつらだって一ヶ月はかかるな。一ヶ月後には、あんたはサンディエゴで俺にこき使われてて、シャーロットはコロナドで個展でも開いてるさ」

そしてトムが玄関へ向かった。

「おい、トム」マットの声にトムは足を止め、振り返った。「かかった費用はちゃんとつけといてくれ。あとで返すから。それからおまえが仕事できなかった分、休業補償も俺が払う」マットは何のためらいもなくそう告げた。トムは自家用ジェットでウォレントンまで飛ぶはずだ。さらにアメリカ屈指の警備会社のオーナー社長の時間を四日も使わせたら、マットの軍人年金一年分をはるかに超えてしまうだろう。

「心配するなって」トムはにやっと大きな笑みを浮かべた。「あんたの給料から差し引いとくから」

21

バハ・カリフォルニア・スル州、ラパス
五月五日

　軍隊経験のあるバレットは、最悪のことが立て続けに起こり、混乱の渦に巻き込まれるという状況を何度も体験したことがあった。細心の注意を払って、分単位まで何をどうすべきかを計画しておき、自分は何の間違いも犯していないにもかかわらず、今この瞬間というタイミングで不運に見舞われ、惨憺《さんたん》たる結果へとつながる。ヘリコプターのボルトが緩んだ、突然の砂嵐《すなあらし》、想像もしなかった負傷――あらゆる可能性がある。こうなれば綿密な計画も周到な準備も、完全に水の泡だ。

　こういう状況には、いろいろなタイプがある。うまくいかないのがあたりまえ、いつだってこうだよなと受け止めざるを得ないときもあるし、どうしようもなく救いがたい、お手上げで何もできないという場合もあれば、何をやっても裏目に出るという

こともある。そしてそれぞれのタイプが、軍隊ではいろいろな呼び名で表現される。ただし、その反対の状況、思いもかけぬ僥倖《ぎようこう》に恵まれることもある。ただ、そういう機会はめったにないので、軍隊用語としても幸運を表現する言葉すらない。まったくの偶然、ただ運がいい。バレットがこのとんでもない幸運に当たったのは、どうしようもない最悪の連鎖に陥ったのでは、と考え始めたときだった。

ババ半島をゆっくりと移動して、途中の町、大都市も小さな村にも、すべて立ち寄った。現在は、パトリック・ヴァン＝デア・エルストという名の、アリゾナ州から来た絵の収集家だ。そういう人物になりきって、バレットはどの町に行っても、全部の画廊を見た。そしてもうたくさん、という気分になった。絵だか、彫刻だか、ああ、何なんだあれは、〝コンセプチュアル・アート〟とかいうのを見続けて辟易《へきえき》した。これ以上見ると吐きそうだった。さらにすべての画材店に行ってみたが、ファブリアーノという画紙は、どこでも手に入るものだとわかった。画材店では、きわめてさりげなく、友人のひとりがババに来る予定だと言ってたんだが、最近こちらに住み着いた北米女性はいないかな、と口にした。

〝本当にふっと思い出しただけで、いや、知らないんならいいんだ〟という調子にした。シャーロット・コート、現在は何と名乗っているのかは知らないが、彼女の死体が発見されたとき、そう言えばグリンゴがその女性のことを嗅《か》ぎまわってましたよ、という話が警察に伝わることだけは避けたい。

朝いちばんに出発し、最後の画廊が店を閉める時刻、ほとんどは真夜中に聞き込みを終えた。そしてレンタカーに乗り込み、次の町まで運転する。約束の日が刻々と迫る。

そうやってバレットはラパスまでやって来た。半島の端にあるかなり大きな町だ。町には画廊が十二軒あり、そのうちの八軒の調べが終わったところで、やはりサン・ミゲル・アレンデにまっすぐ向かうべきだったのかもしれないと後悔し始めた。そのときだった。どかん！　大当たり。

縦に九十センチ、横六十センチのキャンバスにモイラ・フィッツジェラルドの姿が見事に映し出されていた。描いたのはシャーロット・コート。バレットでも、それぐらいはわかる。

「お気に召しまして?」背後から声がした。「この画家は、すぐに有名になりますよ」

振り向くと背の高い白髪頭の男が、バレットの外見に見とれていた。

はっきりとはわからないようにしていても、この男がバレットの容姿に興味を持ったのは間違いない。ゲイの男に会うと、バレットはいつでもぞっとする。しかし、仕事なのだから、そんな気持ちは隠しておかねばならない。バレットは笑みを浮かべ、少しばかり誘いかけるような表情にしてみた。男は驚いたようだったが、すぐに姿勢をただし、後ろで束ねた白髪を撫《な》でつけた。「ペリー・エンズラーと申しますの。こちらのギャラリーのオーナーです」

バレットは手を差し出した。手を放すタイミングを普通の握手より三秒だけ遅らせてエンズラーの手を撫でるようにした。「あたし、ヴァン＝デア・エルスト。パトリックと呼んでね。こちらには休暇で来てるんだけど、あたしの……パートナーが、どうしても絵画のコレクションを始めるって言い出してきかないの。それであたしが、あちこち見て回ってるってわけ。車を飛ばして画廊にもいくつか顔を出したんだけど」うへっという顔をする。「ゴミだったわね、見た絵のほとんどは。でもあたしには絵の価値なんてわかりっこないから。あたしは家庭用のスイミング・プールを扱う商売をしてる人間だし。でもうちのダーリンは銀行家なのね。彼、上昇志向が強いから、絵画コレクションをしたほうがいいなんて言い始めたの。それで――」バレットは肩をすくめてたっぷりしなを作り、画廊のオーナーに媚《こ》びるような笑顔を見せた。「ここにたどり着いちゃったの」

「まあ、でも芸術にお詳しくはない、なんておっしゃっても、本来ご趣味がよろしくてらっしゃるのですね、パトリック。この作品は新進気鋭の画家の手によるものですわ。その才能を最近見出したばかりなのですけど、彼女から買った作品の半分以上はもう売れてしまいましたの。この作家はいろいろな展色剤を使い分けるのですけど、どういったものをお探しかしら？」

バレットはぽかんとした表情をした。本当に何のことかわからなかったが、パトリックとしてもこの顔が適切だろうと思った。

エンズラーがその表情を見て笑った。「技法ですよ。画家の用いる絵の具などの種類です。油彩、水彩、パステル、異なった材料で色を出しますでしょ？」

「ああ」バレットははにかんだ表情を浮かべた。「自分でも何が欲しいのかわからないのね、ただ——絵画って言えば、普通は油絵のことだって思うものなんじゃないのかしら？」そこで振り向き、モイラの肖像画を指差した。「つまりね、あれって何なの？」

「油彩です」エンズラーはモイラの絵に近づくと、額《ひたい》に触れた。「今でしたら、比較的お手頃な値段でお買い求めいただけます。まだ無名ですからね。しかし、一年後には、この絵の価格は倍に跳ね上がります。それは保証できます」

「ま、何て言う画家なの？」バレットは何気なくつぶやくと、上体をかがめて右下に書かれたサインをわざとらしく読み上げた。「シャーロット・フィッツジェラルド作。こちらでおいくらなの？」

エンズラーが額を撫でながらほほえんだ。「こちらの人物画は一万二千ドルです。言っときますけど、ただみたいな値段ですからね。この作家の別の作品もご覧になりたいかしら?」

ああ、もちろんだ。バレットはうなずいた。

エンズラーに案内され奥の部屋に入ると、これから額縁に入れられるデッサンや水彩画が置かれていた。「ここにあるのは、全部同じ画家によるものです。額に入れる暇もないんですの。展示するとすぐに売れてしまうものですから。それだけすばらしい画家ってことですかしらね。構図が見事だし、色彩感覚もすばらしい。それにこの筆のタッチ。この人はとても有名な画家になりますよ」

バレットはエンズラーを頭から締め出し、目の前の作品に集中した。すべてのスケッチ、水彩画を入念に見ていく。ひょっとしたら、住んでいる場所の手がかりがあるかもしれない。しかし絵はすべて、メキシコのどこにでもある風景だった。夕陽、働くメキシコ人の素描、一日に何度も色を変える海の表情を、それぞれに。バハ半島は細長く海に面しており、どこに行っても海がある。これではシャーロット・コートの居場所に結びつく手がかりにはならない。

「シャーロット・フィッツジェラルドねえ」バレットはちょっとした好奇心が生まれた、というふうに軽く問いかけた。「これはどこの風景なのかしら。この画家の住まいの近くね、きっと」

「あらまあ、おいたをなさるつもりですのね。それはいけませんわ」エンズラーはおどけた口ぶりでそう言って、人差し指を立てて顔の前で振ってみせた。「ギャラリーをとばして買おうなんて、昔からある手口です。シャーロット・フィッツジェラルドの作品をお求めになりたいのなら、私どもから買っていただかないと。画廊オーナーをないがしろにはできませんのよ」

この虫けらが。バレットはそう思った。こんな情けないやつに口を割らせることぐらい簡単だ。しかしそんなことをすると余分な時間がかかる。今は無駄にする時間などない。

「あらあ、待ってちょうだい」バレットは表情も口調も努めて和やかにした。「ごめんなさいね、そんなことまったく考えてなかったの。でもそういうことする人、多いんでしょうね。本屋さんで立ち読みして、買うのはアマゾン、みたいなのよね」

「そのとおりです」

「わかったわ」バレットはポケットに手を突っ込み、コインをじゃらじゃら鳴らした。気さくな男が、考えごとをしている感じ。右ポケットには戦闘ナイフが入っていて、それを振りかざしたい気持ちが募る。今だ。かみそりのように研《と》ぎ澄ましたナイフの刃をこいつの痩《や》せこけた首に当てれば、一分もしないうちに必要な情報を得ることはできる。「この画家の作品はみんなすばらしいわ。でも、うちのダーリンに相談したほうがよさそう。彼、今は、銀行の仕事でちょっと忙しくて、連絡が取れないの。こちらお昼はお店を閉めるの？」

エンズラーがほほえんだ。「ここはメキシコですもの。午後一時から五時までは、店は閉めてます」

完璧《かんぺき》だ。見たところではこの画廊のセキュリティなどないのも同然。作業時間は四時間もある。簡単だ。そっと忍び込み、誰にも見とがめられることなく抜け出せる。エンズラーのやつはシャーロット・フィッツジェラルドの住所をどこかにファイルしているはず。

「いいわ。ダーリンに相談してみる。うまく話に乗ってくれれば、彼も連れて六時に戻ってくるから。それで、もしそちらのご予定がなければ」バレットがまたあからさまな媚《こび》を含んだ笑顔になった。相手を誘いかける笑みだ。「こちらの閉店後に、ご一緒にビールでもいかがかしら。うちのダーリンは誰とでも気の合う人なの」

エンズラーの笑みが本物のうれしさを告げていた。「ええ、もちろん」

ええ、もちろん。今夜バレットが会う相手は、シャーロット・コート、いや、現在はシャーロット・フィッツジェラルドだ。

四時間後、バレットはヴェルデ通り、三十七番の家の前に立ち、ドアと窓を見ていた。

玄関が開き、バレットはすぐに横を向いて携帯電話に話し始めた。「ああ、そうだ。そのとおりにしてくれ。人をやって、間違いなく七月までには注文を届けさせるんだ」グリンゴの観光客、仕事を忘れることのできない愚かな男のふりだ。

家から女性が出てきた。ほっそりして、プラチナ・ブロンドの髪、美人だ。シャーロット・コート。そしてそのすぐ後ろに大きな男が寄り添い、彼女の肩を抱く。男の瞳《ひとみ》が油断なく周囲の状況を見て取る。

ちょうどメキシコ人が街にあふれ出す時間帯だったのは、幸いだった。周囲には二十名以上の人がいる。大男は全員の挙動を確認するが、バレットには何ら人目を引くところはないはずだ。相手のいない電話に話し続け、視線をどこにも合わせないようにした。

大男はシャーロット・コートの体を守るように抱き寄せ、二人は浜辺へと歩き出した。

バレットはそのあとを追わなかった。

いずれ時はバレットに味方する。その時はもうすぐだ。

サン・ルイス
五月七日

「ちょっと確認したいことがある」二日後の夜、マットがシャーロットの耳元でささやいた。

マットが話をしたいの？

嘘《うそ》でしょ？　シャーロットの心臓が急に速く打ち始め、体からは力が抜け、脳は働きを止めた。

「ん」マットの二の腕に向かって返事をしながら、シャーロットは毛布から手を出した。指を左右に振って答えるのだ。嫌よ。

ほんの一分前には、二人で熱く愛を交わし、体じゅうに力がみなぎる感覚を味わっていた。エネルギーがあふれ、体がうずくように思った。

心も体も魂までも、マットに何もかもさらけ出していた。秘密を話してから、ずっとそうだった。彼と愛を交わすにはエネルギーが要った。体だけでなく心も精神もマットの存在で満たされる気がした。

あまりに高く昇りつめたため、そこから降りてくるのに時間がかかり、体はまだ快感に支配されたまま——なのに、話があるの？

マットがシャーロットを抱く腕にぎゅっと力を入れ、そのままごろんと転がって二人の上下の位置を変えた。ひどいわ、こんなことされると、筋肉を使わなきゃならないでしょ。あちこちの筋肉を。そう思いながらも、シャーロットはマットの胸の上でぐったりし、信じられないほどの快感から心地よい眠りへと誘われていった。ところがマットはシャーロットの肩をつかんで、軽く揺すった。

意地悪。

「シャーロット、目を開けろ」シャーロットは固く目を閉じたまま首を横に振った。

「おい、そのかわいいお目々を開けようぜ」やだ、マットったら、鼻を叩《たた》くのね。

ほうっと深くため息を吐《つ》き、シャーロットは目を開けてマットをにらんだ。

「何？」かなり怒った調子で言うと、にやっと笑う顔があった。

「話しとかないといけないんだ。トムが戻ってきたら、俺たちどうするかって」

シャーロットはまたマットの肩に頭を預けた。新しく見つけた世界一のお気に入りの場所だ。すっかり目が覚めたシャーロットが答えた。「トムが何を見つけるか次第よ」

「あいつは、君への疑いを晴らすのに必要な証拠を見つけるさ。トムは優秀なやつなんだ。だから、その先を考えとく必要がある。そのあと、どうするか」

そのあと、どうするか。そのあとに何があるかなんて、誰にもわからない。トムが自分の無実を証明してくれることさえ、まだ現実に起こるとは思えない。マットの表情が真剣になった。シャーロットがどう答えるか、彼には大きな意味を持つ。それでも、答が出ない。

「このあとどうなるかなんて、まるで見当もつかないのよ、マット」シャーロットは静かに告げた。

マットは顔の向きを変え、しっかりとシャーロットを見据えた。「トムが仕事を申し出てくれた。非常にいい仕事だ」マットの瞳が慎重にシャーロットの様子をうかがう。「あいつの会社はしっかりしてるし、給料もいい。将来的には俺も共同経営者になるかもしれん。つまり、サンディエゴに住まなきゃならないってことだ。でもひとりでは行きたくない。俺と一緒に来てほしい」

この話がいつかは出ると思っていた。きっとそう言われると思いながらも、シャーロットは何と答えるべきか結論を出せずにいた。心の一部には〝ええ、こんな気持ちは初めてよ、もちろんあなたについて行くわ〟という答がある。しかし、そんなことを口にすることはできない。シャーロットの人生は先がまったく見えないのだ。トムが無実を証明してくれたとしても――それすら、非常に大きな仮定にすぎないが、ウォレントンで片づけなければならないことが山ほどある。まず、一族の会社、それに――。

さっきからマットが肩をマッサージしてくれていた。撫でる大きな手が温かく、長い指が髪の生え際に触れる。ところがゆっくりと背中を上下していたもう一方の手が、いつの間にかシャーロットの胸に回されていた。

びくっと熱いものが体を貫く。背筋《せすじ》にぞくっとくる感覚が走り、シャーロットの思考回路は完全に停止した。マットの親指が胸の頂をこすると、シャーロットは息をのんだ。下腹部がぎゅっと締まるのがわかった。繊細なあそこの部分の筋肉が締まる。さっき世界がはじけるような絶頂感を味わったばかりだということを、この体は忘れてしまったのだろうか？　いつからこんなことになったのだろう。

シャーロットは少し怒った表情をしてみせた。その顔が欲望で紅潮しているのはわかっていた。「私を思いどおりにさせるつもりなのね？　自分の目的達成のためにセックスを使おうっていうの？」

マットの胸で太くかすれた声が響いた。ライオンの咆哮《ほうこう》だ。薄目を開け、知性にあふれたチョコレート色の瞳がシャーロットをまっすぐにとらえる。「ああ、使えるものは何だって使え、そいつが俺のモットーだ。だから俺と一緒に――」

そのときトムから渡された携帯電話が鳴り、二人ともびくっと動きを止めた。この二日間、マットはいつもその電話を手の届くところに置いていたので、少し手を伸ばせばすぐに応答できた。マットはベッドに起き上がると親指で蓋《ふた》を開け、赤の暗号解除ボタンを押した。「おう、話せ」

シャーロットも起き上がり、シーツを胸まで引き寄せた。セックスによる気だるく熱っぽい雰囲気は完全に消えていた。マットを見たが、いつもと同じように表情からは何も読み取れない。トムが十五分以上話したあと、ときおり「ああ」ぐらいしか言葉もはさまない。マットはじっと耳を傾け、やっとマットが言った。「よくやったぞ、トム。さすがだ。おまえなら必ずやってくれると思ってた」そして、携帯電話をぱちんと閉じた。

「何？ どうなったの？」シャーロットは急いでマットの腕をつかんだ。彼につかまっていないと、体が崩れ落ちてしまいそうだった。鼓動が高鳴り、息が苦しい。

マットが両手で手を包んでくれたので、シャーロットは少し落ち着いた。「よし、トムが見つけ出した話はこうだ。あいつは東海岸の法執行機関にたくさんつてがある。警察だの、FBIだのいろいろだ。それから記録も調べてみた」

警察やFBIの捜査官が自分の事件を調べている。シャーロットはそう思ってぞっとした。捜査を再開してもらうため、トムはシャーロットの現在の居場所を伝えなければならなかったはず。もう誰かがこっちに向かっているのかもしれない。しかしマットが手を握りしめてくれたので、パニックに陥らずに済んだ。「トムはFBIに仲のいい知り合いがいて、そいつと一緒にもう一度事件を洗った。その友だちのFBI

のやつは、ウォレントンの警察のやり方はまったく信じられんと言ったそうだ。二人は看護師を殺した銃を調べてみた。確かに指紋は残ってなかった、きれいに拭《ふ》き取ってあったからな。だが、わかったことがあった——登録のされてない銃には違いないんだが、イメルダ・デルガドの体に撃ち込まれた銃弾が、二年前起きた犯罪現場で見つかった銃弾と一致したんだ。その事件は未解決で、ある男が膝《ひざ》を撃ち抜かれた。撃たれた男は当時コート・インダストリーズ社に雇われたばかりで、まあ程度の低いこそ泥だ、倉庫から品物を持ち出したんだ。トムは少しばかりさぐりを入れた。全員が、コート・インダストリーズ社の警備部長、つまりマーティン・コンクリンがこの男の膝を銃で撃ったと思ってた。同じようなことをするやつへの見せしめにしたかったんだろう。しかし、こそ泥のほうは何もしゃべらなかった。警察には、誰に撃たれたかわからない、顔が見えなかったと言い張ったそうだ。で、トムがその男のところにご挨拶《あいさつ》に……ま、あいつは説得がうまくて。つまり、男は自分を撃ったのはマーティン・コンクリンだと宣誓証言することになった。この男の膝頭を砕いた銃弾が、イメルダ・デルガドを撃った銃弾と同じ、すると、大当たり！　ってことになる。コンクリンのやつが病院のことを白状すれば、ヘインも道連れにするさ。くだらない男の罪を自分で着るやつはいないからな。トムのＦＢＩの友だちが大丈夫だと請け合ってくれたそうだ。正確な言葉を使うと、君は何の心配もなく家に帰れる、ってことらしい」

何の心配もなく家に帰れる。家。心配もなく。大威張りで。体の奥底が震え、全身に伝わっていく。何ヶ月もの恐怖、悲しみ、痛みが喉《のど》までせり上がってきて、シャーロットは急に、息ができなくなった。ひい、というような音が喉から漏れる。さまざまな感情が次々にわき起こり、体が弱々しくしゃくり上げて短く甲高い音が喉から流れる。マットが腕を広げてその胸に引き寄せてくれた。大きな手が後ろから頭を覆い、守られている気分になる。もういちど、はっきりとは声にして出せない嗚咽《おえつ》が喉元を通った瞬間、シャーロットは堰《せき》を切ったように泣き出した。怒りや苦悩がすすり泣きとなっていっきにこみ上げ、喉が痛くなるほどの大声で胸にたまっていた思いを吐き出した。

そのあいだずっと、マットは岩のように動じず、ただシャーロットを抱きしめていた。なだめようとせず、シャーロットが泣くままにさせた。何もかも吐き出してしまうことがどうしても必要だったが、マットはちゃんと理解してくれるようだった。ひと言もしゃべらず、ただしっかりと抱き寄せてくれるだけ。すると彼の体の感触に動物的な安心を覚える。シャーロットが激しい感情の波をやり過ごすあいだ、人と肌を触れ合わせている必要があると、マットには本能的にわかるのだろう。悲しみにのみ込まれてしまいそうになるシャーロットを、マットがしっかり受け止めてくれた。片手が頭を覆い、もう一方の手に胴体をしっかり支えられる。マットの強さに助けられ、シャーロットは感情を吐き出すことができた。

どれぐらい泣いていたのかも、シャーロットにはわからなかった。一分？　十分？　もう涙が出ないところまで泣くと、胸を締めつけていた、焼けるような悲しみの塊が消え、シャーロットは深く息を吸った。

シャーロットは疲れきってマットの胸にもたれかかった。彼の硬い体が、シャーロットの涙で濡《ぬ》れていた。

やがて呼吸が普通に戻った。「気は済んだか？」マットが穏やかに声をかけた。

シャーロットはこくん、と首を縦にした。驚いた。本当に気が晴れたのだ。黒い毒素みたいなものをすっかり吐き出した気分だった。今までシャーロットの心の中にどっかりと巣くっていた、おぞましいもの。その場所が今、すっかりきれいになった。代わりに新しい人生の基本となるものがゆっくりとそのきれいな場所に収まっていった。

まず、マット。温かくて、強くて、頼もしい存在。胸がときめいて、どうしようもなくセクシーな人。マットが人生の一部になったのだ。その人生には、どこにでも好きなところに移動できる自由がある。そして本当にマットと一緒の未来がある。怯《おび》えきって一日を無事に過ごせることだけで精一杯だったこの数ヶ月とは違うのだ。

「もう大丈夫か？　なら俺の話を聞いてほしい」マットが自分のほうを見ているのだろう、髪の上で彼の顎先《あごさき》が動くのがわかった。驚いたのは、どこからともなく大きな真っ白のハンカチが出てきたことだった。洗濯したて、糊《のり》の匂《にお》いまでする。マットが、ハンカチ？

シャーロットはハンカチを顔に当て、勢いよく鼻をかんだ。泣きじゃくったことが、少し恥ずかしかった。そしてうなずき、話を聞く覚悟を決めた。マットが話をしようというのだから、きちんと顔を見せるべきだ。

「よし。まず、だ」マットが、まだ濡れていたシャーロットの頬《ほお》を親指で拭《ぬぐ》った。「俺は君を愛してる。これだけは、最初に言っておかなきゃならん。この言葉は、ちゃんと口にしておきたかった」シャーロットの心臓がどきっと飛び上がった。様子を確かめるように、マットが目を細めた。「ま、そう言われても、君がそれほど驚くとは思ってなかったけどな」

驚きではなかった。しかし、はっきりと認識した。体が歓喜の渦にのみ込まれるように思える。人生の転機を迎え、新たな門出が始まったことにふと気づいた瞬間だった。

「私もあなたを愛してるわ」シャーロットは何も考えず、その言葉が口をついて出ていた。体のどこか深いところにずっと蓄えられてきた感情がいっきにあふれ出した感じ、本心そのものの言葉。こんな正直な気持ちを言ったのは初めてだった。

マットはうなずき、口元が少しほころんだ。「そうじゃないかな、とは思ってたんだ。そうすると、次の話がずっと楽になる。君はウォレントンにある家に帰りたいはずだ。君さえよければ、明日にでも出発しよう。向こうじゃ……いろんなことを処理しなきゃならんのは、わかってる。おそらくＦＢＩも話を聞きたがるだろうし、法廷での証言も求められることになるだろう。これは避けられない。それから、一族の会社を相続したんだから、それについても何とかしなきゃならないはずだ。どれだけ時間がかかっても、俺がついてる。ずっと一緒にいるから。でもな、何もかも片づけたら、二人で一緒に住もう。君が住みたいところ、どこでも構わない。それはわかっといてほしい。サンディエゴに引っ越すのが嫌なら、それでもいい。俺はどこだって仕事を探すさ」

マットの顔はもう、完全に無感動なものではなかった。シャーロットにはいくらか彼の心の動きが読める。もちろん、感情があからさまに出ているわけではないが、今の言葉を口にするのに彼がどれほど緊張したのかがはっきりわかる。

ハートがとろけそう。そう思ったシャーロットの頰を大粒の涙が伝い落ちた。シーツにぽたっと音を立てる。

「おい」マットが慌てた声を出した。「ああ、どうした？　何がいったい……俺はてっきり――」

シャーロットは体を突き出してキスし、マットの言葉をさえぎった。やさしく唇が触れ合うとすぐに顔を上げた。このままにするとまたベッドで体を絡ませることになる。マットの思いどおりにさせてはいけない。彼とのセックスはすばらしいが、それでも言っておかねばならないことがある。

「サンディエゴに住んだっていいの。どこだろうが構わないわ。ただあなたのそばにいたいだけ。私だって、どこでも絵は描けるもの。それにサンディエゴに住めば、しょっちゅうサン・ルイスにだって遊びに来られるわ。ね、こっちで家を買ってもいいわね。そう、この家を私たちのものにしてもいいんだわ」

「ああ」マットはあからさまにほっとした表情を浮かべた。「そうだな、俺もそう思ってた。そうなると、残る話はあとひとつだ」

「うん?」

シャーロットの手を取ろうとして、マットがまごついた。その手が小刻みに震えるのを見て、シャーロットはひどく驚いた。大きくて、ごつくて、陽に焼けた手が、震えている。嘘みたい。そしてマットがすうっと息を吸い込んだ。「シャーロット・コート、俺と結婚してくれませんか?」

シャーロットの口がぽかんと開いた。頭の中が真っ白になる。まあ、どうしよう、ああ、どうしよう。

二人は互いを見つめ合った。マットの額に汗が浮かび、こめかみをつつっと伝い落ちた。

結婚。結婚、ですって？　この人と、一生を共にする。この大きくて、タフな戦士と。一緒になることなんて夢にも思わなかったような、この人と。

結婚。そして子どもたち。

結婚……。

イエスよ。千回だって言う。

胸がいっぱいになって、シャーロットは何も言うことができなくなった。仕方なくうなずくと、また涙が落ちた。さっきよりたくさんの涙が、次々にこぼれる。

シャーロットは深呼吸して、何とか声を出した。「イエスよ。ええ、もちろん、イエス」そして体ごとマットの胸に飛び込んだ。

マットがその体をしっかり受け止めてくれた。

サン・ルイス
五月八日

マリーナを歩くシャーロット・コートのすぐ横を、バレットは歩いていた。

ああ、くそ！　外を歩く人の数は少なく、指先がナイフに触れる。一秒だ。必要な時間はそれでいい。一秒あればこのナイフは、あの女の肋骨《ろっこつ》のあいだをきれいに突き破ることができる。心臓をひと突き、女はその場でがくっと動かなくなる。あるいは頚動脈《けいどうみゃく》を切ってもいい。ふと気づいて、女が白い麻のパンツを見下ろし、自分の体から血が噴き出しているのがわかった頃には、バレットはその場をとっくに立ち去っている。

簡単なはずだ。バレットが手首をちょっと動かすだけで、あの女は冷たい死体となる。

いや、体ごとつかまえて海に引きずり込み、船着場の下で彼女が溺《おぼ》れ死ぬまでじっとしていてもいい。

しかし、こういった計画も、あの背の高い男がそばにべったりついている限り、絶対に不可能だ。シャーロットが一緒に歩く男は、油断のない目であたりをいつも見回す。そして、二十四時間どこに行くにも、女のそばを離れない。工作員だ。工作活動にじゅうぶん経験を積んだ者の歩き方をする。警察関係か、もっと悪いことに、軍隊にいたやつかもしれない。

不慮の死に見せかけること、というのはクライアントからの厳しい条件だ。二日前にとある掲示板を通じて、ヘインにメッセージを送った。

メキシコでC《シャーロット》を発見。

ヘインのやつ、コンピュータと一緒に寝起きしているのか、すぐさま返事が来た。

よし。事故に見せること。

つまり、工作員がへばりついている限り、ナイフを使ったり、溺れさせたりというのは問題外ということになる。飲み物にこっそり毒薬を入れ、心臓麻痺《まひ》に見せかけるのは？

難しいだろう。シャーロットはあまりに健康そうだ。実を言うと、はちきれんばかりの生気にあふれている。これが銃で撃たれた上、指名手配をかいくぐって逃走中の女性だとはとても思えない。

少し陽に焼けたらしく、肌がピンク色になり、申し分なく健康そうだ。こぼれるような笑みを横の大きな男に向ける。二人は手をつないでいる。どちらもバレットのほうには何の注意も払わず、それはいいとして、問題は工作員らしい大男がけっしてシャーロットのそばを離れないことだ。

まあ、いいさ。何か障害がある。その障害をどけることができなければ、それも一緒に吹き飛ばしてしまえばいい。バレットはそう決めて、あの工作員を一緒に消す計画を練ることにした。

通り魔の餌食《えじき》になったというシナリオが通用せず、あまりに健康そうな彼女が心臓麻痺を起こすとか、死ぬほどの病気にかかったとなれば怪しまれる。

だとすれば、愛情のもつれ、というのはどうだ？　よし、これだ。美人が絡むと、こういう筋書きは信憑性《しんぴょうせい》が高い。人間の心理というのは、そういうふうに働くものだ。美しさゆえに、面倒に巻き込まれる。たくさんの愛情を受けるが、憎まれることも多い……。

バレットはアシのつかない銃を二丁持っていた。最初の銃で工作員を撃ち、そのあと女だ。銃にそれぞれの指紋をつける。これだ。うまくいくぞ。シャーロット・コート、嫉妬《しっと》に狂った恋人に撃ち殺される。

これなら誰もが信じるだろう。

「急いでね、マット」目の前にきちんとたたんだ下着を重ねて、シャーロットが声をかけた。二人はあと二時間ほどで出発の予定だった。レニーが車でティファナまで送ってくれる。そこでＦＢＩの捜査官と落ち合い、アメリカへの入国を許される。ニューヨーク州ロチェスター空港行きの夜行便の航空券は用意してあり、明日の朝にはシャーロットの故郷に着く。

モイラのいないがらんとした屋敷に足を踏み入れるのは、恐ろしい感覚だろう。家に着いたらすぐに、モイラの実家に電話をして、遺体の埋葬をどうしてほしいかを聞くつもりだ。遺族の希望があれば、コート家の墓所に葬ってもいい。

時間はあまりない。なのに、マットはシャワーを浴びている。

「心配するなって！」マットがバスルームから大声で返事した。「君とは違うんだから。俺は五分もあれば荷造りできるんだ」

シャーロットはスポーツバッグに荷物をまとめて、椅子《いす》の上に置いた。ウォレントンに滞在するのは二、三日でいいはずだ、トムからはそう言われていた。もう来週にでもマットに会社に来てもらいたいということで、サンディエゴのアパートメント・ホテルを用意してくれていた。家が見つかるまで、会社の経費でそこに滞在する予定だ。

身の回りの品のほとんどは、ここに置いていく。マットは最初の週末にでも、サン・ルイスに戻ってこようと約束してくれた。シャーロットは絵にカバーをかけていった。そのとき、玄関にノックの音が聞こえた。

「出るな！」くぐもった声が聞こえた。シャワーのお湯を浴びながらでも、マットが怒鳴る。やれやれ。マットの言うとおりにするのなら、玄関に来たのが誰であれ、これからマットがシャワーを済ませ、体を乾かし、服を着終えるまで待たなければならない。マットの警戒心は被害妄想に近い。どこかで線を引く必要がある。一緒に暮らしていくのだから、今後はもう少し警戒を緩めることを覚えてもらおう。

それなら、今日からでも覚えてもらえばいいんだわ。

そう思ったシャーロットは玄関に立ち、ドアを開けた。細いブロンドの男性が、家の番地をチェックしていた。シャーロットを見ると驚いた顔になった。「ああ、こ、こちら三十七番ですよね、ま、間違ってませんか？　エンズラーさんから聞いて、あなた、シャ、シャーロット・フィッツジェラルドさんですか？」

男性は太陽がまぶしいのか目を細めた。両手を深くポケットに入れたままだ。シャーロットは笑顔を向けた。「ええ、私がシャーロットよ。ただ、申し訳ないんだけど、今取り込んでるの。これから出かけるもので」

「は、入ってもいいですか？　ほんの少しの時間でいいんです。ぺ、ペリー・エンズラーさんから、ここに行けって言われて来たんです」

シャーロットは心の中で、しょうがないわね、と思いながら男を招き入れた。「じゃあ、ほんの少しね」

「あ、ありがとうございます」男は中に入ると、部屋を見渡して瞳を輝かせた。「おお、すばらしい。ペリーの言ったとおりだ。あなた、すばらしい才能をお持ちなんですね。僕、ピートっていいます。ピート・コーンウェルです。ぼ、僕は主にデッサンを集めてて、ペリー・エンズラーのラパスにある画廊から、あ、あなたの作品を何枚か、買いました。ペ、ペリーのところには、もうあなたの作品は、の、残ってなくて、こ、こちらに来て、ちょ、直接あなたと話をするようにって、い、言われたんです」

マットが戸口に姿を現した。髪は濡れたまま、Tシャツにジーンズで、濡れた体にシャツが張りついている。体を拭く暇さえ待てなかったようだ。「今度にしてくれ」

マットの敵意に満ちた言葉遣いに、男性は怯えた表情を浮かべた。「す、すみません」男はシャーロットを見た。そしてマット、またシャーロットへとおどおど視線を泳がせる。「ご、ご都合、わ、悪かったんですね。で、でも、僕、きょ、今日、ロ、ロサンジェルスに、帰らなきゃ、な、ならなくて。ご、午後に。す、すごく、あ、あなたの、デ、デッサンが、ほ、欲しくて、こ、ここを、で、出る前に、ど、どうしても買いたいんです」

マットにぎろりとにらみつけられ、男はますます言葉に詰まるようになっていった。

「わかったわ。デッサンを何枚かお見せするから」ピート・コーンウェルには十五分だけ作品を見てもらおう。ペリーへの礼儀から、シャーロットはそう決めた。画廊が、顧客を直接画家に紹介することは通常ない。この男性にシャーロットの住所を教えるのも、ペリーの寛大さの表れだ。ここで作品が売れても、ペリーには一セントの儲《もう》けにもならないのだから。

デッサン画のほとんどは、近くの棚に入れてあった。この棚はマットとの共同生活が新しく始まることの象徴とも言える。いちばん上の引き出しに、弾《たま》をこめた二丁の銃と、鋭い刃を持つ大きくて黒いナイフが入っている。ナイフの刃には〝樋《ひ》〟まで彫ってある。血を抜くための溝だそうで、シャーロットは、そういう言葉が存在することすら知らなかった。用心に越したことはない。マットはそう言って武器を引き出しに入れた。

殺傷能力の高い武器が下に収納され、その上にデッサンが置かれる。興味深い取り合わせだ。

シャーロットは紙ばさみを開き、ささっと二十枚デッサンを取り出した。「はい、どうぞ、これを――」

蛇のようなしなやかさだった。シャーロットは男の腕に首を後ろからとらえられ、こめかみに冷たく丸い金属が押し当てられるのを感じた。男はどこからともなく銃を手にしていた。「動くな!」男が叫んだ。

動こうとしても動けなかった。男がぐいっとシャーロットの喉を締めつけていたからだ。しかし男の言葉はシャーロットではなく、マットに向けられたものだった。

「武器を出せ。床に置くんだ。両手を挙げて、頭の後ろで組め。早く！　女にこれを食らわせたいか？」男は銃口をシャーロットのこめかみにぐいっと押しつけた。マットはまったく動かない。

「武器だ。床に置け。もう一回同じことを言わせるなら、女の肘《ひじ》に鉛の弾を埋め込んでやるからな」

マットの銃が床に置かれる、がたんと大きな音が突然静かになった部屋に響いた。マットの瞳が黒くぎらぎら光る。マットは完璧に神経を集中させて、シャーロットをつかまえている男を見ている。

「予備の武器もだ」

「そんなもん、あるか」マットが怒りに満ちた声を張り上げた。「俺はシャワーを浴びてる最中だったんだ」

「何が――何が目的なの？」シャーロットはぜいぜい息を吐きながら言った。首が痛くて気が遠くなりそうだった。男は気道を圧迫しているのだ。「ロバートに雇われたの？」

「黙れ」男がさらに腕を引き寄せ、シャーロットの視界が暗くなり始めた。このまま窒息死してしまうことだって、じゅうぶん可能性はある。シャーロットは手を上げて、首に巻きつけられた腕をはがそうとしたのだが、鋼鉄の棒のような腕はびくともしなかった。爪《つめ》を立ててみても、筋張った硬い筋肉には何の効果もない。男は腕にさらに力を入れ、シャーロットは口をぱくぱくさせた。頭がぼうっとしてくる。

「おまえは」男がマットに言う。「壁のところに」そして顎で左側を示した。

マットは動こうとしない。「彼女に息をさせてやるのが先だ。絞め殺すつもりはないんだろ」

腕が少しだけ緩み、シャーロットはぜいっと音を立てて息を吸った。これなら呼吸は可能だ。

「早く行くんだ。壁に背を向けて立て。俺の目の前に来い」

酸素が脳に届き、シャーロットはやっと我に返った。全身をアドレナリンが駆け抜け、頭の中でさまざまな可能性を考えた。何とか優位に立てる方法を考えねばならない。何を使えばいいのだろう。考えるのよ！　男はすぐに自分を殺さなかった。ドアを開けてすぐ殺すこともできたはず。入ってきたところで、マットも一緒に撃てばよかった。まだ一発も撃っていないということは、何か計画があるのだ。特別の殺し方を考えているはず。

どんな殺し方？

おまえは壁のところに。何て妙なことを言い出すのだろう。こんなことすべてが嘘みたいだけど。男はシャーロットをしっかり抱えたまま、マットがゆっくり壁のほうに向かうのを見ている。

そのとき男の手がシャーロットの視界に入った。何だか変……光沢がある。そして、はっと気づいた。男はラテックスの手袋をはめている。最初から計画していたのだ。このすべてを。これは入念に考え抜かれた計画の一部なのだ。マットを壁の近くに置くのも、その計画に入っている。

男が二人とも殺すつもりなのは明らかだ。人生に愛情を見出し、結婚が決まったのに、そんなすべてがこの世から消し去られようとしている。

いや！　そんなことはさせない。最後の瞬間まで戦ってみせる。マットは男を恐ろしい目でにらみつけているが、行動を起こそうとはしていない。男がシャーロットの頭に銃を突きつけている限り、マットは何もしない。行動を起こすのはシャーロットの責任だ。

マットが壁に向かって歩き出した。男が前に出る。シャーロットを前に抱えたまま、マットに近づく。シャーロットが足をつまずくとか、気を失ったふりをすれば、男はバランスを崩すかもしれない。マットに必要なのは、きっかけだけ。彼がどれほどすばやく動けるかは、シャーロットにはちゃんとわかっている。一瞬の機会を得るだけで、マットなら行動を起こせる。

男がまた一歩前に出る。そしてもう一歩踏み出そうとして、男の脚の筋肉に力が入るのを感じた。今だ！

シャーロットはつま先に何かが刺さったようなふりをして大声を上げ、体をねじった。そしてできるだけ重心を落として、引きずられまいとした。何の効果もない。男は細身なのに、信じられないほど力が強い。男はただ腕をさらに引き寄せ、首からシャーロットの体を持ち上げ、一歩前に出た。

その結果、シャーロットの首は完全に絞められた状態になり、目の前に赤や黒の星が見えた。頭がふらふらして、視界がかすむ。激しい耳鳴りがする。

何か今すぐ考えないと。このままだと気絶してしまう。

棚だ！　あの棚の引き出しに手が届けば。拳銃《けんじゅう》か、いやナイフでもいい、取り出すのだ。鋭い刃で、男の腕の腱《けん》を切ることだってできるはず。

シャーロットはまた暴れた。さっきよりも激しく。男がシャーロットの体を引っ張り上げようとして、棚まですぐそこというところに近づいた。もう少しで手が届く。

気絶したふりをしたほうがいいかもしれない。あるいは――。

ああ、どうしよう！　マットが命令された場所に立ったとたん、男はシャーロットの頭に押し当てていた銃口をマットのほうに向けた。シャーロットは恐怖におののきながら、男の指が引き金にかかるのを見た。狙《ねら》いをつけて、指がわずかに絞られ――。

男が引き金を絞るその瞬間、シャーロットは渾身《こんしん》の力をこめ、男の手を払った。

銃声がとどろき、マットがその場にどさりと崩れ落ちる。後ろの壁には血が飛び散った。

シャーロットの中で、今まで感じたことのない憤りがわき起こり、全身が怒りに燃え上がった。この男がマットを殺した。考える余裕もなく行動に出たシャーロットは、男の手を振りきり、棚の引き出しを開け、拳銃を手にした。

冷たい金属が手になじむのがわかる。その感覚がシャーロットに力を与えた。

「この野郎！」男が叫び、シャーロットに向き直る。しかしそれより早くシャーロットは銃を構え、マットを殺した男に狙いをつけていた。

引き金に指がかかる――バン、バン、バン、バン、バン、バン。男のほうに歩み寄りながら、シャーロットは、まっすぐ男の心臓を狙った。憤怒《ふんぬ》があまりに強く、興奮した彼女は弾がなくなったあとも撃ち続けた。空《から》っぽになった銃が、かちっかちっと音を立てるのも耳に入らなかった。シャーロットは倒れた男のそばに立ち、はあ、はあと息をしながら、まだ男から狙いを放さなかった。男は動かなくなっていた。

呼吸もしていない。

シャーロットは、荒い息で、歯を食いしばり、男を見下ろした。男が少しでも動こうものなら、指をわずかに動かしただけでも、銃で男の頭を殴ってやるつもりだった。頭蓋骨《ずがいこつ》が割れるまで。

そのあと、ナイフを突き刺してやる。

シャーロットは銃を下ろし、男を蹴《け》ってみた。あまりに強く蹴ったので、男の体が動いた。男の背中には大きな血だまりができていた。

男は目を開けたままで、その目が天井を見ていた。シャーロットはもう一度男の体を蹴った。

「シャーロット、ハニー。そいつはもう死んでる」マットの声だ。よかった。生きてるのね。ぼう然としていたシャーロットは、マットの声に感覚を取り戻した。急いでマットのそばに寄ろうとしたが、その下に広がる血で足元が滑った。

「マット！」彼の血の海にひざまずき、シャーロットは泣き出した。弾は彼の肩を貫通している。動脈が傷ついたかどうかもわからない。あまりに出血がひどすぎる。

「ああ、神様、マット、お願い、死なないで！」

マットは手を上げ、シャーロットの頬を撫でて、かすかにほほえんだ。「あいつを……やっつけたんだな。シャーロット、俺の戦うプリンセスだ」

そしてマットは意識を失った。

エピローグ

カリフォルニア州、サンディエゴ
一年後

「妻はすぐに来ますから」何度同じ言葉を口にしただろう。マットは歯を食いしばって、この状況に耐えていた。サンディエゴでももっともおしゃれなアート・ギャラリーの大きな一枚ガラスのウィンドウから、通りにシャーロットの姿が見えないかと外をながめる。今日はシャーロットの個展のオープニングだ。

シャーロットにとっても初めての個展、そのオープニング・パーティが開かれている。こういうパーティのことを〝ヴェルニサージュ〟とか言うらしいのだが、マットにとっては拷問以外の何ものでもない。

マットは質問攻めにあってきたが、何をどう答えていいのかさっぱりわからず、ギャラリーのオーナーもいっこうに助けにはならない。オーナーは注文の引き合いで大忙しなのだ。売却済みの絵には小さな赤い印がつけられるのだが、シャーロットの作品が並べられた店内には、はしかのように赤い点が広がっていく。

　シャーロットはいったい何をしている？　遅れてくるのは、彼女らしくない。とりわけ今日は初の個展だ。シャーロットはこの個展を開けるというので、何ヶ月も興奮状態だった。嵐《あらし》のように作品を仕上げていたが、マットのほうもトムの会社での仕事があまりにも忙しくて、お互い都合はよかった。サンディエゴにはすっかり落ち着き、二人とも町が気に入った。コロナド海岸に大きな家を構えたが、シャーロットの作品で家はいっぱいになっていった。

　背が高く、痛々しいほど痩《や》せた非常にエレガントな女性が、香水の雲をその周囲に漂わせながらマットに近づいてきた。細長い顔に、やけに歯が目立つ。女性は閉じた扇でマットの腕をとんとん、と叩《たた》いた。「失礼？」女性の顔はのっぺりして、何の表情もない。最近こういう顔をよく見かけるので、マットはシャーロットにたずねてみた。その答に、マットはひどくショックを受けた。しわ取りのために、女性たちは顔にボツリヌス菌を注射するという話だった。

　ボツリヌス菌。そう聞くだけで、ぞっとする。昔マットは、ニューヨーク市でボツリヌス菌入りの容器がばらまかれたとき、それを回収するため命の危険にさらされたこともあるのだ。マットの表情を見て、シャーロットは大笑いした。

このレディはボツリヌス菌入り容器の中身全部をすっかり顔に注射したようで、話すときにも口元さえほとんど動かない。

「あなたの奥さまは不透明（ガッシュ）水彩もおやりになるの？　もしそうなら、私としては大変興味がございますのよ」

「いーえ（ジャーシュ）これには返事ができる。「うちのは絵を描くだけです。料理はしないんです。なべ料理もしません」それだけ応対すると、マットは逃げるようにして外へ出た。

外はすばらしい天気だった。サンディエゴではほとんど毎日がこんな空模様だ。深く息を吸って、新鮮な空気に頭がすっきりする。香水、オーデコロン、ヘア・ジェル、ヘア・スプレー、そんな匂いがギャラリーの中には充満している。

ここに住むことにシャーロットが同意してくれたときはうれしかった。それから何百万回そのことに感謝したかわからない。二人はウォレントンで、ロバート・ヘインとマーティン・コンクリンの罪についての証言をするため、一ヶ月過ごした。惨めな気分になった。寒くて風が強くて雨ばかり降った。ウォレントンにはもうしばらく行きたくない。

しかし、その一ヶ月を二人は有意義に過ごした。ロバート・ヘインに対しては、自分でナイフを突き立ててやりたくてたまらず、その気持ちを抑えておくのも大変だった。しかし、実際にあの男の体を切り刻む楽しみはなくなったものの、ヘインが保釈の認められない二十年の懲役刑を言い渡されたときは、ずいぶん気持ちがすっとした。ヘインが雇った殺し屋が、仕事の依頼の模様をすべて録音していた。さらに、シャーロット・コートの殺害を命じる映像まで残されており、ヘインは完全に逃げ道を失った。

もうひとつよかったのは、シャーロットが会社の株の自分の持ち分を若いエンジニアが設立した非営利組織に売却できたことだった。結果としてシャーロットは多額の売却益を得ることになったが、そのほとんどは貧しい画学生のための奨学金資金として寄付された。

マットはそれで満足した。マット自身が多額の金を稼ぎ出すようになったからだ。
二人にはじゅうぶん以上の収入があった。
本当のところを言えば、マットはシャーロットさえいればじゅうぶんだった。しかし、どうなったんだ？ うちのやつは、どこにいる？

ああ、来た！ 結婚して一年経っても、シャーロットの姿を見るたびマットの胸が高鳴る。歩道をさっそうとこちらに向かってくる彼女は、いつもどおり美しい。あれ？ さっそうとしていない……慎重に足を運んでいる。自分の個展のオープニングに三十分も遅れてきて、どうしてのろのろ歩くんだ？
いったい何が——？

マットのほうから駆け寄ると、シャーロットがマットの腕を取った。しかしまだ歩を速める様子はない。「遅刻だぞ」マットが言った。

「ええ」シャーロットがうっとりした顔に笑みを浮かべた。

「おい、シャーロット」

シャーロットは笑顔をまっすぐマットに向ける。「え？」

「自分の個展なのに、どうしてこんなに遅くなった？」

「お医者さまの診察を受けてきたの。思ったより時間がかかったからよ」

「何だと？」マットはパニックに襲われ、急に立ち止まった。「病気なのか？」そう考えるだけでも、汗が噴き出す。

シャーロットは朗らかに笑って、マットの顔を引き寄せ、ちゅっと大きな音を立てて頬《ほお》にキスした。「いいえ、あなた。病気じゃないわ。実はね、私……壮大な創造プロジェクトに乗り出したらしいの」シャーロットが肘《ひじ》でマットのわき腹をつついた。

「今回はあなたとの共同作業みたいよ」

訳者あとがき

一昨年に『真夜中の男』が日本で紹介されるや、ロマンス読者の話題をさらったリサ・マリー・ライス。彼女の新作をご紹介できることをうれしく思います。けなげなプリンセスと彼女を守る戦士、という構図はいつもどおりでありながら、今回はこれまでの雪の世界から、太陽のまぶしいメキシコの海辺に舞台を移しました。風景描写が美しくて、頭の中にオレンジ色の太陽とゆったりうねる波、黙々と体を鍛える傷ついたヒーローと、それを見守るヒロインの姿が鮮やかに浮かんできて、リサ・マリー・ライスの作家としての実力の確かさを再認識することになりました。

本作品は、リサ・マリー・ライスではなくエリザベス・ジェニングスという別名義で書かれたもので、実はこちらが本名なのですが、違いとしては本名のほうがセクシー度は低い、そういう形で作品を書き分けるということでした。しかし実際に読んでみると、確かにラブシーンとしては多くはないものの、ヒーローとヒロインが情熱を確認し合うまでの盛り上げ方は、じゅうぶん官能的で熱いように思えました。いちばんの違いは、英語として露骨な言葉が少ないところですので、日本語になったときには熱い愛情を今までと同様に感じていただけるのではないでしょうか。

日本の読者にとってうれしいのは、日本語版オリジナルの箇所があることです。英語で出版されたときに少し批判のあった部分があり、日本での刊行に際して、若干手直しが加えられたためです。ストーリーの展開とは直接関係のないごく細部なのですが、手直しされてずっとあと味のいいものになり、個人的にはよかったなと思っています。またリサ・マリー・ライスご本人が通訳や翻訳をされる方なので、こちらの質問にも非常に親切に、かつ的確に答えてくださって感激しました。

SEALについてはもう説明する必要もないと思いますが、文中に登場するレッド・セルについて少し。リチャード・マルシンコは実在する人物で、彼が率いたレッド・セルも実在した機関でありながら、中で触れられているとおり詳しいことは公表されていない伝説の存在です。もともと一九八〇年、イランにおけるアメリカ大使館襲撃事件の人質救出失敗を契機に、テロ対策を専門にするSEALsチーム6というのが作られました。アメリカ陸軍デルタフォースは大使館から人質を救出できなかったのに、五日後に同じように襲撃されたイランのイギリス大使館からは、イギリス軍特殊部隊によって人質が助け出され、アメリカ政府はテロ対策や、海上ときには海中からの襲撃に備える必要を感じたからだとされています。海軍特殊戦開発グループ

（DEVGRU）、通称チーム6という組織がSEALの中から精鋭たちを引き抜く形で編成され、これを率いたのがマルシンコです。湯水のごとく予算を使い、文中にもあるようにチーム6の隊員だけで海兵隊全体よりも多く弾薬を消費したという神話もあります。マルシンコはその後、またもや精鋭中の精鋭だけを自分の手で選りすぐって組織し、テロの標的となる可能性のある箇所を調べるチームを作り、これがレッド・セルと呼ばれるものとなりました。

さて本作の続きも気になるところで、「六時」を任せたいトム・ライチが守る特別な人はどんな女性なのか、さらに心に傷を負っているためかその日暮らしを続けるレニーにも心の安らぎを与えてほしい、などと思うのですがこの作品の続きの情報はまだ何も来ていません。作品がシリーズになることを切に願う次第です。エリザベス・ジェニングス名義では、彼女の住むイタリアを舞台にしたロマンチック・サスペンスが数点ありますので、こちらのほうもいずれご紹介できればと思います。

◉訳者紹介　上中　京（かみなか　みやこ）
関西学院大学文学部英文科卒業。英米文学翻訳家。
訳書にライス『真夜中の男』他シリーズ三作、『闇を駆けぬけて』（扶桑社ロマンス）、ケント『嘘つきな唇』、ブロックマン『この想いはただ苦しくて』（以上、ランダムハウス講談社）など。

明日を追いかけて
発行日　2009年5月30日　第1刷

著　者　リサ・マリー・ライス
訳　者　上中 京

発行者　片桐松樹
発行所　株式会社 扶桑社
〒105-8070　東京都港区海岸1-15-1
TEL.(03)5403-8870(編集)　TEL.(03)5403-8859(販売)
http://www.fusosha.co.jp/

印刷・製本　図書印刷株式会社
万一、乱丁落丁(本の頁の抜け落ちや順序の間違い)のある場合は
扶桑社販売宛にお送りください。送料は小社負担にてお取り替えいたします。

ISBN978-4-594-05962-0　C0197
Printed in Japan(検印省略)
定価はカバーに表示してあります。

扶桑社海外文庫

神秘結社アルカーヌム
トマス・ウィーラー　大瀧啓裕／訳　本体価格1048円

ドイル、ラヴクラフト、フーディーニらによる史上最強のオカルト結社登場！　アレイスター・クロウリイまでからみ、天使と悪魔の事件に挑む。冒険ホラー。

罪なき嘘の罪
ソフィー・ジョーダン　村田悦子／訳　本体価格838円

伯爵の死後、相続人として現れた弟のニック。未亡人のメレディスは家族を守るため、やむなく妊娠を装うが……。期待の新鋭が放つヒストリカル・ロマンス。

ガーデン・トリロジー1
禁断のブルー・ダリア
ノーラ・ロバーツ　安藤由紀子／訳　本体価格1000円

夫を事故で失ったステラは生まれ故郷メンフィスにもどり、幼い息子二人と共に新しい人生の一歩を踏み出した……園芸センターで展開される愛と再生の物語。

女検死官ジェシカ・コラン
肌に刻まれた詩（上・下）
ロバート・ウォーカー　瓜生知寿子／訳　本体価格各762円

フィラデルフィアで奇怪な連続殺人事件が発生。犠牲者の背中には羽根ペンらしきもので詩句が刻まれていた。ジェシカは心霊捜査官キムとともに現地へ飛んだ。

＊この価格に消費税が入ります。

扶桑社海外文庫

愛とためらいの舞踏会
シェリル・ホルト　天音なつみ／訳　本体価格1143円

貴族と愛人との間に生まれた十九歳のマギー。母の死後、運命の青年貴族と出会うが、ふたりの愛の成就には幾多の困難が立ちはだかる……。長編歴史ロマンス。

汚された令嬢
バーバラ・ピアス　文月　郁／訳　本体価格838円

スキャンダルにまみれた公爵家令嬢フェイアーに、危険な魅力を放つ謎の男マッカスが持ちかけた「契約」とは……。美しい官能描写に彩られた歴史ロマンス！

ガーデン・トリロジー3
輝きのレッド・リリー
ノーラ・ロバーツ　安藤由紀子／訳　本体価格1000円

シングルマザーのヘイリーとロズの長男ハーパーの恋愛感情が一気に開放された。が、ふたりの愛の成就を妨げる暗い情念の出現が……。驚異と感動の完結編！

レイテ　史上最大の海戦（上・下）
ジョン・J・ゴッベル　山本光伸／訳　本体価格各905円

架空の米駆逐艦を主舞台に、戦闘に臨む日米軍人と銃後の家族・恋人・友人を日米双方の視点から微細に活写。海戦史上空前の戦闘を描いた壮大な海洋歴史小説。

＊この価格に消費税が入ります。